光文社文庫

新選組読本

司馬遼太郎他／日本ペンクラブ編

光　文　社

『新選組読本』目次

王城の護衛者

司《し》馬《ば》遼《りよう》太《た》郎《ろう》

司馬遼太郎（しば　りょうたろう）
一九二三年〜一九九六年。大阪市生まれ。大阪外国語学校蒙古語部卒。「ペルシャの幻術師」で講談倶楽部賞、『梟の城』で直木賞を受賞。『竜馬がゆく』『国盗り物語』『坂の上の雲』『空海の風景』『翔ぶが如く』など構想の雄大さ、自在で明晰な視座による作品を多数発表。この他『街道をゆく』『風塵抄』『この国のかたち』などの紀行、エッセイも多数。

会津松平家というのは、ほんのかりそめな恋から出発している。

秀忠《ひでただ》の血統である。

この徳川二代将軍は閨《ねや》に律義なことで知られていた。噺《はなし》がある。秀忠が家康の隠居所の駿府《すんぷ》にきたとき、家康が、さぞ退屈だろう、といって、侍女のなかから「花」という名の美少女をえらび意をふくめて秀忠の陣中見舞にやった。が秀忠は指ひとつ触れずに家康のもとにかえした。

「そういう男だ」

と、家康はあとでいった。この点だけはわしはあの息子に及ばぬ、と家康はその後も思い出しては笑った。

物堅さは、秀忠の性質らしい。

しかしただ一度だけ、侍女に手をつけた。正夫人達子の侍女で、神尾という浪人の娘だった。

すぐ妊《みごも》った。秀忠はおどろき、すぐ遠ざけて市中にさがらせた。

秀忠は、その正夫人達子を怖れつづけてきた男である。達子、別称はお江《ごう》、豊臣秀吉の側室《そくしつ》だった淀殿の妹である。達子は癇気《かんき》がつよく、秀忠もそれを怖れすぎた。このためにただ一度の浮気の相手を、市井《しせい》に投げすてるように捨てた。

女は神田白銀町《しろがねちょう》の親族の家にさがり、そこで男子を生んだ。生むとともに町奉行米津勘兵衛に告げ、米津は、時の老中土井利勝に告げた。利勝が秀忠に告げると、

「覚えがある。ただし奥には内緒ぞ」

といって始末を利勝に命じた。その児七歳で、信州高遠《たかとお》の城主保科《ほしな》正光にあずけられ、正光の子という名目で育った。

秀忠と親子の対面をしたのは出生後十八年目の寛永六年である。

秀忠はその後三年で死んでいる。

秀忠の死後、寛永二十年になってようやく大領を貰《もら》い、会津二十三万石を領し、若松城主になった。生後三十二年目に、ようやく二代将軍の落胤《らくいん》らしい待遇をうけたことになる。

この初代会津藩主である正之《まさゆき》は謹直な性格の男だった。三代将軍家光の実弟であるにもかかわらず、家光にはいっさい狎《な》れず、よく仕《つか》えたので、家光もこの人物を愛し、臨終の

とき正之ひとりを病床によび、

「宗家《そうけ》を頼む」

といって死んだ。

このとき正之の感動が、その制定した家訓《かきん》になってあらわれている。家訓は十五箇条から成っているが、その第一条に、

「わが子孫たる者は将軍に対し一途《いちず》に忠勤をはげめ。他の大名の例をもってわが家を考えてはならない。もしわしの子孫で二心をいだくような者があればそれはわしの子孫ではない。家来たちはそのような者に服従してはならない」

という意味のことを書いた。この時代の大名の家訓のなかで、将軍に対する忠義をこれほど烈しく説きこんだ例はない。

正之は、家康の血統のなかではもっともすぐれた頭脳と政治能力をもっていた。藩制を独特な政治学をもって整え、藩士を教育し、好学と尚武《しょうぶ》の藩風をつくりあげ、ほとんど芸術的といっていいほどの藩組織を完成して、寛文十二年六十一で死んだ。この正之の遺訓、言行が、幕末までのこの藩の藩是《はんぜ》となった。

その八世容敬《かたたか》に子がない。

遠戚《えんせき》にあたる美濃《みの》高須の松平家から養子をもらいうけ、嗣子とした。

これが九世松平容保《かたもり》である。


容保は、江戸四谷の高須松平家の上屋敷でうまれた。

この高須松平家というのは尾張徳川家の分家で、三万石でしかない。当主は摂津守義建《せっつのかみよしたけ》と言い、子福者という以外に取り立てて能はなかった。容貌すぐれ、才気があったから、徳川一門の諸名家から養子の貰いが多かった。その子はみな男の子があり、長男と四男は早世した。八人の男次男慶勝《よしかつ》は尾張徳川家を継ぎ、三男武成《たけなり》は石見《いわみ》浜田六万一千石の松平家を継ぎ、五男茂栄《しげひで》は一橋大納言家を継ぎ、六男が容保、七男定敬《さだあき》が伊勢桑名十一万石の松平家を継ぎ、八男茂勇《しげたけ》が生家を継いでいる。

「銈之允《けいのすけ》（容保の幼名）君《ぎみ》をぜひ会津中将家に」

という使者が会津藩からきたのは弘化三年容保の十二歳のときだった。

「これで、銈の字も売れた」

と、実父の摂津守義建はよろこんだ。義建は子を生むことだけを仕事のようにして生んで来、その教育にはみずから師匠になって歌学などを教えるほどに細心だった。

「みなゆくゆくは大名になるのだ」

と、磨《みが》くようにして育てた。そのなかでも銈之允がもっともすぐれているように義建には思われた。

「この子は、子柄がいい」

と、平素、家臣にもいった。大々名ともいうべき会津松平家に縁組《はなし》がきまったとき、よろこぶよりもむしろ使者に恩を着せ、

「会津家は興隆《こうりゆう》するぞ」

といった。

容保はこのとし六月、江戸城和田倉御門内の会津松平家上屋敷に移った。

「なるほどお子柄がいい」

と、松平家の男女がさわぐほどに、この少年の容姿はうつくしかった。

養父の容敬も満足した。この容敬も美濃高須松平家の出で、容保には伯父にあたる。

対面した最初の日、容敬はこの少年を邸内でもっとも神聖な部屋とされている一室にまねき入れた。

「あれに土津公《はにつこう》が在《いま》す」

と、容敬は部屋の正面を指した。土津公は、初代正之の神号であった。この会津松平家は正之の遺命により、藩主の信教は神道《しんとう》ということになっている。この点でも、他の諸大名とはまるで様子がちがっていた。

歴代藩主の死後の名も戒名ではなく、神号であった。第一世正之は土津霊神、第二世のみは例外で、第三世は徳翁《とこお》霊神、つぎは土常《つちとわ》霊神、恭定《ゆうしず》霊神、貞昭《すみてる》霊神、欽文《あきさと》霊神というふうになっている。それらの神霊が、この部屋に神式によって祭られていた。

(異様な)

家風だ、という印象を、この少年はまずこの神霊室でもった。死後、世間の常識でいえば仏式で祀《まつ》られるはずなのに、この家のみは異風であった。

「これが会津松平家なのだ」

と、養父の容敬は、司祭者のような厳粛な顔でいった。

「他家とはちがう。死後、仏とはならぬ。神になる」

「神に」

少年は、ほとんどおびえたように目を見ひらいた。容敬は、

「私もだ。むろん、そなたもなる」

といって、硯《すずり》をひきよせ、浄紙一葉に「忠恭《まさお》霊神」と墨書し、

「これが私の神号だ。死ねば、そなたにこの神号をもって祭ってもらわねばならない。さらに」

と、容敬は、忠誠《まさね》霊神、と書いた。

「これがそなたの神号である」

少年は自分の神としての名がすでに用意されていることを知ったとき、緊張のためにほとんど失神しそうになった。

「そういう家をそなたは継ぐ」

と、容敬は言い、身を傾けて少年の目をのぞきこんだ。少年はこの衝撃に堪えられなくなり、すでに発熱していた。

容敬はさらに筆をとり、「土津霊神」の十五箇条の家訓を書き、

「これを守るためにそなたの生涯がある」

と、少年に手渡した。

ついで容敬は、その「家訓」をまもるために必要な心構えを箇条書きに書いた。

「およそ正直をもって本《もと》とせよ」

「身に便利なることはよろしからず。窮屈なるを善《よ》しとする」

などというものであった。さらに会津藩の家風、士風を説明した。

「生家とはちがう」

と、容敬はいった。会津の家風はひとことでいえば、「神になる」藩主を中心とした武士道の宗教結社のようなものであった。しかもその藩目的は、藩主の幸福のためでもなく、藩の繁栄のためでもなく、単純勁烈《けいれつ》に「将軍家のため」というものであった。

「足軽でさえ、将軍家のためにその生死がある。これが土津公の御遺法である」

と、養父容敬はいった。

その容敬が死んで忠恭霊神になったのはこの年から七年目の嘉永五年であった。容保はすぐ家を継いだ。肥後守を受領《ずりょう》し、左近衛権少将《さこんえごんのしょうしょう》に任ぜられ、二十三万石の藩主となった。

家老は練達《れんたつ》の士がそろっている。とくに西郷頼母《たのも》、山川大蔵、萱野《すがの》権兵衛などは学識、胆略の点で諸藩に知られるほどの人物で、容保はただ藩主の座にすわっていればよかった。

事実容保は、

「諸事、よきように」

とかれらにまかせた。典雅な飾りもの、といってもよかった。飾りものとすればこの美貌の若い養子大名ほどみごとな飾りものはなかった。江戸城の殿中でも御坊主たちが、

「会津様ほどお大名らしいお大名はござらっしゃるまい」と評判した。

しかも学問がある。その学問も、詩文のような気概を要するものはやらず、すべて家学に従い、異説を立てることもつつしんだ。

越前福井侯の松平慶永《よしなが》（春嶽《しゅんがく》）は、

「会津肥後守殿は、もし大名にならずに市井でうまれても、十分学者として食えたろう」

などいった。

「ただ律義すぎて」

と慶永はほんのすこし悪口をつけ加えた。大名にならずに日本橋あたりの富商の家に養子に行っても、先祖からの家産を守って家を破るようなことはあるまい、と慶永はいった。が、本当のところは、容保という人間はたれにもよくわからなかった。外貌からみればたしかに越前福井侯のいうとおりであったが、藩士たちは別の評価もしていた。

会津の軍制は、長沼流軍学をもって建てられている。藩主みずからがその演習を総攬《そうらん》し指揮するしきたりであったが、容保が陣頭に馬を進めて采《さい》を振るみごとさ、指揮の的確さ、判断の迅速《じんそく》さは類がなかった。

「土津公以来の殿様かもしれない」

という者もあった。しかしなにぶんにも虚弱で、すぐ発熱し、すこし疲労が重なると顔が群青《ぐんじょう》で刷《は》いたように蒼くなった。やはりその点では越前福井侯のいうとおり、日本橋あたりの呉服屋の養子むきであるかもしれなかった。

虚弱といえば、容保の妻になった故容敬の娘も虚弱だった。まだ十五歳で、閨を共にするには多少むりであった。

容保は、天性、優しみのある男なのであろう。愛しつつも、この姫の未熟をいたわり、事実上の結婚をし遂げてしまうことを懸命に我慢した。この姫はほどなく死ぬが、容保のそうしたいたわりに感謝していたようであった。

そのくせ、この若者は養子という遠慮もあってか他に側室を置こうとはしなかった。

要するにこのきまじめすぎるほどの若者がもし泰平の世にうまれておれば、家憲をまもり可もなく不可もなく殿様をつとめ了《おお》せ、ついには神号を得て家祠《かし》に祭られるだけの存在であったろう。

が、風雲に際会した。

嘉永六年、ペリーが来航して幕末の騒乱がはじまるが、この年、かれは数えて十九歳であった。

万延元年、大老井伊直弼が江戸城桜田門外で水戸・薩摩浪士のために襲われた年が、かれの二十六歳のときである。

この間、天下に尊攘の志士が簇々《そうそう》と出てきて世を騒がし、大名のうち、賢侯といわれる水戸の徳川斉昭、薩摩の島津斉彬、越前福井の松平慶永、伊予宇和島の伊達宗城、土佐の山内豊信《とよしげ》（容堂《ようどう》）らがしきりと江戸の殿中で奔走し、ついに井伊直弼に弾圧されたりしたが、会津の松平容保はあくまで沈黙していた。

「容保」

という名さえ、「賢侯」たちや野《や》の志士たちの間で出ることもなかった。容保は殿中でも無口で、どういうときにも発言しなかった。このためほとんど無視され人々から注目されるようなことはなかった。

ただ一度だけ、容保の口から意見が出たことがある。

桜田門外ノ変の直後、かねて水戸徳川家の京都偏向主義を憎悪していた幕閣が、「これを機に、尾張・紀伊の御両家の藩兵をもって水戸を討伐しよう」という案をもったことがある。老中の久世《くぜ》大和守と安藤対馬守《つしまのかみ》とがその急先鋒だった。が、なにぶん徳川家の安危に関する非常手段であるため、この二人の老中が、溜《たまり》ノ間詰《まづ》めの諸侯に意見をきいた。

溜ノ間詰めとは、徳川家の近親の諸侯が詰める間で、江戸城の殿中でのもっとも格式の高い詰め間である。

大名など、庸愚な者が多い。

「さあ、それは」

と、みなつぶやくのみで、みな互いに顔を見合わせて、可とも不可ともいわなかった。

容保も沈黙していた。老中久世大和守がふとなにげなく、

「会津様はいかがでございましょう」

と水をむけると、容保はその容貌上の特徴である真黒な瞳をあげて、

「訊かれるまでもありませぬ。水戸殿を討伐するなどは、あってならぬことです」

といった。

一座が白《しら》けるほどの強い口調だった。提案者の老中久世が気色《けしき》ばみ、

「しかし水戸中納言は御宗家をないがしろにして京都の朝廷から私《ひそか》に攘夷の内勅を受けられた。幕府からそれをお返し申すように命じたが、不逞《ふてい》の藩臣がそれを承知せぬ。承知せぬばかりか、長岡駅に屯集して気勢をあげております。これは公然と幕府に弓を引く態度ではありませぬか」

「小さなことだ」

と、容保はいった。

「ものには原則《もと》というものがある。水戸家は御親藩であり、これを他の御親藩をもって討たしめては御親辺相剋《そうこく》のもととなり、乱れが乱れを呼び、ついに幕府の根底がゆらぎまし

ょう。討ってはなりませぬ」

「御内勅を私蔵しているのはいかに」

「当然でしょう。水戸中納言家は、御先祖光圀《みつくに》公以来、京の王室を尊崇し奉ることが御家風になっている。これも水戸家の原則であって家風である以上これは尊重せねばならぬ。幕府としてはそういう水戸家をどう包容してゆくかを考えるだけでよろしかろうと存ずる」

　この一言で水戸討伐の議はやんだが、容保の運命は大きくかわったといっていい。

（会津侯は若いが、胆力もある。事理にも明晰である。御家門のなかで徳川宗家の危難をささえる人物がおらぬとき、思わぬ拾いものかもしれぬ）

　という印象を、幕閣の連中や、徳川家の連枝《れんし》のうち心ある者はみな持った。なかでも越前福井侯の松平慶永などは人物評好きの男だけに、

「二代将軍はよくぞ女遊びをなされた」

　と、仲のいい諸侯にいった。二代将軍秀忠が生涯にただ一度の浮気沙汰を演じたがために会津松平家が出来た。そのいまの若い当主が、幕府の屋台骨をささえる男になるかもしれぬ、と慶永はいうのである。

　慶永、安政ノ大獄後の名は春嶽。

時勢が急転し、この人物が、井伊直弼の横死後、京の勤王派にも受けがいいという理由で、幕府のあたらしい最高行政職である「政事総裁職」につくというはめになった。

春嶽は、この職をあまり好まなかった。元来、幕府の行政職は譜代大名のいわば番頭がその任につくもので、徳川家の血族はこういう俗務にたずさわらない。そういう点と、いま一つは、春嶽自身、自分をよく知っていた。批評ができても、御家門の殿様育ちである以上、実務はむずかしかろうと思っていた。

春嶽はこの「俗務」をかたく断わったが、ついに大勢に押しきられて受けざるをえなくなった。これによって幕府は、家康以来先例のなかった連枝を首班とする非常時内閣をもつことになった。さらにいまひとりもっとも尊貴な連枝が政務についた。春嶽とは反井伊派という点で同志だった一橋慶喜《よしのぶ》である。慶喜は将軍後見職になった。いずれにしても徳川家貴族が政治という俗悪な世界に足をふみ入れたことは三百年このかたない。

「いまひとり、適材がおりまするな」

と春嶽は慶喜に話した。春嶽にすれば自分たち連枝が政治の泥をかぶるとなった以上、その数をふやしたいと思うのが人情でもあったのだろう。

「どこにいる」

「会津に」

と、春嶽は品のいい顔をほころばせていった。会津少将松平容保がいい。ただ適当な役職がなかった。三人の連枝のうちの一人は将軍後見職になり、いま一人は政事総裁職になった。いずれもあたらしい職名である。もう一つ、新職名を作ってもよいではないか。

ちなみに徳川家の行政組織や職名は、その原流を三河の松平家に発していた。

老中

若年寄

などといった職名は、徳川家より以前の織田家にもなく、豊臣家にもなかった。家康がずいぶんと参考にした遠いむかしの鎌倉幕府にもこういう職名はなかった。

ところが家康がまだうまれぬ前の三河松平家にはあった。松平家が、三河松平郷の庄屋程度の家にすぎなかったころから、家ノ子郎党の取締りのためにこういう名の役職を設け、それによって家政を運営してきた。その徳川家が天下の行政府に成長したときも、家康はこの三河以来の制度をそのまま残した。

家康はその死ぬ前にも遺言して、

「制度は三河のころのまま」

と言い残した。いわば徳川家の祖法であった。それをこんど、改変したのである。政事総裁職などという新官職の設置は、おそらく幕府の助言者であったフランス人から得た智恵であったろう。

時に京は混乱している。

いや混乱というようなものではなかった。無政府状態にちかかった。

尊攘浪士が跳梁《ちょうりょう》し、長州藩がその後援者になり、佐幕派、開国派の要人の家に押しこんではこれを斬った。

白昼、路上で斬るときもあり、屋敷に押しかけてその妻子の前で斬ることもあった。

斬ればかならず鴨川《かもがわ》の河原に梟《さら》し、捨札《すてふだ》を立て、その思想的罪状を識《しる》し、その最後にはかならず、

「よって、天誅を加えるもの也」

と書いた。

殺人だけではない。自称尊攘志士と名乗る者が夜中商家に押しこんできて、

「攘夷御用金を出せ」

と強要した。それによって得た金でかれらは遊興し、青楼で気勢をあげた。従来、京の鎮護をしてきた京都所司代も京都奉行所も、手も足も出なかった。

京から江戸に報告されてきている資料では、そういう浪士が三百人いるという。五百人という説もあった。いずれにせよ、諸国諸藩や在郷から馳《は》せのぼってくるそういう手合の

数は殖《ふ》えるいっぽうで、ついにはかれらは公卿《くげ》を抱きこみ、朝廷を擁し、京都政権をうち立てるであろうことは、もはや必至の勢いといっていい。

幕府は弾圧はできなかった。なぜといえば前時代に大老井伊直弼が幕権回復のためにかれらを弾圧し、日本国中を戦慄させた安政ノ大獄をおこした。その報復をうけて井伊は登城途中に白昼暗殺された。こんど井伊のあとを受けて幕政を担当したのは、その井伊の反対派だった慶喜と春嶽である。

この「親京都派」といわれている二人は、京都の暴状をにがにがしく思いつつも、正面から弾圧するわけにはいかない。

「京を白刃《はくじん》の巷《ちまた》にしておいてよいか」

ということは、この二人の進歩的連枝の頭痛のたねだった。

春嶽は下情にも通じていた。

「京というところは夜、路上で夜市《よいち》をひらく習慣があります。家並《やなみ》の軒下を借りて茣蓙《ござ》を敷き、行燈《あんどん》をともして品物を山のように盛りあげ、ぞめき歩く市井の者の購買心をそそる。小間物あり、金物あり、植木ありで、この夜市が市中の暮らしに益《えき》するところが多い。その夜市が」

「絶えているのですか」

慶喜は頭の回転の早すぎる男だから、それですべての京都情勢がわかった。天誅浪士が跳梁しているために市中の者が夜間、路上を歩かなくなっているのである。

「捨てておけない」

慶喜はいった。

その対策として誰でも考えられることは、強大な軍隊を置くことである。その軍隊に非常警察権をもたせることであった。

ただこまるのは、天誅浪士のあと押しを長州藩と土州藩の過激派がやっている。薩摩藩も怪しかった。もし幕府がある藩に京都駐留を命ずれば、時と場合によっては三藩と市街戦を演ずることになるのではないかということであった。

それに、よほど志操堅固な藩を置かないかぎり、京都的思想に魅せられて三藩とおなじ穴のむじなになってしまうおそれもある。

「会津がいい」

という意見が、慶喜と春嶽の何度目かの相談のすえ、一致した。

「なにしろ」

と、このとき慶喜はいった。

「薩長両藩が、京都で独自の政見をもちつつ暗躍しているのは関ケ原の報復だというわさもある。長州のごときは毛利将軍を作ろうという底意さえあるときいている。でなければ、まるで京都朝廷を私有視したるがごとき暴慢自恣《じし》な行動がとれるはずがない」

日本の諸藩のなかで、兵馬最強の藩は薩摩藩であるとされている。藩士の統制がみごとで、藩命のもと全藩士がよろこんで死につくというのは薩摩藩だけであろう。ついで土州、長州という順になるかもしれない。その「三強」が京をいわば三分しているのである。

「本来なら、三百年家禄をむさぼってきた旗本を置くべきところだが」

と、慶喜はいった。

「しかし、これほど惰弱なものはない」

慶喜は、どういうわけか、徳川家の旗本の無能、遊惰、危機感のなさに対する批評がつねに辛辣《しんらつ》だった。事実、旗本八万騎さえ勇猛な軍団であれば薩長などは息をひそめて江戸の鼻息をうかがっているところであろう。

「やはり会津がよいか」

慶喜は、問うともなく春嶽に問うた。水戸家で育ち、いわゆる「御三卿」の一橋家に養子に行っただけの、つまり純然たる徳川貴族育ちの慶喜は、会津藩というのがどういう藩であるかという行政地理的知識にとぼしかった。

越前福井藩の若隠居である松平春嶽もよくは知らない。しかし多少は調べてみた。調べ

ればしらべるほど、

（徳川連枝の諸藩のなかでこれほど士風凛烈《りんれつ》たる藩があったのか）

とむしろ自分の無智にあきれるほどに、この新発見に驚いた。その藩風は戦国の殺気をのこし、しかも秩序は鉄壁のように強靭《きょうじん》で、かつ藩士の教育水準が他藩に比してくらべものにならぬほど高く、藩祖以来武芸がさかんで、その上、藩自体としても泰平のころから長沼流軍学をもって練兵に練兵をかさねている。そういう藩は、徳川家の親藩、御家門、譜代の諸藩を通じてどこにも見あたらない。

「あるいはその兵は、薩州よりはやや弱いかも知れませぬが、その藩風の美質とするところは、藩主の命一つで一糸みだれずに動くところでござる。これは当節、珍重するに足ります」

「容保だな、当主は」

と、慶喜はいった。

慶喜は言葉は交わしたことはないが、その貌《かお》つきは知っている。目鼻だちの柔和《にゅうわ》な、どちらかというと芝居の判官役者のような顔をしていて、場合によってはあの華奢《きゃしゃ》な体なら女形でさえ演じこなせられるかもしれない。

（あんな男が。……）

慶喜には疑問だった。すくなくともかれのみるところ容保は英雄の相貌をもっていなかった。

「英雄ではないな」

いま徳川家にとってほしいのは、英雄的な人物であった。でなければ、京都を鎮撫し、諸藩を操縦し、公卿を懐柔し、いったん緩急あれば薩長土三藩を相手に戦争をする、というようなことがとてもできそうにない。

「外貌はあのようですが、性根の底のかたい人物のように見受けられます。たとえ容保が凡庸柔弱といえども、会津藩そのものが、英雄的な藩ではありませんか」

「なるほど、されば容保しかない」

慶喜の態度はもう一転していた。この武家貴族の癖であった。怜悧《れいり》すぎるのあまり、前言を簡単にひるがえしてしかも翻《ひるがえ》した新意見に熱中し、しかも翌日は忘れるというようなところがあった。「百才あって一誠足らず」という評が、かれのために惜しむ人のあいだでひそかに囁かれている。

このころ当の松平容保は、当時江戸市中ではやっていた風邪に感染し、気管支を病み、食もとらずに江戸藩邸で病臥していた。

登城せよ、という上使に接したが、病状が思わしくなく、かわって江戸家老の横山主税《ちから》を登らせた。

結果は、その台命《たいめい》である。

容保はおどろき、それだけで熱が高くなった。二時間ばかり病床で考えていたが、やがて横山主税をよび、

「受けられぬ」

といった。病身というわけではない。能力の点でもない。要は時勢の勢いである。たとえいま遠祖家康のごとき人物が出てきても、幕府の力で京都の情勢を鎮《しず》めることは不可能であった。容保はそれがわかるほどの頭脳をもっていた。

容保の意見を体して江戸家老横山主税は春嶽の屋敷へゆき、それをことわった。

が、春嶽はゆるさない。

「どうしても口説《くど》く」

といって、その翌日、わずかな供廻りを従えて和田倉門の屋敷にやってきた。容保は病中ながら、客殿で対面した。

「あの件ならば、受けられませぬ」

と容保はいった。

春嶽は、徳川家門きっての俊才である。能弁でもあった。おだやかに、しかし言葉のかぎりをつくして、この会津の若い藩主を説得した。

容保は意外に頑固だった。いや意外にという言葉はあたらない。以前、水戸討伐案のときに見せた容保の態度は、妥協をゆるさぬ性根の勁《つよ》さがあった。

（この態度の強靱さが、この仁《ひと》の本領かもしれない。さればこそこの会津少将が必要なのだ）

春嶽はいよいよ魅力を感じた。正直なところ京都駐屯軍の将として慶喜がゆくとしてもミイラ取りがミイラになる怖れがある。慶喜は利口すぎるのだ。

（自分でも、これはわからない）

と、松平春嶽はみずからをそう見ていた。なにしろ春嶽は、安政ノ大獄で死なせた橋本左内を無二の寵臣としていた男である。左内は当時、日本屈指の志士であった。これをもっても春嶽の思想が、親京都派であることがわかるし、いざとなればそこへ大きく傾かぬともかぎらぬのである。春嶽自身、京都の警視総監になれる自信はない。

（この男だ）

と、春嶽はおもった。

容保は、可憐なほどに赤い唇をもっていたが、その唇が、ゆるやかに動いた。

「私は、だめです。私が菲才《ひさい》だけではありませぬ。私の藩《いえ》は奥州の僻辺《へきへん》にあり、家士はことごとく朴強《ぼっきょう》で、上国《じょうこく》（京とその周辺）の事情に通じませぬ。風俗、気質も異なりすぎます。第一ことばさえ通じませぬ。これがもっとも重要なおことわりの理由です」

「いや」

春嶽はそれにいちいち反駁《はんばく》した。しかし容保の拝辞の意思はうごかなかった。

「あなたも慶喜公も私も、おそれながら東照権現《とうしょうごんげん》様（家康）の御血をひく者ではありませぬか。いま宗家は未曾有《みぞう》の難局に立っております。慶喜公も私も、連枝の身ながらかかる俗務をひきうけた。東照権現さまおよび歴代大樹（将軍）の御恩を思えばこそです。会津松平家には御家訓があるときく」

（ある）

と、容保はあきらかに動揺した。土津公御家訓第一条に、「大君《たいくん》（将軍）の儀は一心に大切に。他の大名の立場とはちがう」という意味のことがかかれている。文章は漢文である。大君之儀、一心大切、可存忠勤、不可以列国之例自処焉、若懐二心則我子孫、面面決而不可従。

春嶽は帰った。

その夕には、家臣に手紙をもって寄越させてさらに説得した。

容保は、かさねてことわった。

春嶽はそれでもあきらめない。こんどは容保の江戸家老を自邸にまねき、時勢を説き、会津松平家の義務を説いた。

このとき、家老横山主税は、

「宗家の御血と申されますが、世に十四松平家とか十六松平家とかよばれている御家門の家々がございます。さらには御三家もあり、会津松平家のみにその義務がある、と申されるのはいかがなことでございましょう」

「兵馬悍強《かんきよう》だからだ」

と、春嶽はいった。さらに容保の器量をもほめた。

ついには、一橋慶喜までも手紙を送ってきて職を受けるようにすすめてきた。その言辞はすでに強要に近いものだった。

（もはや、断わりきれない）

と容保は思った。

もし受けるとすればこれはもはや暴挙にちかい出陣というべきだった。三百年つづいた会津藩も京で潰滅《かいめつ》するだろうことも思った。

が、容保は受けることに決意した。

そのころである。

すでにこの大事は国許《くにもと》にきこえており、国家老の西郷頼母、田中土佐は仰天した。

(お家が潰滅する)

とみた。潰滅せぬまでも、桜田門外で横死した井伊直弼の運命に容保は堕《お》ち去るであろう。直弼はあれほど幕権回復につとめたにもかかわらず、その横死後、幕府は勤王勢力の圧力もあって彦根藩の封地を削り、時勢に阿諛《おもね》った理由のない処罰を強行したではないか。

(井伊家の例でもわかる。幕府は頼みにならない。ついには見捨てられる)

という幕府への不信の念が、国家老の西郷頼母、田中土佐にはある。

かれらは容保に諌止《かんし》するために騎馬をもって会津若松を出発し、夜を日についで江戸に入り、容保に拝謁した。

「火中の栗《くり》を拾わせられるようなものでござりまする。御家滅亡は火をみるよりあきらかなことではありませぬか」

と、かねて「会津藩の大石内蔵助《くらのすけ》」といわれているほどに器量人の西郷は説きに説き、ついに涙をさえうかべた。

容保は、黙している。

その容保にかわって、江戸家老の横山主税や留守居役堀七太夫が、いままでの経緯《いきさつ》を語った。西郷の説も観測も疑惧《ぎぐ》も、容保のそれとまったく一致している、ともいった。

「それでなお」

と西郷頼母が膝をすすめると、容保ははじめて口をひらいた。

「受けた」

と、みじかくいった。西郷があっと顔をあげると、「もう、多くを申すな」と容保は、悲痛な表情でいった。容保にはすべてがわかっているのである。

「土津公の御家訓がある」

と、容保はいった。家訓によれば、この場合、一藩の滅亡を賭《と》してでも宗家のために危難におもむくべきであった。容保はそれを決意した。

「一藩、京を戦場に死ぬ覚悟でゆこう。もはや言うべきことはそれしかない」

この江戸藩邸の書院に、重臣のことごとくが集まっている。目付以下の格の者は、廊下にびっしりとすわっていた。容保が、京を戦場に死のう、といったとき、慟哭《どうこく》の声がまず廊下からあがった。この声はまたたくまに満堂に伝播《でんぱ》し、みな面を蔽《おお》って泣いた。

「君臣、相擁し、声を放って哭《な》けり」

と、この情景を、劇的な表現で会津の古記録は語っている。

容保の心情は、藩士たちの慟哭以上のものがあったであろう。かれ自身がこの運命的な場に立たされている藩主そのひとであり、かつかれの頭脳は不幸にも自分の将来を予測できるほどの能力をもっていた。

容保は、台命を承《う》けるために登城した。まず政事総裁職の御用部屋へ行って春嶽にあいさつすると、

「ああ、ようこそその御決意を」

と春嶽は言い、この穏やかな人物にしてほとんど見苦しすぎるほどのよろこびを示した。

容保にはすでに、

「京都守護職」

という新職名が用意されている。役目は王城の守護であった。実質は天皇・公卿を煽動《せんどう》しようとする藩士、浪士の監視と、暴力革命主義者に対する武力弾圧がその職務であった。幕府職制における階級は、政事総裁職につぐほどに重い。京都にあっては在来の幕府機関である所司代、奉行所を指揮する。

公卿と接触せねばならぬために、位は正四位下《しょうしいのげ》にのぼせられ、役料として五万石を与え

られることになった。

さらに藩兵をひきいて上洛するためには莫大な旅費がいる。このために三万両が貸与された。文久二年閏《うるう》八月一日のことである。

なお出発は、

「十二月」

ときめられた。そのためには気の遠くなるほどの準備が要《い》った。第一、藩士を動員せねばならなかった。原則として二千人を動員することにし、千人ずつ隔年交替とした。この動員が大変だった。江戸初期、島原ノ乱以後たえて諸藩では動員というものはなかった。

この動員は、国許で家老西郷頼母、山川大蔵がおもに担当した。

さらに、京都の地理も人情も情勢もわからない。

そこで、いわば探索と宿陣設営などのために内密に先発隊を出発させた。

指揮官は、家老田中土佐である。それに公用人《くようにん》野村左兵衛、同小室金吾、同外島機兵衛らを付け、その下に、柴太一郎、大庭《おおば》恭平、宗像直太郎、柿沢勇記らを配属した。

「浪士探索」

の役は、大庭恭平である。

恭平にはわざと脱藩させ、尊攘志士に擬装させて京に潜行させ、その仲間に投ぜしめた。

別に逮捕がその最終目的でなく、

「いったいかれらはどういう種類の人間で、なにを考え、どんな組織をもっているか」

ということを、京都守護職としての職務知識にするためであった。

かれらは先発した。

ほどなく、密偵大庭恭平からの報告が江戸待機中の容保とその家老たちのもとにとどいた。

意外なことが書かれていた。

「浪人志士と称する者のなかにはなるほど立派な者もある。しかしそういう者は二十人に一人もいない。他は武士でさえない。武士を擬装しているだけである。多くは諸国の農商の出身であり、かれらの自慢といえば、国許で政治犯として何年獄中にあったとか、いかに苦労して脱藩してきたとかいうたぐいで、その種の自慢（ほとんどがうそだが）を、酒間でしきりと高言する」

さらに大庭恭平の秘密報告書では、

「かれらのなかにはよほど無智な者も多く、会津をクヮイズと訓《よ》む者もある。その質は推して知るべきである」

ただし、と恭平は書きつづけている。

「恐るべき智弁の士もいる。死をかえりみぬ勇者もいる。一様にはいえない」

とあった。

家老神保修理は、この報告書を読んでひどく安堵《あんど》したようであった。

「この程度の者どもなら、策をもってすればさほどのことはないかもしれませぬな」

といった。が、容保は同意しなかった。

「私は策は好まない。この情勢下の京都で策を用いればついにその策のために自縄自縛《じじょうじばく》になるだけだろう。京を横行している諸浪士に対しても、その誠心を疑わないつもりだ。かれらをみな尽忠報国の士として遇したい。薩長土三藩に対してもいかなる偏見ももちたくない。持てばみずから敗れる」

この言葉には、さすが世間知らずの藩士たちもおどろいた。これではまるで「政治」を放棄した態度ではないか。

「それでいい」

と、容保はいった。容保はもともと自分に政治感覚がなく、機略縦横の才が皆無であることを知っていた。策謀の才がなかった。自分の家来の会津人の特性がそうであることを知っていた。

（苦手なことはやってはならぬ）

とかれは思っていた。京にあつまっている薩長の士は、ことごとく権謀術数にかけては練達の者であり、公卿の過激派もそうであろう。そういうなかに入って晦渋《かいじゅう》な会津言葉で下手《へた》な策略をやったところでかえってかれらに乗ぜられ、高ころびにころぶだけのことだ。

「それにわれわれは外様藩ではない。親藩《しんぱん》である。かつ官命を帯びて京の守護につく。立場はかれらより上位にある。上位にあるものは小才を弄《ろう》するよりも至誠をもってかれらを包容するほうがはるかに効がある」

それを方針とせよ、と容保はいった。

京都守護職松平容保が、藩兵千人をひきいて京に入ったのは、文久二年十二月二十四日であった。

三条大橋の東詰《ひがしづ》めについたのは、午前十時すぎである。

(これが世にやかましい鴨川か)

と、容保は馬上から目をそばめてその両岸の風景を見た。容保だけではなかった。会津藩兵のたれもがはじめて京に来、物語できく王城の地をはじめて見た。無言の感動が隊列のなかでおこったが、しかしかれらはたれも私語する者がなかった。それが多年訓練してきた長沼流の行軍心得であった。歩武はみごとにそろっている。騎乗の将も、歩行の士卒も、前方を凝視し、視線を動かす者もなかった。

これが、都の士民を驚かせた。かねて会津藩が王城の守護につくという噂があり、たれもがその軍容を見ることを楽しみにしていた。日本第一の猛勇の藩であるということはほとんどこの日までに巷間の常識になっている。

「さすがは会津様や」

と、沿道の市民のあいだでどよめく声がおこった。隊列はおよそ一里にわたっていた。京都人は、三百年来、はじめて屈強の軍隊というものをみたことになる。なにぶん幕末以前は、幕法によって諸大名は京を通過するさえ禁ぜられていた。正式に藩主が兵をひきいてやってきたのは、この日、会津藩が最初であった。

それに、容保は徳川家では御三家に次ぐ家格である。薩長土などの外様藩の場合とはちがい、京都所司代牧野忠恭ら在京の幕府高官が三条大橋の東詰めまで出て、容保を迎えた。

（えらいものや）

という声が、市民のなかにあがった。そのうえ、会津少将容保の典雅な容貌が、町の子女の評判になった。

容保はとりあえず仮の旅館の本禅寺に入り、藩兵たちはかねて用意されていた黒谷《くろだに》の金《こん》戒光明寺《かいこうみょうじ》に入った。この寺は浄土宗の一本山で、その境内はあたかも城塞《じょうさい》のようにつくられている。ここが、この日から会津本陣とされた。

市中は、会津軍上洛のうわさでもちきりであったし、それに例の夜市が、市中の各所でこの夜から再開された。

「もはや安堵」

という気持が、夜市をひらく露店商人のあいだにさえひろがったのであろう。市中の銭湯では、会津来着にちなむ唄さえうたわれ、またたくまに流行した。容保は少将で肥後守を兼ねている。そこで、

会津肥後さま、京都守護職つとめます
内裏《だいり》繁昌で、公卿安堵
トコ世の中、ようがんしょ

というものであった。

容保は京に到着すると、巡察隊を組織して三隊に分け、それぞれ物頭《ものがしら》に指揮させ、昼夜となく市中を巡察せしめた。夜間は、当然、提灯を用いた。提灯には、

「会」の文字が墨書されてあったから、この提灯をみると不逞《ふてい》の者はみな逃走した。市中はようやく静かになった。

が、容保にはひとつのつよい希望がある。

（帝《みかど》に拝謁したい）

ということであった。拝謁し、玉顔をあおぎ、できれば玉音を聞きたかった。この政治に不得手な若者は、自分の京都守護職としての職務目的をことさらに単純に割りきろうとしていた。

「玉体を守護し奉る」

ということのみを考えようとしていた。勤王過激派の公卿、諸藩士、浪士を弾圧しようともせず、佐幕思想や開国論を鼓吹宣伝しようとも思わなかった。すべてのそういう政治思想や政治現象に目をつぶり、天皇の安全のみを考えようとした。

（それ以外のことを考えまい）

と思っていた。そのためには、天皇の玉容を知らねばならなかったし、できれば、その守護のために死のうとしている自分と藩士のために当の「至尊《しいそん》」からお言葉のひとつも頂戴したかった。別段、欲得ではない。この若者の憧憬に似たような気持であった。

が、その機会はすぐには来なかった。

容保には、儀礼上の義務がある。着京した早々、そのために関白近衛忠熙《ただひろ》のもとをたずねた。あいさつであった。

(近衛関白は薩摩派)

ときいている。薩摩藩の宮廷工作はこの関白と中川宮を通してすべておこなわれていたし、そのいわば代償としてこの関白は私《ひそか》に薩摩藩から贈与をうけていた。

(いったいどのような応対をうけるだろう)

と容保はその点不安だったが、意外にも非常な歓待を受けた。

関白はこの容保が、まだ江戸にいるとき勅使の待遇を改善することに尽力してくれたことを知っていた。

「感謝している」

と、近衛忠熙はいった。容保はややはにかんだ微笑をみせた。その意外にあどけない表情が、この無能で好人物の老関白の心証をさらによくした。

(会津人といえば鬼のようかと思うたが、意外に初心《うぶ》い若者やな)

「とにかく京者（公卿）はやりにくいで」

と、老関白はそんな忠告までしてくれた。

「ひがんでいる」

容保にはそれが理解できる。家康以来、幕府の法として公卿は生きるにやっとという俸禄しかあたえられていない。五摂家《せっけ》の筆頭である近衛家でさえ小藩の家老程度の石高《こくだか》だし、他の公卿にいたっては小旗本ぐらいの俸禄で生きつづけてきた。加留多《かるた》の絵を内職にしている公卿もあるし、ひどいのになると、市中の博徒に屋敷を貸してその貸し賃で生計をおぎなっている公卿もあった。そのくせ官位だけは、大名など及びもつかぬほどに高いのである。

「不平がある。それがちかごろのさわぎのもとや」

いまや一部の公卿の台所は潤ってきた。穏健派は薩摩藩から金品がとどくし、過激派は長州藩から援助がある。それぞれの施主のために公卿たちはさかんに宮廷政治をしはじめ、それが時勢を紛糾《ふんきゅう》におとしいれている。

「長州びいきの公卿たちはな」

と、老関白はいった。

「偽勅《ぎちょく》まで出す。帝がこうおおせられた、と勝手なことを志士に流す。志士が騒ぐ。帝はなにもご存じない。阿呆《あほ》みたいなもんや」

長州系公卿の暴状、詐略《さりゃく》は目にあまるものがあるらしい。

が、その牽制のためにこのさい会津系の公卿団を作る、当然、容保の位置に立つ者なら考えるところであろうが、容保はそれをする気持はまったくなかった。

(自分は一個の武人でとおす)

と性根の底をさだめていた。諸藩は公卿という中間的存在を相手にしているが、自分は天子そのものとじかに結びつきたい、と容保は考えていた。宮廷の制度上できることではないかもしれぬが、

(しかし至誠さえあればいつかは)

と、この若者は考えていた。

そのほか、議奏の正親町《おおぎまち》三条大納言実愛《さねなる》の屋敷にもあいさつに出むいた。

ここでも容保は実愛に好感を持たれた。

「ええ男ぶりやがな」

と、あとで実愛は家人にいった。

この正親町家への訪問のとき、容保は伏見の銘酒、会津の蠟燭などさまざまな献品をもって行ったが、席上実愛は声をひそめ、私はこうして諸藩が京にきたおかげでいろいろの物を頂戴できる、しかし天子《おかみ》はお気の毒や、天子の食事《くご》をご存知か、といった。

「畏《おそ》れあることやが」

と、実愛はいった。

天子の御膳は、何汁何菜ときまっている。しかし幕府から支給される賄料は銀七百四十貫目で、これはざっと九十年来かわらず、その間、物価が数倍に騰《あが》っている。このため品目と数量だけはそろえ、内容は極端に粗悪になっていた。たとえば毎夕御膳にのぼる鯛《たい》は爛《ただ》れたように異臭を放っている。

「いや、うそではない。たとえば若狭《わかさ》がそれを知っていた」

若狭とは前所司代の酒井忠義のことだ。酒井はまさかと思いながら、その実物をみておもわず鼻をおさえたことがある。

むろん、鯛だけではない。ほとんどの食品が市井の者も食わぬ粗悪なもので、食えば中毒死するおそれのあるものもあった。このため御膳方吟味役は、「これは御召しあがりにならぬように」との紙の印《しるし》をつけておく。帝はそれには箸をおつけにならない。

実愛のいうところでは、帝は酒がおすきであられる。しかしそれも水をまぜた悪酒で、市井の職人でも吐き出すようなしろものであった。

「いまは多少はよくなっている」

と実愛はいった。しかし幕府の賄料がふえたわけではないから基本的にはよくなっていないが、前所司代の酒井忠義や大坂城代が私財のなかから多少の融通をつけていたという。

「薩長から御内帑《おないど》の献上はないのでありましょうか」

「ない」

時たまの献上品はあっても、天皇家の御生計費を私的に援《たす》け参らせるということはないという。悪くとれば天子その人よりも有力公卿に取り入るほうがより政治的効果がある、とこの二藩は思っているのではあるまいか。

この供御《くご》（食事）のことほど、容保の情感を刺戟したことはない。すぐ幕府に対し賄料の増額を申請するとともに、私財を割《さ》いて鮮魚の費用を毎月献上することにした。

（会津侯は可愛げがある）

という評判が公卿のあいだで立ち、そのことは帝の耳にもとどいた。

「容保とは、あの勅使待遇に努力した男か」

と左右にいわれた。

そのうえ、会津の藩祖は当時としてはめずらしく尊王家であったことも、帝の耳に入った。徳川初期から藩の教学的中心を吉川惟足《これたり》の神道と山崎闇斎《あんさい》の学風に置いてきたという、それほど尊王的な伝統をもった藩が日本のどこにあろう。

この孝明帝に、松平容保がはじめて謁したのは、文久三年正月二日であった。

宮中の小御所においてである。

容保にとって最初の参内であった。この神経質な男は、この前夜ねむれなかった。御所に入ると、まず伝奏野宮定功《てんそうののみやさだたか》にむかい、新年の賀をのべ、天機を伺った。伝奏は、取次ぎ役の公卿である。この公卿は容保がのべた旨を、孝明帝に言上した。そのあとあらためて拝謁をゆるされるのである。容保は紫宸殿《ししいでん》の北東にある小御所に案内され、そこでひかえさせられた。

「小御所」

といっても宏壮なものだ。天子のための応接室といってもいい。屋根は檜皮葺《ひわだぶき》でつくりは総檜《そうひのき》であり、殿舎の前には林泉がひろがっている。

(これが、御所か)

容保は感激をおさえかねて、下段の間にすわっていた。むろん規模は江戸城に及びもつかないし、容保の会津若松城でさえ、この程度の建物は幾棟もある。しかし、清雅という点では容保がいままでみたどの建物ともこれはちがっていた。

(神気が漂っている)

とさえ、この神道家はおもった。上段ノ間には御簾《みす》が垂れている。やがてその御簾のなかへ天子があらわれるであろう。

(神の御裔《みすえ》なのだ)

と容保はおもった。容保は、会津松平家の伝統的思想によって、天子が神裔《しんえい》であることを信じきっていた。すでに容保の体に戦慄がおこり、恍惚《こうこつ》がはじまろうとしている。

「肥後守殿、どうなされた」

と、議奏の正親町三条実愛が、おもわず声をかけたほどに容保の顔は蒼白だった。

実愛は、その容保の様子に目をみはらざるをえなかった。

(薩長両藩主はまだこの小御所に昇ったことはない。しかしたとえ昇ったところで、この容保ほどに敬虔《けいけん》なことはないだろう)

と、実愛はおもった。

やがて、衣摺《きぬず》れの音とともに警蹕《けいひつ》の声がきこえ、容保は議奏の注意によって平伏した。

天子は御簾のなかに入られたようであった。

議奏の公卿が、御簾にむかっていった。

「左近《さこん》衛権《えごんの》　少将《しょうしょう》　源《みなもとの》容保《かたもり》でござりまする」

徳川氏、松平氏は源氏である。俗姓はここでは通用しない模様であった。

御簾のなかのご容子《ようす》はわからない。容保はこの帝が、雄偉の目鼻だちと、巨大な玉体をもった方だときいていた。

(ひと目でも)

とおもったが、容保の前には、ただ青一面の御簾がさがっているだけである。

（この男が、容保か）

と、帝のほうは、御簾を通して十分容保を見ることができた。まずこの会津人の齢の若さに驚いた。帝とほぼ同じか、すこし容保のほうが下であろう。この年齢の相似が、このときまず帝に好感をもたせた。

あとで容保の実際の齢を帝は知ったとき、「なんだ、四つも弟か」とそれはそれで、かえって親近感をもたれたというから、この帝はもはや理由らしい理由もなく松平容保という武家貴族を愛されたのであろう。

このとき、議奏が「お言葉」というのを容保に伝えた。むろんあらかじめ用意されていた儀礼であって、帝のこの場の肉声ではない。

が、このとき異例のことがおこった。

御簾がゆらぎ、そのことに驚いて議奏の公卿が上段へにじり寄った。

「わが衣《ころも》をやれい」

と、帝はいった。

人々が立ち騒ぎ、容保はながい時間、平伏のまま待たされた。やがて、容保のそばに緋《ひ》の御衣《ぎょい》が運ばれてきた。

容保はほとんど失神するほどに驚いた。天子の御衣を武家に下賜されるということは先例にないことであった。

「鎧《よろい》の直垂《ひたたれ》にせよ」

という意味の詔《みことのり》が、議奏を通してつたえられた。

（この君のためには）

と、容保はおもった。この若者の昂奮と感激は、かれ自身になってみないとわからぬほどのものであった。

越えて四日、容保は新年の御祝儀として新鮮な鯛と塩鮭を献上した。天子だけでなく、親王、准后《じゅんこう》、関白、伝奏、議奏にも贈った。とくに鯛は若狭の海からおおぜいの人夫に担ぎつがせつつ急送させてきたもので、莫大な駐留費を必要としている、いまの容保の経済力としてはたやすい出費ではなかった。

帝は、朝、この塩鮭を召しあがった。これは容保の鮭か、と何度も言われ、いかにもうまそうに箸をはこばれた。

食事の御用《くご》がすみ、役人が御膳をさげようとしたとき、帝は、この帝の血統としては異様に武骨すぎる腕をあげ、

「待った」

といわれた。帝の指は、膳の上の鮭を指さしている。むろん残肴《ざんこう》で、皮にわずかな肉《み》がついているにすぎなかった。

「それを残しておけ。晩酌の肴《さかな》にする」

よほど御未練だったのであろう。二度いわれた。

この挿話《そうわ》は、容保には伝わらなかった。もし伝わればこの男は、京都守護職をやめて帝のための魚運びに専念したいほどの思いをもったことであろう。

この正月五日、一橋慶喜が、将軍後見職として京に入った。目的は京で駐留し、公卿衆に対する将軍外交を担当するためであった。

容保は慶喜を二条城に訪《おとな》い、京都の市中治安についての報告をした。

俊敏な慶喜は、当該長官の容保から報告されるまでもなく、くわしく知っていた。

「天誅が、なおやまぬそうだな」

と、慶喜は、いらだたしくいった。事実そうであった。会津軍が進駐していらい、しばらくは鳴りをひそめていた暗殺者たちが、ふたたび跳梁を開始しはじめている。

「すこし、手ぬるすぎはしまいか」

という意味の批評を、慶喜は婉曲《えんきょく》に言った。

多少の理由がある。容保は着京以来、いわゆる勤王派に対する態度が、むしろ同情的であった。たとえば、先年、大老井伊直弼が断行したいわゆる安政ノ大獄のとき、京都の与力も四人、思想的な容疑で職を免ぜられた。平塚瓢斎《ひょうさい》、草間列五郎、諫川《いさかわ》健次郎、北尾平次の四人である。容保は京都守護職に着任するや、これらの勤王派与力を一挙に復職させた。

「それそのことには反対しない」

と、勤王の本山ともいうべき水戸家出身の慶喜の思想的立場は微妙であった。

「要は、時期です」

と、慶喜はいった。着任早々にそれらを復職させたことは、政治的ではない。長州や諸浪士は会津の出方を見守っていたのだ。その時期に右の復職を断行すれば、かれらは会津を「わが同志」とみるよりむしろ、

「くみしやすし」

と軽侮するであろう。要するに、天誅事件の再発は、幕府最大の警察軍ともいうべき京都守護職がなめられたことになる。

「そうではないか」

とまでは慶喜はいわなかったが、火鉢をひきよせつつ、

「京はよほど策を考えてやらねば」

と、さとすようにいった。このことが容保のかんにさわった。お言葉ながらそれがし策などは持ちあわせませぬ、といった。

「家臣にもそう申しております。すべて策は用いるな、至誠こそ最後に勝つものだ、至純至誠をもって事を処理せよ、とそのように申しきかせております」

「いや、それならば」

と、物事の情勢の見えすぎる慶喜は、この無垢《むく》すぎる容保の生硬さに、多少興ざめざるをえない。肩をすぼめ、わざと寒そうな風情《ふぜい》をつくってしばらくだまっていたが、

「お心、頼もしく思う。私にも異存はない」

と、いった。

(すぐ、お言葉をお変えになる)

容保はおもった。容保はこのように円転滑脱すぎる慶喜の才子ぶりを、今後どれほど信頼して行っていいものか、かねがね疑問におもっていた。

その後も容保は、慶喜に、

「天誅事件のおこる原因を考えるべきだと思います」

と、具申した。

「その原因に対して手を打てばいい」

「どういう手です」

「言路洞開《げんろどうかい》です」

と容保がいうのは、要するに諸浪士が反対派要人を殺戮《さつりく》するのは互いに意見を十分に交換しあわないからです、ということである。薩長土の過激分子がいたずらに幕府を呪《のろ》うのも、幕府の真意がわかっての上ではなく、流説《るせつ》を信じ、それによってさまざまに妄想し、あらぬ事実を捏造《ねつぞう》してそれに憤慨し狂奔している。要するに話しあえばわかることだ。だから身分を問わず――たとえ町人百姓でも憂国の情がある者にはよろこんで幕府当局者が会ってやる。むろん私はよろこんで会う。あなたも将軍後見役という尊貴な身分であるが、かれら野の処士《しょし》に会ってやってもらいたい。それを天下に布告すればどうだろう、無益の暗殺はやむと思う、と容保はいった。

慶喜はおどろいた。

(この男、正気か)

と思った。正気であるとすれば人の世にこれほど純情な男はいまい、と思った。

「肥後殿、それをやれば政道は混乱し、国家の運営は頓挫《とんざ》し、政府はあってなきようになるでしょう。できることではない」

が、容保はなおもこの自説に固執した。かれ自身、いわゆる志士が黒谷本陣に訪ねてくれば何人来ようとも会って意見を交換し、場合によっては徹宵して結論を得ることに努力してもいいとおもっていた。しかしこれをやるには、身分制度に関する幕法が邪魔になる。このため「言路洞開に関する政令」というものを、将軍の代理人である慶喜から出してもらわねばならないのである。

この間も、重大な暗殺事件があった。土佐の老侯山内容堂が京にのぼるべく大坂を通過したとき、大坂屋敷に池内大学という高名な大坂在住の思想家をよび、一夕、時務の論をきいた。

この池内が酒肴を賜わっての帰路、天満《てんま》の難波橋《なにわばし》で何者かに襲われ、翌朝、橋畔に捨札とともに首が梟《さら》されていたのである。下手人は、当の山内家の下級藩士だというわさがあった。下手人にすれば自分の殿様の佐幕的抵抗に対するつらあてのつもりもあったのであろう。下手人は高名な暗殺者で岡田以蔵《いぞう》だといううわさがあった。

「やはり言路洞開が必要なのだ」

と、容保は、この残忍きわまりない暗殺事件の報告をうけてもなお、平和的な解決法をすてようとはせず、むしろ積極的になり、慶喜にしつこくそれを要請した。

「では、こういうことはどうだろう」

と慶喜がいったのは、正月十五日のことである。場所は二条城で、容保と同座している者に、松平春嶽、山内容堂、伊達宗城《むねなり》という諸侯のなかでの名望家がいた。

「幕令をもって浪士をほめてやるのだ」

と、慶喜は、前言からみれば奇怪きわまりないことを言いだした。むろん、かれのいう「一策」である。大まじめであった。

「暗殺者をですか」

「そうだ」

慶喜はわが企画に酔っているようであった。

「彼等は粗暴とはいえ、親兄弟や妻子をすてて郷国を脱走し、影のごとく流転しつつ国事に奔走している。その手段は誤れるも、その憂国の熱情は買うべきである。それを賞誉してやれば、おそらくその暴行をやめるだろう」

これには、容保はおどろいた。それをやればもはや日本に政府が無いのにひとしい。

「おそれながら暴論でありましょう」

といって反対し、他の諸侯もこれに賛成してくれて慶喜もその案をひっこめたが、容保は慶喜という人物がいよいよこわくなってきた。昨日の言葉と今日の言葉とがまるで思想的にもちがうのである。

(ついてゆけない)

とおもった。

この席上、話題がかわって、長州藩士久坂玄瑞が浪士十数人とともに大挙、近衛関白家を訪問し、関白を包囲して脅迫したという話になった。

「勅諚《ちょくじょう》を出せ」

と久坂らはいったというのである。江戸の将軍が近日、上洛してくる。その将軍に対し、「すぐさま外国と決戦し、かれらを国外に放逐せよ」という天皇命令を出せ、と関白にせまり、「もしこの要求が容《い》れられなければこのお屋敷で一同そろって自殺をする」と剣欛《つか》をたたいて迫ったというのである。

「公卿を脅迫してほしいままに勅諚を出させようという態度はもはやゆるせない。その連中を即時捕えるべきだ」

と、日頃、おだやかな春嶽がまっさきになって幕府の実力行使を主張した。先刻、賞誉しようといった慶喜までがその説に賛同した。

が、奇妙なことに——と彼等は思った——京都守護職である容保のみが逮捕に反対し、

「かれらは彼等なりの憂国の情によってその暴に出たのです。暴が目的で近衛関白を苦しめたのではない。さればこそ私のいうごとく言路洞開によってかれらの誤れる考えをただすべきでしょう」

「おもしろい」

詩人気質の山内容堂のみが膝をたたいて賛成してくれた。しかしこの男はすでに大酔していたから、容保の言葉のどこがおもしろいのか、ついに明瞭ではなかった。おそらく詩人容堂にすれば容保の説よりも、

(稚気愛すべし)

というところを皮肉ったのかもしれず、楽しんだのかもしれない。その証拠にそのあと容堂は杯を含みながら、

「少年の正義、少年の純潔、少年の感傷、ことごとく存しがたい。もし一個の成人にしてそれを存している者があるとすれば、いじんとするに足る」

と、詩句のようなものをつぶやいた。要するに少年の純情は大人になれば消えるものだが、それをなお渾身《こんしん》に持っている者があるとすればいじんと言うに足る、ということであろう。ただしこの場合のいじんは、異人なのか偉人なのか、よくわからない。容堂は容保の珍重すべき純情さが可憐だったのであろう。

が、その容保が、その説を一変せねばならぬときがきた。

「足利将軍木像梟首《きようしゆ》事件」

といわれている事件である。

洛西《らくせい》に等持院《とうじいん》という禅刹《ぜんさつ》がある。足利将軍家三代の菩提所《ぼだいしよ》として知られ、その木像がそれぞれ一体ずつ安置されている。

この年二月二十三日、その等持院に浪士数人が乱入し、三体の木像の首をひきぬき、それを三条大橋詰めの制札場に梟したのである。首は、足利尊氏《たかうじ》、同義詮《よしあきら》、同義満の三顆《か》であった。

従来とはちがった異常な事件であった。木像とはいえ、征夷大将軍の首である。

「徳川将軍への面当《つらあ》てか」

と、それを見た市中の者はたれしもが察した。なぜならば近日、将軍家茂《いえもち》が上洛することを京の士民はみな知っている。

その捨札の文章が、矯激《きようげき》きわまりないものであった。

「この三代の逆賊は皇権を奪い、不臣のかぎりをつくした。織田信長公が出るにおよんでこの醜類を断滅せしめたが、ところがその後この逆賊に類する者が出てきた（徳川氏をさす）。しかも近時、いよいよ奸悪《かんあく》ぶりを示し、その罪悪は足利よりも重い。かれにして前非を悔い、朝廷に忠勤をはげむことがなければ、満天下の有志は大挙してその罪科を糾《きゆう》弾《だん》するものである」

という文意で、あきらかに「徳川氏が悔いなければ将軍の首はこのとおりになる」ということを大声呼号《たいせい》したものであった。

容保は二十四日の朝、黒谷の本陣でこの報告をきき、その捨札の文章を読んだとき、

(将軍家を。——)

と、身ぶるいするような思いで数刻を送った。将軍が浪士に討たれる、過激浪士はそこまで考えている、単に浪士の思想は「攘夷」と思っていたのが、倒幕と将軍誅殺の様相を帯びはじめていることを容保ははじめて知った。

(言路洞開どころではない)

とおもった。かれらは「攘夷」という名で外国に挑戦するものだと思っていたところが、実はその攘夷論も質的変化を来たし、将軍を逆賊とし、それに天誅を加え、ついには徳川家を倒し、幕府をくつがえそうとしている。

容保は、ようやくそれに気づいた。もはやかれらとの間に議論の場がなくなっていることに気づいた。

(うかつな。——)

とみずからを思ったが、思ったときには容保の決意は一変していた。

容保の変貌には、当然、基準がある。藩祖土津公《はにっこう》の家訓第一条であった。

「将軍のためには死ね」

という気魄《きはく》をこめた一条を、歴世の藩主に対して命じているのである。容保はこの一条に死を賭してかれらと戦うべきであった。当然非常警察権をもちい、捜索し、捕殺し、弾圧し、かれらを戦慄、恐怖せしめねばならない。

(浪士たちに裏切られた)

という想いもある。怒りは憎しみに変わった。かれのこの憎しみは、朝廷へのかれの誠忠心とすこしも矛盾しなかった。

「足利尊氏の歴史上の位置は、自分も逆臣であることを認める。しかしかれは一面朝廷から官位をもらい征夷大将軍に任ぜられ、政務を委任された者である。かれは朝廷から御委嘱をうけて政務をとり、武権をとった。この足利将軍の木像を梟首することは、すなわち朝廷に対し奉る侮辱行為ではないか」

そう家臣にも言い、家臣団の思想統一をはかった。会津藩士はこの若い藩主が表明した朝権・武権に関する政治学的解釈にすこしも疑問を抱かなかった。ことごとく服従した。もともと数百年にわたってそのように訓練づけられてきた藩である。

容保は、行動を開始した。単なる行動ではない。この「純情で誠実だけが取り柄」と幕閣の内部からでさえ見られていた若者が、最初に歴史の舞台にかけあがった瞬間であったといっていい。ただしかれの場合、他の「賢侯」たちのように口舌の論をもって歴史の舞台にのぼったのではなかった。のぼったときには、無言で、巨大な斧《おの》を提げていた。この斧はその後六年にわたって血を浴び、この時代の歴史を鮮血で染めてゆくのだが、その最初の事件がこれであった。

下手人捜索には手間はいらなかった。意外にも下手人のなかに会津藩士がいたのである。大庭恭平であった。大庭は容保の着京以前から浪士事情を知るために密命をうけて京に入り、浪士たちとまじわり、その尊崇をさえうけていた。ただ大庭が交わっていた浪士達は、薩長土三藩の背景をもたぬ連中で、出身も武士でない者が多く、当時のことばでいえばまったくの「浮浪」であった。

事件の翌日、大庭が黒谷の会津本陣にあらわれ、容保に目通りを乞うたのである。容保は縁に出た。大庭は縁の下の白洲《しらす》にいた。

「あの一件は、それがしが仲間とともにやりました」

と、この男は庭に突っ伏して泣き出した。本来間諜としての資質をもっていた男ではなく、ただ藩命を重んじて浪士とつきあっているうちに、半ば、彼等に染まった。騎虎《きこ》の勢いでこの挙に加わり、むしろ首領株に推され、等持院を襲った。この間《かん》、恭平には恭平なりの屈折した心情、錯誤、なりゆきがあったが、この場の容保にとっては必要ではない。

　とにかく、下手人の名前と宿所を知るのに苦労はなかった。容保にはすぐわかった。それらの名前のなかで多少の大物は江戸の師岡《もろおか》節斎ぐらいのものであった。あとは伊予の三輪田《みわた》綱一郎、下総《しもうさ》の宮和田勇太郎、同青柳健之助、信州の高松趙之助、同角田由三郎、因州の仙石《せんごく》佐多男、常陸《ひたち》の建部楯一郎、備前の野呂久左衛門、同岡元太郎、阿波の中島永吉、丹後うまれの京都町人小室《こむろ》利喜蔵（のちの信夫）、京都の長尾郁三郎、近江の西川善六（のちの吉輔）などで、下手人および共同謀議人をふくめると十八人であった。その前歴は、ほとんどが百姓、商人あがりである。ただ思想的には平田篤胤《あつたね》の学風を奉ずる者が多かった。平田篤胤はこの時期から二十年前に死んだ国学者で、晩年はほとんど狂信的といえる神道思想家になり、幕末の一部攘夷論者に思想的（というより気分的）な影響をつよくあたえた。

　容保は事件後、二日目の朝、京都町奉行の与力衆を黒谷本陣によびつけ、かれらの逮捕を命じた。与力たちは仰天した。

（とても町奉行所には過激浪士を逮捕できるだけの武力がない）

　かれらは一応、承知して退出した。ところがすぐこの密命が浪士らに洩れた。

（容保は、本気でやるつもりか）

浪士たちは、容保の着任以来の態度のあまさを知っているだけに半信半疑であった。関係者のなかで、阿波人中島永吉という者が、かねて親交のある与力平塚瓢斎《ひょうさい》をたずね、その内情をさぐろうとした。瓢斎はその思想行動のために免職されていたのを、容保が復職させた与力である。

「さあ、それはわからぬ。なにぶん会津侯はあのように婦人のような容貌をもったかただから」

と、与力瓢斎はあいまいなことをいった。

中島永吉は浪士のなかでも策士として知られている。一策を講じ、「もし会津がやるなら大変なことになる」と瓢斎をおどした。「洛中に過激浪士は四、五百人はいる。もしこの事件に手をつければかれらはいっせいに蜂起し、大乱がおこることは必至」といった。瓢斎はおどろき、すぐこれを町奉行永井尚志《なおのぶ》（主水正）に急報した。永井は、幕府官僚のなかでも俊才で知られた男である。

狼狽して黒谷に駈けつけ、容保に拝謁し、その情報をのべ、「ぜひ浪士の捕縛方を中止なされまするように」と懇請した。

「折角の助言ながら、無用である」

と容保は、評判のとおり婦人のようなやさしさでいった。

「京に浪士が何百何千居ようとも、国家の典法はまげられぬ。手に負えぬと足下はいうが、お気苦労をなさるにおよばぬ。予は会津藩主である」

予は会津藩主である、という意味は、日本最強の藩士団をもっている、ということなのか、それとも、将軍のためには「列国とはちがう」忠誠と行動に出るのが会津松平家の家訓である、という意味か、そこは永井尚志にもよくわからない。とにかく、捕縛に決定した。二十六日の日没後、町奉行所はその総力をあげて市中四カ所を襲撃した。祇園、満足稲荷前、衣棚《ころもだな》、室町である。容保はこの捕縛隊の出発を、黒谷の門前で見送り、激励した。

むろん、直接警察行動をおこなうのは町奉行所の与力と同心、それに捕手《とって》であった。(が、地役人《じやくにん》だけでは)と、容保はおもった。京都だけでなく、江戸、大坂などの地役人(町奉行の与力・同心)の臆病さはもはや世の定評になっていた。それを不安に思い、一カ所に七人ずつの割りあいで選抜藩士を派遣した。万一手にあまったときに活動させるためであった。

結局、九人を捕縛し、衣棚の民家にいた因州人仙石佐多男のみは素早く立ち腹を切って死んだ。他は逃亡した。

捕縛後、容保は、藩側の派遣隊長である安藤九右衛門に事情をきくと、奉行所役人の臆病ぶりは信じられないほどのもので、家をひしひしと取りかこんでからでも、たれ一人踏み込もうとしない。

「奉行所の役向きでありますゆえ、なるべく手をくださぬようにしておりましたが、その挙動はまことに珍妙にて」

なんのためか二、三十人が屋根へあがって、屋根瓦をむやみやたらと剝《は》がしては路上にほうり散らし、夜空に咆《ほ》え、互いにわめきあい、気勢のみはさかんで、かんじんの踏み込みをたれもやらない。ついに会津藩士が踏み込み、剣をもって制圧しつつ捕えた、という。

「それほどか」

と、容保はおどろいた。奉行所の武威こそ将軍と幕府の威信の象徴であろう。それがそのていたらくでは、将軍があのように軽んぜられるはずだと思った。

「愚見でございますが、向後《こうご》、かかる場には奉行所人数の出動は無用かと存じまする」

と安藤もいった。安藤はさらに、市民の手前、有害でさえある、ともいった。

「さればどうする」

容保はいった。藩自身が捕縛にむかうのはよいが、そうもできない。罪人の捕縛という仕事は三百年の慣例で「不浄《ふじょう》の行為」とされている。徳川家の連枝であり、右近衛権中将（すでに少将から昇任）の身分にある容保がその指揮をとり藩兵がその不浄の実務につくことは行政上の慣習がゆるさない。

安藤にも妙案がなかった。家老の横山、神保らにもこの解決案がない。

その後、一月ほどたって、この懸案の解決には絶好の事態がおこった。

去年の暮、幕府が肝煎《きもいり》で、江戸において浪士を徴募した。「攘夷先鋒」という国防的目的がその表むきの徴募理由であった。その徴募された浪士団がこの二月二十三日、京の西郊壬生《みぶ》村に入ったが、ほどなく分裂し、大半は江戸に去り、十数名だけが、自発的に京に残った。

その首領が、水戸人芹沢鴨《せりざわかも》という浪士である。芹沢は思案し、「京にとどまるには衣食の道を講ぜねばならぬ。それには京都守護職の給与を受けるのがもっともいい」と思いついた。芹沢には京都駐留の水戸家の家中にも兄がいる。その関係から会津藩に渡りがつけやすく、

「ぜひ、御役に立ちたい」

と嘆願してきた。その嘆願書を直訳すると「恐れながら御城（将軍の京都滞留中の居館である二条城）外の夜廻りなどの御警衛をお命じ下されますれば、ありがたき仕合せにございます。もとより私心は毛頭ございませぬ。もしこの願いをお聴きとどけくださらねば、やむをえませぬ、浪々しても自発的に、天朝・大樹公を御守護し、攘夷を貫徹するつもり

でございます」というものである。

家老横山主税がこの件につき容保に言上したとき、容保はほとんど即座に、

「よかろう」

といった。官制上は、「会津肥後守御預浪士《おあずかりろうし》」とすることにした。御預とは、幕府が徴募した浪士を容保が「預かる」という意味である。隊名は、会津藩側と浪士側とが相談して新選組とつけた。

隊章に、誠の一字を撰《えら》んだ。理由は容保自身の知るところではなかったが、容保が平素この言葉を好んで使い、かつ京都守護職業務の執行の基本精神としている点を考え、家老の横山主税が浪士たちに勧めたのかもしれなかった。

この隊の成立は、京都守護職としての治安警察活動を、ひどく活潑にした。

(町奉行に頼らずに済む)

と、容保は最初その点で安堵したが、かれらの実力が予想以上であることが次第にわかってきて、時に危惧した。

この隊は、市民の者や浪士、長州・土州系の過激壮士に戦慄をあたえた。

藩の公用人《くようにん》（外交方）に、広沢富次郎という人物がある。筆まめな男で、鞅掌録《おうしょうろく》と名づける職務日記をつけていた。その一章に、

浪士。時に一様の外套《がいとう》を製し、長刀地に曳《ひ》き、或《あるい》は大髪頭を掩《おお》い、形貌甚だ偉《たくま》しく列をなして行く。逢う者、みな目を傾けてこれを畏《おそ》る。

とある。都の大路小路に隊伍を組んでゆくこの結社の印象がこれでわかるであろう。かれらは「浮浪」とみれば白昼公然と斬った。人は戦慄し、治安はめだって回復した。容保はいよいよ安堵し、会津藩重役たちはこの隊の増強に力を入れた。会津藩重役鈴木丹下《たんげ》の「騒擾《そうじよう》日記」に、この隊の幹部のことが書かれている。直訳すると、

近藤勇という者は智勇兼備し、どういう交渉事でも淀《よど》みなく返答する。芹沢鴨という者はあくまで勇気つよく、梟暴《きようぼう》の者のよし。この人物は、配下の者が自分の気に入らぬことをすると、死ぬほど殴りつけることもある。

新選組は当初、芹沢に率いられていたが、のち内部粛清の結果、近藤とその係累が指揮をにぎり、その後、「隊規は秋霜のようにきびしくいやしくも粗暴を働く者がない」とい

われるまでになった。

「ずいぶんと後押ししてやるように」

と容保は公用人たちに言い、新選組側も容保の厚意を伝えきいていよいよ奮励するようになった。

この新選組が奮迅すればするほど、容保の世間像が奇妙に歪《ゆが》んできた。最初、近衛関白をして感嘆せしめた柔和で気品のある、どちらかといえば弱々しい印象が、世間で受けとられていたこの若者の像であったが、それが一変した。容保自身には気づかなかったが、世間の容保像に鬼相を帯びはじめた。

「会津中将は血に飢えた鬼畜《きちく》である」

と、噂された。とくに長州藩士や長州系の浪士はそう見、それ以外の角度から容保を見ようとはしなくなった。かれらは容保を憎悪し、しばしば襲撃計画や暗殺計画が企てられた。しかし実際には、黒谷本陣における会津藩兵千人の武力と、新選組の市中巡回との卓抜した探索能力のために、実行については手も足も出なかった。

長州藩は、京都を中心に宮廷革命をおこしそれを軍事革命にもってゆき、一挙に京都政権を樹立しようと企てていた。

　その政権奪取の道具として、攘夷論とそのエネルギーを用いようとした。このため三条実美《さねとみ》ら攘夷派公卿を結集し、精力的に宮廷工作をしつつあった。その宮廷工作は文久三年の夏には頂点に達し、初秋にはほとんど九分九厘の成功まで漕《こ》ぎつけた。反長州派の親王、公卿は宮廷から去り、これがため、朝旨、朝命、勅諚というものが、天子の意見とかかわりなく出され、濫発された。すべて長州藩士やこの藩に寄食する筑前《ちくぜん》浪士真木和泉《まきいずみ》が草案を書き、三条実美がそれを勅諚化した。

　孝明帝の立場は悲惨といっていい。

　この帝が、骨の髄からの攘夷家であったことが、この帝を窮地に追いこんだ。帝の攘夷論には、具体性がなかった。異人を獣《けもの》であると信じておられた。あるとき、廷臣が、米国の東洋艦隊司令官ペリーの画像を天覧に供した。その絵は、江戸の町絵師が想像でえがいた錦絵で、獣の風貌を呈していた。

「やはり異人は禽獣《きんじゆう》である」

　といわれた。この印象はこの帝のご一生を通じての固定概念になった。

　帝は、漢学、国学に長じ給うた点では英明の王というほかない。が、見聞が三歳の幼児よりも狭く、京都南郊の石清水《いわしみず》八幡の山にのぼられたとき、

「世の中にこれほど大きな川があるのか」

といわれた。淀川のことである。そういういわば特殊人であった。その人が異人を不浄視し、憎悪し、頑として鎖国主義をまげられず、幕府の開国主義傾向と対立されたことは、当然といっていい。

ただ、この帝の矛盾していることは、かといって攘夷の断行、つまり外国と戦争をすることを嫌われた。そういう軍事的攘夷論を、身ぶるいするほどにお嫌いになった。

この帝の場合、攘夷論は、思想でもなく政見でもなく、幼児のような願望であった。

「なろうことなら、開港場にいる異人は蒸発してほしい。安政以前の神州にもどってほしい」

と願われた。皇祖皇霊を奉祀してある宮中の賢所《かしこどころ》で、毎日そう祈念された。天子の日常には神事が多く、その点、一個の司祭者でもある。この帝の場合、いわば宗教的攘夷主義というべきであろう。

そういうこの帝の「攘夷論」を長州人と長州系の三条実美ら過激公卿は政治化し、陰謀化した。革命はいずれの場合でも最大の陰謀である点からいえば、かれらの暗躍は悪徳でも悪事でもない。

ただ、帝を苦しめた。

かれらは帝の攘夷論をもって「朝旨」をつくりあげ、公卿をして幕府に迫らしめた。

「なぜ、外国を攘《う》ちはらわぬか」

と、「勅旨」をもってかれらは幕府にせまり、開戦を強要した。

幕府の当局は、世界の列強を相手に戦争して勝ち目のないことを知っていた。が、「朝旨」にはかなわない。公卿に迫られるたびに遁辞《とんじ》をかまえてその場しのぎの対朝廷外交をつづけてきたが、ついに、

「期日を設けて攘夷を断行せよ」

とまで、過激公卿は幕府にせまるようになった。むろんその背後に長州藩がひかえ、かれらがすべての筋書を書いて過激公卿をうごかしていた。長州人の本音は、討幕にあった。幕府が「攘夷の朝旨」を実行せぬとなるや、即時に「違勅」の罪を鳴らして討幕戦にもちこもうとしていた。天才的な革命政略といっていい。

三条ら過激公卿は、帝にもせまった。帝は当惑した。攘夷は願望ではあったが、外国との戦争はいっさいするお気持はなかったし、さらに討幕の御意志などは皆無であった。むしろこの帝は京都におけるもっとも極端な佐幕家のひとりで、その点、松平容保、近藤勇と同思想であった。むしろ一橋慶喜や松平春嶽のほうが、帝よりもさらに進歩的勤王思想家であったかもしれない。なぜといえば、かれらはすくなくとも徳川幕府がすでに国権担

当の能力を欠き、その寿命が尽きはじめていることを知っていたし、ひそかに予測もしていた。

が、帝はご存じなかった。

帝にとっては、徳川幕府の武威は依然として家康当時のものであったし、その軍事力は列強と大差あるまいということを漠然とおもっておられた。

さらにこの帝の性格には軽佻《けいちょう》さがなく、重量感のある保守的思考法を好まれた。自然、秩序美の礼讃者《らいさんしゃ》であり、その当然の帰結としてゆるぎようもない遵法観念のもちぬしであった。

法的にいえば、天皇はこの国の潜在元首である。しかし鎌倉以来、武家政権に国政のほとんどを委任しているのが日本の伝統的統治形式であり、さらに徳川家康の江戸幕府開創によって、天皇の国政上の位置は明文化され、単に公卿の統師者にすぎない。わずかに官位をあたえる権限はあるが、それも極度に制限されたものである。主権者としての権能は皆無であった。

それらのすべてを、徳川将軍家に委任しきってしまっている。それが、翕然《きゅうぜん》とした法であった。この帝は、性格上、無法者《アウト・ロウ》になることを好まれなかった。

このため、三条実美らの不穏の企てを嫌悪されていたが、天皇には宮廷に対してさえ独裁権がなかったために、かれらを制圧することさえこの帝にはできなかった。

のちに維新政府の創設者のひとりになる三条実美は、

「お上は攘夷々とおおせられておりますが、おおせられるだけでなく、それを将軍にお命じあそばさねばなりませぬ」

とせまり、ついに重大な決定をこの帝にさせた。帝みずから大和《やまと》の橿原《かしわら》神宮に行幸し、攘夷親征の宣言をされることであった。もはや将軍を無視し、天皇みずから日本の士民をひきいて外国と開戦することを、祖廟《そびょう》の宝前に誓うというのである。

筑前浪士真木和泉の立案であった。絶妙の革命工作といってよかった。天皇がそれを宣言した瞬間から、天皇はみずから日本の軍事的統率者になり、将軍に委任した兵馬の権は自然消滅し、諸大名は天皇に直結せざるを得なくなる。もはや行幸自体が、革命であった。

帝は攘夷論のなりゆきから、これをついつい承諾されたが、承諾されてから事の重大さに気づかれた。単なる神詣《かみもう》でではなかった。この神詣でそのものが、国内革命と対外宣戦を兼ねるものであることに気づかれたとき、ほとんど度を失われた。

「三条実美は逆賊である」

と、ひそかにご身辺の者にいわれたが、すでに行幸を触れ出してしまった以上、なんともできない。

以前にも、行幸はあった。この四月の石清水八幡への行幸であった。これは単に「攘夷祈願」というだけの目的であったが、そのときでさえこの帝はこの祈願がもたらす政治的影響を怖れ、鳳輦《ほうれん》の出発まで酒をのみ、ついに大酔され、酒の勢いで御所を出発された。

帝は、窮地にある。

が、この懊悩《おうのう》をうちあけるべき側近はすでにいなかった。宮廷はいまや長州系公卿の独壇場になりはててしまっている。

（容保がいる）

とわずかにそのことがこの帝のなぐさめであったが、容保は武家で、公卿ではない。朝廷の方針に参劃することはできなかった。

この間、事件があった。

三月に入京して二条城に滞留していた将軍家茂が、この六月九日、にわかに京を発し、大坂を経て海路、逃げるように江戸へ帰ってしまった。これ以上、過激攘夷論の巣窟《そうくつ》のような京に滞留していては長州派の人質のようなかたちになり、対外開戦へ踏み切らざるをえないはめになるとおもったのであろう。

当然、過激派の公卿たちは、

「不臣の行為である」

と、沸騰した。

この事態を、たくみにとらえたのが、筑前浪士真木和泉であった。この久留米水天宮の宮司だった人物ほど、機略に富んだ浪人政客はいなかったであろう。そのくせ過激とはおよそ程遠い穏やかな風貌と低い声を持ち、貴人と対座すれば目を瞑《つむ》りながらものをいうのがくせだった。かれは常時、河原町の長州藩邸に起居し、長州人のために時勢を分析し、策をあたえ、しばしば三条実美邸へ行き、実美のために宮廷工作の指導をした。

その真木が、

「いまこそ、松平容保を京からほうり出す好機でありましょう」

と、三条邸で実美にいった。

近く行なわれるはずの天皇の大和行幸を機に、三条らは長州藩兵を指導して京でクーデターを決行する秘密計画をもっていたが、そのときもっとも邪魔になるのは、容保と会津藩であった。真木は解決方を、

「この機に」

といったのである。実美にはその意味がわからなかった。

真木は、そのまま目を瞑っている。

「どういう意味であるか」

と、実美はかさねてたずねた。真木は説明した。奇想そのものであった。

「将軍の東帰は、攘夷を祈念される帝に対し奉る不臣の行為でございます。朝廷はその非を鳴らす一方、容保に勅諚をくだし、将軍をひきとめて来いとお命じあそばさるべきであります。勅諚なれば容保はいそぎ将軍のあとを追って江戸へ走りましょう」

自然、京には不在になる。実美にようやく真木の策が理解でき、雀躍《こおど》りしてよろこんだ。

「そちは神智の持ちぬしか。すぐ朝議にかける」

実美は、すぐ同志の公卿を語らい、多数の賛同を得て、この案を決定し、「御沙汰書」という名で、帝のお言葉を作成した。

「群臣協議の結果でござりまする」

と、実美は関白を通じて帝にはそのように報告した。群議決定《けつじょう》し関白が上奏する以上、帝はそれをはばむことは慣例上できなかった。

そこで帝のお言葉と称する御沙汰書が、伝奏の公卿を経て容保にくだされた。

勅諚である。百九十余語におよぶ文章で、内容は要するに、「将軍は東帰した。不都合である。容保はあくまでも将軍に攘夷を貫徹せしむべく、これを周旋せよ」というものであった。容保が東下してこの間の「周旋」をするとすれば数カ月はゆうにかかるであろう。

（こまる）

とおもった。容保が京を留守にする。そのあと、どういう事態がおこるか、たれの目にもあきらかだった。京は天皇を擁する長州人に占領され、幕府は瞬時に崩壊するだろう。が、勅諚にはそむけない、と、この愚鈍なほどに律義な男はおもった。この上は、御沙汰書の取消し運動をおこない、自分に代《か》うるべき人物を選んでもらうよりほかはないと思い、家臣を手分けして公卿衆のもとへ走らせ、哀訴した。容保以下会津人には、ほとんど政治感覚がないといってよかった。かれらはこの勅諚の裏面を推察することができず、三条実美のもとにも頼み入った。三条家に駈け込んだのは公用人の野村左兵衛であった。かれは容保の立場をるるとのべた。

「申すこと、よくわからぬ」

と、実美は当惑したような表情をつくった。左兵衛の会津なまりがひどすぎて理解にくるしむ、というのである。左兵衛はやむなく、謡曲の文語を藉《か》りて朗々と声を張りあげた。

実美は、ゆっくりとかぶりをふった。左兵衛は万策尽き、筆談をした。

実美はやっと了解した表情をみせ、

「お上《かみ》は、肥後守でなければ、とおおせられている。事は火急を要する。すでに朝廷におかせられては、肥後守に対する御下賜の御品までご用意なされている。すみやかに受けよ。受けねば朝旨を侮り奉ることに相成るぞ」

といった。

野村左兵衛をはじめ、各公卿方を訪問してきた藩士が、黒谷にもどった。すべて不調であった。容保は落胆した。が、なおも望みをすてずに再度、運動をはじめようとしたとき思わぬことがおこった。

ありうべからざることといっていい。


窮地に陥ったのは、容保だけではなかった。帝もそうであった。

(あの男が京を離れては)

おそらく戦慄すべき事態がおこるだろうとこの帝は思った。そこまでは帝も十分に推測できた。容保を離京せしむべきではない。が、それを制止する方法も権能も、この京都朝廷の主宰者には持たされていなかった。

が、ついに帝は意を決した。この遵法主義者が、みずから宮廷の慣例を破って独自の行動をとる覚悟をきめた。一介の武家である容保に天皇の自筆による手紙を書き送ることであった。

帝は、書いた。すぐ、伝奏の飛鳥井《あすかい》中納言と野宮《ののみや》宰相をよび、それをさげ渡した。二人は拝読して、同時に青ざめた。

「これは、成りませぬ」

と、かろうじて彼等は言った。容保に差し下すことを伝奏の立場から拒否したのである。帝は無言で、その秘勅をとりもどし、奥へ入御された。

ほどなく、近衛忠煕《ただひろ》の屋敷に女官を遣わされ、ひそかに御所へ呼ばれた。忠煕はいま宮廷に職はない。薩摩系であるために廷臣たちから疎外され、すでに関白職を鷹司輔煕《たかつかさすけひろ》にゆずって閑居している。

「これを会津に渡せ」

と、帝は小声で命じた。忠煕は拝読し、無言で退出した。

屋敷にもどると、たまたま、会津藩の小室金吾と小野権之丞がきていた。忠煕は衣冠束帯のままかれらを客殿で目通りさせ、黒塗り金蒔絵《きんまきえ》の文箱《ふばこ》を渡し、

「そのほうども、命に代えてもこの文箱を黒谷まで運び奉れ。なかに、御真筆の真勅がおさまっている。いままでの偽勅ではない」

と、忠煕は言った。

小室と小野は、決死の勢いで今出川の近衛邸を出た。あとは無我夢中で走った。文箱は小野がかかえていた。小室はその護衛の役にまわり、刀の鯉口《こいぐち》を切り、つばを指でつよくおさえたまま走った。今出川通を東へ走ると、途中に伏見宮屋敷がある。その隣りが二条

家の屋敷である。その門から長州人らしい男が七人出てきた。

「権殿、権殿」

と、小室は、前をひた走る小野権之丞にわめきかけた。

「あれは長人《ちょうじん》じゃ、万が一のときにはあたしが斬り死する。あんたは骨になっても黒谷本陣まで駈けつづけてくれ」

「心得た」

と首をがくがくと振ったころには、ふたりは長州人の間をすりぬけていた。一瞬のまで、かれらはややあってふりむいた。

「あれは会《かい》ではなかったか」

会津人のことだ。当時、藩《はん》によって月代《さかやき》の剃り方がややちがうため、ひと目でわかるのである。

「あほらが、何に泡《あわ》を食っておるのか」

京にあっては、会津人というのはどことなくそういう印象がある。機略にとぼしく、性格が朴強《ぼっきょう》で、表情さえにぶい。それに言葉が西国人にはわからぬため、ほとんど異民族にちかいような観があった。

二人は黒谷本陣に駈けこむと、なにやら喚《わめ》きながら玄関へとびあがった。驚いて家老の横山主税、神保修理、田中土佐らが出てきた。

「下座、下座、下座」

と、小野と小室は狂ったようにそう叫んでいた。家老たちに平伏の礼をとらせようとしていた。家老たちは最初は事態がよくわからなかった。やがてそれがわかったとき、かれらも狂騒し、血相がかわった。

「まさか」

と、容保はその文箱をみるまでは信じなかった。信じられることではなかった。古来、天子から武家に御直筆の宸翰《しんかん》がさがったというような例はない。南北朝時代にただ一例だけはあるという話を、容保はきいていた。後醍醐《ごだいご》天皇が、新田義貞に宸翰を賜うたということである。それ以外にない。それさえ伝説であった。おそらく噺《はなし》ではなかったか。が、いま容保の目の前に進みつつある文箱の内容がもしそうであるとすれば、史上最初のものであるといってよかった。

容保は衣冠束帯し、その箱をあけた。二通の文書が入っていた。読んでみた。まぎれもない青蓮院流《しょうれんいんりゅう》の帝の筆蹟で、信じがたいことが書かれていた。

「今に於《おい》て守護職を遣わす（江戸に）ことは朕《ちん》の毫《すこし》も欲せざるところにして、人の驕狂《きょうきょう》せるが為にやむを得ず此《ここ》に至る」

さきの勅諚はうそだ、と帝は断定している。これだけでも異常事態であった。さらに「人の驕狂せるが為に」というくだりは、三条実美らの過激公卿に脅迫されてやむなくだした、ということであった。以下意訳すると、

「最近、廷臣のなかで驕狂の者が多く、これに対して朕は力がおよばない。あるいはこのあと再び会津に勅諚なるものがくだるかもしれない。それは偽勅であると心得よ。これが真勅である」

さらに、帝の手紙はいう。

「いまかれらが会津藩を東下せしめようとするのは、この藩勇武であるため、京におれば奸人(三条ら長州系公卿と長州藩)の計策が行なわれがたいからである。今後もおそらく彼等は偽勅を発するであろう。しかしその真偽よく会津において察識せよ」

最後に、孝明帝はいった。

「朕は会津をもっとも頼みにしている。一朝有事のときにはその力を借らんと欲するものである」

容保は、突っ伏した。

この若者は哭《な》きはじめた。この姿勢のまま、四半刻《しはんとき》ばかり泣きつづけた。

(この主上《しゆじよう》のためには)

と、容保は思った。この心情は、この時代のこの若者の立場によってみなければ理解できないであろう。

すくなくとも近代の精神のなかにはこの種の感動がない。英国中世の伝説的英雄にロビン・フッドという無位無官の武人がある。その説話ではもともと森の中に住み、自由生活を愛好し、快活で寛大で、なによりも女性の保護者であった。それが、王位を弟に奪われたリチャード獅子心王にめぐりあった瞬間から、この王のために生涯をささげた。

南北朝のころに、楠木正成という武将が出た。河内金剛山系のなかに住み、その身分は、鎌倉幕府の御家人帳にもその名が記載されていないほどに、微々たるものであった。それが流亡の帝であった後醍醐天皇にめぐりあい、予を援けよと声をかけられただけで立ちあがり、頽勢《たいせい》のなかで奮戦し、足利方のために悲劇的な最期をとげた。その弟、その子も、つぎつぎに死に、驚嘆すべきことにはそれだけではなかった。その子孫は熊野の山中に立て籠《こも》り、百年にわたって足利幕府に抗戦をつづけ、その勢力が史上から消えるのは応仁ノ乱に至ってからである。この執拗なエネルギーは、正成が後醍醐帝から肩をたたかれたというその感激だけが根源であった。近代以前には多くのこの型の人物が出、その精神が讃美された。

容保はこのいわば英雄時代の最後の人物といっていい。かれ自身は英雄でなくても、英雄的体験をした。リチャード獅子心王におけるロビン・フッド、後醍醐帝における楠木正成と同様の稀有《けう》な劇的体験をもつことになった。

この宸翰がそれである。

(帝は、自分をのみ頼りにするとおおせられた)

このことほど、容保にとって巨大な事情はなかったであろう。この宸翰がなければ容保の一生はあるいはちがったものになっていたかもしれない。この若者は、この日から一種劇的な心情の人になった。ロビン・フッドがリチャード獅子心王の敵を屠《ほふ》ったように、楠木正成が後醍醐天皇の敵と戦いぬいたように、容保は、孝明天皇自身がそのように指摘した「奸人」どもと戦わねばならなかった。

奸人とは、長州人である。その系列の浪士や、それを背景とする三条実美ら過激公卿どもであった。

(かならず、屠る)

と、この政治性の皆無な、律義いっぽうの大名育ちの若者はおもった。その奸人討殺のために会津藩が全滅してもいいと思った。

容保は、重臣たちをあつめた。横山主税、神保修理、田中土佐ら十数人があつまった。容保はこの秘勅の一件を語り、自分の決意をのべ、

「会津の君臣は、この主上のために京都の地を墳墓にする」

といった。なお言い足りない気がした。が容保は適当な言葉がみつからず、ただ無言で身を慄わせていた。

容保の感動は、会津藩の足軽にまでつたわった。もっとも勇躍したのは、御預浪士新選組であった。

「敵は長州」

と、その目標が明確化された。長州こそ主上のもっとも憎悪し給う逆賊であり、宮廷を壟断《ろうだん》して帝の存在を抹殺《まっさつ》しようとさえする奸人であった。

「斬るべし」

となり、かれらはいよいよ巡回、探索をきびしくした。まさか正規の長州藩士を斬るわけにはいかないため、その係累の浪士を斬った。かれらは路上で斬り、町家で斬り、旅館で斬った。帝と王城を護る唯一の道であると信じた。帝のいうそれら「奸人」を斬ることが、宸翰に応《こた》え奉る道であった。かれらが一人斬るたびに、その血しぶきは容保にかかった。それが容保の世間像はいよいよ魔王の像を呈し、その像は血のにおいがした。

しかし長州系の公卿と志士は跳梁をかさね、いよいよ、問題の「大和行幸・攘夷御親征」の日が近づいた。

「長州は、毛利幕府を作ろうとしている」

という観測が、長州と対立している薩摩藩から出はじめた。西郷吉之助（隆盛）さえ、何度かいった。薩摩藩の長州に対する憎悪はすさまじいものであった。事実、事態がこのまま進めば、長州藩が天下をにぎることになり、薩摩藩はその下風に立ち、会津藩は滅亡せざるをえないであろう。

かといって、容保はどうすることもできない。このおよそ政治力のない藩は、目の前で革命の進むのを見つつ、どんな手をうつこともできなかった。京で、孤立していた。ほとんど痴呆《ちほう》的な孤立といっていい。

京の反長州派の諸藩も、同様だった。かれらは、一つの流説《るせつ》を囁きあった。流説ではなく事実であるかもしれなかった。

長州藩には古来、秘儀《ひぎ》がある、というのである。この毛利家は、関ケ原ノ役《えき》で敗者の位置に立ち、中国十カ国にわたった大封を削られ、わずかに防長二州に閉じこめられた。家士は窮乏し、徳川家を恨むこと甚だしく、萩城下の士はみな足を関東にむけて寝る習慣をもった。だけでなく、毎年、元旦の未明、藩主と筆頭家老のみが城内の大広間にあらわれ、家老が拝跪《はいき》し、

「徳川討伐の支度がととのいましたが、いかが仕《つかまつ》りましょうや」

と、言上するのである。

「時期はまだ早い」

藩主は型どおりにそういう。これが関ケ原戦後、徳川三百年のあいだずっとつづけてきた秘密儀式だというのである。

「長人は口に勤王を唱う。肚《はら》になにを蔵しているかわからない」

と、薩人などはいった。この秘儀の実否を証《あか》すよすがはない。しかし長州人の発想と策謀のなかにはかれらが三百年将軍として拝跪してきた徳川家に対し、一片の感傷もないことだけはたしかであった。これは珍奇なほどだった。このことだけは他藩士との間で、劃然と色合を異にしていた。

話は、帝にもどる。

この帝にも、多少の謀才があったのかもしれない。この帝にゆるされたわずかな発言範囲のなかで、

「わしに望みがある」

と、廷臣に謀《はか》った。

「音にきく会津藩の練兵をみたい」

というのである。過激派公卿はこれに反対した。当然であった。練兵は会津の武威を喧《けん》

伝《でん》するための大示威運動になりはしまいか、とかれらはおもった。

「よろしくありませぬ」

とかれらは上奏したが、帝はあくまでも固執《こしつ》し、会津藩は攘夷の先鋒《せんぽう》たるべき藩である以上、その武威をみておく必要がある、といわれた。攘夷、といわれて、過激派公卿もそれ以上反対する理由をうしなった。

容保に命がくだった。

七月二十四日のことである。「四日後に練兵《うまぞろえ》を天覧に供せよ。場所は、御所建春門前である」ということであった。

容保は、無邪気によろこんだ。天覧《てんらん》の馬揃《うまぞろえ》というのは織田信長以来のことであり、この先例が史上光輝を放っているだけに、武門の栄誉とすべきものであった。が、容保はそれよりも、帝に会えることに胸をときめかせた。もはやこの男と孝明帝とのあいだには、形式的君臣の場を越えた感情が流れはじめていた。

当日は、雨である。

このために予定は流れた。翌二十九日も雨であった。三十日もやまない。

「いかが仕るや」

と、容保は御所へ何度も使いを走らせた。午後二時になって雨はあがった。御所から、よろしかるべし、との使いがきた。

容保は、黒谷を出発した。

参内傘《さんだいがさ》の馬印《うまじるし》を立て、容保は鹿毛《かげ》の馬にのり、甲冑《かっちゅう》をつけ、軍を進めた。

藩兵は千人である。ことごとく甲冑具足《ぐそく》をつけ、砲七門を曳いて進んだ。

この練兵の命がくだったとき、容保は大砲小銃の空砲をうつことを願い出た。

「畏《おそ》れあり」

と、公卿は却下した。御所内で砲発することは畏れ多いというのである。むろん帝の御意思ではなかった。反会津派公卿の個人的判断であった。容保はその使臣の口から、めずらしく皮肉をいわせた。

「攘夷の御親征を触れ出されんとするときに砲声が憚《はばか》りありとはどういうことでございましょう」

これには公卿たちも返答の仕様がなく「二、三発ならば」ということで妥協をみた。

場内に到着し、展開した。

容保の本陣は、参内傘の馬印のほかに、源氏の象徴である白の幟《のぼり》を二旒《りゅう》、ひるがえし、その一旒には「皇八幡宮」と墨書し、他の一旒には「加茂皇太神」と墨書した。

練兵がはじまった。

長沼流によるこの練兵は、あたかも戦場をおもわせるような苛烈《かれつ》さがあり、しかも進退整然としていた。

容保の本陣には、指揮の五種類の信号旗がある。それが容保の手によって間断なく動き、動くたびに兵は自由に動いた。さらに陣貝が鳴り、陣鼓がひびき、時に鉦《かね》が鳴った。

建春門から北へ数十歩の場所に、桟敷《さじき》がもうけられ、そこに帝がいる。帝のまわりに、多数の公卿がいた。

容保の本陣からは帝の表情まではみえなかったが、そのたたずまいから、帝の容保への情念をこの若者は十分に感ずることができた。容保は奮励した。

やがて雨になった。が、雨を衝《つ》いて練兵をつづけた。日が落ち、夜になった。なお容保は練兵をやめなかった。

戦場のあちこちで篝火《かがりび》を焚《た》き、その火炎と白煙のあいだで甲冑刀槍がきらめき、すさまじいばかりの様相になった。

夜戦である。一方は家老横山主税が大将になり、一方は容保が大将になっていた。両軍接戦し、剣戟《けんげき》の音が天地に満ちた。

「もう、おひきとりあそばしては」

と、左右の廷臣が帝に奏上したが、帝は黙殺された。やがて、

「わしはこれほど面白いものを見たことがない」

とつぶやかれた。頰に血がのぼり、その大きすぎる御肩に力が籠《こも》っていた。帝はこの日ほど容保を頼もしくおもわれたことはなかったであろう。

やがて夜雨のなかで練兵はおわった。

この会津藩練兵は帝をよほど魅了《みりょう》したのであろう。この天覧が病みつきになって、

「また見たい」

と数日後に触れ出され、八月八日にふたたびそれを実施させられた。帝にとってはすでに単なる興味ではなく、「朕の会津藩」の宮廷と諸藩への一大示威行為であったのであろう。

その二度目の練兵が終了し、容保が兵をまとめたあと、なお温明殿《おんめいでん》の上の天に残照が残っていた。

「容保をよべ」

と、帝は伝奏《てんそう》に命ぜられた。

容保は参内した。

故例によって、戦時もしくはそれに準ずる場合、武臣の参内は武装のまま とされていた。

容保は陣羽織のみぬぎ、風折烏帽子《かざおれえぼし》に鎧《よろい》を着用し、太刀を佩《は》き、この場合の故例によっ

て、御車寄の階《きざはし》の下にひざまずいた。

帝は、階上にある。

この場合のしきたりとして、帝は無言であるべきであった。とくにおおせられるべきことがあれば、議奏の口を通して言われるのが慣例であった。

が、このとき帝はふと、

「わが緋の衣を着ておるな」

と、容保へ微笑された。事実、容保は、拝領した帝の御衣《おんぞ》を戦袍《せんぽう》に仕立てなおし、鎧の下に着ていた。

そのことが帝にとっては、いかにも愛らしくおもわれたのであろう。

このあと、議奏から型どおりのねぎらいの言葉があり、水干《すいかん》、鞍《くら》、黄金三枚を賜わる旨容保に伝えられた。

この日、八日である。

例の、天下一変するであろう大和行幸・攘夷親征の日が近づいている。

五日、経った。文久三年八月十三日、その「勅命」が、親王、公卿、在京の諸大名にくだされ、いそぎ行幸供奉《ぐぶ》の準備をせよ、と、命ぜられた。この勅諚は、諸藩をおどろかせた。

（長州系公卿の出した偽勅ではないか）

と容保はおもったが、宮廷のことについては探索する法がなく、もしそれが表向きに疑った場合は、「叡慮に疑惑を抱き奉った」ということで朝敵にされ、討滅されてしまうであろう。沈黙している以外になかった。その容保の沈黙のあいだも、この静かな革命は進行しつつあった。

（わが家も、徳川家も、これでほろびるかもしれぬ）

とおもった。容保は無能すぎるほどの沈黙を黒谷本陣でつづけた。この男とその重臣は、宮廷に対する裏面工作がまったくできなかった。

ここで、一勢力が擡頭《たいとう》した。

薩摩藩である。たまらぬ、とおもったのであろう。十三日のこの重大勅命に接した直後、この政治能力に満ちた藩は、ひそかな活動を開始した。むろん、潜行活動である。最初はかぼそすぎるほどの動きであった。まず、この藩の錦小路藩邸から、一人の若い藩士が路上に出た。密使である。

この薩摩人は、高崎佐太郎といった。維新後、正風《まさかぜ》と称し新政府の顕職を兼ね、のち宮中御歌掛の長になり、明治中期までの日本歌壇の中心的存在になった人物である。

が、このころのかれは、作歌は余技だったにすぎない。教養、文才のあるところから、薩摩藩における諸藩周旋方(外交官)をつとめていた。

顔色の赤い、この童顔の若者は、藩命によって会津藩を密訪《みつぼう》するつもりであった。

薩摩藩の秘計は、一夜で会津との秘密同盟を結び、両藩の軍事力によって宮廷を占領し、長州藩とその系統の公卿を京都から追いおとそうとするにあった。

それには、会津藩の意向をきかねばならないが、薩摩と会津とは、思想もちがい、たがいに警戒しあっていたため、従来まったく交通はなかった。

「会津藩の公用方で秋月悌二郎《ていじろう》という士がいる。秋月は若いころ諸国を漫遊していた男だから、見聞もひろく、性格も闊達《かったつ》で、会津臭がない。話しやすい」

ということが藩邸できまり、この高崎佐太郎が使者に立ったのである。

秋月は、黒谷に近い町家の離れを借りて下宿にしていた。来訪者の名札を見、

(聞いたことのない名だな)

とおもった。招じ入れてみると、見たこともない男である。しかも平素、藩交際のない薩摩藩士であった。

「私が、秋月ですが」

と、まずいった。秋月の特技は、さわやかな普通語をしゃべれることであった。彼は会津藩の儒者のあがりで、かつて江戸や西国に遊歴したことがこの男の人柄に光沢をつくっ

た。学殖があり、文藻《ぶんそう》もある。

その点、高崎は似ている。この歌人は、薩摩語でないことばも、すらすらとしゃべることができた。この男が密使にえらばれたのはその特技があるためであった。

双方、語りあった。

「偽勅にちがいない」

という観測で一致した。

高崎は、「会薩同盟」を結びたい、とさりげなく提案した。秋月は内心おどろいたが、そこは練れた男でさりげなくうなずき、「至極なご妙案」とうなずいた。

そのあと、この薩摩の密使を案内して黒谷本陣にゆき、容保に会わせた。

容保は、薩摩の提案を応諾した。応諾しながら、

(薩州も、妙なことをする)

と、ほのかにおもった。薩摩藩といえば長州とは別派ながらも反幕勢力の巨魁《きょかい》である。

(あるいは、世評ほどのことではないのかもしれぬ。この一事でもわかる)

と思った。容保という男は、天性、権謀術数の感覚に欠けていたのであろう。薩摩はたんに便宜上会津藩をひきずりこむだけのことで締盟を申し出ていることを、容保は察することができなかった。いや、できぬ、というよりも、そういう感覚を働かせることを、こ

の男は生来はずかしく思うところがあった。

高崎と秋月は、黒谷を出た。

あとの工作は、政治巧者の薩摩人にまかせるしかしかたがなかった。薩摩藩には、中川宮という昵懇《じっこん》の親王がいた。この親王は穏健派であったために、いまは君側からしりぞけられて閑居している。

訪問し、事情をのべた。

「会薩が同盟したか」

と、宮は声をひそめた。この二大勢力が同盟すれば、その武力を背景にいまの宮廷勢力を一挙にくつがえすことができるであろう。宮は自信をもった。

「主上に内奏する」

といった。

宮は翌日関白を通じて直奏《じきそう》の手続きをとり、十五日の夜明けごろ、参内した。

宮はまず大和行幸の準備に関する十三日の「勅書」について伺い奉った。

「なんのことぞ」

と、帝はおどろいたことに、みずから発したはずの在京諸侯動員の勅書についてなんの知識ももたれていなかった。宮は、会津・薩摩両藩にくだったその「勅書」をさしだした。

「これが、わしの勅書か」

と、帝は、ぼう然とその文面を見た。覚えもないことであった。

「三条実美のしわざか」

そのとおりであった。勅書の文案は、久留米浪士真木和泉が書きおろしたものである。

この日から、薩摩藩の公卿工作がはじまった。薩摩には薩摩系の公卿がいる。かれらは長州系の跋扈《ばっこ》以来、勢いを失っている。

薩摩藩はかれらにひそかに説きまわり、会薩秘密同盟のことを言い、日を期して宮廷改革をおこないたい旨、言上した。

「会薩が提携したのなら」

と、みなこの密謀に参加することを賛成した。会津と薩摩が手をにぎれば、京都最大の軍事勢力になるであろう。公卿は千年来、武力の強いほうに付く習性をもっている。

この工作の成功は、中川宮から帝にも内奏された。帝は沈黙した。なおこの帝は過激派をおそれるがごとくであった。

その夜、帝の寵姫《ちょうき》である高松三位《さんみ》保実《やすざね》のむすめが、ひそかに御所をぬけ出た。ひそひそと物蔭を縫ってあるき、人がくると足をとめて身をひそめた。

帝の密使であった。やがて中川宮の屋敷にいくと、ほたほたと門をたたいた。中川宮が

面会すると、

「私が勅使です」

と、彼女はいった。まだ十八になったばかりのあどけない娘であった。途中長州人にみつかればあるいは命はなかったかもしれない。

「勅語を申しあげます。このたびの企て、承知した。朕《ちん》も覚悟をきめた。かれらを宮廷から一掃したい。そのことについては容保に処理せしめよ。容保に命を伝えよ」

そのあと、中川宮邸から、宮の家来が黒谷へ走った。昼のようにあかるい月明の夜だった。

容保は、感激した。さらにこの男には、この事態を処理するのに彼にとって幸いなことがあった。

会津藩は、京都守備のために千人の藩兵が常駐し、一年交代で帰国せしめていることについてはすでに触れた。この月のはじめその交替の藩兵が到着したばかりであった。これによって京にいる会津藩兵は一時的に二千人になっている。「軍事行動《クーデター》による政変」をおこすには十分すぎるほどの兵力であった。在京兵力が二百人程度にすぎぬ薩摩藩は、この会津の兵力を羨望《せんぼう》した。この強大な武力と手をにぎることによって薩摩藩の政治能力は、飛躍的に騰《あが》った。すでにきのうまでのこの藩ではなかった。この藩の幕末におけるその後の主導的地位は、この夜から出発したというべきであろう。会津は単に利用された。

宮廷での内密活動は、薩摩系の中川宮がひとりで担当した。

「十七の夜、主上、御寝《ぎょし》あそばされず」

と、女房日記にある。女房たちはそれが何のためであるかがわからなかった。帝は夜がふけてもなお、灯《ともしび》のもとで凝然《ぎょうぜん》と座しつくしていられた。この雄大な体軀と小心すぎるほどの神経をもった帝王は、時間の重味に堪えられない様子であった。やがて一時の時計が鳴った。深夜の、である。そのとき、帝が待ちに待った中川宮がひそかに参内してきた。

御所は眠りのなかにある。宿直《とのい》の過激公卿たちも議奏も伝奏も、例の三条実美も、すべて御所周辺の公卿屋敷でねむりつづけているはずであった。

「御上《おかみ》」

と、宮はいった。宮はこのとき満で二十九歳である。先帝仁孝天皇の養子で、皇族にはめずらしく才幹と勇気のある人物とされていた。一時は南北朝時代の大塔宮《だいとうのみや》をもって過激志士たちから期待されていたが、その後、孝明帝に信任されてゆくにつれて帝と同様長州派をきらうようになっている。維新後久邇宮《くにのみや》朝彦親王と称されたが、明治後、その存在はふるわなかった。

「お覚悟はおよろしきや」

「よい」

帝は、うなずいた。だけでなく、みずから指図をくだされた。

「時を移すな。朝になれば、三条らの一味が出仕してくるであろう。夜中に兵を動かせ。容保にすぐ伝えろ。すぐ来よと申せ」

御所の蔵人口《くろうどぐち》に、中川宮の家来武田相模守《さがみのかみ》がひかえている。宮はそれをよび、

「黒谷へゆけ」

と命じた。ほかに、薩摩、因州、備前、米沢、阿波の五藩にも急使が立った。

黒谷では、容保は参内の装束のまま待ちつづけていた。兵はことごとく武装して庭に満ちている。

黒谷は、京の東の丘陵地にある。まわりはほとんどが、田園と雑木林であった。京の市街地への道路はいわば農道で、腸のようにまがっている。兵は灯を消し、無言で進んだ。

容保は、鴨川の東岸に出た。堤の上にのぼると、川の瀬がきらきらと月明に光っている。

そこに橋がある。

現在の加茂大橋に相当している。しかしこの容保の当時は大橋ではなかった。中洲から中洲へかかっている踏み板のような橋にすぎない。容保は河原へ降り、川瀬を越えながら、

(あるいは長州藩と一戦せねばならぬかもしれない)

と覚悟した。夜、河を渡って都へ入る、というこの行動に多少の詩情を感じた。詩情が容保の心境を必要以上に緊張させた。

容保は堺町御門《さかいまちごもん》に達するや、兵を九隊に部署して九つの御門を固めさせ、ただちに宮中に入った。

当夜宿直の議奏加勢の葉室長順《はむろながのり》が出てきて容保をよび、勅命を伝えた。

「固く宮門を閉ざし、召命あるにあらざれば関白といえども入らしむべからず」

この勅命は、ただちに九門の守備兵に達せられた。すでに各門には、薩摩、因州、備前、米沢、阿波の兵が到着して長槍をきらめかせている。

時刻は、午前三時をすぎた。帝のまわりには中川宮がいる。ほか、近衛、二条、徳大寺などの穏健派の公卿がいた。

中川宮は、帝がみずから起草された叡旨《えいし》を朗読した。その措辞《そじ》、激越であった。過激派の公卿と長州藩を罵倒《ばとう》し、偽勅行為を攻撃し、三条実美以下に禁足を命じ、かれらに対する取調べを下命したものであった。

夜が白むころ、急変を長州藩は知った。すぐ藩士、浪士をかきあつめ、大砲二門を曳き、数百の人数で河原町から押し出し、堺町御門に到着し、なかに押し入ろうとした。

会・藩の兵がそれを制止した。激論、揉《も》みあいがおこった。

この騒動は、宮廷に達した。公卿、女官が廊下、小庭、林泉でさわぎまわり、収拾がつかぬ状態になった。この騒ぎをさらに大きくしたのは、

「長州の人数は、浪士をふくめて三万」

という流言であった。

関白鷹司輔煕《すけひろ》は、

「長州の兵は、三万と申すぞ」

と、騒いでまわった。悪気はなかったのであろうが、恐怖に堪えられなかったのであろう。

この間、御所の一室では、廷議がひらかれていた。席上、鷹司関白は「兵三万」のことを言い、非常の場合であるため、武臣の容保もその席に列していた。

「会津はいかほどか」

と、詰め寄るようにいった。

「二千でござります」

おだやかにいった。

「二千が三万に勝てるか」

「軍《いくさ》は、算用ではござりませぬ」

と、容保はいんぎんに答えた。だけでなく、この若者にすればめずらしく大言壮語にちかいことをいった。

「もし合戦がはじまりますれば、一挙に殲滅《せんめつ》つかまつりまする。このこと、お疑いありませぬように」

堺町御門にある長州藩兵は路上に二門の砲を据え、砲口を御所に向けて威嚇《いかく》し、槍の鞘《さや》をはらって集結している。ほぼ百メートルはなれた門内に、会津・薩摩の守備兵が整列し、戦闘準備をととのえたまま対峙《たいじ》していた。

結局、勅使が河原町の長州藩邸へゆき、その兵を撤退せしめた。

十八日は暮れた。容保は不眠のまま指揮所にあったが、藩兵は御門内の露天に屯《たむ》ろしている。雨がふりはじめた。夜半になって風が出、雨勢が強まり、兵も砲も濡れた。

この夜の夜半、政変に敗北した長州人とその浪士団は、三条実美ら七卿を擁しつつ東山妙法院から京を落ち、長州に去った。

容保は、この政変に勝った。がその勝利の実利を得ず、利は薩摩藩が得た。この夜から維新成立にいたるまでの京都朝廷は、権謀の才にめぐまれた薩摩人たちの一手ににぎられた。

容保は依然として、一個の王城護衛官でありつづけたにすぎなかった。

ただ、京都の市中におけるその警備能力はすさまじさを加えた。市中警備は新選組が担当している。京に残留潜伏中の長州人や長州系浪士をみればこれを斬った。斬ることが、かれらの法的正義であり、思想的正義でもあった。なぜならば、会津藩は朝廷と幕府から京都守護を命ぜられており、かつ、長州人は天皇の敵であったからである。

帝はよほど長州勢力を憎まれたらしく、京を去った中納言三条実美のことをいうときはかならず、

「逆賊」

といわれた。またこの二十六日に在京の大名を御所によびつけ、

「さる十八日(政変の日)以前の勅命については自分はあずかり知らぬ。十八日以後の勅命こそ真実の自分の言葉である。左様に心得よ」

といわれた。

長州人は京に足場をうしない、完全に失落した。かれらはその失落を、会津・薩摩のせいとした。かれらはかれらなりに、純粋にそう信じ、この両藩をもって逆賊とし、「薩賊会奸」ととなえ、容保を日本における最大の奸物としてはげしく憎悪した。この憎悪は、京における新選組の活動によっていよいよかきたてられた。

その容保が、それから五年後の慶応四年正月には京の政変で敗れて大坂城にいる。

（なぜわしはここにいる）

ということが容保自身にもふしぎに思えるほど、時勢の変転というものは不可解であった。ほとんど魔術にかけられたようなものであった。

あのときあれほど固く手を握ったつもりの薩摩藩が、その後わずか二年数カ月後の正月には、京都に潜入した長州人と締盟し、薩長秘密同盟を結んでしまっていた。

が、この攻守同盟は完全に秘密をまもられ、薩長両藩の家中でさえ、要人のほかは知らされていなかった。

京の会津藩の機構はこれを探知できなかった。黒谷にいた容保はあいかわらず薩人を、「孝明帝の忠臣」という点で同志だと信じていた。

が、その容保に、異変がおこった。その当の帝が、病まれたのである。この御発病前に、将軍家茂が大坂で病死した。第二次長州征伐を発動しようとしている最中であった。そのあと、慶喜が将軍になった。

慶喜は慶応二年十二月五日に将軍に宣下《せんげ》され、十三日、その御礼言上のために参内しようとしていた。が、宮中の内意をきくと、意外にもその前々日より帝は御発熱だという。

「肥後守、お身はご存じであったか」

と慶喜は二条城で容保にきいた。容保は愕然《がくぜん》とした。

「存じませぬ」

といったものの、容保はお風邪か、という程度におもっていた。それに容保自身、このころは強度の精神疲労で、一時はほとんど病床にあった。不眠がつづき、夜中、行燈《あんどん》のあかりさえ「重い」といって消させた。隣室にいる宿直の士のかすかな息づかいが神経を圧迫し、廊下をゆく家臣の足音さえ、脳にひびき、割れるような頭痛がおこった。心労であったのであろう。この若者には、この職は酷烈すぎるようであった。この間の時勢はいよいよ変転し、かれの能力ではもはや理解に堪えられぬところまできていた。それでもかれは理解し、処理しようとした。

当然、神経に重圧がかかった。この若者は泰平の、普通の身分にうまれていれば学者にでもなっていたであろう。学者としてはとくにすぐれた創造性はもたなかったかもしれないが、先哲の学問を祖述できる程度の学者になっていたはずであった。そういう資質であった。その男が、日本史最大の政治と思想の動乱期である幕末に成人し、その中心的人物として京に駐留させられているのである。ときに瀕死《ひんし》に近い神経疲労におかれるのも当然であった。

余談ながら容保のこの病中、かれにとって終生わすれぬ感動があった。この帝は、自分の唯一の同志ともいうべき容保の病状を憂え、宮中の奥でみずから祈禱された。仏式ではなく神式でおこなわれ、その間、潔斎し、夜も嬪妃《ひんき》を近づけられなかった。祈禱しながら、神鈴をたかだかと振られるのが常であったが、ときに、

「きょうこそ容保はよくなるであろう。神意にとどいたらしく、振る鈴の音《ね》がいつもより澄んでいた」

といわれたりした。さらに洗米《せんまい》を祭壇に供えられ、祈禱がおわると下げ、容保の家臣をよんで、

「この白米を容保にあたえよ。毎日、幾粒かずつ服用せよ」

といわれた。なお快方にむかわぬと聞かれると、

「つぎは蟇目《ひきめ》の術（祈禱の一種）をほどこそう」

などといわれた。

この異例すぎる帝の愛情は当然なことながら若い容保の心情をはげしくゆさぶった。かれは洗米を頂戴したとき、もはやこの感動のなかで死にたいと思った。

その帝が、御不例であるという。

（御風邪か）

とおもっていたのが、翌々日になって御容体がかわってきた。容保は毎日御所の詰め間に詰め、議奏の公卿からご様子をきいた。十一日に高熱があり、十五日になっていよいよ熱が騰った。この間、御便通がなかった。十五日朝、典医は下剤をさしあげると、夜半になって便がおりた。ところが十四日ごろからお顔に吹出物が少々出た。

十七日午後になっていよいよ発疹《はっしん》がはなはだしく、ついに天然痘《てんねんとう》と診断された。典型的な症状で、どの典医の目にもこの病名は一致した。当時すでに一部の蘭方医のあいだで種痘を実施している者があったが、帝の場合はむろんそういう施術を受けられていない。感染の経路ははっきりしていた。帝に日常近侍している少年にその患者があった。その者から感染されたのであろう。

もはや死を宣告されたも同然の病気であった。医師はほどこすすべもなかった。病名決定の十七日から七社七寺に御平癒《ごへいゆ》の祈禱を命ぜられたが、日が立つにつれ発疹の密度は濃くなり、顔面が腫《は》れあがり、ついに二十五日の夜、崩御された。御発病後、半月目であった。

この間、容保はほとんど寝ることがなかった。日中、公務を処理し、夜半になると参内し、終夜詰めつづけて、暁になって退出した。かれも日ごとに衰弱し、頬肉は落ち、血の気をうしなった。崩御をきいたとき、容保は放心し、膝が立たず、家老横山主税にかかえられるようにして御所を退出した。

「毒殺」

という説がすでにあったが、容保は信じなかった。討幕派の下級公卿である岩倉具視《ともみ》が毒を飼ったというのだが、その御病状は素人目《しろうとめ》にも明確な天然痘であり、その定型的な進行状態をたどりつつ、最後の息をひきとられた。容保は御所にあってそれを知っている。が、毒殺説が出るのも当然とおもわれるほどにその後の政情は一変した。幼帝が践祚《せんそ》された。明治帝である。

すでにひそかながらも討幕方針に転換していた薩摩藩とその系統の公卿岩倉具視の秘密活動が、にわかに活潑になった。孝明帝が在世されていたかぎり討幕は不可能であった。この帝は佐幕家であり、それも濃厚すぎるほどの佐幕家であった。その帝は、いまはない。幼帝の保育者は、その外祖父である前大納言中山忠能《ただやす》である。もし詔勅を発しようとすれば、この中山忠能を同志にひき入れさえすれば自由に発することができた。忠能が、幼帝を介添えしつつ、詔勅文に印璽《いんじ》を捺《お》せばそれですむのである。岩倉は、孝明帝の死後、忠能に接近し、一年がかりでこの中立派的存在であった老公卿を同志にすることができた。もはや、革命が成功したのと同様であった。

孝明帝の死後一年後に、先代の「朝敵」であった長州藩の罪が勅命によって解かれ、藩主の官位が復せられ、さらに討幕戦の関ケ原ともいうべき鳥羽伏見の戦いが勃発している。いや、勃発した。

当時、容保は、徳川慶喜とその幕下とともに大坂城にあった。「朝廷に嘆願する」ということで、幕軍は京に押し出した。先鋒は、会津藩と新選組であった。最初、京から攻めくだってきた敵は単に薩長軍であった。「官軍」ではなかった。激闘し、数日にわたった。が、薩長軍はすべて新式銃砲で装備されていたため、旧式の刀槍部隊を主力とした会津藩および新選組は死傷はなはだしく、戦闘は悲惨をきわめた。開戦後、三日目に薩長軍の側に錦旗《きんき》があがり、かれらは官軍になった。幼帝の詔勅によるものであった。この錦旗が薩長側にあがったことによって徳川幕下の諸藩の多くは戦闘中に中立もしくは寝返りをし、戦いは全線にわたって総崩れとなった。

容保は、大坂城にいる。錦旗が薩長側にあがったということをきいたとき、その事態がよくのみこめなかった。

「わがほうには大坂城がある」

と、軍事的な最終勝利を確信していた。大坂城だけでなく、強大な海軍力があり、幕府歩兵があり、さらに江戸には旗本八万騎がひかえ、関東の諸侯がいる。どこからみても軍事的には悲観的な材料はなかった。

思想的にも、正義を容保は信じていた。薩長は勤王を唱えるが、あれほど先帝に愛され、藩の総力をあげてその先帝のために尽瘁《じんすい》し王城の治安を守りぬいてきたのは自分ではなかったか。勤王と誠忠の第一の者は自分のほかにない、と信じきっていた。

（一時は策謀は勝つ。しかしやがては至誠なる者が勝つ）

とも、かれは信じていた。かれは一時的敗軍を怖れなかった。薩長はいまその謀略によって一時的に宮廷を占領している。しかしあの文久三年八月に容保自身がつぶさに経験したように「正義」が勝つはずであった。あれほど宮廷で暴慢をきわめていた長州勢力が、一夜で退潮し、「正義」が勝ったではないか。

（いずれ、そうなる）と、容保は信じた。この天性、政治的感覚に欠けていた男がもっている唯一の政治哲学というべきものであった。この政治哲学によって容保は足掛け七年の京都生活を送り、いささかの大過もなかった。

が、容保の不幸は、あまりにも政治感覚と時勢に敏感すぎる男を、その宗家にもっていたことであった。

徳川慶喜である。慶喜は、開戦以来、風邪熱があって大坂城の奥で病臥していた。

「錦旗が出た」

ときいたとき、慶喜は弾機《ばね》のように病床からはね起きた。（逆賊になる）ということが、この徳川一門きっての知識人には最大の恐怖であった。かれは尊王主義の本山である水戸家にうまれ、一橋家を継ぎ、さらに十五代将軍を継いだ。水戸思想は、室町幕府の初代将軍である足利尊氏を「逆賊」と規定する史観によってその体系が成立している。慶喜にはその知識がある。尊氏は南朝の錦旗にそむいたがために六百年後のこんにちにいたるまで日本史上の逆賊になっているではないか。

（自分も）なるであろう。慶喜の複雑さは、自分の歴史的価値を知りすぎていることであった。徳川十五代将軍でしかも家康以来の政権を奉還したのが、自分であった。その行動は巨細《こさい》となく後世の歴史に書かれるにちがいない。それを、足利尊氏と同様、「逆賊」と刻印されるのはたまらなかった。もともと慶喜自身、なりたくてなった将軍職ではなかった。どちらかといえば、この男はその将軍の職につくことを渋った。その理由はただ一つである。かれは将軍になる前から、徳川家の運命を見とおしていた。それほどのかれが、いまさら京都軍に抗戦してまで、逆賊の汚名を着る気はない。

「肥後守をよべ」と、お坊主に命じた。慶喜のおそれていたのは、会津藩と新選組であった。この藩は、捨てておけば慶喜の意思とは無関係に、あくまでも意地をとおして抗戦に踏みきるにちがいなかった。そうなれば、慶喜の後世の「汚名」はまぬがれない。

「越中守もだ」と、慶喜はいった。桑名藩主で京都所司代だった松平越中守定敬のことである。容保の実弟であった。実弟であるため、桑名藩も主戦派であるはずであった。

「待て」と、慶喜は、お坊主をよびとめた。

「雅楽《うた》、伊賀、伊豆、駿河《するが》、対馬《つしま》もだ」

いずれも、徳川家高官である。雅楽頭《うたのかみ》は老中酒井、伊賀守は老中板倉、伊豆守は大目付戸川、駿河守は外国奉行石川、対馬守は目付榎本である。

慶喜の城内での住居は「お錠口」より奥にあり、普通、余人は入ることはできなかった。(なにごとが)と思い、容保はお錠口の奥の慶喜の居間に入った。その容保をみると、慶喜は即座に、

「逃げる」

といった。容保は、言葉をうしなった。まさか、と思った。慶喜は、先月、薩長の宮廷革命に憤慨し、二条城で群臣をあつめ、筆をとって料紙に、

「必討」

と大書し、群臣にかざしてみせてかれらの決意をうながしたばかりではなかったか。しかも慶喜は激語し、

「薩長なる君側の奸を掃討すべし」

といった。容保にとっては、これが宗家の命であった。この慶喜の断乎たる方針と命令があったればこそ、会津藩は鳥羽伏見で戦い、その先鋒はほとんど殲滅的打撃をうけた。六日夜、前線の敗報が大坂に入った。大坂にある会津藩本隊は激昂《げっこう》し、慶喜に迫って出動を乞うた。大坂には会津藩だけでなく幕府歩兵など、なお二万ちかい徳川軍の幕下がいる。京の薩長軍は、土州をふくめても二、三千にすぎない。

「勝てるはずでございます」

と、会津藩士は、慶喜の袖をとらえんばかりにして戦闘命令を懇請した。このとき慶喜はしばらく考えていたが、やがて、

「承知した。千騎戦死して一騎になるとも断乎退くべからず」

と、大声で命じた。これによって会津・桑名の藩士は狂喜し、城外へ出てそれぞれ戦闘配置についた。いまもついている。

しかもいま、前線ではなお会津藩士は大坂をめざして退却をつづけつつあり、それを収容するにいたっていない。

その藩主である容保をつかまえて、

「いますぐ予と江戸へ逃げよ」

と、慶喜はいうのである。容保はここ七年慶喜のこの種の変幻きわまりない発言になや

まされつづけてきたが、このときほど唖然《あぜん》としたことはなかった。

が、機微すぎる慶喜には、そのつどそれぞれ理由があった。この場合、会津藩兵に戦闘をやめさせる手は、容保を人質に奪い去る以外になかった。

「わが命が聴けぬか」

と、慶喜は、恫喝《どうかつ》するようにいった。慶喜は、容保の温順で純良すぎるほどの性格を知りぬいていた。

「しかし」

と容保が顔をあげたとき、慶喜はすかさず、

「宗家である予の命である。そこもとの会津松平家の家訓には、初代以来、大君《たいくん》に忠勤であれ、他国とはちがう家である、という旨の一条がある。わが命に背《そむ》くのは家祖に背くこともあるぞ」

容保は、ほとんど無意識に膝をにじって退《さが》ろうとした。このかれにとっては奇怪なる宗家の主《ぬし》からのがれたかった。

「動くな」

と、慶喜はいった。慶喜は才子ではあったが、節目々々《ふしめふしめ》には凜乎《りんこ》たる演技力をもった男で、その場その場の態度からみれば、長州の桂小五郎をして「家康以来の傑物」とおそれ

しめたものをもっていた。ここはお錠口の内部《なか》である。

事実、容保は動けなかった。ここはお錠口の内部である。家来は入って来れない。ついで慶喜は、言葉をやわらげた。

「戦うのだ」

と、意外なことをいった。容保は混乱した。が、すぐ慶喜の次の言葉が、容保の思慮を明確に統一してくれた。

「関東に帰って、事をきめる。すべてはそれからだ。大坂ではなんともできぬ」

この意味を、容保は、長期抗戦という意味に理解した。この理解が容保のひそかな自分の方針と適合した。かれのこのあとの会津若松城における惨澹たる抗戦はこのときから出発したといっていいであろう。

六日夜十時、慶喜は、容保ら数人をつれ、大坂城を脱出した。この前将軍は、城内のたれにも告げずに、闇にまぎれて出た。

城門を脱け出るとき、慶喜の家来である衛兵が誰何《すいか》した。慶喜自身、

「小姓の交代である」

と、いつわった。衛兵は出てゆく男が、まさか自分にとって雲の上の人である慶喜であるとは知らず、「ご苦労」とねぎらって通した。かれら幕軍は、その総師によって大坂に

捨てられた。

慶喜らは、天満八軒家《てんまはっけんや》から川舟に乗り、海に出た。この大坂の海港である通称天保山《てんぽうざん》の沖には、幕府軍艦の開陽、富士山、蟠竜《ばんりゅう》、翔鶴《しょうかく》が碇泊《ていはく》しているはずであったが、夜目にはよくわからない。

やむなく近くに碇泊している米国軍艦に小舟をつけ、同行した通訳の高倉五郎に事情を話させた。

米国軍艦の艦長はこの意外な訪問者の立場をすぐ了解し、日本のもっとも尊貴な亡命者として一夜の宿を貸した。

翌朝、かれらは軍艦開陽に移乗し、錨《いかり》をあげて去った。

江戸への船中、慶喜はふたたび豹変《ひょうへん》した。容保をよんで「自分は京都に恭順したい」と言いだしたのである。

ただし慶喜は容保が反対することをおそれ、箱根の関門をふさいでの関東抗戦の戦略をほのめかし、

「そういう手も考えている」といったが、どこに慶喜の本音があるのか、容保にはつかめなかった。

(もはや、わからぬ)

と、容保は江戸藩邸の奥で疲労をやしないながら思った。慶喜のやり方が政治というものであった。容保にはそれを理解する能力がなかった。そのうち、おいおい大坂から敗残の藩兵たちが帰ってきた。かれらは、容保に抗戦をせまった。容保には痛烈な弱味があった。かれらを戦場で棄てた。いま情としてその抗戦論に反対することはできなかった。が、しばらくかれらをおさえた。慶喜は、そういう容保と会津藩を、今後の対朝廷政策上の邪魔物とした。

(会津は血でよごれすぎている)

事実、そうであった。京の巷《ちまた》では長州系の志士を斬り、元治元年の蛤《はまぐり》御門《ごもん》ノ変では来襲してきた長州軍をむかえ討って潰走させ、鳥羽伏見の戦いでは先鋒を承《うけたまわ》って奮戦した。(そういう容保と会津藩が江戸にいては、官軍を挑発し、官軍の江戸攻撃の理由を提供するようなものだ)

容保にいわせればそれらはことごとく京都守護職の職務であった。容保はただそれを忠実に遂行したにすぎなかった。しかも、その職は容保の望んだものではない。当初、再三再四ことわったにもかかわらず、慶喜と越前福井侯松平春嶽が、懸命に説得したためやむをえず就任した職ではないか。

政治のふしぎさはそれだけではない。容保を説得してあの困難な職につかしめた春嶽の越前福井藩は、いまや薩長土の驥尾《きび》に付して官軍になり、春嶽は京都における維新政府の議定職になっていた。容保は江戸に帰ってほどなく江戸城登城を禁じられた。その後さらに慶喜の使者がきて、

「遠く府外へ立ち退《の》くべし」

という慶喜の命を伝えた。

(どういうことだ)

と、容保は、もはや、政治というものがわからなくなっていた。

が、命に服せざるをえなかった。二月十六日、かれは藩兵をひきいて江戸を去り、会津若松へむかった。その帰国を見送る幕臣は一人もいなかった。隊列が遅々として進まなかったのは、隊中負傷兵が多いためであった。

二十二日、会津若松城に入った。容保にとって七年ぶりの帰国であった。帰城後、慶喜の恭順にならって謹慎屏居《へいきょ》し、京都の恩命を待った。

が、恩命のかわりに、会津討伐のうわさが聞こえてきた。

やがてそれが事実となった。容保は何度か京都方へ嘆願書を送った。その嘆願書は数十通にのぼった。が、ことごとく容《い》れられず、ついに奥羽鎮撫総督の討伐をうけることになった。容保は開戦を決意した。

会津藩は砲煙のなかに官軍を迎え、少年、婦人さえ刀槍をとって戦い、しかし敗れた。明治元年九月二十二日正午、容保は麻裃《あさがみしも》をつけ、草履を穿ち追手門《おうてもん》をひらかせ、城下を歩き、甲賀町に設けられた式場へゆき、降伏した。

容保の降伏を受けた官軍側の将は、薩摩人中村半次郎、長州人山県小太郎であった。のち容保は奥州斗南《となみ》に移され、その後数年して東京目黒の屋敷に移り、明治二十六年九月になって病み、十二月五日五十九歳で死んだ。

容保の晩年は、ほとんど人と交際《つきあ》わず、終日ものをいわない日も多かった。ただときに過去をおもうとき激情やるかたない日があったのであろう。

ある日、一詩を作った。旧臣たちはその詩をみて世に洩れることをおそれ、門外に出さなかった。

なんすれぞ大樹　連枝をなげうつ
断腸す　三顧《さんこ》身を持するの日
涙をふるう　南柯《なんか》夢に入るとき
万死報国の志　いまだとげず

半途にして逆行　恨みなんぞ果てん
暗に知る　地運の推移し去るを
目黒橋頭　杜鵑《とけん》啼《な》く

大樹、とは慶喜のことである。なぜ徳川家門の自分をあのような残酷な運命のなかに投げこまねばならなかったのか、とのべ、さらにひるがえって孝明帝の恩に報いるところがなかったわが身の逆運を憾《うら》み、この二つのわが恨みはついに果てない、という、怨念《おんねん》の詩といっていい。

容保は、逸話のすくない人間であった。ただこの怨念について逸話がある。晩年のかれは無口で物静かな隠居にすぎなかったが、肌身に妙なものをつけている。

長さ二十センチばかりの細い竹筒であった。この竹筒の両端にひもをつけ、首から胸に垂らし、その上から衣服をつけていた。

就寝のときもはずさず、ただ入湯のときだけはずした。

たれも、その竹筒のなかになにが入っているかを知らず、容保自身それを話したこともなかった。

容保が死んだとき、遺臣がその竹筒の始末をどうすべきかを相談した。

容保は、京都時代、独身であった。維新後はじめて内妻として身辺に女性を置いた。その女性が、五男一女を生んだ。容大《かたはる》、健雄、英夫、恒雄、保雄《もりお》、ほかに女子一名である。かれらが父の通夜《つや》の夜、その竹筒をあけてみた。

意外にも、手紙が入っていた。読むと、ただの手紙ではなかった。宸翰であった。一通は、孝明帝が、容保を信頼し、その忠誠をよろこび、無二の者に思う、という意味の御私信であり、他の一通は、長州とその係累の公卿を奸賊として罵倒された文章のものであった。

維新政府から逆賊として遇されたかれは、維新後それについてなんの抗弁もせず、ただこの二通の宸翰を肌身につけていることでひそやかに自分を慰めつづけて余生を送った。

「御怨念がこの竹筒に凝《こ》っている」

と、明治の中期、第五高等学校教授になった旧臣秋月悌二郎がこのことに異様なものを感じた。秋月はたまたま熊本にきた長州出身の三浦梧楼《ごろう》将軍にそれを語った。三浦はそれを、長州閥の総帥山県有朋に話した。三浦にすれば座興のつもりで話したにすぎなかったが、山県は、

「捨てておけぬ」

といった。山県にすれば、その宸翰が世に存在するかぎり、維新史における長州藩の立

場が、後世どのように評価されるかわからない。

人をやって松平子爵家に行かせ、それを買いとりたい、と交渉させた。額は、五万円であった。

が、宸翰は山県の手には入らなかった。松平家では婉曲に拒絶し、その後銀行にあずけた。

竹筒一個

書類二通

という品目で、いまも松平容保の怨念は東京銀行の金庫にねむっている。

八木為三郎老人壬生《みぶ》ばなし

子母澤《しもざわ》　寛《かん》

子母澤　寛（しもざわ　かん）

一八九二年～一九六八年。北海道生まれ。明治大学法学部を卒業。地方紙を経て「読売新聞」や「東京日日新聞」での記者生活をおくる。一九二八年、聞き書き形式による実録『新選組始末記』を刊行して話題となり、『弥太郎笠』『国定忠治』などの股旅小説を発表した。代表作に『勝海舟』『父子鷹』『おとこ鷹』。著書多数。

壬生屋敷

八木為三郎老人壬生ばなし（昭和三年十一月十五日）

新選組生まる　私の家へ泊ったのは、芹沢鴨《せりざわかも》、近藤勇《こんどういさみ》、山南敬助《やまなみけいすけ》、土方歳三《ひじかたとしぞう》、永倉新八《ながくらしんぱち》、沖田総司《おきたそうじ》、野口健司、原田左之助、井上源三郎、藤堂平助、平間重助、平山五郎、佐伯又三郎の十三人ですが、南部亀二郎さんのところに泊っていた新見錦《にいみにしき》、粕谷《かすや》新五郎の二人と、斎藤一《はじめ》というのが殆んど此方《こっち》へ入浸《いりびた》って、毎晩雑魚寝《ざこね》をしていたという話でした。十三人と斎藤一は朧《おぼ》ろげながら記憶はありますが、新見と粕谷というのはまるきり覚えがありません。

壬生へやって来た浪士隊が、また江戸へ逆戻りをしたのは、日記を見ますと、文久三年の三月十三日のことで、日の出を待って出かけたように思っています。

しかし御承知の通り、私の家にいた人達は、みんなその儘居残りました。新徳寺ではだいぶごたごたしたそうですが、私の方は静かなものでした。

浪士達の評定は大てい新徳寺でやりました。よく壬生寺《みぶでら》へも泊ったような事を申しますが、あれは間違いで、あの寺は勅願寺ですから、そんなことは出来ないのです。ただ後《のち》に、あすこの地内で新選組が大砲やら洋式の訓練やらをやったことはあります。

浪士隊が出発した翌々日十五日の朝に、芹沢鴨が私の父のところへやって来て、

「これから会津侯のところへ歎願に行くから」

といって、五六人前の麻上下《あさがみしも》を借りて行きました。みんな私共の定紋がついているので父が、

「それでもいいのですか」

というと、芹沢は、

「かまわんかまわん」

といって、笑っていたのを記憶しています。

芹沢や近藤が戻って来たのは、もう夜になってからでしたが、芹沢は真赤な顔をして酔っているようでした。

「拝借の上下《かみしも》で、一同紋どころが同じだから、会津中将の御重役も驚ろいたろうな。しかしまア八木さん、我々も万事上々の首尾だったから喜んで下さい」

と、こういう意味のことをいって、

「こんな愉快はない」

と大喜でしたが、父に酒の無心をして、何んでも一同で徹夜で飲んでいたようでした。

檜の標札　翌日はまた借り物の上下《かみしも》で、誰々でしたか二三人出かけて行きましたが、一方私の家の門の右の柱に、幅一尺長さ三尺位の檜の厚い板で、

松平肥後守御預

新選組宿

という新しい標札《ひょうさつ》を出しました。この板も私の家にあったのを貰って行って近所の大工にけずらせて来たもので、これをかけると、沖田総司だの、原田左之助なんかが、その前へ立って、がやがや云いながら、しみじみ眺めて喜んでいました。

新選組のセンの字は確かに「選」で、この名札は、ずっと大正になるまで残っていたのですから間違いはありません。一度新徳寺で新選組の遺品を集めようとした事がありますが、もう殆んど壬生には無いといってもいい位のもので、前川荘司さんのところに、楽書《らくがき》をした雨戸が一枚だけあります。

雨戸の楽書　この楽書は誰のものかはっきりしません。はじめは近藤勇が書いたのだといっていましたが、然《そ》うではない勇の養子の周平の楽書だという説もあります。いずれ

にしても壬生から西本願寺へ移る頃のものではないかと思います。上の方へ、

新選組
　局長
　　近藤　勇

と書き、下の方の右側に、

寒雨淋々不結夢
真延旅縨遇陣営
　　壬生陣中作

中央から左へかけて、

子息同姓周平　女也
佐々木内
　　周　平

とあります。上部と右側の字は相当なものですが、左側のは幼稚な筆蹟です。

前川荘司宅　いよいよ会津中将の御預《おあずかり》となると、さア一同の喜びは大変なものでした。

私の父なども、

「まあよかった、どうなることかと思っていたが、浪士達もきょう明日には会津屋敷へ引取られるだろう」

といっていましたが、どうしてどうして引取られるどころか、芹沢は一同を引きつれて前川荘司さんのところも無理矢理手に入れて終いました。前川さんのところでは鵜殿《うどの》さんなど幕府の役人が帰ったので安心していましたら、そこへ芹沢がやって来て、ずるずるべったりに入り込み、

「われわれの同志は追々に増加する、八木のところだけでは手狭で困るから当家をも拝借する」

と、いやも応もないのです。前川さんは遂々《とうとう》閉口して、一家を開け渡して、一先ず六角《ろっかく》通《どおり》の両替店の方へ移られて終《しま》いました。

だが、芹沢等はみんな前川方へ移って終うのではなく、私の方はやはり私の方で寝泊りをしているのです。私の家でも、新選組が余り騒がしい日などは、下男や女中ばかりにして、一家で親類へ泊りに行ったりしていました。

前川さんは北向きの長屋門《ながやもん》で、門を入って石畳の上を南へ突当って玄関、つづいて左手が勝手口で、ここから土間を通ると広い裏庭で、土蔵が二戸前《とまえ》、一つは西向き、一つは北向き、何しろこの土蔵の横手に砂山を築いて大砲射ちの稽古をした位ですから広いもので

す。その屋敷の周囲を、西側も北側も長屋風に座敷で取巻き、西側に小さな門があって、ここから出入りして、道一つへだてた私共や南部亀二郎さんのところと往復していました。私共は、門が東に向いて、入って右側が南に向いた母屋《おもや》、南部さんは、私どもの南隣りでありました。

前川さんのすぐ裏つづきに、垣根一つで禅宗の新徳寺があるのです。前川さんの門前は、殆んど家のない広々とした畑で、私のところも、南部さんも新徳寺の裏も、みんな野原のような畑だったのです。

離れ座敷　私のところでは、はじめ離れ座敷だけを貸しました。いまの八木本家（当主は源之丞の孫喜間太《きまた》氏）の、門を入って、右手の母屋からまた東の方へ離れたところで、六畳に四畳半、それに三畳に外に少し板敷もあります。ここが室《へや》と定まっていたのですが、ここだけにじッとしているような人達ではありません。お終《しま》いには母屋まで勝手に使うという有様でした。

この離れは今では民家になっていますが、その頃は四方が畑で、夜などは元より真ッ暗で、わが屋敷内ながら、母屋から小半町も離れていますし、淋しいものでした。原田左之助が、

「こんな小ッぽけな離れ家では、寝ている中にずぶりと槍を突通して担《かつ》いで行かれてもわからん、安心して眠れん」

などと笑い話にいっていました。

それで、前川さんをも占領して終ったのでしょうが、私共や前川さんばかりでなく、それから追々人数が殖《ふ》えるに従って、近所の屋敷へ、どんどん人数を押しつけて、みんな困りました。近所の人へは乱暴なんかしませんでしたが、ちょっとした口の利《き》き方や往来の歩き方でも何んとなく乱暴なので、みんな恐《こ》わがっていました。しかし、京都の町の人が、

「壬生浪《みぶろ》壬生浪」

といって、身慄《みぶる》いしていた程恐い人達でもなく乱暴でもなかったのです。暇な時には、若い隊士なんかは子供を相手にして日向《ひなた》ぼっこをして遊んでいたものでした。

芹沢は、私の離れに泊まる事が多かったが、近藤勇や土方歳三は、大てい前川方へ泊っていたと思います。方々に泊っている隊士を集める時は、前川方坊城《ぼうじょうどおり》通西口へ出て、カチカチという拍子木を鳴らしました。

壮士の風采　隊士達は、壬生へ来た頃はみんな貧乏でした。服装なども見葵《みすぼ》らしい人が多く、縞《しま》の木綿《もめん》の着物に小倉《こくら》の袴、それに木綿の紋付を着てるというのは上等の方で、

紋付なんかなく、やはり百姓のような縞の木綿の羽織を着て、刀がなければ、どこから見ても武士には見えないような人もありました。袴《はかま》にきちんと折目があるなんて人はまア有りませんでした。

鼻紙から煙草銭にも不自由だったのでしょう。

「一寸《ちょっと》貸せ」

といって、近所の店から借られて行くと、なかなかその金は持って来ません。それでも段々後ちになると、こんなことも無くなり、壬生の人達も、心をゆるして、新選組の便利もずいぶん計るようになりました。

ただ、どうも夜でも夜中でも、大きな声で口論をしたり、詩を吟じたり、何にか歌を唄ったり、殊に島原から女などをつれて来て、わいわいいっているのが、この辺一帯はことに静かなものですから、一層響き渡るような風で弱りました。

芹沢　鴨　芹沢は丈の高いでっぷりとした人物、色は白く目は小さい方でしたがよく酒を飲む、朝から酒の香《におい》がして、まず酔っていないことは無いという風です。三十四五位でした。やはり細かい縞の着物を多く着て白っぽい小倉の袴。羽二重の紋付などを着た事もありましたが、紋は人並以上に大きく丸に開いた扇《おうぎ》の紋どころでした。両手を内ふところへ入れて、隊士をぞろぞろつれて歩いているところなどは立派でした。
兄が二人あって、水戸様の家来だという事でよく立派な服装で訪ねて来ました。

近藤　勇　近藤は沢山いる新選組の中でもさすがに違っていました。私共はああして前後四五年も朝夕顔を合せていたのですが、あの人の酔って赤い顔をして歩いているのなどは見たことがありません。私の父が、

「近藤さんは酒を飲まないかと思ったらやはり飲むそうだけれども、酔った風を見せないのは偉いものだ」

といっていたのを知っています。

よく皮色の木綿の羽織を着て、袴はやはり小倉、私共に逢っても、何にかしら言葉をかけて、ニコニコして見せる、無駄口は利かず立派な人でした。刀の話が好きだったと見え、私の父と話している時は、大てい刀か槍の話でした。

芹沢は乱暴で、割れるような大きな声で隊士を叱りとばしたり、私の門内で足駄で蹴飛ばしたりしたのを見ましたが、近藤はそんな事をせず、黙っているのに、隊士達は却って、これをこわがっていると、父がいっていました。

山南敬助　山南敬助は仙台の人でした、丈は余り高くなく色の白い愛嬌のある顔でした。学問もうんとあるし、剣術も達者だというて、私の父などとは、殊に懇意にしていました。面白いことに、この人が黒の羽二重の紋付に同じ黒羽二重の袷《あわせ》を着ていましてね。それが袖口はぼろぼろに切れ、袷のふところのところがすっかり刀の鍔《つば》ですり切れて穴が開いているのです。ふところに入れた紙などがその穴から出て来るという有様で、いつでしたか私の家の縁側の柱にぼんやり立っていてこの袖口のぼろを引っぱっていたのを見たことがありました。紋どころは丸に立葵《たちあおい》と記憶しています。

子供が好きで、私などと何処で逢ってもきっと何にか言葉をかけたものです。

土方歳三、沖田総司　土方《ひじかた》は役者のような男だとよく父が云いました。真黒い髪でこれが房々としていて、眼がぱっちりして引締った顔でした。むッつりしていて余り物を云いません。近藤とは一つ違いだとの事ですが、三つ四つは若く見えました。

「薬屋のむすこだというが、ちっともそんなところが見えないなア」と私も思っていました。後で聞いたのですが江戸にいる時に薬の行商をしたと云いますから、その時分は薬屋の悴《せがれ》だと間違われていたものでしょう。

沖田総司は、二十歳《はたち》になったばかり位で私のところにいた人の中では一番若いのですが、丈の高い肩の張り上がった色の青黒い人でした。よく笑談《じょうだん》をいっていて殆んど真面目になっている事はなかったといってもいい位でした。酒は飲んだようですが女遊びなどはしなかったようです。

近藤は、

「総司総司」

と呼んでいました。この沖田が近所の子守や、私達のような子供を相手に、往来で鬼ごっこをやったり、壬生寺《みぶでら》の境内を馳け廻ったりして遊びましたが、そんなところへ井上源三郎というのがやって来ると、

「井上さんまた稽古ですか」

という。井上は、

「そう知っているなら黙っていてもやって来たらよかりそうなもんだ」

と、忌《い》やな顔をしたものです。

井上は、その時分もう四十位で、ひどく無口な、それで非常に人の好い人でした。近藤の弟子だという話でした。

原田左之助　原田は気短かでせかせかした男でした。二た言目には、

「斬れ斬れ」

と怒鳴りましたが、これもいい男でした。酔っぱらうと、着物の前をひろげて腹を出して、これをぺたぺた叩き乍ら、

「金物の味を知らねえ奴《やつ》なんぞとは違うんだ、切腹の跡を見ろ」

といって、左の方から真一文字に腹を半分ばかりも切った傷跡を出して見せました。丸に一文字の黒木綿《くろもめん》の紋付を着ていましたが、槍は名人だという話でした。

隊士の勤務　新選組が出来て、段々隊士が集まって来ると、前川さんを本部にして、毎日ここから、槍をかついで二十人位ずつ隊をこしらえて、京都市中の見廻りに出かけました。隊服というのがありました。浅黄のうすい色のぶっさき羽織で、裾《すそ》のところと、袖《そで》のところへ白い山形を赤穂義士の装束のように染抜いてあるのですが、大きな山で袖のところは三つ位、裾で四つか五つ位でした。
しかし、これは全部に行渡っていないので、まあ主立った人が十人に一人か二人位着ていた程度のものです。余りいい服ではありませんので、自然誰も着なくなりました、勿論近藤だの土方だのという人達は着ませんでした。この、公然とした見廻りもやりましたが、それよりは別に変った様子もなく、三人五人とふだん着のまま出て行っては、京都中をぶ

らぶらしている事が多いようでした。

隊旗と提灯　隊の旗は緋羅紗《ひらしゃ》で、縦にやや長く四尺位、幅は三尺位のもので白く「誠」という字を抜き、その下の方に波形の山形がついていました。高島屋でこしらえたのだといっていましたが、面白いことに、隊士達が暇さえあればこれを担ぎ出して、前川の玄関前の広いところで、大喜びで振っているのです。恰度《ちょうど》火消しが纏《まとい》を振るような真似をして、それを、ひょいと他の者へ投げて渡す、これをまた受取って振るというような訳で、みんな汗をかいてやっていました。

提灯も出来ましたが、「誠」という字の下の方へ隊旗と同様波形の山がぐるりと廻っているものでした。こういうものはみな前川方に備えてありましたが、門前には別に看板もなかったのです。よくここへ「壬生屯所《みぶとんしょ》」と名札を出したと云いますが誤りです。

試し斬り　隊士達は用事のない時は、よく日当りへ出て刀を抜いて手入れをしているのを見ました。私にはよく解かりませんが、父の話で、「隊士達はさすがに刀だけは身分不相応な物を持っている」とのことでした。

それで自然、刀の自慢が出る、斬れるか斬れないかというような話になって、遂には半分喧嘩腰で「論より証拠、斬って見せる」という事でその辺のものを手当り次第に斬るのです。云わば簡単な試し斬《ためぎり》ですが、私の家の離れ家の床柱にも三四カ所刀痕があり、前川さんの座敷の床柱にも大きなのが二太刀あります。それに前川さんの表門の左の出窓の右側の柱に深いのが二太刀あります。

一刀ざックとやると、三寸位斬込んで、下の方へそぎ取るように斬っているんですから驚きます。

それより酷《ひど》いのは、私の家から唐銅《からかね》の火鉢を、借りて行ったことがありますが、二三日すると、誰も知らぬ間に、それがそッと返してあるのです。見ると、一太刀四五寸も斬込んでありましたので吃驚《びっくり》して、借りて行った芹沢へ話すと、

「どうも済まん済まん」

と頭をかいている。

「一体斬ったのはどなたですか」

というと、

「俺だ俺だ」

と、そのまま頭をかいて逃げて行った事があります。

　火鉢でさえこんな次第ですから、何んでも、

「貸して下さい」

というから、貸してやる時には、もう呉れてやるつもりでいなくてはいけませんでした。新選組となった当座は、弓もなく槍もないので、私の家のを、

「一寸貸して下さい」

といっては持って行く。そうすると、これまた誰にもわからんように、そうッと返して置く。見ると槍は柄《え》が半分に折れている、弓は弦《つる》がないどころか弓そのものが半分になっているという有様、或時などは槍の柄だけ戻って、穂《ほ》の方は遂々《とうとう》戻って来なかったというような事さえありました。

佐伯亦三郎殺さる　佐伯亦三郎は、とにかく新選組が誕生する時からの人ですが、長州の人間で、永く大阪にいたという話でした。大変芹沢の気に入りで、よく傍について歩いていました。まだ二十四五位の若い人です。
　これが、どうした訳か芹沢の持っている煙草入れの「うにこうるの根付《ねつけ》」というのを盗んだのです。さあ大変で芹沢がその詮議をする、門をぴっしゃり閉めて終《しま》って、一人一人

呼出してやったのです。

いつもがやがやしているのに、その日は俄かに静かになったので、私が、

と思って門番に聞いてみると、

「何んだろう」

「何にか御詮議の事がある」

という話。これが佐伯のことだと、後になってわかりました。

文久三年の夏のはじめだったと思います。

間もなく佐伯は、芹沢に連れ出されて、千本の朱雀《すざく》の藪の中で斬殺されて終《しま》いました。芹沢というのは、きのうまで可愛がった味方でも、すぐにこんな風に変って終った人物です。それも、ただ首を断るというようなのではなく、うまく騙《だま》して、油断をさせておいて、頭から鼻筋まで割りつけたという話でした。

後ちに、この事を聞いたので、隊士達へ、

「佐伯さんはどうして斬られたのです」

というと、

「あれは長州人で、新選組に入ったのは怪《け》しからんといって、長州の奴に殺された」

といったものもあり、

「島原の女に迷って隊長の物を盗んだからだ」

という者もありました。

しかし、うにこうるの根付を盗んだことは、父も、近藤や、その他の人達から聞いたのですから本当でしょう。

帳場に座った芹沢　その頃、私の家の小さな子供が病死しました。芹沢も近藤も大層気の毒がって父に悔みをいっていましたが、

「武骨者で役には立たないが」

と、玄関の帳場へ座って、香典や何にやかやのお客に応待してくれていました。近藤はまだ木綿縞の細かな着物を着ていたと覚えています。

「武家だけに二人ともさすがに挨拶はしっかりしている」

と父がほめていました。

色々の手伝なども若い隊士達がやってくれて、いざ葬式となると、みんな葬列へ入って見送ってくれる。この葬列に郷士の作法で槍を立てて送りますが、それが左手で持って行くのです。芹沢はこれを見て、

「槍を左手で持つなんて法はない、間違っている」

というのです。父は、

「これは昔からのこの辺の郷士の作法です」

といって説明すると、例の大きな声で笑い出して、

「間違った作法などのある訳はない、貴下は知らんのだ」

と、嘲《あざけ》るのです。時が時なので父も少しむッとしたのですが、近藤が傍にいて、

「芹沢先生、処変れば品変るですよ、お目出度《めでた》などと違って不吉の時ですから槍を左手に持つということもありそうな作法です」

と口を出しました。

「馬鹿な！　八木さん右手に持たせなさい」

とあくまで頑張りましたが、父は遂々《とうとう》腹を立てて口も利かず、そのまま行って終《しま》いました。

しかし、あれでなかなか親切で、葬式の後に、近藤と二人で帳場の仕事一切を綺麗に片づけてくれました。

この時分、二人が帳場（玄関の受付）に坐っていて、退屈な時には、巻紙や半紙などに、いろいろいたずら書きをし、芹沢は面白い絵なども書いて、これがずっと後までありましたが、いつの間にか唐紙の下張りなどに使って終《しま》いました。

この時に私の父の言葉に、

「芹沢は太っ腹だが投げやりでいけない。近藤は役者が一枚上なようだ」

と評していたのを記憶しています。

芹沢鴨暗殺

局長芹沢が殺されたのは文久三年九月十八日の夜でした。この日は朝からびしゃびしゃ雨が降って、お昼頃一時晴れましたが、また夕方から今度は、土砂降りのひどい雨になりました。新選組では、

「きょうは会津侯からのお手当で島原角屋《しまばらすみや》の総揚げだ」

といって、お昼頃になると、隊士達はぞろぞろ出かけて行きました。はじめは前申した通り十四名か五名位だった隊士も、この頃はもう三四十人以上にもなっていたと思います。

みんな大変な元気で若い人達など大喜びでした。羽織を借りたり、新しい履物を買ったりしていました。


出かけて終《しま》うと、前川でも、私のところでも、近所近辺火が消えたように静かになりました。ただ隊士に馬詰《まづめ》新十郎という四十六七の武士がいましたが、これと悴の同じく柳太郎《りゅうたろう》というのがたった二人、留守居を仰せつけられて、私の方へやって来て、近所の女など

を二三人呼び集めて、母屋の勝手の方の部屋で酒を飲んでいました。

馬詰は父子とも隊士なのですが、よくみんなの頼まれごとなどを引受けて親切に世話してやるので、隊士達にも気受けがよく、芹沢や近藤も、年上ではあるけれども、目をかけてやっていたようでした。父の新十郎は柳元斎《りゅうげんさい》などともいっていたと思います。

馬詰でもそうですが、新選組の隊士達は、自分達に提供されてある離れ家も使っているが、また勝手にどんどん母屋も使って、大威張りで玄関から出入りしているので、夜などは、芹沢などは、後には殆んど母屋で寝ていました。酒盛りもやれば、女もつれて来る、実に閉口したものでした。

私の家では、父源之丞は、この日は京都の方に用事があって、朝から留守、夜になっても戻りませんでした。


美人お梅 日の暮れ少し前に菱屋《ひしや》のお梅がやって来て、台所の方で私の家の女中どもと、話をして遊んでいるのを見ました。芹沢がいないのでその帰りを待っているのです。

このお梅というのは、二十二三になるなかなかの別嬪《べっぴん》で、眼元のいい口元のしまったきりりとした色の白い女でした。

よく四条堀川の太物《ふともの》問屋菱屋の女房を芹沢が奪ったのだと云いますが、実は菱屋の女房ではなく妾だったのです。何んでも元は島原のお茶屋にいたことがあるという話で、垢抜けがしているし、愛嬌がいいので、隊士達もこの女を見ると、

「女もあの位別嬪だと惚れたくなる」

などといったものです。

これは、はじめ芹沢が菱屋から着物や何にかを買って金を払わないので、番頭が二三回来てもどうもうまくない、この上やかましく催促をすると、相手が芹沢だから、ばッさりと斬《や》られて終《しま》うような事になるかも知れない、一つ手やわらかく根気よく売掛金を取ろうというので、菱屋の主人太兵衛《たへえ》というのが、自分の妾のお梅を云わば懸取りによこしたのです。

ところが前《ぜん》いう通りいい女、芹沢は一二度追い返したが、これに目をつけると、私の母屋へ上げて、承知するもしないもない遂々《とうとう》物にして終《しま》ったのです。お梅も最初の中は嫌っていたようですが、妙なもので、段々自分の方から主人の眼を忍んで通って来るというような始末で、この日も、芹沢が角屋へ行ったのを、心持ちに待ったのだと見えます。いくらか浮気な女であったかも知れません。

日が暮れたし、父はいず、私と弟の勇之助と二人が、もう寝ようというて、玄関の左手

にある寝部屋《ねべや》へ行くと、真ッ暗な中で、私達の床の中に、女が一人しゃがんでいるのです。吃驚《びっくり》して逃げ出して来て、母（まさ女、明治十七年六十一歳で病没）へ告げると、

「そうか、それなら此方《こっち》へ床を敷かせて上げるから」

と、十畳間《じょうのま》の西へつづく八畳間へ、縁側の方へ足を向けて別な床を敷いてくれ、間もなく勇之助と二人は並んでここでねました。

寝部屋にいた女は、どうせ島原の者が、隊士の誰かに逢いに来て、黙って、私の家へ上り込んで待っていたのでしょう——こんなことは度々ありましたから。

八木源之丞邸　式台の玄関から障子を開けて入ると天井の低い四畳半、右に為三郎翁のはじめに寝ようとした寝室、左手にまた四畳半、これにつづいて右手（北側）に八畳。この八畳の前が縁側で北向き、縁側つづきに右東へ十畳間。この十畳は玄関から四畳半を通って突当りになる。即ち庭に向い、北向きに十畳と八畳が並び、縁側になっているのである。現在も尚お明治以前の建物そのままで、ただ僅かに、縁側の前びさしだけはくちたので取替えた——と為三郎老人も当主喜間太氏も話していた。

かた目の平山　芹沢の乾児《こぶん》だった平山五郎は水戸藩のものですが、まだ二十四歳だと

いう話でした。左の方の目がつぶれていてわるいのです。何んでも、国で花火をこしらえている時に爆発して、こうなったとのことですが、それがおかしい事に剣術の稽古をする時に、このつぶれている左の眼の方から打込んで行くと、きっと、これを受けとめて物凄く切返してくる、それが電《いなずま》のように早いので大ていの人はあべこべに打たれて終うということでした。開いている右の眼の方から打ち込むと、割にすきがある、妙なものだと、隊士はよく話していました。

何しろ剣術は、誰にしろ彼にしろ、みんな相当以上に使ったもので、実際これは下手だという人はいなかったようです。前川方の表長屋を少し直してここを道場にして暫く稽古をしていたが、その稽古は物凄い位烈しいもので、打ち倒れてそのまま動けなくなっている人などをよく見ました。

芹沢だの近藤だのは、高いところに坐って見ていました。いつ行って見ても胴をつけて、汗を流していたのは土方歳三で、隊士がやっているのを、

「軽い軽い」

などと叱っていました。

平山は、かねて島原の天神で吉栄《きちえい》という女と名染《なじ》んでいましたが、この吉栄がこの夜、

私がねてからやって来たのだそうです。

——これからのお話は、後私が母から聞かされたものですから、そのおつもりでお聞き下さい——。

母から聞いた話　吉栄（永倉記録。桔梗屋小栄《こえい》）も二十二三の可愛いい女でした。やっては来たが平山がいないので、やはりお梅と一緒になって、かねて女中達とも心やすいから、勝手の方で遊んでいました。

その中に今で申せば十時頃に、芹沢と平山と、も一人平間重助という、これも水戸のものですが、この三人が一緒にがやがや云い乍《なが》ら帰って来ました。どうも駕籠で門の外まで来たようであったとの事です。

平間は、ふだんから余り深酒をしないので、この夜も殆んど酔っていなかったけれども、芹沢はぐでんぐでん、平山などは玄関で、打ち倒れて、そのまま起きることも出来ない、これを平間や、勝手の方の私の家の男達などが手伝って、担いで奥へ運んでもわからなかったというのですから、ずいぶん酔っていたのです。

平間は、そのまま私達がはじめにねるつもりであった右側の室へ入ってねて終いました。察するに先程の女（永倉記録。輸違屋糸里）は平間のところへ来ていたものでしょう。

芹沢と平山は玄関から奥の突当りの十畳へ寝ました。芹沢はお梅と共に、室の北側、即ち奥手の方で縁側に面している障子の際へ、西枕（左の方）にねて、平山は吉栄と共に、南側に同じ西枕でねました。二組の男女の間に屛風が立っていて、芹沢はいつものように私の家の鹿角《しかづの》の刀架《かたなかけ》を枕許へ持って来させて、これへ刀をかけて置きました。

然《そ》うしている中に、十二時頃に、誰か玄関の障子を開けて静かに入って来るものがあるのです。母はもう床へ入っていましたが、それは私達のねている部屋の南で、つまり玄関の左手の室。九月十八日で、只今では十月のはじめの気候に当りますが残暑が厳しい年で、その上雨でうっとうしいものですから、唐紙は開け放してある。玄関の障子などは新選組がやって来てからは、夜でも夜中でも出入りするので、遂《つい》ぞ雨戸をしめたこともありません。

母はまだ眠入ってはいなかったので、

「今時分誰だろう」

ひょっとしたら父が戻ったのかしらと思って、気をつけると、入って来たのはどうもからだつきの様子で土方歳三のようなのです。その土方が、足音を忍ばせて、芹沢のねている室の唐紙（この室だけはさすがに締切っている）を細目に開けて、中を覗《のぞ》いている。余《よ》程《ほど》、

「土方さんですか」

と声をかけて見ようかと思ったが、どうもおかしいナ——と思っている中に、またそっと出て行って終《しま》った。

日が暮れてから、二度降りになった雨が頻りに音を立てている。

物の二十分ばかりは何事もなかった。芹沢の高鼾《たかいびき》が聞こえたそうです。母もとろとろまどろむともなくまどろんでいると、どかどかッと今度は四五人が激しい勢で玄関から飛込んで来ると、いきなり芹沢の室の唐紙を蹴破るようにして中へ入って行きました。すでに刀は抜いて、持っていたそうです。

この四五人については、沖田総司と原田左之助のいたことは確かに見たと云いますが、外の人はわからない。どうも山南敬助もいたんじゃないかと母はいっていました。

母が吃驚《びっくり》して飛び起きた時には、もう、

「あッ」

という大変な物凄い声がしたそうですが、私と弟とねているのが気になりますから、そんな事には頓着《とんちゃく》なく矢庭《やにわ》に私達の床の方へ走り込もうとしました。

恰度《ちょうど》この時、芹沢が縁側の方から、障子を開けてある私達の八畳間へ転《ころが》り込んで来たのです。芹沢はねているところを暗討に、何処か先ず一太刀やられ、すぐに起き上って、枕元の刀をとろうとしたが、その暇もなくまたやられ、悲鳴を挙げて縁側へ出ようとしたらしいのです。ところが生憎《あいにく》と障子があったので、これを蹴飛ばして出ようとすると、それが半分敷居を脱《はず》れて、ぐるりと廻って、縁側を、私達の方へ来る通路を塞《と》じて終《しま》った。

これを突破って、逃げる中に、もう幾太刀も幾太刀もやられて、私達の部屋へ来たがその敷居際にまた私達の手習の机があったものです。行燈《あんどう》は消えてますから、これに向ずねを打ち当ててばったりと倒れた。後からまたずたずたに斬られました。

芹沢の倒れたのが、私達二人が母のいる方へ枕を並べてねている蒲団の上でした。今になって考えると、こんな大騒動を知らずにねているのは不思議ですが、私達兄弟は、芹沢が自分の蒲団の裾の方に押しかぶさって死んだのも知らなかった。

母は、これを見て狂気のようになって呼ぶが、私達はなかなか目を覚まさない。後で母が云っていましたが、

「いくら子供でも余りひどいものだ。恐ろしくて近寄る事は出来ないし、父はいないし気が違いそうであった」

そうです。

それでも暫くして、私達が死骸の乗っている蒲団の下から引っぱり出されて、漸く目が開いた時は、もう、斬込みはいませんでした。その代り、平間重助が、真ッ裸のまま下帯たった一本で、刀を抜いたのを下げて、

「何処へ行った！　何処へ行った！」

と大きな声で叫んで、家の中を走り歩いていました。

真ッ裸の芹沢　私の気がつきました時は、家内中大さわぎで、一人は前田方へ知らせに走る、一人は行燈《あんどう》やら蠟燭《ろうそく》やら昼のようにつけるという次第で、私も恐いもの見たさに、芹沢の死骸を見ると、下帯もない真ッ裸で、全身何処が斬られているのか、血だらけになって、私の蒲団の上へうツ伏しているのです。刀は持っていませんでした。

後で聞くと、ずたずたに斬られていて大小の傷は数え立てが出来ない位だったと云いますが、肩から首へかけて、大きな傷がぱっくりと口の開いていた事を覚えています。その辺は実際血の海という言葉がありますがその通りで、恐ろしいものでした。

みんな騒ぎ立てているので、私も一緒に芹沢のねていた室の方へ行くと、芹沢の刀が床の間の隅の方へ、ほうり出されて、鹿角の刀架《かたなかけ》が、どうした訳か掛蒲団の中へ半分かくれていました。その蒲団の上へ、お梅が、これも何処を斬られたのか顔も髪も、ごたごたになる程の血だらけになって死んでいます。みんな、「首がもげそうだ、動かすな動かすな」などといっていましたから、首をやられたのでしょう。後に落着いてからも、一太刀で首を皮一枚残す位に斬られていたとの話でした。

女ですからまことに見苦しい死態《しにざま》で、それに、湯文字たった一枚の、これもまた真ッ裸なのです。

首の落ちていた平山　平山は首が胴から離れていました。これは、立ち上るも、枕元の刀へ手をかけるもない、ぐうぐうねむっている中に、誰かがいきなりやったものと見えます。胸のところにも大きな傷がありました。この人も裸でした。

一緒にねていた島原の吉栄はどうしたのか、私が見に行った時はもうその辺にはいませんでした。一先ず勝手の方へでも逃げて、助かって帰ったのか、それともよく世間でいうように折好く便所へ行っていて助かったのか、母もその辺の事はわからぬと申していました。

その中に、怒鳴り廻っていた平間重助も何処かへ行って終いました。

馳せつけた勇　お話をすれば長いけれども、これらの事はほんの瞬間の事で、私と弟とが母につれられて、とにかく一町半ばかり離れています永島という親類の家へ行こうとしているところへ、三四人隊士をつれて、近藤勇がやって来ました。ちゃんと袴をつけて、悠々と落着いたものでした。私の母へ、

「どうも見苦しい有様をお目にかけてお恥しい事です」

といっていたのを知っています。

何んでも、こちらから下男が知らせに行って、どんどん門を叩くと、すぐ門を開けてくれ、芹沢さんがこれこれだというと、

「恰度近藤先生もまだお休みではないから」

といって、若い侍が引込むと、すぐに近藤が奥から出て来たのだそうです。

近藤は母へ、余りいろいろな事を聞きませんようでした。ただ、

「平間君はいなかったのですか」

と云いました。少し遅れて土方も出かけて来て、落着いて、いろいろ、

「怪しい者は来なかったか」

などといっていましたが、後で母の申すに、

「どうも恐いながらおかしくて仕方がなかった、自分がたった今殺して置いて、前川へ帰ったかナと思う頃に、もうちゃんと着物を着かえて済ましてやって来ているのだから」

との事でした。

しかし、母はずっと後までも、この芹沢を殺したのは、土方一味だという事は口外しませんでした。若しどこでどんな事になるかも知れなかったからでしょう。

私と弟は母と共に間もなくその永島へ行きました。大変な泥路で、その上雨がどんどん降っていますから足がひどく汚れたので、たらいを出して貰って洗っていると、弟の勇之助が、

「痛い痛い」

というのです。おかしいと思って、段々足を調べて見ると、右の足に、なかなか深い刀の

傷があって、血が流れているのです。一同びっくりしました。

いろいろ考えて見ると、さっき芹沢が蒲団の上へ倒れて来た、そして、その上をまたずたに斬った時に、何しろ真暗なところですから誰かの刀の鋒先《ほこさき》が、寝相がわるく足を出してねていた弟へふれて斬れたのだろうと思いました。

この傷を、事件の次の日でしたか、その翌々日でしたか、沖田総司が聞き伝えて、折柄使者を受けて驚いて戻って来た父へ、

「勇坊まで怪我《けが》したそうですね」

と、さも気の毒そうに云っていたそうです。沖田はあれでなかなか正直なところがあり、気のいい人物でしたから、罪科《つみとが》もない子供にまで、怪我をさせて気の毒だと思ったのでしょう。

三つの死骸

私は永島方へ行ったので、直接目撃しませんでしたが、後でいろいろと聞いた話に――。

近藤はすぐに芹沢と平山の死体に着物を着せ、一方、誰かに云いつけて平間重助の行衛をさがさせましたが、平間は離れ家の方にもいず、手廻りの品なども見えないので、これ

は脱走したのだという事になりました（永倉記録。一命危険なりしも助かり翌十九日新選組を脱走す）。

芹沢平山の二つの死骸は、間もなく隊士達がやって来て血だらけになった蒲団へのせたまま前川方へ戸板で運んで行ったそうです。

この芹沢暗殺は、近藤一味も余程秘密にやったものと見え、土方でも沖田でも、それらしい色も見せませんでしたし、同腹だと云われていた永倉新八など、その晩は島原に泊り込んでいて何んにも知らなかったというので、二三日してから、私の父や母に、いろいろと尋ねていたようでした。

ずっと明治の後ちになって、この永倉と逢いましたから、私は当夜のことを自分でも思い出しながらいろいろ聞いて見ましたが、

「全く何んにも知らなかった、近藤の差し金には相違ないが、あんなに生死を誓った自分にさえ遂々《とうとう》本当の事は云わなかった、しかし大体刀を振るったのは、土方沖田原田井上などではないかと想像している」

との話でした。

ここに困ったのはお梅の死骸です。新選組では元より引取る訳もなし、迷惑をするのは

私共だけで、もうそろそろ秋風らしいものが吹いているといっても残暑の九月の中旬ですから、一日と云えどもうっかりしていられない。

取敢えず新選組の方から、四条の菱屋へ掛合って貰ったところが、先方では、

「あれは如何《いか》にも当家主人が養い置いた女ではありますが、新選組の芹沢局長の奥様になるから暇をくれとの事で、すでに当方では先日暇を出しました」

と、うまい口実をこしらえました。

仕方がないので、芹沢と一緒に埋めてやろう惚れた仲だから、などという人もありましたが、近藤が、

「苟《いや》しくも芹沢先生は新選組局長、時あれば大名公卿の貴女をも妻とすべき身分である、かかる氏素性も知れない売女《ばいた》と合葬は出来ない」

という議論だそうで、遂々《とうとう》それも駄目。

菱屋と私のところと、仲へ隊士が入ってお百度を踏んだ末、漸く三日目か四日目に、お梅の里が西陣にあって、この家で、引取って行きました。気持ちの悪い話ですが、もう妙な臭いがしていました。

近藤の弔辞　翌々日、即ち九月二十日に芹沢平山の葬式がありました。私なども前川

の方へ行きまして、いろいろ手伝い――手伝いといっても、ただ自分の家に葬いでもあるような心持で、見ていました。前川方では、みなさん屋敷を新選組へ開け渡して京都の方へ行って終《しま》っているものですから、そこは人情で、何にかにつけ私共で世話を焼いてやるような事になっていました。

芹沢も平山も寝棺《ねがん》で、傷はすっかり白木綿で巻いて、紋付の羽織、袴をつけさせ、木刀をささせて納めました。

この寝棺を、屋敷の裏の蔵の前に安置して、一同がその前へ集まり、坊さんなども大勢来て、只今で申す告別式のようなことを致しました。近藤は、隊を代表して奉書紙へ書いた弔詞を読みました。肝高い声でしたが、読み方と云い、態度と云い、実に立派なもので、後で父などはひどく感心して、ほめていました。

松平肥後守からの家来も見えましたが、その外に立派な武士も沢山来ていたし、芹沢の兄で水戸侯の家来だという人も二人来て、これが第二番に焼香しました。第一番は近藤でした。水戸侯はその頃本圀寺《ほんこくじ》を旅宿としていたと覚えています。

やがて葬式が出ました。隊士達一同が見送りました。鉄砲を担いでいた者もあれば、弓を持ったものもあり、槍を立てたものもありまして、さすがに、足並を揃え、粛々《しゅくしゅく》として進む様は、実に堂々たるものでした。どこをどう工夫をしたのか大抵紋付を着ていました。

道のりが近いので、先頭が墓地へついた時はまだ前川の門の中には後の方が残っている位でしたから、この頃はもう隊士もなかなか大勢になっていたのです。

この寝棺を埋めたのは只今の壬生墓地《みぶぼち》で、当時のままです。墓石は後に新選組で建てたのですが、あすこには、北を足にして南を枕に芹沢、これに頭を突合せるようにして、北を枕に南を足にして平山の棺が入って、その真ん中のところに墓石があります。

この葬式の日にも、芹沢平山の殺されたのは、

「刺客《しかく》が忍び込んだのだ、長州の奴らしい」

という噂を頻《しき》りにしていました。

「いかに熟睡中とは云え、芹沢先生を殺した上、証拠一つ残さず去ったのは敵ながら天晴《あっぱ》れ大胆な奴だ」

などという噂をしていたが、私の父や母は、くすくす笑っていました。

隊士の外に、郷士や壬生界隈の町人なども送りまして、割に賑やかな葬式でしたが、土方や沖田や原田などという人達が、真面目な顔でいるのを見ると、私はおかしいようでもあり、恐いようでもありました。しかし隊士以外の者へは、

「芹沢先生は急病で頓死された」

と披露していました。

八木邸の刀痕　芹沢が斬られた十畳の間の、北へ縁側に出る障子の鴨居、縁側へ出て芹沢が机へつまずいて倒れた西へつづいた即ち私のねていた室への鴨居、先きのは内側から、後のは外側から七つ八つの刀痕があります。

三四人の人がまッ暗な中で刀を振りかぶって、醜くも裸でねていた芹沢を、お梅の死体を踏越えて追いかけて行く様子が忍ばれるものです。縁側の前廂《まえびさし》だけは余り腐ったので修繕して、当時と違って居りますが、その他は当時のままです。

野口健司切腹　芹沢が殺されるともう新選組の幹部は近藤の手の者ばかりです。水戸から来ている新見錦もいつの間にかいなくなっていたし平山五郎斬られ平間重助逃亡、た

だ僅かに野口健司ばかりが残っていました。この人について私はどうもはっきりした記憶がありませぬ、ただ痩《や》せた丈《たけ》の高い人だったような朧ろげな気がします。

この人も、文久三年十二月二十八日には遂々《とうとう》切腹して終《しま》いました。私どもは、もとより切腹した事も知りませんでしたし、何んの為めの切腹かも知りません。当時はただ、

「隊内の規律を乱したからだ」

というような事をいっていました。副長助勤でした。

この日は恰度《ちょうど》私の家では前夜から餅つきをやって大さわぎをしていました。まだお昼前でしたが、そこへひょっこり、

「やってるな、やってるな」

といって、安藤早太郎という者が入って来ました。この人は京都の虚無僧寺《こむそうでら》一月寺《いちげつじ》を脱走して来たのだという話で、副長助勤で京都の地理が詳しいものですから、よく見廻隊を引っぱっては出歩く人です。気軽な愛嬌者で、まだ年も二十五六でした。私の家にも毎日やって来て、台所の方で、女中達へからかって、酒など飲んで行くので、自然隊士の中でも心やすい方でした。

女中が、

「安藤さん手伝って下さい」

というと、

「ようし来た、拙者は親類に餅屋があって、そこへ居候《いそうろ》をして、餅の合取《あいど》りを半年やらされた、うまいもんだぞ」

といって、木綿のごちごちした羽織を脱ぐとそのまま袴の股立《ももだち》をとって臼の前へ立ち、頻りに下男のつく杵《きね》の下で餅の合取りをやっていました。

暫くすると、またひょっこり伍長の林信太郎がやって来ました。

これは大阪の浪人です。後ちに大変有名になりましたがやはり副長助勤をやった山崎蒸《すすむ》とは従兄弟《いとこ》で、山崎よりは先に入隊していたと思います。

山崎はよく香取流《かとりりゅう》の棒を遣《つか》って、東海道や甲州路を変装して探偵して歩いたなどと、書いたものがありますが、私はそんな事は無かったと思います。あれは大阪の林五郎左衛門という針医者の小忰《こせがれ》で、自分も針医者をやっていましたが、刀をさして歩きたいばかりに剣術の稽古をして武士の真似をはじめ、次第に浪人などと交際しました。

棒を遣《や》ったのは見ませんが、長巻《ながまき》といって、柄《え》の短かい薙刀《なぎなた》のようなものが上手で、新選組の道場で、これを振り廻して暴れているのを見たことがあります。この山崎の相手には藩州明石の浪人で、大変近藤の気に入りだった斎藤一がよく立向っていました。斎藤は流儀は何んですか知りませんが、実にいい腕でした。新選組の中では先ず五本の指に入る人でした。

山崎は林と共に勿論大阪の出で、おまけに商売柄土地の地理はよく知っているし、その上、金持ちの間の事情を知っていました。大家の番頭などにも顔見知りが多く、云わば只今でいう大阪財界の消息に通じているので、隊で金が入用な時には、この男の案内で幹部が大阪へ出かけて行ったものです。

さて、行って見て、どれ程持って帰ったかはわかりませんが、山崎が、

「また大阪へ一稼ぎに行って来る」

と、父へ話しているのを度々聞き、帰って来たところにも途中で度々逢いました。

平隊士などが集まって話しているのをきくと、

「山崎助勤は大阪の金蔵《かねぐら》から生れて来たような人だ、いい芸を持っている」

などといっていたものです。山崎が同志の上に立つ身となったのは、ただこの金持ちの案内をするためだなどと申していました。三十二三でしたろう、身体は大きい方で、色の黒い、余りハキハキ口を利かぬ人でした。

林信太郎は、後ちに近藤と一緒に江戸まで引揚げて、その上土方歳三について函館まで行きましたが、明治のずっと後ちになって、無事に京都へ戻って、私のところを訪ねて来ました。

その時の話に、

「山崎は淀堤《よどづつみ》の戦争で全身に三カ所もひどい鉄砲の深手を負い、もう駄目かと思ったが、それでも気丈な奴だから辛うじて軍艦富士山艦まで逃がれて、これで同志四十四名と、江戸を指して引揚げたが、途中紀州沖を航海中、可哀そうに遂々《とうとう》船中で充分の手当を受ける事も出来ずに、死んで終《しま》った。近藤先生も大そう哀れに思って、自分も、伏見墨染で伊東甲子太郎の残党にやられた鉄砲傷がまた充分によくなくて艦中でもねている事が多かったが、わざわざ起き出して、叮嚀《ていねい》な告別をした。

山崎の死骸は大布団《おおぶとん》に包んで白木綿でぐるぐるに巻き、甲板の右舷《うげん》に台をこしらえてその上へ安置し、酒を捧げ、紋付を着て、仙台平の袴をはき、白足袋に白緒の草履をはいた近藤先生が、土方副長に介添《かいぞえ》されてその前に進み、巻紙へ書いた弔辞を読んだ。

この艦には榎本和泉守などものっていて、その人も一緒に拝んでいたが、その前で、弔辞をよみ乍ら近藤先生が、涙をぼろぼろこぼしていた。

その布団包みの両方の端へ大きな大砲の弾丸を四ツつけて、それを太い麻縄で上甲板から、波の上へ下げてやる、丁度晴れていて海は静かだったが、艦《ふね》が進むので舷《ふなべり》には白い波が砕けている。

弔辞がすんで、その縄の端を、脇差を抜いて私が切った、ざざーッという響がしたが、艦が進むので、私が甲板から下をのぞいた時はもうただぶくぶく泡つぶのようなものが白く浮んで見えたが、布団の姿は見えなかった」

との事でした。

さて、林が、安藤の合取りをしている顔を見るとすぐ、

「これア大変な男だ、驚いた奴だな」

といって、くすくす笑い乍ら、傍《かたわら》にいた私の父へ、

「八木さん、安藤は手をよく洗いましたか」

というのです。

父は笑い乍ら、

「怪しいもんですよ、——どうしたんですね」

ときくと、林は頻りに安藤を指さして、

「この男がね、今、野口さんの介錯《かいしやく》をしましてね。後ろへ立っていてばさりッとやると、刀を渡してすぐにすうーと何処《どこ》かへ消えて無くなったんですよ。何処へ行ったんだろうと思っていたら、もうこんなところへ来てこんな事をやっているんです。おどろいた男です」

と本当に驚いたようにして笑うのです。

父をはじめ私共一同「へーえ」といって、実は肝をつぶしました。

「野口健司さんが切腹したんですか？　何処でです？」

「屯所ですよ、安藤が介錯でした。さすが野口さんだ、御立派な最後でしたが、こんな顔をしているが、この安藤の腕も大したものですよ」

「野口さんは何んで切腹したんです」

「さァ……」

これだけいって林も黙って終いました。

一臼つき上げると、安藤も、のさのさ父の傍《かたわら》へやって来て、

「林、余計な事をいうな、折角忘れているものを——よ、ね八木さん、きのうまで同じ鍋の飯を食っていた先輩を斬るんですから、何んぼわれわれでもいい気持はしませんよ」

こんな事をいって、それッ切り、暫くみんな黙って終いました。

後で、父のいうには、芹沢派没落の関係で、水戸系統の野口健司も、何にか詰まらぬ事から詰腹を切らされるような事になったのだろうとの事でしたが、林も安藤も、本当に、その切腹の理由は、はっきり知らないようでした。

それにしても、如何に、暴れものの武士とは云い乍ら、人の首をはねて、そのまま顔色一つ変えず、ニコニコして私のところへやって来て、平気で餅つきの手伝いをしているなどというのは、安藤も度胸の座ったものだと思います。度々これが家内中の話題になりました。

その安藤も翌元治元年の夏にはもうこの世の人では無くなって（池田屋事変の際重傷）壬生墓地に、介錯された野口健司と介錯した自分とが、同じ碑面に名前を並べるような事になりました。

これは後ちになって段々聞いた事なのですが、野口健司の切腹したのは、前川荘司方の、表門の右端の室で、つまり、只今の坊城通りへの曲り角の出窓のあるところです。大体あの窓ははじめ前川さんには附いていなかったのですが、新選組が占領してから、大工を入れて造作《ぞうさく》をしたのです。

今までお話洩らしていましたが、前川さんのところへ、近藤が頑張って、あすこでいろいろ隊務をとるようになってからは、別に名札は出しませんでしたが、隊士達や界隈では、あすこを「隊」とか「屯所」とか、或は「屋敷」などと呼んで居りました。

池田屋斬込前後

単衣の下に竹胴　あの日（元治元年六月五日）はいい天気でした。私は下男をつれて朝の中に寺子屋へ行きましたが、帰り道に、前川の前を通ると、誰でしたか忘れましたが、

「いまお帰りか」

と、隊士が声をかけたのです。お昼頃だったと思います。

それで私が門内へ入ると、隊士達が、三人五人ずつ、方々に集まってひそひそ話している。刀を抜いて打振っているものもあれば、頻りに奉書紙でこれをふいているものもある。ふと見ると、馬詰《まづめ》の忰《せがれ》（芹沢鴨斬殺の日八木方で留守番をしていた馬詰柳太郎のこと）が、白いかたびらの下へ撃剣の竹胴《たけどう》を着ているのです。おかしいなと思って気をつけると、外《ほか》にも沢山着ている。

「どうしたんですか、そんなものを着込んで」

と、いいますと、馬詰が、

「これからみんなで京都の道場荒しに出かけるのだ」

という事でした。

その中に、三人五人ずつ、草履をはいたり、駒下駄をはいたりして、単衣《ひとえ》もの姿で日頃と変った様子もなく、大きな声で話をしながらぶらぶら出て行きました。

近藤だの土方だのという人達は見えませんでしたが、永倉新八の声で奥の方で何にか怒鳴っていたように思います。


この晩、前川の方がひどく静かで、私の方へも誰も来ないので、みんな珍しいことだと話し合っていました。隊士達がいる時は、誰か詩を吟じたり、何にか号令をかける真似をしたり、流行歌のようなものをうたったり、それはそれはガヤガヤしているのですが、この晩に限って、ひっそりとしている。

その中に、下男が、何処で聞いたのか、

「今夜は何にか大きな捕物があるのだそうです」

という話をしました。そうすると、私が昼に見た竹胴をつけていた事も意味がわかるので、

「みんな出かけるようでは余程手剛《てごわ》い相手だな」

と、父も申していました。

隊士達がよく歌をうたっていたことでいまちょっと思い出しましたが、前にお話した芹

沢鴨が、酒を飲むときっと手拍子をとって唄う歌がありました。江戸でよんだものだとのことで、

いざさらば、われも波間《なみま》にこぎ出でて
あめりか船をうちや払はん

というのでした。

血刀下げて　翌日私共で少し遅いお昼をたべていると表の外が俄かに騒がしいのです。その中に下男が、

「みんな血だらけになって帰って来ました」

というので、さあ私共も吃驚《びっくり》して、箸を投《ほう》り出すようにして飛んで出て見たのです。ところがどうです、昨日出かける時には下駄ばきだった人達も、みんな脚絆をつけた草鞋《わらじ》ばきのきびしい足拵《あしごしら》えで稽古着に袴をはき、股立《ももだち》をとって、それにぽたぽた血潮がついていたり、半身真赤に血だらけになっていたり、竹胴をつけた者、皮胴をつけた者、鎖の着込《きこみ》を着たもの、小具足のようなものをつけたもの、まちまちで、大ていは筋金の入った白い木綿の鉢巻などをしているのです。

中には、やはり胴の上へ単衣をちゃんと着ているものもあったし、着物をばさりと、肩

へかけて来たものもあり、中で主立った者七八人は隊の制服の例の浅黄色の山形のある麻の羽織を、皮胴の上へ陣羽織のように引っかけていました。沖田総司が真青な顔をして、真先きに歩いていました。その傍にはたしか土方歳三がいたと思います。

隊士の中に谷三十郎というのがいます。これは御老中の板倉周防守《いたくらすおうのかみ》（伊賀守、領地備中松山五万石）の家来でしたが、新選組へ入った人で、兄の万太郎、弟の周平、この三人兄弟で隊士になっていました。大阪に永く住んでいたといって大阪言葉でしたが、兄の万太郎は入隊してからでも大阪に剣術を教える道場を持っているという話でした。弟の周平は、後ちに近藤の養子となったのですが、伏見の戦争で死んだとも云い、或は江戸まで行って、女に迷って行衛不明になったなどともいいますが、壬生を去ってからの事はただ風のたよりに聞いたのみです。私にははっきりした記憶がありませんが、どうも余りはきはきした元気ものではなかったように思われます。

この谷三十郎は、宝蔵院の槍の名人で、副長助勤を勤め、道場では毎日隊士へ稽古をつけていました。だいぶ上手だった様子で隊士の間には「谷の槍は千石もの」という言葉も

あったし、私の父も、

「あの人は何処へ行っても槍一本で飯は食える」

といっていました。

谷三十郎　この谷が私の父とはいい話相手でしたが、父は、これを見つけて、

「何処へ行って来た」

とききました。

「三条小橋の旅人宿池田屋で浮浪人狩をやった——いい気持ちでしたよ。話は後でゆっくり」と笑いながらいい棄てて行きましたので、はじめて、池田屋へ斬込んだ事がわかりました。


三四人釣台《つりだい》で運ばれて来た。永倉新八は右手に半紙でぐるぐる巻きにした曲がった刀の身を下げ、左手は手拭のようなもので包んでいて、それに血が真黒くにじみ出ていました。

永倉は、その頃三十一二歳でしたが、剣道は隊中でも一二の遣い手という事で、でっぷりとした立派な体格の人でした。後ち、明治になってから、関西方面を、道場を廻って剣術の稽古をして歩いている途中だといって、私のところへ立寄って、一夕《いっせき》、酒をのんで昔

がたりをして行きました。聞いてみると、私共の知らなかったことが随分たくさんあり、思い当ることも多かった訳です。松前の脱藩者ですが、気前は江戸ッ児風の人物でした。剣道の流儀は神道無念流という事で、全く近藤一味の人でしたけれども、剣法の方は、芹沢や新見《にいみ》平山平間野口などと同じだという話だったと覚えています。

私は、隊士がみんな前川さんへ入った後で、やはり物珍しいので門内へくっついて入りました。沢山見物人がついて来ていたが、ここで追っぱらわれたけれども、さすがに私にはそんな事も出来ないので、黙って入ると、一同、間もなく真ッ裸になって傷手当をはじめました。

裏の方からどんどん水を汲んで来る者がある。白い木綿をめりめり裂いて分配して歩く者がある。焼酎で傷所を洗い、また玉子の白味でこれを洗って、包んで置くというような応急手当をしています。

斬合で曲った刀を一所にして七八本並べてあります。誰か一人がこれを取片づけようとしたら、

「近藤先生の検分があるまで然《そ》うして置け」

という者がありました。

傷の手当が済むと刀の手当をやりました。深手の人達は、奥座敷の方へ運んで終《しま》ったので、誰々かわかりません。

ただ、翌晩、谷三十郎が私の方へやって来て、父といろいろ池田屋の話をしていましたが、それによると、藤堂平助が、額をひどくやられたとの事でした。

谷は原田左之助と一緒に表口を守っていましたが、中の方から表階段をどんどん降りて廊下へ出るものがあるらしいので、例の槍なので、戦いに少し不利だとは思ったがそのまま入って行ったのだそうです。

そうすると、恰度《ちょうど》所謂《いわゆる》志士の一人が、階段の中庭に、刀を構えて立っている。

「うぬッ」

といって、谷が下から槍で猛然と突き上げるのと、同時に、先方でも、

「うぬッ」

と叫んで、その立っている階段の半程《なかほど》から、刀を頭の上にふりかぶって飛降りて来た、拝み打ちにするつもりだったのでしょうが、考えて見ると槍に対して、ずいぶん無茶な仕掛け方で、――その飛降りる勢と、谷の千石ものの槍を繰出す凄い勢とがかち合ったところ

が、その人間の胸元で、ずぶりと、田楽《でんがく》ざしになると、火花のように血を吹き出し、穂先が背中へ抜け、槍の柄を伝わって、大きなその人間のからだが、ずるずると谷の手許へ落ちて来た。

谷も、この死骸にどしーんと突当られて、その場に引っ繰り返った。

「実にどうも吃驚《びっくり》した。胸元を突抜いた時の響というものは大したもので、拙者も生きた人間の胴体をやったのはこれがはじめてだが、いや物凄《ものすご》いもんだ」

そして、一度引っ繰り返って、立ち上ってみると、自分の全身が血の風呂へでも入ったようになって、ネバネバして動かれない、その気味の悪かったことはお話以上だという事を、谷は、手真似で詳しく話していました。

私の父が、

「藤堂さんは剣術が大変上手だとの話だが、どうしてまたやられたもんでしょう」

ときく。谷のいうには、

「いや、藤堂は、江戸の千葉周作の門人でなかなかやるが、池田屋では実は少し油断をした。みんなを片づけたので安心して、入口に近い部屋の中を歩きながら、余り暑いので鉢《はち》金《がね》を脱いだ、その脱いだ瞬間に、そこの押入の中にかくれていた奴が一人飛出して斬りつけたのだ。不覚の至りであった。しかしたった一太刀で大した事はないが、藤堂がびっくりしてその場に昏倒《こんとう》したのを、横から永倉（新八）が飛込んで遂に敵を仕止めて終った」

とのことでした。

近藤の気合　この斬込みに、隊長の近藤の様子はどうであったかと思って、いろいろ聞いて見ました。谷のいうには、

「近藤先生の斬合っているところは見なかったが、時々物凄い気合が聞こえた。えッおうッという肝高《かんだか》い声が、姿は見えないが、われわれの腹の底へもぴんぴん響いて、百万の味方にも勝《まさ》った」

との事。

谷はその後副長助勤から、組頭《くみがしら》をやってなかなか羽振りを利かせましたが、まだみんな壬生にいる中に、ひょっこり姿が見えなくなって終いました。多分慶応二年であったと思いますが、何処《どこ》か大和の方へ行っていて、そこで急病で頓死《とんし》したとも云い、或はまた面白くないことがあって脱走したとも云われ、本当の事はわかりません。弟周平の関係で、近藤とは云わば親類になっていたのに、どうしたものでありましょうか。ただ近藤をはじ

め誰にきいてみても、「病死した病死した」というのみで、その死んだ土地もはっきり云わず、その後の始末もどうしたのか云いません。何にかこの間に深い事情があったものと思われます。

会津侯お医者　申し遅れましたが、新選組の隊士が、池田屋斬込をやって、血だらけになって壬生屋敷へ戻って来て、ちょっと落着くと、程なく、駕籠が二挺お供が十人ばかりもついて、会津侯から殿様附だというお医者が二人参りました。これが改めて叮嚀に手当をしたのです。その外、会津侯の重役らしい立派な風采の武士が三四人もやって来たようでした。

私はよく存じませんが、この斬込では、永倉と藤堂が負傷した外に、奥沢栄助《おくざわえいすけ》と、例の安藤早太郎、も一人新田革左衛門《にったかくざえもん》の三人も深傷《ふかで》を負ったとのことで、奥沢は釣台で壬生へ戻った時には、もう死骸になっていたなどと云いますが、これは別に葬式のあったような記憶もなし、その人物についても、どんな人であったかさえ知りません。新田革左衛門も同様です。

それから安藤についても、あの野口健司を介錯した話の時以外に、これという纏まった記憶がないので、池田屋事件の後ちにも、逢ったようでもあり逢わないようでもあり、甚だはっきりしません。

しかし、壬生墓地の墓石を見ると、奥沢栄助は元治元年六月五日に死んでいますから、戦死の話は本当と思います。安藤は同じく事件の日から一カ月半ばかり後ちで七月二十二日に死んでいる。これも噂の通り、あの池田屋で重傷をして、それで前川方ではなしに何処かで療養をしていて死んだのではありますまいか。

新田革左衛門は墓石には死亡の日がありません。私にも見当はつきませんが、あの墓石が建った時に、

「新田の死んだのは、安藤より三日ばかり前だった」

とか、いや七日程おそかったなどと頻《しき》りにみんなが云っていたのを知っています。

事件の後　それから、当分の間というものは、何処へ行ってもこの話で持切りで、私の家へも、方々から人が訪ねて来て、話を聞いたものです。勿論、隊士達が、血だらけになって、屋敷へ戻って来た時は、その門前から西側の方へ一ぱいの人で、私の父は、

「江戸で赤穂《あこう》浪人が、仇を討って菩提寺《ぼだいじ》へ引揚げたという時は、こんなものであったろう

な」

などと申していました。

　隊士達は隊士達で、その後暫くすると、殆んど一人も洩れなく会津侯から御褒美が出たというて、毎日毎夜島原などへ通《かよ》いつづけ、大変な騒ぎでした。誰でしたか真赤に酔って、

「大名になった、大名になった」

と叫びながら、島原の方へ走って行った隊士がありました。

　近藤はお金の御褒美の外に刀を貰った話もありましたが、斬込の際に遣った虎徹《こてつ》は、本当によく斬れたという事で、これは、谷三十郎だの、林信太郎だの、島田魁（大垣脱藩、伍長）などが、私の父へ向って、

「八木さん、拙者等も近藤先生にあやかるように虎徹を手に入れたいから、お知合の方にでも所持の人があったらお世話下さい」

などといっていたのを覚えています。

　この事件があってから、新選組の名が俄かに高くなって、段々懐中《ふところ》具合もよろしいものか、妾などを囲って居る人も少なくない様子でした。

山南敬助の腹切

土方と一緒に副長をしていた山南敬助の切腹した時には哀れなことがありました。あれは丑年（慶応元年）の二月二十三日です。七ツ時（午後四時）だったと思いますが、

「山南さんが切腹する」

ということを誰か私の家へ知らせた人がありました。春の初で、もう黄昏《たそがれ》でした。どうも不思議な話で、あんなに新選組の中でも勢力があり、まして最初から近藤と一緒に来て、一緒にここへ残った人なのに、そんな筈はないと思いましたが、急いで父も出かけて行ったので、私も後からついて行きました。

恰度、私の家の門を私が出た時に、大急ぎで前を通る女があるのです。見るとそれが、かねて山南と馴染んでいた島原の天神で「明里《あけざと》」という女で、私共でも顔は知っているものです。歯を喰いしばって、眼を釣上げていました。

私も、おやッと思いましたが、言葉もかけずに、門の前に立ったまま、見ていると、明里は、前川方の西の出窓（坊城通りに面す）の格子のところへ走り寄って、とんと叩きながら何にか頻《しき》りに叫んでいます。それが只事ならぬ様子なので、私も次第に側へ寄り、明里のうしろ十間《けん》位も離れたところで、黙って立って見ていました。

明里は、

「山南さん山南さん」

といっていたようです。暫くすると、格子戸の中の障子が内から明いて、山南敬助の顔が見えました。私もはッとしましたが、明里は格子へつかまって話すことも出来ずに、声をあげて泣きました。山南のこの時の顔は、今でも、はっきり思い出せますが、何んとも云えない淋しそうな眼をして、顔色が真青《まつさお》になっていました。

明里は泣いて、今にも倒れやしまいかと、見ている私の方もおろおろしていました。山南も涙をふいて、顔をずっと、格子のところまで出して、何にかほそぼそと明里へ云い残しているようでした。

何にを話しているのか聞こえませんし、ただ二人が格子の内と外で、じっとしているだけなのですが、明里の如何《いか》にも悲しそうな様子というものは、実際私も泣かずにはいられませんでした。筆にも言葉にも尽し難い有様でした。

二三十分間も、そうしていましたが、隊士も出て来たし、明里のところからも人が来て、つれて去ろうとしました。明里がまだ格子にしがみついている中に、中からすうーっと障子がしまって終《しま》いました。私はその時の事を思い出す度に涙が出ます。

明里は泣きながら去りましたが、私はその場を動くことも出来ずに黙って西窓を見ている中に、次第に日が暮れて来ました。窓の障子の白い紙がぼんやりして来て、今に灯がつくかつくかと思っていましたが、遂々《とうとう》灯は入りません。

そこへ父が前川方から帰って来ました。

「山南さんはどうしました」

ときくと、

「もう切腹をして終《しま》われた」

と、ほろりとしています。

父もやはり、そのまま家へは帰れず、私と一緒のところへ立って、西窓を見詰めていました。

「あすこの部屋だったそうだ」

といっていました。山南は、明里と別れを惜しんだ西窓の室《へや》で死んだのです。

明里は、二十一二位の者でしたが、実にどうも美しいというよりは、上品な女で、まず中流以上の武士の妻としても恥しからぬ位の姿でした。この二三箇月前に島原を退《ひ》いて自分の家に行っているとの話でしたが、山南とは勿論深く契《ちぎ》った仲です。この時も、山南が小使を使として、今宵切腹の事を知らせてやったので、明里は驚いてたった一人で一生の暇乞《いとまごい》にやって来たのだそうです。

　別れの時も、泣いてはいましたが、決して取乱したようなところもなく、落着いたものでした。

　山南の葬式は翌日すぐにありました。死体は棺桶に納め、駕籠で送りました。芹沢の葬式のような賑やかなものではありませんでしたが、隊士以外の人の見送りも沢山あり叮嚀なものでした。どうも、一同余り話もせず、本当に悲しんでいるようでした。芹沢などとは違い、組の者にも、壬生界隈の人達にも評判のよかった人だけに、本当に惜しまれたのです。

　綾小路《あやこうじ》大宮西入、光縁寺内の墓地に葬りました。

　あれだけの人物が、どうして切腹させられるようになったのか。当時は、

「山南先生は脱走したので隊規により処断されたのだ」

といっていましたが、自分達で新選組をこしらえておいて脱走するとも思えませんし、どうもおかしいことです。

楠小十郎殺さる　池田屋事件のあったすぐ後ですが、楠《くすのき》小十郎という若い侍《さむらい》の殺

されるのを見ました。楠は京都の浪人だといっていましたが、後で聞いたら長州人で、例の桂小五郎に云いつけられて、新選組へ間者《かんじゃ》に入っていたのだという事でした。日ははっきり記憶していませんが、何んでも亥年《いどし》の秋だったと思います（元治元年九月二十六日）。朝の四ツ時（午前十時）で、私が前川の方へ遊びに出ると、あの正門の石敷きになっているところへ、楠小十郎がぼんやり立っているのです。

楠はその頃まだ十七だといっていました。漸《ようや》く前髪が取れたばかりの小姓のような侍で、如何にも弱々しい人で、そして美男で、新選組の隊士中には珍しい優しい男です。入隊して間がなかったのですが、年は若し、別にこれという忙しい隊務もなかったと見え、よく私達を相手に遊んでくれたので、非常に親しくしていましたから、私は、楠の姿を見ると、声を掛けようとしたのです。

ひどい霧の深い日で、全く一尺先きがはっきりしない位でした。楠も、その姿で、楠だという事がわかる位で、どんな着物を着ているか、わからなかった。ただ袴をはいて、腰のところへ両手を当てて、何にかこう物思いでもしているように、ただ、うっとりとして、霧の中を見詰めているようでした。

今でこそ前川さんの前は、あの通り人家が建並んで、立派な通りになりましたが、その時分は、家らしい家もなく、一たいに広々とした畑で、門の前からすぐ水菜の畑がつづいていたのです。

楠は、北にむいて、つまりこの水菜畑の方を見ている——私が声をかけようとしたその瞬間、

「あッ！」

という叫び声と共に、楠はのめるようにして、水菜畑の方へ走り出しました。

私は吃驚《びっくり》して、同じ方へ駈け出そうとすると、楠のすぐ後から、ピカリと刀が光って、

「野郎！」

といって、叫んで出て来たのは、確かに原田左之助です。

楠が門の前でぼんやりしているのを、門内から、背後《うしろ》へ一刀浴びせたものでしょう。私は恐くなったので、そのまま家へ逃げ帰りました。

暫くたって、家の者等と、恐わ恐《こご》わながら、あれから一体どうなったかと思って、外へ出て見ると、もう霧はすっかり無くなっているが、薄どんよりとした日です。

前川の門は、堅くしまっている。何にか隊内に事件のある時は、この門の扉が開かないので、一緒に見に行った私の家の者は、

「また隊で誰か斬られたんですよ」

と云い合いました。

水菜畑の方へ段々行くと、その辺が方々踏み荒らされて、綿のような血潮が点々と落ちている。三四十間も行ったところが、一坪位も水菜が踏みつけられて、ここには生腥《なまぐさ》い血が一ぱいで、流れるようでした。何んとも云えない凄惨な気がしました。

私達は、

「ここでやられた」

と、異口同音で、思わず顔をそ向けました。

「楠さんは何にをしたんだろう」

あの若い楠が、肝癪持ちの副長助勤原田左之助に、濃霧の中を追いまくられ、最初の一太刀の痛手を堪え乍《なが》ら、この辺を逃げ廻って、遂々《とうとう》菜畑の上へ打ち倒れて斬られたかと思うと、可哀そうでなりませんでした。

死骸はもうありませんでしたが、履いていた下駄が、一方が門のすぐ前、片方が、そこで斃《たお》れたと思われる場所にありました。

楠は長州の間者ということが解かったので、近藤の命令で、原田が斬ったのだということを後で聞きましたが、この時、水菜の中で頭に原田の鋭い刀を四太刀程受けて、抜き合せることも出来ず、血だらけ泥まみれになって斃れたのを隊士が三四人で門内へ担ぎ入れて、すぐに門をしめたのだとの事でした。

実は前々日から原田が楠を斬る事に定まっているのだという事で、この日は楠の外に、やはり長州の間者で新選組の「国事探偵方」という役についていた御倉伊勢武《みくらいせたけ》（京浪人と称す）と荒木田左馬之亮《あらきださまのすけ》（京浪人と自称）が庭先きで首を落されたという話を聞きました。御倉は二十七八、荒木田は二十四五位で、いつも立派な着物を着て、白足袋に雪駄《せった》がけというしゃれた侍でした。

越後三郎（京浪人と自称）と松永主膳（京浪人と自称、主計ともいう）というのもやはり長州の間者で、この日、将《まさ》に斬られようとした時に、脱兎のように逃げ出したが、外は幸《さいわい》に、先程お話のひどい霧で、この霧に紛れて逃げて終《しま》ったとの話でした。しかし松永は後ろから一太刀浅手にやられたと云います。

この夜更けに、棺箱《かんおけ》を三つ、西の門から寺男が静かに担ぎ出して提灯もつけずに何処かへ運んで行くのを、私の家の者が見たといっていました。

永倉新八翁遺談

かれらの長州間者であることは初めから知っていた。こちらではこれを押さえて置いてその行動により反対に長州人等の出没を知ろうとしていた。ところが一夕御倉荒木田越後それに、松井竜三郎等が、自分を斬ろうと企てたので、遂に堪忍なりかね、翌日早速一味を斬って終った。

御倉と荒木田は、縁側で髪を結っていたところを、斎藤一が御倉を刺し、林信太郎が荒木田を斬った。越後と松井竜三郎（宇都宮浪人）は沖田総司と藤堂平助がやろうとしたが、窓を破って逃げて終った。

楠はこんな騒ぎを知らずに、ぼんやりしていたところを原田が襟首をつかんで引立てようとしたが、なかなか抗弁していう事をきかないので、遂に斬ったのである。

松永主膳は、井上源三郎に斬りかけられたが、非常に逃げ足の早い男で、背中に縦一文字の浅手を負わされたのみで逃げて終った。

山野八十八のこと

新選組の若い侍達は島原をはじめ壬生附近の水茶屋などの女によくもてたものです。芹沢などのいる最初の頃は、どうも少し恐《こわ》がられ気味でしたが、壬生を去る一年位前には、新選組と云えば京の街でも大変な評判だっただけに、妙なものです。少し鉄火肌や浮気な女などは、若い隊士を自分からすすんで呼び出しをかけたものです。愛嬌平同志《ひらどうし》で山野八十八《やまのやそはち》というのがいました。加賀の人で、まだ二十一か二位でした。

のある可愛らしい顔で、絣《かすり》の着物に白い小倉の袴をつけ、高下駄をはいて歩いている姿は、さっぱりとしたなかなか気の利いた侍でした。

これが、壬生寺の裏手にあった「やまと屋」という水茶屋の娘と深くなりました。女将《おかみ》は高橋八重女《やえじょ》というたが、娘の名は一寸覚えておりません。いい女でした。隊士達が競争でこの娘を張っていたが、札は山野へ落ちたという次第なのです。どうも大変なこれが評判で、近所の子供達までが、山野の顔を見ると、

「やまと屋へ行くんでしょう」

などといって、ひやかしたものです。それでも山野は、ただニコニコしていました。

その山野は、壬生以来ずっと、新選組を離れずにいて、江戸へ引揚げ、甲州の戦争にも出たということですが、京都を引揚げる少し前の頃に、その娘が女の子を産みました。

その後、ぱったり消息もききませんでしたが、明治四十年頃、この山野が菊浜小学校の小使になっていることを知りました。もう六十を過ぎた見萎《みすぼ》らしい老人になっていたのですが、やまと屋の娘に出来た女の子は祇園の立派な芸者になっていたのだそうです。これが自分の父親を一生懸命探している、山野の方でも京都へ戻って来たのは、もともとこの娘なつかしさだったのですが、やまと屋はその後、何処かへ移転して皆目行衛が不明。

それが、娘の方で山野が小使をしていることを遂々《とうとう》探し出して引取りました。私が山野に逢ったのは、この芸者屋の楽隠居になってからの後ちで、

「その節はいろいろ御厄介になりました」

と、いって、ある晩わざわざ私のところへ訪ねて来て、夜明けまでいろいろな思い出話をして行きました。

ずいぶん色々な話がありましたが、大体私の記憶と共に前に申上げましたようなことです。

山野も自分の娘に引取られて安心したためか、二三年経って亡くなりました。

新選組の生残り達は、やはり壬生の生活が一番なつかしかったものと見えて、明治になって、当時の若い人達がみんなごま塩頭の老人になって、ぶらぶら壬生附近へやって来て、八木の家などを訪ねたものです。

永倉新八が、中国から西国を剣術の教師をして廻っている時に立寄ったことは前にも申しましたが、この外に伍長をしていた島田魁が相撲の世話人になってやって来たことがありました。多分明治二十二三年の頃ではなかったかと思います。この人は、自分が相撲のような大きな男で、大変な怪力だということでした。美濃の大垣の生れだといっていまし

た。壬生で盛んに活躍していた頃は三十七八だったと思います、隊士の中では年長の方でした。

伏見奉行所を本陣とし、戊辰《ぼしん》正月三日の戦争に、永倉新八の一隊が敵を三町ばかりも追い戻して、引揚げて来た時、奉行所の土塀を乗越えて入ろうとしたが、永倉の武装が重いためになかなか登れなかったそうです。その時、あの大きなからだで、島田がするするとこれへ登り、上から鉄砲を差しのべて、

「これにつかまりなさい」

という。永倉が、

「いいか」

というと、笑ってうなずき、永倉がつかまるのを待って、軽々と引上げて終《しま》ったので、みんなその強力《ごうりき》に舌を巻いたということを、永倉老人も、島田も話しをしていました。

道場を新築　文久三年の夏だったと思いますが、新選組では、隊士が多くなって、前川さんでも狭く、表長屋を道場などにはして置けないというので、これを隊士の居間に造り、その代り、私の家の母屋と、離れ屋との間の地面へ、大きな道場を建てました。母屋の東側に当るもので、坊城《ぼうじょうどお》通りからも出入りの出来るようになっていました。

何んでも、伏見の寺田屋で木作りをして組立てるばかりにして来るという事を前々からいっていましたが、地均《じなら》しをして五六日目には、出来て終いました。東西に三間半、南北に八間位のもので、木材もよろしく、武者窓なども堂々として、なかなか立派でした。広くもあり京都中探してもこんなのはあるまいといっていました。

毎日稽古はどうして激しいもので、竹刀《しない》を持って、見苦しく下手だなどという人はいませんでした。正面の高いところに、脇息《きょうそく》をおいて、近藤がよく稽古を見ていました。大たぶさの総髪で、大名のようでした。

この道場は、新選組が西本願寺へ引越すと共に、取壊《とりこわ》して運んで行って終いました。

壬生引揚げ

新選組が、壬生を引払って、西本願寺の太鼓番屋《たいこばんや》へ移ったのはたしか慶応元年の夏のはじめ頃だったと思います。これは私のところに日記もなくはっきりした事は申上げられませんが、山南敬助が切腹をしてから間もない事だったように思うのです。いろいろ申されると二年だったような気もしまた三年の夏だったような気持ちもいたし、甚だはっきり致しません。

それというのも、隊士達は、壬生を引払ったとはいうようなものの、その後も殆んど毎日こちらへやって来て、引払いも名目ばかりの有様でしたので、隊士の品物などもこちらへ置きッ放しのものが多く、御一新《ごいっしん》の戦争がはじまって、新選組が江戸へ引揚げる少し前までは、いないと云えばいない、いたと云えばいたとも云えるような状態《ありさま》だったのであります。

何しろ文久三年にやって来て、壬生を本拠として、足掛三四年の生活ですから、隊士にしてもいろいろ馴染《なじみ》の家もあり、女もあり、妾などを囲っているものもあり、山野八十八のように水茶屋の女があったりするので、隊士の五人や十人は毎日壬生へ来ている。見廻りに出たといっては立寄り、休みがあったといってはやって来たものです。

壬生へ寝泊りしているものは、少ないが、私のところも、前川さんも、南部さんのところなども、どの部屋も、ずっと御一新まで、そのまま家内では手もつけずに置きました。

西本願寺へ移ってからでも、醒ケ井《さめい》へ本営をこしらえてからでも、壬生を大砲や、洋式調練の場所にしていたので、隊士は朝の中やって来ると、一日一ぱいこの辺にうろうろしている日が多かったものです。

非番の者などは、泊って行くこともありました。

引揚の日は、はじめて浪士隊が壬生へやって来た時のようなさわぎで、着のみ着たままで来た人達も、槍などの武器は自分銘々で持ったものですから実に堂々たるものでした。

もっとも、この頃は、前川さんの玄関には、いつも鉄砲だの、槍だの、弓だのが山の如くに飾られ、裏庭には馬小屋があって、馬の嘶《いなな》く声が、四辺《あたり》へ響き渡りました。近藤の馬丁がよく、真ッ裸で白い大きな馬を洗っているのを見たことがあります。近藤は、自分の馬として二頭か三頭持っていました。

近藤は立派な紋服で、土方歳三その他十名ばかりの隊士をつれて、近所近辺の主なる家へ、挨拶に廻りました。

おかしいのは、私の家に、

「ながなが御部屋を拝借した寸志です」

といって土方がうやうやしく奉書包みを出したのです。

父は、

「お互に御国の為めですから」

といって、辞退しましたが、とにかく受けねばならぬことになって、後で開いてみると金子が五両です。これも後で聞いたのですが前川さんへは十両。

父はニコニコして、

「二年も三年もいた家賃にしては安いなア」

などと笑談《じょうだん》をいい、そのまま、こも冠りの酒樽を幾つか買って、すぐに、お祝いだといってお届けしました。

沖田総司が相変らずのさのさして無駄口をきいて歩いていましたが、父の顔を見ると、

「八木さん、先生がどうも顔から火が出るッていっていましたぜ」

と、愉快そうに笑っていました。


伊東の噂　山南敬助が切腹する前に、江戸の剣客で、伊東甲子太郎《いとうかしたろう》と云う人が参謀職で入隊した。だいぶ腕のいい乾児《こぶん》を沢山つれて来たという噂であり、新選組もいよいよ鬼に金棒だなどと申していましたが、その伊東という人は遂々《とうとう》噂だけを聞いて、その人物は見ませんでした。

この人は卯年（慶応三年）の冬（十一月十八日）に、近藤のために殺されましたが、何んでも薩摩の大久保一蔵（利通《としみち》）や中村半次郎（桐野利秋）と密謀して、近藤を暗殺しようというのを、かねて間者になって伊東一味に加わっていた斎藤一が知って、すぐに注進したので、その先手を打って斬って終ったのだということでした。前申す通り勿論この時は新選組は壬生にはいない、醒ケ井の本営にいた時で、私どもは後ちに聞いたことです。

当時は、本営の中で斬っておいて、油小路《あぶらこうじ》へかついで行った。その時は、

「紅白のだんだら幕へくるんで行った」

などとの噂でしたが、どうしてこんなことをいったものか、これは、ほんの噂に過ぎなかったものです。木津屋橋でやられたのが本当です。

壬生を引払ってからは、隊士達とは前のような訳合《わけあい》でやはり毎日顔を合せていましたが、自然事件の中心が移ったとでも申すものか、これというお話をするような面白い見聞《みきき》もござりませぬ。

本願寺の太鼓番屋へも一二度行ったことがありますが、ほんの仮《かり》ごしらえでただごたごたしていました。花昌町《かしようまち》の本営（醒ケ井七条堀川不動堂村）は、御承知のような立派なもので、私共が行っても、なかなか奥の近藤の居間などへ参るような事はありませんでした。花昌町の、七条通大宮一丁半ばかり西へ入った南側で、只今はどうしたものかその建物は跡方もなく、民家が建並んで、一寸《ちよつと》その場所がはっきり見分けさえつかなくなりました。

どうも、私も老年で、記憶の甚だうすらいだところもあり、またお話もあれこれと前後しますが、その頃（芹沢暗殺当時）父の源之丞は五十歳でした。余り壬生の家にはいず、外で寝泊りをしていました。

また芹沢のことで一つ思い出しました。

　時日ははっきり致しませんが、新選組が出来て間のないことだったと思います。京都の松原烏丸《からすま》印幡薬師の境内に、大虎の見世物が来たことがあります。虎の外に、おうむ鳥、いんこう鳥なども沢山参りましたが、大変な評判で毎日大入ということでした。しかし、この珍らしい鳥はみんな染め物で、

「虎は人間がその皮をかぶっているのだ」

ということが、壬生あたりの噂に上りました。

　芹沢はこれを聞くと、

「ようし俺が一つ、その虎の皮をかぶっている奴を痛めつけてやる」

といって、すぐに四五人つれて出かけて行きました。

　私も、何にをやり出すか知らんが面白いと思って、下男をつれて一緒について行きましたが、芹沢はその見世物小屋へずかずか入ると、いきなりその虎の檻の前へ行って、脇差を抜くと、虎の鼻先へ、突き出しました。

　みんなが、

「わッ」

といって、おどろき騒ぐと同時に、虎は物凄い声で、うおう……と耳もさけるように吼えて、芹沢をにらみつけました。

芹沢も少し吃驚《びっくり》した様子で、脇差をぱちんと鞘へ納めると、

「これア本物だよ」

と、苦笑いをして引き揚げたことがありました。

　以上は昭和三年十一月十五日京都壬生坊城通仏光寺上ルの邸宅で終日翁と相語ったものである。その後は引きつづき数十回にわたって文書その他を以て疑問を訊した。

八木源之丞
- 秀二郎──喜間太《きまた》（五十四歳）
- 為三郎（七十九歳）
- 勇之助（早世）

新選組異聞

池波《いけなみ》正太郎《しようたろう》

池波正太郎（いけなみ　しょうたろう）
一九二三年～一九九〇年。東京生まれ。都庁勤務の頃に舞台脚本が「読売新聞」の懸賞に入選、選者の長谷川伸に師事する。六〇年に「錯乱」で直木賞を受賞。以後、時代作家として活躍。『鬼平犯科帳』が話題となり、『剣客商売』『仕掛人・藤枝梅安』などの人気シリーズを次々と生み出した。自ら絵も描き、食べ物に関するエッセイも多数。

土方歳三《ひじかたとしぞう》

いまから六年ほど前の、夏のある日のことであったが……。

母と家内と三人で、テレビを見ていると、母が何気もなく、私に、

「土方歳三《ひじかたとしぞう》っているだろう、新選組のさ」

「ああ、いるよ」

「たしかねえ、その土方歳三のだと思ったけどねえ……」

「なにが？」

すると母が、

「あの土方って人の彼女は、京都の、経師屋《きようじや》の未亡人だったんだってねえ」

と、こういうのだ。

私は顔色を変えた。

「どうして、そんなこと知ってる？」

「むかし、お父っつぁんにきいたことがある」

母の父は、すなわち私の祖父である。

祖父の名は今井教三といい、もとは、下総《しもうさ》・多古一万二千石、松平勝行につかえた家老の三男に生まれた。

祖父は、維新後、実家が瓦解《がかい》してのち、今井義教の養子に入った。

今井義教は、いわゆる江戸の御家人というやつで、明治の世になってからは尚更《なおさら》に食べてゆけるものではなく、片だすきをかけて傘張《かさは》りの内職をしたりしていたのを、

「子どものころ、私は何度も見て、おぼえている」

と、母はいう。

だから、養子に入った祖父も（当時は少年）すぐに奉公へ出ることになった。

錺職《かざりしょく》の徒弟となり、一人前になってから、祖父は養父母を引き取ったものであろう。

私は幼時、この教三祖父から大へんに可愛いがられたものだが、私が十歳の冬に、祖父は病没している。

「で、おじいさんが、土方歳三のことを何といったのだ？」

「それがさ……」

と、母が語るには……祖父と同業の錺職人で浅草《あさくさ》・田原町《たわらまち》に住んでいた山口宗次郎とい

う人が、祖父に、

「おれの親父はね、むかし、新選組の土方歳三というえらい人の馬の口とりをしていたそうだ」

と、語ったことがあった。

当時、新選組も、世の中にあまり知られてはいなかったようだが、何かのときに祖父が、このはなしを母へしたのを、母が急におもい出して、私にいい出したのだ。

それもこれも、息子の私が時代小説を書いていることが母の連想をよんだのであろう。

「もっと、くわしくはなせよ」

「はなせったって、それだけしかおぼえていない」

「もっと何かあるだろう。おじいさんにきいたことをおもい出してくれ」

「ふむ……それだけだ。その山宗さんのお父っつぁんが、土方歳三の馬の口とりをしていた、それだけのことだよ」

「もっとおもい出せ」

「むりだ。四十年も前のこったもの」

だが、それだけでも私にとってはじゅうぶんであった。

このときまでは、私は〔新選組〕を書こうという意欲があまりなかったといってよい。

新選組については、故子母沢寛《しもざわかん》氏の不滅の史伝があり、われわれが、足をふみ入れるべき余地はない、と、私は考えてもいた。

しかし、このとき、母がもたらしてくれた素材——すなわち、新選組の副長をつとめ、鬼とよばれた土方歳三の馬丁をつとめていた男が、明治になって錺職人となり、その息子が友人（私の祖父）へ「土方歳三の色女は、京都の大きな経師屋の後家さんだったそうだよ」と、こうはなしたという、それだけのことが、私の執筆意欲をそそった。

そこで、あらためて新選組関係の資料をあつめ直し、翌年になってから、土方歳三を主人公にした〔色〕という短篇を『オール讀物』へ発表したのである。

このことがきっかけとなり、以後、私は新選組を主題にした小説をいくつか書くことになる。

で……。

小説〔色〕における土方歳三の恋女については、名も知らず、どういう状態で二人の関係が進行したのか、それもわかってはいない。ただ〔経師屋の未亡人〕というイメージだけを根底にして、主題をふくらませてゆかねばならなかった。

わずか六十枚ほどの小篇ながら、この小説を書き上げるまでには、ずいぶんと骨を折ったものである。

女――お房と土方が初めて出会うシーンは鳥辺野《とりべの》の墓地の夏の夕暮れにした。

ここで、土方が、お房の知人でもある長州《ちょうしゅう》の志士・岡部喜十郎の襲撃をうけるのを、お房が目撃するわけだ。

ここはうまく行ったのだが、それだけで二人の恋が実るわけではない。折から、深夜の大阪・道頓堀《どうとんぼり》を歩いていると、路傍に人だかりがしている。のぞいて見ると、猿《さる》まわしが、猿をつかっているのだ。それを見物しているうちに、二人の二度目の出会いのシチュエーションを考えあぐねてしまい、二人の二度目の出会いが出来上った。

本文を、ちょっと引用させてもらおう。

「……いつものように一点の乱れもない服装の土方歳三は陣笠《じんがさ》をかぶり、徒歩で四条大橋《しじょうおおはし》を渡って行った。

橋の東詰で人だかりがしている。

寄って見ると、中風病みの老人が飼猿に芸をさせているのだ。

猿も老いていた。竹馬に乗ったり、唄《うた》とも呻《うめ》きともつかぬ老人の濁《だ》み声に合せて踊ったり、懸命にはたらくのだが、笑いさざめく人だかりのうちからは、なかなか銭が投げられない。

（あわれな猿め……）

じわりと、歳三の眼がうるんできた。

歳三も猿には深い愛着がある。子供のころに山猿を〔三公〕と名づけて飼っていて、病死したこの猿を埋めた裏山には、いまも歳三が据《す》えた墓石が残っている筈《はず》であった。

三公の命日なれば我しづか――と、これも京へ来てからの歳三がよんだ一句である」

ちなみにいうと土方歳三には〔豊玉集〕という句帳が、現在《いま》も残っている。句はいずれも単純率直なもので、あまりうまいとはいえない。それだけに〔三公の命日なれば……〕の一句を、土方に代って私がつくるのに、いかにも土方の俳句らしくつくらねばならぬので（私が俳句をつくるのがうまいからというのではない）苦労をしたものだ。

さて……本文へもどる。

「紙にくるんだ小粒が歳三の手から老猿の前へ放り投げられるのと同時に、横合いからも喜捨が飛んだ。ふっとそっちを見て、歳三は目をみはった。

人垣《ひとがき》の頭ごしに、お房の顔がおもはゆげにうつむき、ちらりと上眼づかいに歳三へ一礼を送ると、すぐに人垣から離れて行った。

追って出たが、一瞬、女へかける言葉をさがしかねてためらううちに、お房は盛り場の雑沓《ざっとう》へ溶けこんでしまっていた」

その後、三度目の出会いによって、二人はことばをかわすようになるのだが、とにかく、この二度目の出会いがきまると、小説を一気に書きあげてしまうことを得たのである。

この小説〔色〕は、発表されて、さいわいに好評であった。

長谷川伸《はせがわしん》師が、

「色を書いてから、君は、ちょいと変ったね」

そういわれたことがある。

「どう変りましたか？」

「いい方にさ」

「自分では、わかりません」

「そりゃ、そうだろうね」

しかし……。

その小説がうまく書けたというのではなく、そのとき、私が直面していた重くて堅い壁のどこかへ、たとえわずかながら穴をうがつことができたような〔感じ〕を、私は感じていた。

どこがどうというのではない。

もやもやとして、重苦しかったものの一角が、少し破れた……そうしたものにすぎなかったのだが、〔色〕を書いたことによって、私が新しい視界をのぞみ得たことだけはたしかであった。

〔色〕は、別に野心作でもないし、よい出来ばえでもない。

ただ〔色〕という小説のよしあしではなく、この小説を書くことによって、私は、大いに益することがあった……それを長谷川師は指摘されたのであるし、私も「自分ではわかりません」といいつつ、そのことを感じていたのである。

もっとも、こういうことは読者や編集者には関係のないことで、作者だけの感覚にすぎない。

何かの偶然によって得た素材を、これも或《あ》る機会を得て一篇の小説に書きあげ、そのことが次の仕事へ微妙な影響をあたえてくる経験は何度もしている。そのくり返しといってもよい。

なるべくは、自分にとってよい影響をあたえる機縁となる小説を書きたいと、いつも考えているのだが……。

なかなか、うまくゆかぬものだ。

〔色〕を書いた翌年に、私は永倉新八《ながくらしんぱち》を主人公にした〔幕末新選組〕という長篇を書いた。

これは、新選組の剣士の中でも人に知られた永倉新八のお孫さんが存命しておられることを知って、意欲をそそられたのである。

永倉新八《ながくらしんぱち》

新選組の隊士の中では、神道無念流の剣士で、近藤《こんどう》・土方《ひじかた》も剣術では一目も二目もおいたといわれる永倉新八《ながくらしんぱち》の事跡が、かなりくわしく、つたえのこされた。

これは、永倉自身が大正四年まで、七十七歳の長寿をたもち存命していたのと、彼の〔語りのこし〕をもとに、長男・杉村義太郎氏が〔永倉新八伝〕を出版されたからである。

義太郎氏の息・杉村道男氏は、現在も北海道で元気に暮してい、しかも道男氏は、祖父・新八の晩年を見ておられる。

私が、永倉新八を主人公にして〔幕末新選組〕という長篇を書く気もちになったのは、その杉村道男氏へお目にかかり、おはなしをうかがえば、何か新しい素材も得られようとおもったのと、先ず数ある新選組隊士の中では、この永倉新八が、もっとも私の好む人物であったからだ。

新八の父・永倉勘次は、蝦夷《えぞ》〔北海道〕松前藩・松前伊豆守《まつまえいずのかみ》の家来である。

身分は、江戸屋敷・勤務の〔定府取次役〕で俸禄百五十石。役目柄から見ても、相当の能吏であったろう。

新選組隊士の中では、こうした父をもった永倉新八など、まあ毛並のよいほうであったといえよう。

幼時から腕白小僧で手がつけられなかったという新八だが、少年のころから神道無念流・岡田十松の門へ入ると、剣術の手すじが天才的で、十五歳には切紙をゆるされ、十八歳には本目録をうけ、岡田道場でも屈指の剣士となった。

杉村道男氏が私に、

「私の祖父《じじい》は何ですなあ、つまり剣術一方の男でして……いわゆる飯よりも好きというやつ。それでもう堅苦しい大名の家来なぞになるのが厭《いや》で厭でたまらない。それよりも、天下の風雲に乗じ、わが一剣をもって身を立てよう……」

こう語られたが、ついに新八は父にそむき、当時、下谷《したや》・三味線堀《しゃみせんぼり》にあった松前藩邸《はんてい》を脱走してしまった。

そのころの、新八の挿話《そうわ》は何もつたわっていない。

で……。

子供のころの〔腕白小僧〕ぶりを小説で描くため、新八が、鳥越の菓子舗〔亀屋〕の八千饅頭《まんじゅう》を母からお八ツにもらうと、このまんじゅうの中の餡《あん》をぬきとり、小さな自分のお尻《しり》から排泄《はいせつ》された黄色のかたまりをつめこみ、これを藩邸の門番をしている足軽《あしがる》へ「食べないか」と、わたすシーンを考え、ここが小説の書き出しになった。

足軽の大草五十郎が、いつもの腕白小僧がまんじゅうをくれたので面くらったけれども、甘いもの好きの彼は、大よろこびで、この饅頭を口へ入れてしまう。

小説には——。

「……悲鳴と怒りの叫びをあげ、五十郎老人が饅頭をほうり出したとき、いつの間に忍びもどって来たものか、ものかげにかくれていた永倉栄治（新八の幼名）が手を叩《たた》き足をふみならして、よろこびの声をあげた。

『食った、食った。大草がくそを食って、くそくそと泣いた』

『ま、待て。畜生……』

『わあーい』

栄治は、風のように侍長屋へ逃げこんでしまった。

さすがに、今度は大草五十郎もだまってはいなかった。五十郎老人は憤然として、このことを上司へ訴え出た。

永倉勘次は、ただちに、江戸家老・下国東七郎によばれて注意をうけた。

『栄治のいたずらも度がすぎるようじゃ。気をつけさっしゃい』

『はっ……』

父親としての面目は、まるつぶれとなった。

おとなしい永倉勘次が、長屋へ帰って来ると、栄治を庭に引き出し、木刀をふるって、七歳の息子が悶絶《もんぜつ》するまで折檻《せっかん》を加えたという」

と、先ず〔小説〕ではこのようになってくる。

作者としての私が、新八なり、永倉勘次なり、足軽の老人なりに没入してしまえば、腕白時代の新八を描写するための創作の嘘《うそ》はたちどころに、〔真実〕と、なり得る。これが小説である。

＊

永倉新八は、江戸生まれの江戸育ちだけに、後年、新選組へ入り、京都で羽ぶりがよかったときも、決して、いわゆる〔成りあがりもの〕にはならなかったようだ。

だから、江戸で近藤勇《こんどういさみ》の貧乏道場〔試衛館〕にころがりこみ、好きな剣術修行に明け暮れしていたときと、人柄が少しも変らなかった。

そこへゆくと、近藤勇なぞは、いまや時めく新選組・総長として、京都守護職松平容保《まつだいらかたもり》の麾下《きか》にあり、勤王革命の蠢動《しゅんどう》に立ち向う幕府側の尖兵《せんぺい》として華《はな》やかな脚光をあびるにつれ、貫禄もついたかわりに、人柄も変ってきたようである。

永倉新八などが、つい、むかしの剣術仲間のつもりで、二人きりのときなど気やすげに、

「近藤さん」

などと、よびかけるや、近藤はたちまち不きげんになり、じろりと、永倉を見たきり、返事もしなくなった。

(むかしのおれではない。いまのおれは天下の近藤である)

つまり、いつ、どこでも隊士たちは自分に敬意をはらうべきである。自分は新選組の総長なのだから〔総長〕とよぶべきである。近藤はそうおもいはじめた。

(近藤さんも、とうとう成りあがりものになってしまったな)

と、新八は顔をしかめ、今度はろくにあいさつもしないようになった。近藤もおもしろくない。

こういうことで、一時は、この二人の間がうまく行かなくなったようだが……もともと近藤勇は永倉新八のさっぱりとした気性と剣術を好んでいたので、あの池田屋斬込《きりこ》みのときも、新八を大いに頼りにしてくれたものだ。

新八は、京都にいたころ、島原《しまばら》の芸妓《げいぎ》・小常と同棲《どうせい》し、磯子という子をもうけた。

この磯子が生まれて間もなく、時勢はがらりと変転し、薩摩《さつま》・長州の両藩が、ついに同

盟をむすび、強大となった勤王勢力の結集が、徳川十五代将軍・慶喜《よしのぶ》をして、〔大政奉還〕へ、ふみきらせることになる。

ここに、二百六十余年の間、日本の政権の座にあった徳川幕府は崩壊し、新選組も旧幕府勢力と共に江戸へ逃げ帰った。

で……。

新八は、小常にも磯子にも生き別れとなるのだが……、後年、明治の世になってから、生き残った新八が久しぶりで京都をおとずれた折、旧知の八百屋《やおや》の女房と出合い、小常は死んだが、磯子は美しく成長し、女役者〔尾上小亀〕となり、関西で人気をよんでいることをきかされ、この八百屋の女房の手引きで、新八は二十三歳に成長したむすめと再会することになるのだ。

そのころ、すでに新八は結婚し、長男・義太郎をもうけている。

維新の動乱が終ったとき、永倉新八は敗残の身を旧主家である松前家へよせた。父母もこのときは病歿《びょうぼつ》している。

松前家の家老・下国東七郎は、

「江戸にいてはあぶない」

というので、松前家の本国である北海道・福山（松前）へ新八を送った。

近藤勇は捕えられて死刑になるし、土方歳三は、北海道の旧幕軍へ加わって戦死。新選組生き残りの隊士というのは新八をはじめ、ごくわずかなものであったが、いずれも諸方へ潜伏している。

勤王派を相手に、あれだけあばれまわった新選組だから、旧幕勢力の反抗が全く熄《や》み、明治新政府によって近代日本の歯車がまわりはじめるまでは、新選組残党の一人として、新八もうかつに江戸へはもどれなかったろう。

明治三年の春。

新政府は「前将軍をはじめ旧幕臣、大名の罪をゆるす」との布告を発した。

むすめの磯子に会ったのは、それから二十年も経《た》ってからのことだし、中年になった新八は、北海道へ妻子をのこし、東京へ出て、諸方の剣術道場をたずねまわり、相変らず〔好きな道〕でゆうゆうとたのしんでいたようだ。

すでに永倉新八は、名を〔杉村義衛〕とあらためている。

妻女の米子は、元松前藩の藩医・杉村松柏のむすめで、だから新八は杉村家の養子となったわけであった。

養父の松柏が明治八年に病歿してから、新八は諸方へ出かけるようになった。

「あそんでもいられぬさ」

と、米子にいうのだが、だからといって新八に出来るものといえば〔剣術〕のみだ。

北海道・樺戸《かばと》（現月形町）に新設された監獄の剣術師範としてまねかれたのも、そのころのことであった。

〔樺戸監獄〕では、所員のみか、囚人たちにも精神修養のためとあって剣術の稽古《けいこ》をさせたそうである。

「よしきた‼」

新八も大よろこびで、妻子をつれて樺戸へ赴任《ふにん》した。

この仕事が気に入ったと見え、明治十九年六月、四十八歳になるまでつとめている。

辞職後、杉村家の親類がいる小樽《おたる》へうつり住んだ。

「死ぬ前に、もう一度、東京を見ておきたい。ついでに米子。お前さんも東京見物をしたらどうだ」

というので、またも妻子をつれて上京。

明治三十二年まで、牛込《うしごめ》や浅草で町道場をひらいたりして暮している。

近藤勇が刑死した板橋《いたばし》宿の刑場跡に、新八は諸方へ寄附を仰ぎ、近藤・土方をはじめ旧新選組隊士たちの墓碑をたてた。

〈隊士殉難の碑〉というものだ。

これは、国難のためにいのちを捨ててはたらいたことを意味するもので、新選組が〈賊徒〉でないことを証明したわけだから、永倉新八がやってのけたことは堂々たるものだ。

いまもこの墓碑は板橋駅のすぐ近くに残っている。

「明治維新なんてえものは、つまり薩長《さっちょう》たちと徳川との争いさ。勤王なんていうことは、あらためていうまでもない。そのころでも日本国民、みんな勤王だからね」

日清《にっしん》戦争が始まったとき、当時、五十六歳になっていた新八は、

「抜刀隊の一員として従軍させていただきたい」

と、志願をしたそうである。

明治政府は、しかし、これを採りあげなかった。

新八は、せがれの義太郎に、

「もと新選組に手をかしてもらったとあっちゃあ、薩長の連中も面目まるつぶれというわけかえ」

こういって苦笑をした。

＊

明治三十二年夏。

六十をすぎた新八は、妻子をつれて、北海道・小樽へもどった。むすめのゆき子も生まれていたし、数年前に小樽へ帰っていた長男・義太郎は、土木建築業者として、事業家肌《はだ》の性格を発揮し出していた。

いまも小樽にある明治の風趣濃厚な〔北海ホテル〕が建ったとき、義太郎は専務取締役をつとめている。いわゆる〔地方名士〕というところだ。

義太郎が結婚し、道男という初孫を得てからの新八は、

「この年になって、こんなにうめえおもちゃにありつけようとは思わなかった」

大よろこびだったそうである。

杉村道男氏は、新八祖父の、老いて尚《なお》、あどけない童顔のおもむきをよくつたえている胸像を前にして、私にこう語ってくれた。

「祖父は、さよう私の十三、四のころまで生きておりましたかなあ。御承知のように老いて尚、剣術が好きなものですから、私を引っぱり出しては稽古をつけてくれるのですがね、いやいや、どうも大へんな稽古なもので閉口したもんです。竹刀《しない》も普通のやつの上に皮袋をかぶせた重いものだし、面も胴も籠手《こて》も、防具いっさい身につけてはいかんという。道男、ちょいと稽古をつけてやろうといって、祖父が、小樽の水天宮の境内へ私を引っぱり出す。子供だからといって少しの容赦もなくなぐりつけるのだからたまりません。私がこ

ぼすとね、父（義太郎）が、これからはもう剣術の時代ではないんだから柔道をやれ、と、こういう。私もその気になって、父から柔道着を買ってもらう。すると、今度は祖父がおさまりません。どうもね、じじいと父の間にはさまって困りましたよ。

祖父はね、私が柔道をやるとごきげんななめというやつで、小づかいも飴玉《あめだま》も買ってくれない。すると父がね、お前、柔道をやるなら小づかいをやるぞ、と、こういいましてね。しまいには祖父と父が大喧嘩《おおげんか》をはじめるのです」

また、

「祖父が年をとって、亡くなる少し前でしたが、よく孫の私をつれて映画見物に出かけたものです。同じ映画を何度も見る。そうして、わしも長生きをしたので、こんな文明の不思議を見ることが出来た。実になんともうれしい、妙な気もちだ。近藤や土方が、この映画というしろものを見たら、どんな顔をするかなあ……なんてね。とにかく、小樽へ映画……活動写真ですな、そのころは。それがかかると毎日のように足をはこぶ。私をお供につれてね。

あるときでした。下足のところで、映画がハネると非常に混雑をするのです。そのころはいちいちはきものを下足へあずけて中へ入ったものですからな。

とにかく、見物の人たちが先をあらそう。その中を七十をすぎた祖父が子供の私の手をひいて、ひょろひょろもまれているわけです。するとね、土地の若いやくざ者が七、八人で面白がって、このじじい、早くしろ、とか何とかいいながら、祖父をあっちこっちから小突きまわすのです。祖父はじっとこらえて、おとなしく、やくざ者に小突きまわされておりましたが……そのうちに『む!!』と肚《はら》の底からほとばしり出るような、低いが、ちからのみちみちた気合声を発して、ぐいとやくざどもをにらみつけたんですな。するとね、もう、やくざどもはいっせいに青くなってしまい、ぶるぶるとふるえはじめたもんです。むろん、ぱっと祖父からはなれてしまいました。尚も祖父がにらみつけている。彼らはもう恐怖で居たたまれなくなり、こそこそ逃げてしまいました。

私も子供ごころに、こういうところは、さすがに違ったものだと思いましたな。稽古をつけるときも、あの、よろよろした小さな老人が竹刀をもって立つと、躰中にぴいんと針金が通ったようになる。なるほどなあ、と思いましたよ」

新八は小樽へもどってからも道内の諸方をまわり、自分と剣を交えた相手に署名を請うた帳面を遺した。

新八の自筆で〔英名録〕と記された、この帳面は、いま、杉村道男氏が保存しておられる。

私も、これを見せていただいたが、帳面の表紙を繰ると、次の紙面に〔神道無念流・岡

田十松門人〕とあり、さらに、

〔──旧会津藩御預、新選組副長助勤・永倉新八改、杉村義衛〕

堂々と、したためてある。

青春の誇りと、わが一剣にかけた過去を、永倉新八は、いささかも悔ゆるところなく、明治から大正へかけての新時代を生きぬいて行ったと見てよい。

大正四年一月五日。

永倉新八こと杉村義衛翁は七十七歳の長寿をたもち、ついに病歿した。

死因は、虫歯の治療をこじらせてしまい、骨膜炎から敗血症をおこしたのだという。

聞書・永倉新八

〔新選組〕の隊士たちは、局長・近藤勇、副長・土方歳三をはじめ、維新動乱の最中に一命をかけ、一剣をもって闘った人びとだけに、小説にしておもしろい人物が多い。

永倉新八もその一人であるが、この人は、蝦夷《えぞ》（北海道）松前藩の藩士の子に生まれた。父親の永倉勘次は、百五十石どりの〔定府取次役〕をつとめてい、代々、松前侯の江戸屋敷・勤務であったから、新八は江戸の水で産湯《うぶゆ》をつかい、江戸で育ったのである。

それだけに、江戸の気風を身につけていて、新選組へ入ってからの行動も、まことにさわやかなものであった。

新八の剣術は、近藤勇が、

「真剣で立合ったら別だろうが、道場の稽古《けいこ》では、とても永倉君に歯が立たぬ」

といったほどに、天才的なものであったらしい。

江戸人らしい物事にこだわらぬ恬淡《てんたん》たる性格のもちぬしで、

「そうした性格が、あの人を生き残らせたんでしょうな」

と、亡き子母沢寛氏も、私に、そうもらされたことがあった。

私が、永倉新八を主人公にした小説〔幕末新選組〕を書いたのは、もう七、八年も前のことになる。

私どもが〔新選組〕を書く場合、なんといっても、子母沢氏の名著〔新選組始末記〕のお世話にならなくてはならない。

これは子母沢氏が若きころ、それこそ体力にものをいわせ、いそがしい新聞社勤務のかたわら、何度も何度も京都へ行かれ、新選組ゆかりの場所を綿密に調査され、当時のことを知る〔生き残りの人びと〕をさがしては、たんねんに聞書をとられたものが、あの〔始末記〕となったわけだ。

「もう一歩というところでしたよ。もう一歩、遅れていたら、生き残りの人たちは亡くなってしまいましたから、はなしをきくことができなかったでしょう」

しみじみと、子母沢氏がおっしゃったことがある。

私が永倉を書くにあたって、子母沢氏は何日もかかり、実に懇切な指導をして下すった。

これは何も私のみにかぎったことではない。新選組を書く人たちに対しては、

「私で、お役にたつことでしたら……」

惜しみもなく、素材を提供されたようである。

〔幕末新選組〕は、家の光社で出している〔地上〕という雑誌に連載したものだが、同社の札幌《さっぽろ》駐在員から、

「永倉新八のお孫さんが、札幌に住んでおられます」

と、知らせて来たので、私はすぐさま、編集部のMさんと共に、北海道へ飛んだ。

永倉新八は、維新動乱に生き残ってのち、北海道・小樽へ住みつき、大正四年一月五日に、七十七歳の長寿をたもち、世を去った人物だ。

死因は、虫歯の治療をこじらせ、骨膜炎から敗血症を引き起した。それがいのちとりとなったらしい。

「とても痛かったらしいのですがね。じじいは、いささかの苦しみをもうったえませんでしたよ。これは、子どもごころにおぼえています。病中、絶えず微笑をうかべておりましてね」

と、札幌でお目にかかった永倉新八のお孫さんにあたる杉村道男氏は、私に、そう語られた。

道男氏は当時、六十をこえておられた。

そして、祖父・新八のことを〔じじい〕とよばれた。そしてそのよび方は、いかにも江

戸のころをおもい起させるものであった。

当時、杉村道男氏は、たしか札幌のH大学につとめておられたようだ。数年前に同氏は亡くなられたが、小柄だったという祖父・新八とは反対に堂々たる体躯《たいく》のもちぬしであった。

「じじいは、江戸から北海道へ逃げて来まして、以前の松前藩の藩医で杉村松柏のむすめの米子と夫婦になったのです。ええ、養子というわけでして、名前も杉村義衛とあらためました。それで、私の父の義太郎が生まれたわけです。ええ、米子。つまり私の祖母なんですが、とても、おしゃれでね。ばばあになってからも、うっすらと白粉《おしろい》なぞをつけていたのをおぼえています。やはりその、大名の家の、つまり松前の殿さまの侍医をしていた人のむすめですから、見識高いし、それにおねりでね。じじいは、いつもやりこめられていましたよ。

ま、そういうこともあって、明治になってからも、じじいは東京へ出たり、あっちこっちをまわりまして、好きな剣術をやって暮していたようです」

といいながら道男氏は、当時の新八が試合をおこなった相手に署名を請うた帳面〔英名録〕数冊を見せて下すった。表紙には新八の筆で〔神道無念流・岡田十松門人——旧会津藩御預、新選組副長助勤、永倉新八改、杉村義衛〕と、堂々としたためてある。

これは道男氏が、父・義太郎からきいたことだそうだが、新八は晩年に、

「なあに、明治維新なんてえものはね、つまり薩長《さっちょう》と徳川の争いさ。いまのような文明開化はどっちにしろやって来たんだ。時勢というものだから、薩長だろうが徳川だろうが同じだね」

そういっていたそうである。

明治十年の西南戦争が起って間もなく、永倉新八は、北海道樺戸《かばと》（現・樺戸郡月形町）に新設された監獄の剣道師範としてまねかれたことがある。

この監獄では、所員のみか囚人たちへも、精神修養のためとあって、剣術の稽古をさせたそうな。おもしろい監獄ではある。

杉村道男氏は、はなしの合間合間に、

「イヤ、イヤ、イヤイヤ」

という間投詞をはさむのが癖であった。

「どうも、どうも」

とか、

「いやはや」

とか、

「まったく」

とか、いろいろな意味に、この「イヤ、イヤ」はつかわれるのである。

永倉新八は、道男氏が、十四、五歳のころまで生きていたそうな。

「私のじじいは、なんですなあ、つまり剣術一方の男でして……あとのことは何もできぬというわけでして……イヤ、イヤイヤ……ですからその、維新後は、ずいぶんと貧乏をしたようですが平気なものだったらしい。暇さえあれば竹刀《しない》をかついで諸所方々へ稽古をつけに出かけたものです。ばばあと夫婦《いっしょ》になって、私の父が生まれてからも小樽に落ちつけず、妻子をつれて東京へ行き、なんでも浅草の北清島町《きたきよしまちょう》に住んで、そこを根城に、東京中の道場をまわっては剣術をやったんですなあ。好きなんです。とにかく、剣術が……ふしぎなじじいでしたよ、イヤ、イヤイヤ」

この前後に、永倉新八は、おもい出もふかい京都をおとずれ、新選組で活躍していたころ、島原《しまばら》の芸妓《げいぎ》・小常に生ませたむすめの磯子にめぐり合ったりしている。

すでに小常は亡くなってい、磯子は〔尾上小亀〕の芸名で女役者となり、大阪で大評判をとっていたそうな。

磯子が生まれたときは、京都から敗走する幕軍と共に江戸へもどり、諸方に転戦して

〔官軍〕と戦っていた新八だけに、成長したわがむすめをはじめて見て、びっくりしたらしい。

このはなしにふれると、杉村道男氏は、

「イヤ、イヤイヤ……」

と、ことばをにごしてしまわれるので、私は深くきくことをやめた。

磯子は、長生きをして神奈川県・藤沢《ふじさわ》市で亡くなったともいう。

永倉新八が、かつての同志・近藤勇ほか隊士の墓碑を、近藤が刑死した板橋刑場跡にたてたのも、この東京時代であった。

これは〔新選組隊士殉難の碑〕である。殉難とは、国難のために一命を投げうったことを意味する。

だから永倉は、この墓碑をたてたことによって、新選組は朝敵でも賊徒でもないことを世間に証明したことになる。寄附も相当にあつまったと見え、現在も板橋に残る、この墓碑はなかなかに立派なものだ。

この間に、北海道の樺戸監獄へ赴任《ふにん》したり、また東京へもどったりしていたらしい。

永倉が、一家をあげて北海道へもどり、小樽市に永住することにきめたのは明治三十二年夏のことで、ときに永倉新八は六十一歳。長男・義太郎のほかに、ゆき子という娘も生まれていた。

義太郎氏は、小樽で土木建築の仕事をはじめ、のちには帝国興信所の支所長になったり、北海ホテルの取締役になったりして、いわゆる小樽の名士の一人になった。

老いた永倉新八にとって、孫の道男は、文字どおり「目に入れても痛くない」存在であって、

「道男。剣術をやれ、剣術を……」

すすめてやまない。

当時をかえり見て、杉村道男氏いわく。

「ところがですな。父の義太郎は柔道をやっていましてね。ですから父は私に、これからはもう剣術の時代ではない。柔道をやれ、としきりにいうのですな。じじいはじじいで、柔術なんぞいくらやっても何の足しにもならんという。間にはさまって子供ながら、実に困ったもんです。

イヤ、イヤイヤ……じじいはね。私が柔道をやるとゴキゲンナナメになってしまい、小づかいもくれぬし、飴玉《あめだま》も買ってくれない。

父は父で、柔道をやるなら小づかいをやるというので、いやどうも、困りました。

でも結局は、じじいのいうとおりになりましたよ。私がさよう、十二、三のころですか

なあ。じじいは私を、小樽の水天宮の境内へ引き出し、よく稽古をつけてくれるのですが、……イヤ、イヤイヤ。たまったものではない。普通の竹刀の上に皮袋をかぶせた重いやつで、防具も何もつけぬ素面素籠手《すめんすごて》で、ビシビシとなぐりつける。まったくどうも弱りましたが……しかし、そのあとでもらう小づかいがたのしみでしてなあ」

老いてからも永倉は、諸方へ稽古や試合に、よく出かけたそうだ。道男氏も、そのお供をさせられたらしい。

札幌のH大学へもよく出かけたが、六十をこえた永倉新八が、H大の道場へ立ち、学生たちに、

「さあ、みんな順番にかかっておいで」

こういって竹刀をかまえると、それまでの、よぼよぼとして、まがった背すじにぴいんと鉄線が入ったようになったという。

学生たちは防具をつけて、つぎつぎに打ちかかるのだが、永倉は稽古着一枚を身につけたきりで、

「さあ、来い。さあ来い」

ぽんぽんと、おもしろいように打ちすえてしまった。

「年を老《と》ってからの、じじいの口ぐせは、わしゃあ、しあわせものだよ……と、いうのでしたよ。よっぽど剣術が好きで、その好きなことを死ぬまでやっていられたからでしょうなあ」

と、道男氏はいわれた。

「じじいが亡くなるすこし前でしたかなあ……小樽で、父が経営していた劇場《こや》へ、よく活動写真や芝居を見に出かけたものです。

はあ、いつも孫の私がお供でしてね。いつでしたかなあ、芝居がハネまして下足番のところへ出て来ると、非常に混雑しておりましてね。帰りを急ぐ見物の人たちが先を争って履物《はきもの》を取ろうとするわけ。そこで、じじいがですな、よろよろしているのです。まったく、よぼよぼのじじいに見えるのですな。ま、そのとおりなので。

するとですな。土地の若いやくざが五人か六人、おもしろがって、じじいを小突きまわすのですよ。私もたまらなくなってね、じじいが可哀相で……じじいは、だまって、よろよろと小突きまわされている。

そのうちにですな。じじいの背すじがぴいんと立ったとおもったら、じじいが、低いけれども肚《はら》の底からひびき出たような気合を発して、ぐいと、やくざどもをにらみつけたんですな。

するとね、もう、やくざどもは、いっせいに青くなって立ちすくんでしまい、ガタガタとふるえているのですよ。結局、コソコソと逃げてしまいましたが……子供ながら見ていた私も、さすがに違ったもんだな、とおもいましたよ。そのころはもう竹刀をもたなくなってから久しかったので、私も、じじいはすっかりおとろえている、と、はじめはおもっていただけに、ちょっと、びっくりしましたよ」

道男氏が、

「おじいちゃん、強いね」

うれしそうにいうと、永倉は鼻の先で笑って、

「あんなのは屁《へ》みたいなものだよ」

と、こたえたそうである。

それはそうだろう。近藤勇も一目を置く名剣士で、池田屋の斬込みから鳥羽伏見《とばふしみ》の戦争に至るまで、新選組の血闘のほとんどに参加している永倉新八なのである。

「じじいは、酒が好きでしてね。酔って上機嫌《じょうきげん》になると、さあ見てくれ、といいまして、ぱっと着物をぬぎ、下帯ひとつの裸になってしまい、腰のあたりを手で叩《たた》きながら、さあ見てくれ、この通りだ、と得意になる。その腰のところには弾丸の痕《あと》が残っていました。維新のさわぎのときの、どこかの戦いで受けた鉄砲傷なのでしょうが、じじいは、この傷

の痕をぴたぴたと叩いて、わしは、これでも御国のためにいのちをかけてはたらいてきた。この傷痕は、わしの誇りだ……と、威勢のよい声を張り上げたものです」

祭りのときなどは、小樽の住之江《すみのえ》町の遊里へ、少年の道男をつれて行き、芸妓をあげて大さわぎをする永倉新八であった。

「ばばあは、そんなときいやな顔をしましたが、父は気前よく、さあ行っておいでなさいと小づかいをじじいにやっていましたよ」

杉村道男氏は、なつかしげにそう語られた。

永倉新八は、息を引きとる前に、

「悔はないよ」

の一言をもらし、莞爾《かんじ》として眼をとじた……というのは、私が小説で創作したラストシーンである。

新選組史蹟を歩く

私がこれまでに新選組をあつかった小説を書いたのは、次の四篇である。

〔色（いろ）〕短篇—土方歳三
〔ごろんぼ左之助〕短篇—原田左之助
〔幕末新選組〕長篇—永倉新八
〔近藤勇白書〕長篇—近藤勇

この七年間に、新選組を書くたび、私は京都へ出かけ、何度も遺跡をめぐったものだ。

新選組史蹟と子母沢寛先生

新選組といえば、なんといっても故子母沢寛不朽の史伝『新選組始末記』を手引きとしなくてはならぬ。少年のころからの私が新選組に対する決定的なイメージをもつことができたのも、この子母沢先生の名著あればこそといってよい。

去年、亡くなられる数日前に、子母沢先生にお目にかかったときも、

「いま、八木さんのところはどうなっていますかね？」

なつかしげに眼をしばたたかれて、問われた。

八木さん……つまり、発足当時の新選組の屯所《とんしょ》がもうけられた八木源之丞《やぎげんのじょう》屋敷で、芹沢鴨《せりざわかも》が暗殺されたのも、この屋敷内においてであった。

子母沢先生が〔新選組〕を執筆された昭和初年には、まだ近藤勇《こんどういさみ》や土方歳三《ひじかたとしぞう》の顔を見知っている古老が生きのこっていたので、

「もう少しのところで、あの人たちのはなしをききのがしてしまうところだった。私がそれこそ足を棒のようにして語りのこしをかきあつめ、新選組を書いて間もなく、そうした古老たちは、みな亡くなってしまったのですからね」

と、先生はいわれたことがある。

私が、いまの京都の、そうした遺跡の写真を撮《と》ってごらんにいれると、

「ほ、ほう……いま、こうなってしまいましたか……」

巨体を折りまげるようにして、熱心に、いつまでも飽かずにながめておられるのだった。

玄関がまえに往時を偲ぶ

新選組・発足当時の屯所・八木源之丞邸はいまも濃厚に旧態をとどめている。

むろん、当時の敷地は現在の数倍もあったということだし、近藤、土方、芹沢ら十三名が起居したといわれる離れの建物もいまはない。

だが、母屋《おもや》はほとんど当時のもので、市電の四条大宮の一つ先、四条坊城の停留所前の祇園《ぎおん》社の横道を南へすすむと、間もなく左手に八木邸の門前があらわれる。道端に〈新選組遺蹟〉の石碑が建ってい、植込みにかこまれた石畳の向うに、門がのぞまれる。

門を入ってすぐ右手が玄関。むかしの郷士の玄関がまえをしのばせるに充分の雰囲気《ふんいき》が、あたりにただよっている。

八木家に葬式があったとき、近藤勇と芹沢鴨が、机をならべて弔問客の受けつけをしたという玄関が、すなわちこれである。

この母屋の一室で、芹沢鴨が土方・沖田《おきた》など同志たちに暗殺された。その部屋が現存している。

情婦《おんな》と共に裸体で酔いつぶれたまま床へ入っていた芹沢鴨は、血まみれとなって逃げようとしたが、せまい室の中で、刺客《しかく》たちは折り重なるようにして白刃をたたきつけた。

その刀痕《とうこん》が、部屋の柱の其処此処《そここ》に残っている。

「芹沢はんはなあ、この、となりの部屋まで逃げておいやしたんどすえ」

と、八年前にはじめて、ここを訪れた私に、八木邸にいた婦人が説明してくれたものだ。

こうして芹沢が死に、募集した浪人も多勢参加し、新選組のかたちがととのうと、八木邸では手ぜまになり、道をへだてた東がわの同じ壬生村《みぶむら》の郷士・前川荘司《まえかわそうじ》の大きな屋敷を借りうけて、屯所とすることになった。

この前川邸は角地で、そのとなりに〔新徳寺〕がある。

地形は当時と変っていない

幕府に浪士隊を結成させ、これを京都まで引張って来た黒幕の清河八郎《きよかわはちろう》が本拠とした寺が、これである。

さて、前川荘司邸は……。

これも、八木邸ほどではないが、まだ旧態をとどめている。

前川邸は総敷地四百三十坪ほどで、長屋門のある堂々たるかまえだ。

現在は紙商の持家になっているけれども、

「できるだけ、むかしのままにしておくつもりですが……、どうも、いろいろと不便でして」

と、東京出身の主人が今度久しぶりにたずねた私にいった。

このごろは、見学者も非常に多いのだそうである。

表門を入って突当りが玄関だが、その左手に戸口があり、ここを入るとひろびろとした土間の大台所で、土間を突切ると〔内庭〕へ出る。

内庭をかこむようにして南側から東側にかけて土蔵が三つほどならんでい、このうちの一つの内部で捕えられた勤王志士・古高俊太郎が激しい拷問をうけ、これが端緒となって、かの〔池田屋騒動〕がおこるわけだ。

旧前川邸内の屋上・物干場へ上ると、細い坊城通りをへだてて、すぐ向うに八木邸がのぞまれる。

壬生寺は、八木邸の南どなりで、地形は当時とまったく変っていない。

もっとも当時は、このあたりを中心に人家がかたまり、あとは雑木林や村の田畑がひろびろと展開していたという。

江戸時代の残り香と島原遊廓

壬生の屯所の旧跡を見てから、坊城通りを南へ、ぶらぶらと二十分も行くと〔島原口〕へ出る。

いうまでもなく、京に名高い島原遊廓《しまばらゆうかく》の入口である。

大門のまわりの竹矢来《たけやらい》や天水桶《てんすいおけ》、柳の木など……そこだけを切りとって見れば、まるで舞台の書割りだ。

京都へ行けば、いまのところ、まだ〔江戸時代〕の残り香が、かなり残されている。

それとても、いまのうちであろう。

民間にあるこれらの建物はいずれも老朽しつくしているし、くずれるときはみな一緒だとおもう。そのあとで、たとえ元のままに建て直そうとしたところで、むかしのままの人〔職〕がなく、建築の資材そのものが全く変ってきており、住む人のこころが、むかしのものを〔不便〕きわまるものとしか考えていないから、間もなく京の町中の風景も一変してしまうであろう。見るならいまのうちなのである。

新選組の人びとは、壬生の屯所から、よく島原の廓《くるわ》へ通ったものである。

近藤勇がよく通ったという〔木津屋〕ものこっているし、有名な揚屋《あげや》〔角屋〕も、これはむかしのままの姿をとどめて営業をしている。

〔角屋〕だけは、ぜひ見ておくがよい。

観光バスのコースに入ってもいるけれど、それでは階下の大広間、玄関口、大台所ぐらいしか見られないから、単独で出かけることだ。

その建築の美しさ、見事さは、この短い稿に書き切れぬ。実に大したものである。

七年前、私が友人と、冬の午後おそい時刻に角屋へ出かけ、島原の芸妓《げいぎ》を三人ほどよんでもらい、酒をのみ、二時間ほどいて屋内をくまなく見せてもらったことがある。

会計が一万円ほどであった。

いまは、とてもこうはゆくまい。

廓の西門（裏門）のあたりも、なかなか風情《ふぜい》があってよい。

すぐ向うに山陰本線が通ってい、丹波口《たんばぐち》の駅も近い。

畑や木立も多く、西山の山なみがなだらかにつらなってい、当時のことをいろいろ想起させてくれる景色ではある。

三条小橋、池田屋の襲撃

元治《げんじ》元年六月五日（現代の七月十四日）は、祇園祭の宵宮《よいみや》にあたる。新選組が二手に別れ、縄手《なわて》の四国屋と三条小橋《さんじようこばし》の池田屋に集合している勤王志士たちを襲撃した当日でもある。

副長・土方歳三がひきいる一隊が四国屋に向い、池田屋へは、局長・近藤勇みずから九名の隊士と共に、三十余名の志士たちが会合している池田屋へ斬りこんだ。

折りじも多勢の隊士が食中毒にかかってしまい、この斬りこみに参加不能となったため、近藤は小勢をひきいて決死の覚悟で池田屋へ向った。

昼間のうちに、隊士たちは二人、三人と何気ない様子で壬生の屯所を出て、先斗町《ぽんとちよう》の町会所へあつまった。

敗れたものの悲歌がただよう

この町会所は、いまの先斗町・歌舞練場のところにあった。

ここから西へ小路をぬけ、高瀬川《たかせがわ》に沿った木屋町《きやまち》の通りを北へすすむと、すぐに三条小橋が見える。

その西たもとに旅宿の池田屋があった。

いまも旅館で、前に石碑が建っている。

このあたりは京都の繁華街の中心だけに、往時の景観をしのぶ何物もないが、しかし地形や町すじには変化がなく、そこが京都の京都たるところで、いまのところ、江戸時代の地図を持って出かけても、町すじや道すじがぴたりと合うのである。

池田屋の内外で双方が激闘をくり返すうち、所司代からも守護職からも出兵して池田屋をかこみ、志士たちはさんざんな目にあったわけだが……。

その京都守護職たる会津《あいづ》藩主・松平容保《まつだいらかたもり》の宿舎だった〔光明寺〕は、左京区《さきょうく》黒谷《くろだに》にある。

吉田山の手前を右へわけ入った台上にあるこの寺こそ、江戸幕府の京都における最終の拠点であったといえよう。

敗者の拠点である。

だから、さびしい。

動乱に倒れた会津藩士たちの墓地が裏山にある。

ここには明治維新の旧蹟《きゆうせき》をたずねる人びとの足も向かない。

敗れたものの悲歌が、この墓地にただよい一つ一つの墓石に、

「これか……」

と思うような人びとの名がきざまれているのだ。

近藤勇の愛妾深雪太夫

勤王側の拠点としては、長州・薩摩両藩の京都藩邸をあげるべきか。

長州藩邸の跡は、現・京都ホテルで、その東裏にある木屋町すじに〈幾松〉という旅館がある。

ここに、かの桂小五郎《かつらこごろう》〈木戸孝允《たかよし》〉の愛人だった芸妓・幾松の屋形があったというのだが、そうではない。

旅館〈幾松〉は、かつての長州藩・控屋敷の跡である。

長州藩・代表たる桂小五郎が公私ともに活用していたものであろう。

この宿には、もっともらしく、桂の遺品や遺影など飾られている部屋が鴨川《かもがわ》の河原をのぞんでいる。

幾松は三本松の芸妓であった。三本松の通りは、鴨川にかかる丸太橋の西たもとを北へ入ったところで、ここは当時、京都の花街として知られた場所だ。

桂小五郎が幾松なら、近藤勇も三本松の芸妓某を妾《めかけ》にしていたとかで、まじめな勇が、京都へ来てからは女あそびだけはなかなかさかんなものであった。

もっとも性格が生まじめだけに、一夜のあそびだけでは、すまなくなってしまったともいえる。

勇の愛妾《あいしょう》として、もっとも著名なのは、島原の遊女だった深雪太夫、本名をおわかといって金沢《かなざわ》の産。

このおわかを、勇は七条・醒《さめ》が井《い》の〔休息所〕へかこった。

おわかを廓からうけ出すための大金を、勇は隊の公金から借り、これを約一年がかりできちんと返済したそうだ。

〔休息所〕というのは〔妾宅〕のことで、幹部隊士は、それぞれに女をかこっていて、そこに家庭のやすらぎをもとめていた。

勇の妾宅がどこにあったものか……いま醒が井へ出かけて見ても、まさか碑は建ってはいまい。

西本願寺の新本営から大坂へ

このころになると、新選組も壬生から西本願寺、さらに堀川通りの東、不動堂村へ立派な新本営をもうけて引きうつることになった。

皮肉なもので、この新本営へ移って二年たたぬうち、情勢は一変した。

徳川将軍みずから大政を奉還し、勤王雄藩の同盟によって、江戸幕府の栄光は、ここに消える。

京都における旧幕勢力は、いっせいに大坂へ引きはらう。

夢をふくらます二条城の景観

最後の将軍・徳川慶喜《とくがわよしのぶ》が、二条城へ在京の諸藩有志をあつめ、

「……旧習をあらため、政権を朝廷に帰し、ひろく天下の公儀をつくし、聖断を仰ぎ、皇国を保護せば、かならずや海外万国とならびたつべく、我国につくすところ、これにすぎず……」

と、政権を皇室へ返すための沙汰書《さたしよ》を発表したのは、慶応《けいおう》三年（一八六七）十月十四日である。

二条城の殿舎に、この劇的な広間が現存している。

このためばかりではなく、二条城を見物することは何度くり返してもあきない。城が美しいのは、やはり京の都にあるからだろうが、江戸時代の殿舎の景観の一典型として、時代小説などを書くものの夢をいろいろにふくらませてくれる。

二条城の周辺には、所司代屋敷、奉行所跡、諸役組屋敷跡などが碑によってわかる。こうして、情勢は鳥羽伏見の戦争にもちこまれる。

この前に、近藤勇は、高台寺の伊東甲子太郎《いとうきねたろう》一派の残党によって狙撃《そげき》され、肩に重傷を負い、大坂城へうつされてしまった。

それで土方以下の隊士たちは、伏見奉行所へ入って、他の幕軍と共に、大坂の前衛基地ともいうべき伏見の町をまもることになった。

伏見の北方、わずか三里の京都は、すでに勤王雄藩の兵力をもって制せられている。

伏見の町もふしぎなところで、建物は変っても、町すじ道すじが大体むかしのままのようだ。

豊臣《とよとみ》時代の時代《ころ》の伏見の地図をもって行って、町を歩いて見ても、およそ迷わぬ。

加藤清正《かとうきよまさ》の伏見屋敷の地形までも容易にさぐることができるのである。

慶応四年（明治元年）一月三日に、鳥羽街道《とばかいどう》・下鳥羽村近くで両軍の戦端がひらかれた。

その夜。

伏見奉行所の北方にある〔御香宮〕へ薩摩軍が陣をかまえ、どしどし大砲を撃ちかけてきたので、新選組も会津藩兵と共に、薩軍陣営に向って突撃したものだ。

奉行所から御香宮まで、ゆっくりと歩いて十五分ほどなのだが、なかなか敵陣へ接近することができない。

これは、伏見の街路がせまい上に、道が坂になっていて、その上に薩軍の陣地がある。

新選組は、この坂道の下から突進するのだが、上から猛烈に大砲・鉄砲を撃ちかけられて、いやもうひどい目にあったものである。

そうした戦闘の模様が、いまも伏見の町を行くと、あきらかになるほど、町のかたちが〔歴史〕になっているのである。これも、いまのうちなのであろうか。

勤王軍のイギリスわたりの新鋭火砲のすさまじさを目撃した土方歳三をして、

「刀と槍《やり》だけでは、とても戦さはできぬ」

と嘆息せしめたのは、このときのことである。

イメージが摑《つか》めなくなった東京

鳥羽・伏見の一戦にやぶれた旧幕府勢力は大坂を捨てて最後の本拠たる江戸へ逃げ帰った。

江戸になると、もう、だめである。現代の東京から当時の息吹きを感ずることはむずかしい。

宮城（江戸城）なり、上野《うえの》・寛永寺《かんえいじ》の慶喜謹慎の部屋なり、そうした遺跡をたずね歩いたところで、周辺の景観が全く変りすぎてしまっているのだ。

なにしろ、江戸の名残りの一つとして有名だった日本橋《にほんばし》の頭上へ高速道路をぬけぬけとかぶせてしまうような政治家や役人や商人たちが、いまの東京に充満しているのだから、たまったものではないのだ。

彼らのいずれもが、故郷を別にもっている。

東京へ来て、東京で稼《かせ》いでいるのだから「旅の恥はかき捨て」同様なことを平気でやってのける。

これをしも〈東京人〉というべきか……。

だからむろん、近藤勇の道場〔試衛館〕の跡などは、当時の小石川《こいしかわ》・小日向《こびなた》柳町へ出かけて行って見ても、はっきりした場所はつかめないし、つかめたところで何のイメージもうかんでは来まい。

新選組の前身たる〔浪士隊〕の集合がおこなわれた小石川の伝通院《でんづういん》は、いまも往時の場所にある。

景観から何もつかめぬにせよ、新選組を小説にする場合は、一応、むかしの地図をもって歩いて見るべきであろう。こうして、距離感を得ておかねばならない。むかしはタクシーがあったわけでもなく、バスも地下鉄もなかったのだ。

流山から板橋への距離感

江戸へ帰った新選組が〔甲陽鎮撫隊《こうようちんぶたい》〕となって甲府《こうふ》へ進発。途中、甲州《こうしゅう》・勝沼《かつぬま》の戦闘にやぶれ、またも江戸へ逃げ帰った後、近藤と土方は、下総《しもうさ》・流山《ながれやま》へ行き、ここで一隊を組織した。

流山で、近藤勇は官軍に捕えられる。

このときの本営にあてられていた家が残ってい、この家ばかりではなく、流山の町自体が伏見の町と同じような江戸時代の空気をたたえているのはおもしろい。

流山で土方と別れた近藤勇は、やがて、板橋《いたばし》の官軍本営へ護送される。

そして約二十日後。

板橋の刑場へ引き出されて、首を斬られるのである。

この刑場は現・国電板橋駅のすぐそばで、ここに近藤・土方をはじめ、維新戦争に殪《たお》れた新選組隊士の墓碑が建てられてある。

すなわち〔隊士殉難の碑〕というもので、殉難というからには、国難のためにいのちを捨てたことを意味する。勤王軍に対する賊軍ではないことを、かたちの上で証明したものだ。

この立派な墓碑を建てたのは、新選組の元隊士で、大正四年まで生き残った永倉新八こと杉村義衛翁である。

ここを見たときも、私は、官軍本営があった板橋の宿場跡から刑場跡まで歩いてみて距離感を得た。

刑場へ護送されて行く近藤勇を偶然に発見した勇の養子・勇五郎が、顔面蒼白《そうはく》となって後について行き、養父の最期を見とどけるまでの道すじは、現在、大幅に変り、自動車の大群が地響をあげて疾走している。

新選組隊士・斎藤一《はじめ》のこと

中村彰彦《なかむらあきひこ》

中村彰彦（なかむら　あきひこ）
一九四九年、栃木県生まれ。東北大学文学部卒業後、文藝春秋に勤務。九一年に退社後、執筆に専念。『明治新選組』でエンタテインメント小説大賞、『五左衛門坂の敵討』で中山義秀文学賞、さらに『二つの山河』で直木賞を受賞した。著書に『新選組全史』『鬼官兵衛烈風録』『名君の碑』など歴史・時代小説多数。

もう十年くらい前、さる軍事問題研究家から、

「近頃はわれわれの世界も、ミサイルのことならあのひと、戦車のことならこのひと、と専門分野がいやに細分化されましてね」

と聞かされて、へえ、と思ったことがある。

昭和六十二年までの間に新選組に関する歴史読物二冊を上梓し、平成元年に『明治新選組』という短編小説集を出版したころから、どうやら私は歴史小説作家というよりも新選組マニアとみなされたらしい。そのころ私の興味は、新選組を預かっていた会津藩という上部組織の性格を理解することに移っていたのだが、歴史雑誌からの原稿依頼は、

「新選組について、ぜひ……」

というのが多くなり、物書きの集まるパーティに出席すれば、わざわざ私に挨拶して下さる新選組研究家まであらわれるほど。これらのひとびとと淡くつきあっているうちに、

新選組マニアのうちにも土方歳三ファン、沖田総司ファン、中には土方と遊撃隊の伊庭《いば》八郎ファンの両方を兼ねているひとなど、さまざまな〝派閥〟があると知り、冒頭の軍事問題研究家のことばを思い出した。

この〝派閥〟のうちでは土方ファンが与党的存在、と知ったのは、五、六年前に新人物往来社の大出俊幸さん——このひとは「新選組友の会」を組織している、新選組研究家たちの元締的存在——に誘われ、「新選組ツアー」というのに参加した時だった。

周知のように新選組は、慶応四年（一八六八）正月の鳥羽伏見の戦いで過半数が討死、海路江戸へ東帰後、

「甲陽鎮撫隊」

と称して甲府城奪取を夢見た。しかし刀槍にこだわるあまり、椎《しい》の実型のミニエー弾をスナイドル銃にあべこべに玉ごめしてしまうお粗末さで、あえなく潰走《かいそう》。譜代大名と旗本領の多い房総地方に走って再起すべく流山まで行った時、局長近藤勇《いさみ》も官軍に縛されてしまった（同年四月二十五日板橋で斬首）。

それまで副長であった土方を隊長とした新選組は、宇都宮—霧降《きりふり》峠—大内宿と北上し、会津をめざしたのだが、われわれがマイクロバスで辿ったのもこのルートだった。参加者の半数は二十代の青年、残り半分は若い女性たちで、なかなかの美女もまじっていた。そ

の美女が、

「この険しい山道を行ったのでは、土方さんも疲れたでしょうね。私が御一緒なら、肩を揉んでさしあげたのに、キャハハ」

と笑ったのには、恐れ入りました、という気分であった。

そんなわけで私はどの新選組隊士のファンでもないのだが、今回も新選組について書けという注文なので、斎藤一《はじめ》について駄文を草してみる。なお斎藤ファンには、かれの研究を生涯のテーマとする赤間倭子《しずこ》さんという方がいるので、以下は赤間さんの調査に負うところの多い記述になる。

斎藤一は、元の名を山口一。弘化元年（一八四四）元旦、元明石藩足軽で株を買って御家人となった山口祐助《ゆうすけ》の次男として生まれ、十九歳の時小石川で旗本を斬殺、京に走って一刀流の道場をひらいていた吉田某のもとへ身を寄せた。

文久三年（一八六三）三月十日、近藤、土方ら十三人の佐幕派剣士たちが、京都葛野《かどの》郡《ごおり》朱雀《すざく》野字《のあざ》壬生《みぶ》の八木源之丞邸に、

「壬生村浪士屯所」

の看板を掲げた時から新選組六年の歴史が始まるのだが、山口一は斎藤一の名でまもなく行なわれた同志募集に応じ、沖田総司、永倉新八らとともに副長助勤に任じられた。副

長助勤は、局長、副長につぐ役職である。

おそらく抜群の剣の技量を認められたためであろうが、今日に残る羽織から察するところ斎藤一はかなりの大男だったらしい。会津若松市の白虎隊記念館所蔵のその肖像画を見ると、二重まぶたのギョロ目にぶ厚い唇となかなか凄みある面がまえをしていて、

（こんな男が白刃をかざしてむかってきたら、たまらないなあ）

という気分にさせられる。しかしこの斎藤をもってしても、

「どうもこの真剣の斬合というものは、敵がこう斬込んで来たら、それをこう払っておいて、そのすきにこう斬込んで行くなどという事は出来るものでなく、夢中になって斬り合うのです」（子母沢寛『新選組遺聞』）

という遺談を残している。

私などはけっこう暴言を吐く方だから、幕末にひととなっていたら簡単に誰かに斬られてしまったろう（先祖は御家人だったらしい）。

さてこの斎藤一の京都時代の活躍は省略して、土方と会津入りして以降のことをふりかえろう。

土方が会津入りする途中に足に負傷してしまったため、白河口に官軍が迫ると、新選組は斎藤を隊長として戦いを挑んだ。この時斎藤が用いた変名は、山口次郎[二]。当時まだ新政

府との和解の余地ありと考えていた会津藩は、援軍として会津入りした者たちには名を変えるよう求めていたから、これはその要望を入れての改名であったろう。

その後会津鶴ヶ城に落城の日が迫ると、新選組は土方に率いられて仙台経由箱館五稜郭へと去ってゆく。賊徒と決めつけられた会津藩士は、滅藩処分ののち斗南《となみ》（下北、北海道）への挙藩流罪を命じられてつらい新時代を迎えるが、会津藩を見捨てることをいさぎよしとしなかった山口次郎は、土方らと袂別《べいべつ》して会津に残留。一戸《いちのへ》伝八とまたまた名を変えて、藩士たちの斗南移住にも同行した。

その後東京へ出たかれは、元会津藩大目付高木小十郎の娘時尾と結ばれるのだが、その正仲人は会津藩最後の藩主松平容保《かたもり》、下仲人はふたりの家老、山川浩と佐川官兵衛だったという。山川と佐川は、戊辰《ぼしん》戦争に際し、

「知恵山川、鬼佐川」

と並び称された会津の勇将である。この時容保はかれに「藤田」の姓を与えたので、以後かれは藤田五郎として生きてゆく。

この藤田五郎が明治十年二月に警視局警部補に任官したのは、当時川路利良大警視に乞われ、大警部となっていた佐川官兵衛の引き立てによるものだろう、と私は考えている。

藤田五郎の履歴書を見ると、

「同年五月十八日九州地方へ出張」
「同十二年叙勲七等金百円下賜」

という文章が並んでいる。あきらかに西南戦争に警視隊のひとりとして従軍し、その軍功を賞されたためで、戊辰の仇敵《きゅうてき》薩摩人にむかって抜刀攻撃をかけたであろうその胸中を思いやると、私は新選組隊士の最後の気骨はこの西南戦争のおりに発揮されたのではないか、とすら思いたくなる。

かれは警視庁退職後、東京高等師範学校附属博物館看守となるが、看守は名目で実際は剣道師範をしていたらしい。高校時代に、その竹刀には誰も触《さわ》れなかったという記述を何かの本で読んだ記憶がある。

また当時の東京高等師範学校の校長は山川浩だから、この再就職は山川の世話であったろう。会津に残留し、会津女性を妻とした藤田五郎は、会津の両雄「知恵山川、鬼佐川」に導かれて後半生を送ったのである。

山川浩の弟で、東大総長と京大総長とを兼ねた山川健次郎とも親しかったかれは、晩年まで戊辰戦争を酒の席の話題としては、ともに悲憤慷慨《こうがい》して痛飲を重ねたという。その結果、晩年の健次郎は医者から酒量を制限される羽目になったが、藤田五郎も胃潰瘍を病んでしまい、これが命取りになった。

大正四年九月二十八日逝去、享年七十一。かれはおのれの死期を悟るや家人に病軀を床の間にはこばせ、結跏趺坐《けっかふざ》の大往生を遂げたのである。

書いているうちに、私は自分が藤田五郎ファンであるような気がしてきた。

新撰組

服部之総《はっとりしそう》

服部之総（はっとり　しそう）

一九〇一年～一九五六年。島根県生まれ。東京帝国大学社会学科を卒業。産業労働調査所所員や出版社勤務を経て、三一年にプロレタリア科学研究所所員となる。四六年に鎌倉大学校創立に参加。五二年に法政大学教授となる。その間絶対主義、自由民権運動、日本ファシズムなどについての多くの論稿を発表した。全二四巻の『服部之総全集』がある。

一　清河八郎

夫れ非常之変に処する者は、必ずや非常之士を用ふ――

清河八郎得意の漢文で、文久二年の冬、こうした建白書を幕府政治総裁松平春嶽《しゅんがく》に奉ったところから、新撰組の歴史は淵源するのだが、この建白にいう「非常之変」には、もうむろん外交上の意味ばかりでなく、内政上の意味も含まれていた。さて幕末「非常時」の主役者は、映画で相場がきまっているように「浪士」と呼ばれたが、その社会的素姓は何であろうか。

文久二年春の寺田屋騒動、夏の幕政改革を経て秋の再勅使東下、その結果将軍家は攘夷期限奉答のため上洛することとなり、その京都ではすでに「浪士」派の「学習院党」が陰然政界を牛耳っている。時を得た浪士の「非常手段」は、このとし師走以来の暦をくってみるだけでも、品川御殿山イギリス公使館焼打、廃帝故事を調査したといわれた塙次郎の暗殺、京都ではもひとつあくどくなって、「天誅」の犠牲の首や耳や手やを書状に添えて政敵のもとへ贈り届ける。二月になると全都の目明しは皆怖がって引退する。

このような事態のうちに、清河八郎の建白による浪士組が、組織され、やがて分裂してその中から新撰組が、討幕派浪士を検索する京都特別警備隊としての役割につくが、こちらのほうもやっぱり同じ「浪士」である。この浪士とかの浪士の、同一性の差異性をあきらかにするには、それによってひろくは幕末非常時諸戦士の社会的素姓の問題にも触れ、やがて新撰組の歴史を釘づける運命的な地盤そのものに達するには、伏見寺田屋事件をかえりみるのが近道だろう。

幕政改革をめざす折衷派の盟主島津久光が上洛するその直前をねらって、七百の同志を以て伏見と江戸で同時に事を挙げ、京都所司代と江戸閣老を斃《たお》し、公武合体派を抑制しつつ一挙「鎌倉以前の大御代を挽回」するというのが、寺田屋に憤死した「浪士」派の、粒々半カ年に亘る工作の荒筋だった。この工作途上に、ことに前半、非常に大きな宣伝煽動家の役割をしたのが清河八郎、庄内の酒造家で豪農で郷士だった家柄の長男に生れ、江戸へ出て文武の道場を開いていた。ブルジョア地主出身のいわばインテリで、白皙《はくせき》長身、満々たる覇気と女郎買をしたことまで日記につける律義さがある。文久元年秋から二年春へかけての彼の活躍の跡を、なかんずくその連絡の結節を辿ってゆくと興味が深い。

清河一味を京都における討幕派巨頭田中河内介に紹介したのは京都の同志で医師を職業

とした西村敬蔵。河内介その人も本来但馬の医師の次男坊で、中山家諸大夫田中氏の養子となったものである。万延以降、鹿児島の町人で郷士の是枝柳右衛門を通じて薩州その他九州の尊攘派と連絡がついているので、中山中愛卿の教旨を持たせて清河らを肥後に送った。肥後の同志は直接ブルジョア的地盤を欠いている点に特色があったが、それだけ極端な尊攘派で、国学者や神主を中心に軽格士族が多く組織されていた。ところで肥後に会同した清河その他に、薩藩極左派と連絡できる素因をつくったのは長州竹崎の商人白石廉作である。薩藩は文久元年十月以来公武合体派たる誠忠組の天下となって、応じて極左尊攘派も進出して、領袖《りょうしゅう》は藩校の国学教師有馬新七、無数の糸で町人身分とつながる外城郷士達が組織されていた。

寺田屋事変前後彼らはすべて脱藩してその限りで「浪士」であった。だが全体としての寺田屋派を仔細に見れば、烈々たる士たり農たる諸要素はいわば鉄片であって、どこかブルジョア的導線につながる一脈の黄色い火薬がこれを点綴《てんてい》していることが窺われる。この導線こそ維新変革史を通じて一貫した「左派」の特質であった。

これに対して清河八郎の建白によって成った官許「浪士組」は、もう右の導火線からは遮断された存在だった。いかにもそこはすべての範疇の「浪士」が含まれた。一片一片の要素としては「左派」浪士団に存在したすべてのものがここにもまた馳せ参じていた。文武道場の主として民間に覇を称えた者も、水戸長州等東西南北の脱藩士も、地主層出身も「甲斐の祐天」事山本仙之助一党のごとき無職渡世流も。

しかもすべてがこの場合もまた、或は身分制度に対する、言路壅蔽《ようへい》に対する、外夷跳梁《ちょうりょう》に対する、物価暴騰世路困難に対するそれぞれの鬱勃たる社会的不満を、ひとしく「尊攘」の合言葉にかけて馳せ参じたものである。

「幕府之御世話にて上京仕候共、一点之禄相受不申候間、尊攘の大義相願奉り候。万一皇国を妨げ私意を企候輩これあるに於ては、たとひ有司之人たり共、聊《いささか》用捨なく譴責《けんせき》仕度一統の赤心に御座候」（朝廷への「浪士組」建白書）

嘘でもペテンでもなく、またあながち幕府への謀叛とも断ずるわけにはゆかなかった。けだし文久非常時の合言葉「尊皇攘夷」は、幕政改革以来少くとも表面ではまた幕府の――即ち薩越一橋水戸等公武合体派の指揮下に立った改造幕府の――合言葉ともなっていたから。

清河八郎の役割は――その意志はべつとして――ただスイッチを切り換えたのである。近代資本の方向に通ずる導線から封建支配の中央部へじかに連結するそれへ。すでに彼は寺田屋事件の直前、その煽動家的資質が災して従前の同志から除名されていた。「浪士組」組織後はもとの関西同志から裏切り者と指弾された。それにもかかわらず八郎の素志が、老中板倉周防守の刺客《しかく》に斃れる瞬間まで聊かも変らぬ尊攘の赤心に貫かれていたことは、遺稿からも一点疑いを容れぬ事実である。一歩進んで八郎の魂胆が幕府の力で浪士を集め機を見て討幕に逆用するにあったという、稗史《はいし》の臆測を是としてみてもかまわない。問題は意志――但しこの場合討幕の――いかんにあるのではない。非常時建白の瞬間から、意志実現のための客観的地盤を永遠に喪失したという意志の彼方の事実の中に横たわっている。

二　肥後守容保

京都守護職松平容保《かたもり》は純情一徹の青年政治家である。公武合体＝尊皇攘夷の建前に――この、本来過渡的な、折衷的な政治綱領を過渡的折衷的なそれとせず、純一むくにこれに終始せんとした珍らしく生一本な政治家だった。官許「浪士組」に馳せ参じた諸浪士たちはこの松平容保の中に、そのいみで自己の同一物を見出すことができたであろう。

非常時京都の警視総監として何よりも検索しなければならぬ「浪士」の中に、松平容保は他のあらゆるものを――例えば身分制度に対する、外夷跳梁に対する、物価暴騰世路困難に対する彼等の不満を。また例えば彼等の背後にある時には「長州」を。のちには「薩州」を――認識することができたが、ただ一つこれらすべてを「歴史」の爆薬に転ずる一筋の黄色な導線にだけは、最後まで気がつくことができなかった。

守護職松平肥後守は、「浪士」を無下に弾圧する代りに、これを理解し、善導することを念願した。清河と一緒に「寺田屋」派から分離しのち天誅組の謀主となって斃れた藤本鉄石等まで、一時は黒谷の肥後守を訪れることがあった。

「攘夷御一決のこの節、御改革仰出され候に付ては、旧弊一新、人心協和候様これなく候ては相成らざる儀に候ところ、近来輦轂《れんこく》の下、私に殺害等の儀これあり、畢竟言語壅蔽諸司不行届の所致と深く恐入候次第に付、上下の情実貫通し皇国の御為御不為に候儀は勿論、内外大小事となく善悪とも隠匿致居候事ども、聊憚りなく、筋々へ申出づべく候。但忌諱を憚候儀もこれあり候はば、封書にて直接差出申べく、又(肥後守)自身聞届候儀も可有之候」(文久三年二月)

と布告してもみた。浪士の暴状にたまりかねた将軍後見職一橋慶喜《よしのぶ》が一網打尽的弾圧政策を肥後守に強要したのに対して、職権を賭してあくまで反対し、押切ったのもその頃だった。「浪士組」が関東から上洛してきたとき、松平肥後守の手文庫の中には、べつに藤本鉄石以下の「京都浪士人別」というのが秘められていた。要は「浪士」の要求を聞き、公武一和して尊攘に邁進すれば、文久非常時を立直すことができると、かたく彼は信じていたのだ。

だが、はたして「尊攘」はすべての矛盾を解決する鍵たりえたか？　それどころか、討幕派にとって「尊攘」は矛盾をいよいよ発展させるための合言葉としてとりあげられていたのではないか。尊攘挺身隊を以て自任する合法「浪士組」と、同じく尊攘挺身隊を以て自任する「京都方浪士人別」とをすら、わが肥後守はもう握手させることができなかったではないか。それどころか、合法「浪士組」と非合法浪士派とは、京都では顔を合せた瞬間からもう挑みあい、摑みあい、警視総監としての肥後守を一層多忙ならしめたではないか。

そこで「浪士組」は滞京わずか二十日ほどで再び江戸へ帰された。公式の理由は、折から切迫した英幕危機に備えて、関東で攘夷先頭を承われというにあった。だが彼らが肥後守と京都を後にした瞬間から、江戸幕府にとっては、ただまっとうに「攘夷」の素志があるというだけですでに厄介な代物だった。英幕危機が高潮に達し、同時に英幕講和が極秘裡に画策されつつあった四月中旬に、清河以下「浪士組」領袖が、長州でも肥後守でもなく幕閣の秘密命令で一網打尽されるには、必ずしも清河等の討幕陰謀を必要としない。領袖を奪われて改組された「浪士組」――「新徴組」は、もうただ従順な幕府の番犬だった。

とすれば、「浪士組」東下に際して、特に「尽忠報国有志之輩」として、総員二百二十一名のうちから二十名足らず、京都にふみとどまって組織した「新撰組」は、どんなものであろうか。

三　芹沢鴨

わずか一割に足らぬ残留組の中心は常陸芹沢村の郷士芹沢鴨を首班とする水戸浪士の一派で、京都の政情に望みをかけ、中央——京都における合体尊攘方策の即時実現をまだ夢みていた。武田耕雲斎のごとき水戸尊攘派領袖が慶喜側近として京都に頑張り、見込違いをまだ悟りきれなかった折柄のことである、他半は近藤勇一派。

三月に組織されたときの新撰組では芹沢が局長筆頭で、三名の局長中二名まで水戸藩、第三筆頭が近藤になっている。守護職肥後守の管轄に属し、組としての最初の建白は「叡慮に仍って大樹公御上洛の上、攘夷策略御英断これあり候事と、一統大悦奉り候処、明(三月)二十三日大樹公御東上の由承り驚入奉候。大樹公攘夷の為暫洛陽に御滞留遊ばさる可き旨御沙汰に付、天下人心安穏に相成候処、はからず明二十三日御下向の趣承り、天下の安危此時に懸り、止むを得ず毛塵の身を顧みず愚案申上ぐべく候。若御下向遊ばされ候ては天下囂然《ごうぜん》の節、虚に乗じ万一為謀計者も計り難く候。何卒今暫らく御滞留被遊候儀然るべくと乍恐奉存候。云々」

時局収拾のため合体尊攘即行に望みをかけた水戸藩及び肥後守の立前をそのまま表現したものだが、いつまで経っても事志と違うにつれて、芹沢鴨はいよいよただの乱暴者に還ってしまった。

こんなふうで文久三年三月から九月までの新撰組の最初の半カ年間は、ほとんど仕事らしい仕事をしていない。この間に文久政変最大のクーデターだった八月十八日の変が起って新撰組は当日御所警備を命ぜられ、翌日から市中見廻りの任務についたが、いわゆる「新撰組」調子の大活躍は、芹沢一派の人をくった乱暴沙汰を除いては、なに一つまだ見られない。

九月十六日、新撰組は肥後守の内命によって芹沢一派の清掃を決行し、近藤勇の峻厳な統制の下に改組された。この日から松平肥後守は、新撰組において、はじめて腹の底から信頼できる自己の手足を見出したのである。

四　近藤勇

前年の冬、江戸で「浪士組」に馳せ参じた、清河のいわゆる「非常之士」二百数十名の中で、近藤勇を盟主とする試衛館派数名は、何ほどの注意にも値しないものに見えた。勇は単なる平隊士、芹沢鴨は本部付幹部、上洛の宿々では芹沢のため宿舎制の苦労もなめた。

勇にはそれまで国事に奔走した経歴もない。どこそこの藩士でも脱藩者でもない。牛込柳町天然理心流道場試衛館の若主人といったところで、道場試合は巧者でもなく、名が売れていたわけでもない。勇の身上はただその気性と胆にあったと、稗史《はいし》はすべて説きあかすが、気性と胆なら「非常之士」二百五十名、みんな一かどの者ばかりだった。

ただ勇の試衛館は、例えば斎藤彌九郎の練兵館、桃井春蔵の士学館——この二人とも、文久二年十二月、清河建白書の趣旨通り、与力格を以て幕府に召抱えられた——同様に、しかし月とすっぽんほどの段違いの格で、江戸市中に門戸を張る武術道場の一つであったが、斎藤、桃井らの道場と違った一つの特徴をもっていた。特徴というのはほかでもない。試衛館が、江戸にありながら、実質上は武州多摩郡一帯の、身分からいって「農」を代表する、農村支配層の上に築かれていた点である。

それは手作りもするが「家の子」も小作も持ち、一郷十郷に由緒を知られ、関八州が封建の世となってこの方数知れぬ武家支配者を迎送しながら「封建制度」の根底的地位に坐して微動もせず存続してきた特定社会層である。

同じ関八州でも渋沢栄一一門や高島嘉右衛門のように、また地方は違うが前に見た清河八郎のように、この同じ社会層の中から同時にブルジョア的要素をも代表するものが発生して、幕末の政治史を多彩にいろどっている。農村富農から藍玉仲買業や酒屋や山林業者やが発生して、必然的な道筋に添うて初期資本家を形成しても、他面彼らが依然たる封建制根底者的富農の資格を喪っていないこと、それどころか、二つの資格は相互にからみあって、幕末維新史上の一つの特質を打ち出していること——これらについて多く云わぬとして、ここに、一方における近代的資格を殆んどまるで具えていないところの農村富農の一範疇が、文久非常時を契機として政治の舞台にせり出してきたとき、どんな役割をすべきか、したか。これを見るうえで、試衛館一派の歴史は珍重なものといえるであろう。

天然理心流二代目近藤三助は武州多摩郡加住村の出、八王子を中心に多摩地方の農村富農の子弟を「武術」の上で組織した。二代目を継いだ近藤周助も多摩郡小山村の「農」、その養子となって三代目を、すでに道場は江戸へ移っていたが、継いだのが近藤勇で同郡調布上石原村の「農」の三男、勇の同門で盟友で幕下第一将たる土方歳三は同郡石田村の大百姓の末子である。道場は江戸にあっても、たえず多摩地方の農村青年の間に泊りがけで出稽古をする。試衛館何天王に数えられる沖田、山南、原田、井上、永倉等といった手合のうちに、白河、仙台、松山諸藩の脱藩士があるが、このやり方ですべて多摩地方の豪農地盤と多年密接に結びつけられてしまっている。

芹沢派清掃後の新撰組は、試衛館以来のこれら手足を意のままに動かして、近藤、土方両名の完全な独裁が布かれた。以来、新撰組の離合集散出処進退は、この両名が代表する社会的地盤に照すことなしには理解されない。

近藤勇が、輝ける新撰組隊長として切り結んだ敵手と同じく――否それ以上にいつまでも――腹からの「尊攘」論者だったといっても、右の地盤に照すとき不思議はなかろう。

文久三年十月中旬といえば、すでに重だった芹沢派の清掃が済んで新撰組に近藤支配が樹立されたのちである。そのころ幕府が江戸の新徴組と共に新撰組を禄位を以て優待しようとしたのに対して、肥後守へ上表して辞退した近藤勇署名の文中

「全体私共儀は尽忠報国の志士、依て今般御召に相応じ去る二月遥々上京仕り、皇命御尊載、夷狄攘斥の御英断承知仕度存志にて滞京罷在候。外夷攘払の魁つかまつり度き趣旨は是迄愚身を顧ず度々建白候通り、未だ寸志之御奉公も仕らざるうち禄位等下し置かれては云々」

そのころまた、京都における合体派諸藩の政客が一力に会同して時局を議した席上、勇は新撰組を代表して「薩長はさきごろ攘夷を行ったとはいえ、いずれも一藩の出来事、皇国一致して外夷を屠るの壮挙は、まだ行われていないのである。去る八月以来公武合体が

実現している今日となっては、須《すべから》く皇命を奉じ、幕府を佐《たす》け、上下協力して国論を定め以て攘夷の効を奏すべきである」と論じて将軍家再上洛の必要を力説した。

翌る文久四年正月、すでに長州はじめ討幕派陣営の塵もとどめぬ、合体派天下の京都へ将軍は再び入洛したが、四月になって攘夷方策はおろか、長州征伐の段取りすら一決せず、諸侯は気をくさらせて退京しはじめ、虚に乗じて筑波に討幕の旗があがり、洛中にも怪しげな物の気配が香いはじめたというとき、将軍はあわを食って東帰を言上した。

このときも新撰組は必死となって——隊を解散するぞと云って反対した。この建白書の中で、我々は本来公武一和攘夷決行の御召によって上京したものであって、市中見廻りのため御募りに相成ったわけでも、また見廻り奉公のつもりで御勤めしている次第でも絶対にないのだから、攘夷御決断もなくそのまま東帰さるるようなら、末の見込もないことで迷惑の結果は、自然銘々の失策もでき、却って公儀の御苦労にも及んでは恐入奉るので、万一このまま御発駕になるのでしたら我々一統に離散仰せつけられたい。と鬱勃たる語気をみなぎらせている（五月三日付老中の建白書）。

将軍はさっさと帰っていったが、守護職松平肥後守の故に、新撰組は黙って市中見廻りを継続しているうち、一カ月目に、池田屋事件が起ったのである。

かねてにらんでいた四条小橋の古道具屋に踏みこんで、主人を検挙して吐かせてみたら……有名なこの一件について書くまでもあるまい。池田屋で秘密に会合した討幕派の陰謀は、すでにもう「攘夷」ではなく、却って尊攘実現のため痩せる思いをしつつある松平肥後守以下京都における真正合体派の権力を、一挙に清掃して政権を奪取することに懸っていた。この日以後近藤勇の新撰組には、攘夷遷延の故に幕府当路を責めることよりも何よりも、差し当りまず、「尊攘」実践のための第一前件と考えられた公武合体そのものを死を以て護る使命が課せられた。それはさしずめ「長州」の、やがては「薩長」のくらやみの使徒に対して現制度を死守する、特別警備隊の仕事であった。ブルジョア的要素に一筋の連結も持たぬ、多摩農村の封建的根底部分を百パーセント武装化した、試衛館独裁下の新撰組ほど、この任務のために不敵、真剣、精励たりうるものがおよそ他に考えられようか。

＊　＊　＊

池田屋事件の文久四年（元治元年）から、鳥羽伏見のいくさに敗れて東帰するまでの三年間、新撰組如上の本質に、何一つ変化がなかったばかりか、隊士の離合、隊勢の発展のたびごとに、いよいよ本来の姿を明確にしてゆく。東帰後はいうもさらなり。こころみに読者、然るべき幕末史観に照しつつ、材料詳細をきわめた二つの新撰組記録、子母沢寛氏新撰組始末記、平尾道雄氏新撰組史、に就いて考案し給え。

新撰組

平《ひら》尾《お》道《みち》雄《お》

平尾道雄（ひらお　みちお）
一九〇〇年～一九七九年。高知県生まれ。日本大学で宗教哲学を学ぶ。山内家家史編集所に勤務の後、高知新聞社で嘱託として勤める。著書に『定本新撰組史録』『土佐藩』『戊辰戦争』『山内容堂』『吉田東洋』『維新暗殺秘録』など著書多数。

新撰組の盲点について

つねに、私は「新撰組」と書くが、それは「新選組」の誤りではないかと注意されたことがある。子母沢寛氏の名著とされる『新選組始末記』がひろく愛読され、一般には、「新選組」の用字が通念になっているからであろう。子母沢氏の著作は、私も愛読者の一人である。にもかかわらず、なぜ「新撰組」と書くのかという一部読者の不審に対しては一言弁じておきたい。

私が『新撰組史』を発表したのは昭和三年（一九二八）八月の末だったと記憶しているが、その発行にやや先だち、子母沢氏の『新選組始末記』が万里閣から出版された。さっそく一読してその内容のゆたかさにおどろいたが、子母沢氏も私の『新撰組史』を手に入れたらしく、それが機縁になって氏と私との交友関係が生まれたのである。当然、二人の間に「新選組」と「新撰組」が話題にのぼった。

二人とも参考にしたのは、たぶん明治時代に書かれたかと思われる西村兼文氏の『新撰組始末記』だったが、子母沢氏はこの書題がたいへん気に入って、自分の著作にそのまま借用したという。私の読んだ西村氏の書は刊本でなく、筆写本であった。刊本は容易に手に入れることができなかったからである。したがって、私も「新選組」の文字になじんでいたが、研究のために各種の文献や記録をあさっているうちに「新撰組」に改め、以後それを常用することになったのである。

公記録としてもっとも多く関係史料を収載したのは会津藩庁記録（史籍協会本）であった。これにはすべて新撰組と書かれ、上石原の近藤氏遺族から提出された一連の近藤勇文書のうちにも新撰組と書いたものを発見したので、著書にも『新撰組史』と題し、その後改版にあたっても『新撰組史録』と改題、一貫して新撰組の文字を常用したのである。そんな事情を説明すると、子母沢氏は軽くいなして「私は歴史を書くつもりじゃない。だから文字にはこだわらないが、洛外壬生《みぶ》の屯所の扉には新選組の落書きが残っていますよ」と笑いながらその実物写真を見せてくれた。

それが話題のたねになって、「当時の人は、案外文字には頓着せず、使いなれた文字を気のむくままに書いたのじゃないですかね」という結論が出た。そうかもしれない。後世の人も「新撰組」と「新選組」の相違は問題にせず、したがって、その当否が議論されたことも私は知らない。

江戸幕府によって募集された約三百人の浪士組が、将軍家茂《いえもち》の上洛に先だって江戸小石川の伝通院を出発したのは文久三年（一八六三）二月八日、同二月三日に京都に着いた。上京後、幕府当局の政策と浪士組内の事情があって滞在十日、三月十三日はやくも江戸帰還を命ぜられて京都を去ることになった。

浪士組の内には江戸帰還をよろこばず、あくまで京都に留まって尊王攘夷の素志を貫徹したいと希望するものがあった。三月十日、京都守護職の任にあった会津藩主松平肥後守（容保《かたもり》）はこれら残留浪士の支配を命ぜられたのである。会津藩公用局の広沢富次郎（安任）の手記「鞅掌録」三月十日の条に「其東帰ヲ願フモノ山岡、松岡等ハ鳩翁自ラ率テ東下シ去リ、其留ルヲ願フモノ二十四人、我公ノ付属ニ命セラル」と見えるし、「会津藩庁記録」には次のようにその氏名が掲げられている。

殿内義雄、家里次郎、芹沢鴨、新見錦、近藤勇、根岸友山、山南敬助、佐伯又三郎、土方歳三、沖田総司、井上源三郎、平山五郎、野口健司、平間重助、永倉新八、斎藤一、原田左之助、藤堂平助、遠藤丈庵、粕谷新五郎、上城順之助、鈴木長蔵、阿比類栄三郎（留）（一人逸名）

これが新撰組の母体となるのだが、新撰組結成以前に若干の脱落があり、当初はその屯所壬生（京都市中京区梛ノ宮）にちなんで壬生浪士と呼ばれていたという。

浪士組筆頭の殿内義雄は芸州浪人、家里次郎は房州浪人とあるだけで詳細は不明である。

数年前見ることができた新撰組関係文書（東京都町田市、小島宗市郎氏所蔵）のなかに郷党にあてた近藤勇の手紙があった。年月日の記載がないが、文久三年五、六月頃のものかと推考せられ動揺する時勢を報告、尽忠報国の有志組結成の事情に触れたものに次の記事がある。

（前略）就いては追々尽忠報国の有志の輩相募り候えども、未だ浪士取扱、取締役等出来申さず、之に依て水府脱藩士下村嗣司事改め芹沢鴨と申す仁、拙者両人にて同志隊長に相成り居り、既に同志の内失策等仕出で候者、速に天誅を加え申し候。去る頃同志殿内義雄と申す仁、四月中に四条橋上にて討ち果たし申し候。また家里次郎と申す者大坂において切腹いたし候。大樹公御下坂の節は願の如く御警衛御供仰せ付けられ、また御帰京の節御供にて五月十一日帰京いたし候。（下略、原文書改め）

これによって殿内義雄は京都四条橋上で斬殺し、家里次郎は大坂で切腹したことが判明する。また「二十一日の晩、儒者家里新太郎と申す者三条河原へ梟首《きょうしゅ》致され候。右家里次郎の兄に御座候」と追記した文辞が見え、殿内と家里とは近藤一派によって制裁されたものではないか。これは同年九月十八日の夜、芹沢鴨が近藤一派によって暗殺せられ、また新見錦、平山五郎、野口健司らが相ついで殺害や切腹を余儀なくされた事実によって容易に連想される。殿内義雄の斬殺、家里次郎の切腹も近藤一派による隊内粛清だったと考えられるが、このことは記録や伝唱の乏しいせいか、いっこうに問題にされないようだ。すなわち芹沢鴨事件に先立ち、新撰組にとって深刻で重要な血なまぐさい事件があったわけである。作家による巧妙なドラマの世界を期待したい。

当初京都に残留した浪士たちは、その駐屯地にちなんで壬生浪士とか壬生浪人とか世人から呼ばれたが、それが組織化されて新撰組（もしくは新選組）となったのは文久三年（一八六三）八月のことらしい。前出会津藩庁記録のなかに八月十八日守護職松平肥後守から伝えられた市中巡警の伝達がある。

松平肥後守御預り浪士新撰組、市中昼夜見廻り候様、肥後守殿より被仰付候条、為心得相達置候様

被仰渡候事。

私の知る限りにおいて、これが新撰組の文字を見る最初である。八月十八日といえば公武合体派による尊王攘夷派打倒のクーデターが実施された当日、この日新撰組も出動を命ぜられたわけだが、隊名が決定したのは当日か、あるいは数日以前と推考されてよいのではないだろうか。

同年十月十五日新撰組局長近藤勇の会津藩公用方に提出した口上書に残留の志望を語って「同意僅かに十四人」と書いているのはたぶんこの時期のものであろう。京都残留当時の殿内義雄、家里次郎はすでに排除され、そのほか脱落したものもあって人数に異動はあったが、結果的に近藤と同腹のもの十四人をあげたものと思われる。すなわち芹沢鴨、近藤勇、新見錦の三人が新撰組の局長となり、以下の幹部役職も決定、「局中規約」も定まったが、まもなく芹沢一味は斬殺か切腹に追いこまれ、新撰組は近藤勇と土方歳三の掌握するところとなるのである。

「新選組」が一般に通用するなかで「新撰組」と書くのにどんな根拠があるか。その成立までにどんな対立や争闘が続いたか。これは私にとってきわめて困難な課題である。このことを考慮に入れて資料も入手し難く、調査も不行届だった昔の本文を参考にとり上げて頂きたい。

新撰組

はじめ幕府によって募集された浪士組は、京都においては尊攘（尊王攘夷）派から猜疑視され、江戸へ呼び返えされた後に幕府の手で廃止される結果となった。だが、そのころ京都守護職であった松平容保は、ひそかにかれらの心事を汲みとり、保護しようとしたのである。つまり為政者の多くが諸藩の浪士の動きに手をやき、ひたすらかれらの運動を抑圧しようとしたのに対して、松平容保は家臣を通じ京都に集まってくる諸藩の浪士たちに接近させ、また自らも延見につとめたのである。これら浪士のうち尊攘派では備前の藤本津之助（鉄石）、肥後の宮部鼎蔵《ていぞう》、僧介石らがいた。容保の主張は、攘夷派の有志に対してもその機会をあたえようとしたのである。ただ等持院において足利三代将軍の木像の首を梟《さら》し、罰文に徳川家茂を諷刺した事件（文久三年二月二十二日）などの浪士たちに対しては、職務上きびしい処分を下している。幕府でも松平容保の立場をみとめ、文久三年二月二十七日、壬生屯所の浪士組支配をかれの手にゆだねようとした。しかし当時の浪士組のなかには幕府を度外視した行為もみられ江戸送還を決定したのであったが、そのさい、とくに京都に残留を希望した浪士のうちから選び、京都守護職に付属させることにした。そして同年三月十日に二条城の用部屋において老中―板倉勝静《かつきよ》から松平容保に対して、つぎの達しがあった。

当所に罷在候浪士共之内、尽忠報国有志之輩有レ之趣に相聞、右等之者は一方之御固も可レ被ニ仰付一候間、其方一手え引纏、差配可レ被レ致候。

松平肥後守

また浪士組取扱の鵜殿鳩翁《うどのきゅうおう》は、浪士のなかから殿内義雄、家里次郎を指名して有志の浪士たちをつのらせた。つぎがその指書である。

有志之者相募候はゞ、京都江戸之内え罷出候儀は、其者之心次第可レ致候。京都に罷在度旨申候者は、会津家々中え引渡、同家差配に可レ随旨可レ被レ談候。

亥三月　　鵜殿　鳩翁

殿内　義雄殿

家里　次郎殿

この募集に応じ、いわゆる尽忠報国の浪士として京都にとどまった者は『会津藩庁記録』によると二十四人である。すなわち殿内義雄、家里次郎、芹沢鴨、新見錦、近藤勇、根岸友山、山南敬助、佐伯又三郎、土方歳三、沖田総司、井上源三郎、平山五郎、野口健司、平間重助、永倉新八、斎藤一、原田左之助、藤堂平助、遠藤丈庵、粕屋《（谷）》新五郎、上城順之助、鈴木長蔵、阿比類栄《（留）》三郎ら二十三人の氏名が列挙されており、一名だけ氏名が落ちている。

三月十五日（文久三）に松平容保が二条城に出向いた不在中に、右にあげた浪士のうち粕屋《（谷）》、上城、鈴木、阿比類ら四人をのぞいた他のすべては、京都黒谷《くろだに》の守護職邸へ挨拶に出かけた。家老職の田中土佐と横山主税《ちから》が応対すると「身命を抛《なげう》ちご奉公つかまつりたい赤心であるから、何分お差図にあずかりたい」という口上であった。そこで一同は守護職邸での供応に感激し退出している。これがのちの「新撰組」となったのである。

〈付記〉

右にあげた新撰組結成当時の人員等については『会津藩庁記録』に収録されており、公用方—田中土佐、横山主税から、会津に在国の萱野権兵衛、西郷頼母ら重職へ報告した文久三年三月二十五日付の文書による。また公用局—広沢安任（富次郎）の『鞅掌録』同年三月十日の条にも、浪士差配方の沙汰を記載し「其東帰ヲ願フモノ山岡松岡等ハ鳩翁自ラ率テ東下シ去リ、其留ルヲ願フモノ二十四人我公ノ付属ニ命セラル」としたためている。殿内義雄、家里次郎ら幹部についても出身、来歴は詳細ではない。また上州出身の根岸友山はまもなく東帰したと伝えられており、近藤勇、芹沢鴨を中心とする新撰組が結成されるまでには、かなりの脱落者があり同時に若干の新加入者が考えられる。したがって二十五人説、十九人説、十四人説など種々の推測もあるが、いちおう新撰組結成当時の人員は、十三人とする説が妥当のようである。これは、永倉新八の遺稿『同志連名記』によるものである。すなわち、芹沢鴨、近藤勇、土方歳三、原田左之助、藤堂平助、野口健司、新見錦、山南敬助、沖田総司、井上源三郎、平山五郎、平間重助、永倉新八の十三人であり、浪士組が上京したさい主として京都壬生村八木源之丞方に合宿していた者である。ただし永倉の『同志連名記』は同宿者を一団として、さらに一党をうちたてたものと解され、後年まで新撰組の中堅人物の一人であった斎藤一（のち山口次郎）がもれているのも、その一例と考えられるし、近藤勇は十月十五日（文久三）の口上願書に「同志僅かに十四人云々——」としたため、一人を加えている。『会津藩庁記録』の二十四人説は、史料的価値からみて京都残留浪士の総員を表示したものと解すべきであり、『同志連名記』の十三人説は、新撰組の主体となった残留浪士の一部のものを示したものではないかと考えられる。

新撰組編成と局中法度

新撰組の結成にあたり中心となったのは、さきにあげたように芹沢鴨、近藤勇など洛外壬生村の八木源之丞方に止宿した十三人だといわれる。そして家里次郎、殿内義雄ら京都残留浪士の幹部は、新撰組編成前に離散したらしく、その後の動静については記録にも口伝にも見あたらない。

清河八郎らが江戸へ引きあげるさい、これに強く反論し、京都にとどまることを主張したのは芹沢鴨や近藤である。将軍（徳川家茂）は当時、京都に滞在していたので、このまま江戸へ引きかえすことはできない、あくまでもその警護にあたるべきである。もしこれが受けいれられなければ浪士組を脱退してもかまわぬという決意が芹沢、近藤らにあった。そのために近藤一派と清河らとの間に論争が高まり、決闘までもち上がろうとしたときに、河野音次郎が仲裁に入っておさめたといわれる。また一説には芹沢はそのとき瘡に悩んでいた。そこへ来合わせた水戸藩の山口徳之進が「本人が残留を希望するならば同志はわが藩にも多勢いることだし、病気のこともあれば京都に残るのもよかろう」と了解をあたえたともいわれる。近藤勇は佐々木唯三郎の周旋によって「京都守護職―会津家に付属して王城を守るならば、たがいに関東の言葉も通じようし好都合である。ぜひ協力してほしい」という相談をうけ残留を決心したという。

ところが浪士組の一部には、攘夷の沙汰書をうけながら江戸引揚げに同行しないのは不埒である、切腹させよという者もあった。だが「関東に下って攘夷に加わるのも、京都にとどまり王城を守るのも、ひとしく勤王に変わりはない。とにかく腹を切らすには及ばない」という話におさまったといわれる。これは佐田白茅や中村隆雄（草野剛三）の後日談にある。

以上のような主義主張の対立があった後に、浪士組から分裂した者が中心となり壬生村八木源之丞の宿を最初の本拠として新撰組が結成されたのである。はじめはその地名にちなみ、世間からはもっぱら壬生浪人、または省略して壬生浪《みぶろ》と称されたようである。合宿の十三人に同志が加入してくると、組の統制のため有力者の互選によって局長以下つぎのような人選がおこなわれ、組織化につとめた。

局長　芹沢鴨　近藤勇　新見錦

副長　山南敬助　土方歳三
助勤　沖田総司　永倉新八　原田左之助　藤堂平助　井上源三郎　平山五郎　野口健司
　　　平間重助　斎藤一　尾形俊太郎　山崎烝　谷三十郎　松原忠司　安藤早太郎
調役並監察　島田魁　川島勝司　林信太郎
勘定役並小荷駄役　岸島由太郎　尾崎弥兵衛　河合耆三郎　酒井兵庫

右に上げたうち谷三十郎は宝蔵院流の槍術、山崎烝《すすむ》は香取流棒術、松原忠司は和術、斎藤一は剣術、いずれもすぐれた武芸者であり、そのなかにあって尾形俊太郎は学者としても知られていた。こうして発足した新撰組の隊士は関東、近畿はもちろん奥羽、中国、四国、九州の各地から集まり、一時は三百人に達したといわれる。かれらが着用した羽織は浅黄の袖口を白くだんだら染めにしたものを呉服店—大丸につくらせ、これを制服と定めた。また多勢の隊士を統率するために、つぎの規約が定められている。

局中法度書

一、士道ニ背ク間敷事
一、局ヲ脱スルヲ不レ許

一、勝手ニ金策致不レ可
一、勝手ニ訴訟取扱不レ可
一、私ノ闘争ヲ不レ許
右条々相背候者切腹申付ベク候也

これは近藤勇の主張にもとづいて局中に掲示されたものであり、そのほか数カ条の内規もあった。いずれも切腹という厳罰主義であったと伝えられる。事実この規約に反して切腹させられた者も少くなかったのである。

池田屋騒動

討幕派浪士の会合

　元治一年（一八六四）ごろ京都四条小橋に升屋喜右衛門という三十八、九歳の古道具商がいた。下男下女を使い家作も手びろく所有し豊かな暮しぶりだという噂に、新撰組ではかねてから不審をもっていたのである。そして六月五日の昼間、不意に踏み込んだところ甲冑《かっちゅう》十組、鉄砲二、三挺そのほか長州藩士との往復書類などが数通発見された。それらの手紙のなかに「機会を失はざる様に——」などという疑うべき文言が見えた。武器類はひとまず土蔵に押し込んだまま封印して、ただちに升屋喜右衛門を壬生屯所へ引きつれ拷問を加えたところ、その正体が暴露されたのである。

　その白状によると、かれの名は仮の名で、じつは江州（滋賀県）坂田郡古高村出身の尊攘派の浪士、古高俊太郎（俊蔵・周蔵とも称した）であった。かれは前年の「八月十八日の政変」によって親幕派の尹宮《いんのみや》（朝彦親王・中川宮・賀陽宮）と松平肥後守（容保）とに対して怨恨をいだいた。そこで烈風の日に京都御所の上手に火を放ち、天機伺候のため尹宮、肥後守が参内する途中で要撃し、尊攘派の勢力挽回の糸口をひらこうと計画していたことがわかった。

この陰謀を知った新撰組では町役人の知らせで、さらに升屋の土蔵から封印してあった武器を奪取した者があり、また三条小橋の旅宿―池田屋惣兵衛方および縄手通りの旅宿―四国屋重兵衛方に、長州藩はじめ攘夷派の浪士たちが集合するという報告とを合わせて得たのである。そこで黒谷の守護職会津藩邸へ急報し同時に対処する手はずをとった。守護職では京都所司代―松平定敬をまじえて慎重に協議したすえ、会津、彦根、松山、淀の各藩兵と京都町奉行東西組与力同心に下知して祇園、木屋町、三条通りほかの要所をかためた。このとき、かりだされた手勢はおよそ五千人ともいわれている。

会津藩と新撰組との間で五ツ時（午後八時）を期して祇園会所に集合するはずであったが、会津方で人数くりだしに手間どっていた。四ツ時（午後十時）近くになると、新撰組のほうでは気をあせり、ついに三十人の手勢を二分して、一組は近藤勇の指揮で池田屋をおそい、他の一組は土方歳三の指揮で四国屋に向かったのである。

池田屋の夜襲

その夜（元治一年六月五日）池田屋では古高俊太郎が新撰組の手で壬生へ拉致されたことを耳にした長州、肥後、土佐そのほかの攘夷派浪士（かれらの多くは脱藩浪士である）が集合し、その対策を講じていたのであった。対策というのは壬生屯所をおそい、古高をうばいかえして、ただちに所期の計画にうつるべきだということになり、とくにつぎの三項を決議したのである。

前策　壬生寺を囲み、焼打を以て鏖《みなごろし》にして京都擾動中伝奏《てんそう》方へ願ひ長州を京都へ入候様仕事。

後策　右之事成候時は、伝議之両奏を打取り正論之御方に改革し、朝廷に相願ひ一同割腹之事。

余策　京都一変之上は、中川宮を幽閉し、一橋侯を下坂させ、会津の官爵をけずり、長を京都の守護職に任じ、攘夷一決之議を以て将軍に顕し、天下に流布為ﾚ致候事。

右の事項を決定したあと、酒を汲み激語放論しているところへ、近藤勇らの一行が踏みこんだのである。これが「池田屋騒動」の端緒となり両派の間で死闘がはじまった。いっぽう縄手通りの四国屋へ向かった土方歳三の一手も、そこに攘夷派浪士の姿がないと知ると、ただちに近藤らを応援すべく池田屋へ乗りこんできたのである。

この池田屋騒動について、攘夷派浪士の集合場所が四国屋か池田屋かの確かな情報をつかんでなかったために、近藤勇と土方歳三との間で意見の相違があったという俗説がドラマなどに取り入れられたりしている。しかしそれに関する記録として信頼できるものは、筆者の知るかぎりでは見あたらない。なお、この騒動のもようについては、近藤勇の養父—周斎にあてた手紙に、かなり詳細にのべられている。

池田屋騒動の結果、新撰組がわでは奥沢栄助が即死、安藤早太郎、新田革左衛門のふたりが重傷を受けた後に、その傷のために死亡し、また藤堂平助、永倉新八の二人も軽傷を受けている。

おそわれた攘夷派浪士がわでは、この騒動にさきだち新撰組の間者、山崎烝がかれらの刀を隠していたために、多くが脇差で応戦しなければならなかったという不利な立場もあって、即死した者、脱走した者、捕縛された者など近藤勇の報告によれば「討取七人、疵為レ負候者四人、召捕二十三人」とある。しかしこのほかに自殺あるいは市中において捕えられた者もあり、これらを合わせるとつぎのようである。とくに出身、姓名があきらかな浪士のみをあげる。

長州　自殺　吉田　稔麿　　　捕縛　佐伯稜威雄（変名・宮藤主水）
　　　即死　吉岡　正助　　　〃　佐藤　一郎
　　　傷死　杉山　松助　　　〃　山田虎之助
　　　捕縛　山内太郎左衛門
土佐　自殺　望月亀弥太（変名・松尾甲之進）　傷死　野老山吾吉郎
　　　即死　石川潤次郎　　　〃　藤崎　八郎
　　　〃　北添　佶磨（変名・本山七郎）
肥後　即死　宮部　鼎蔵　　　捕縛傷死　松田　重助
播州　即死　大高又次郎　　　捕縛　大高忠兵衛
江州　捕縛　古高俊太郎（升屋喜右衛門）　捕縛　西川　耕蔵
和州　捕縛　大中　主膳　　　捕縛　沢井　帯刀
作州　捕縛　瀬尾幸十郎

京都　捕縛　森　主計

このほかに旅宿―池田屋惣兵衛の弟である彦助、呉服屋―泉屋重助と手代の幸次郎、同じく丹波屋次郎兵衛とその子万助、近江屋きん、など町人女子にいたるまで捕えられ、罪跡をみとめられた者は後日、その多くが斬首された。

池田屋騒動の当夜、長州の桂小五郎や久留米の淵上郁太郎らは池田屋会合の時刻におくれたために危く難をまぬがれている。会津藩では、郡代同心―五十嵐寅助が即死し、大柳俊八が重傷を受けた。桑名藩でも本間久太夫と早川某が斬殺されている。

つぎに引用するのは同事件に関連した資料の一つとして、玉虫左太夫の『官武通紀』のうち、浪士潜伏始末について記録されているものである。参考までに合わせて引用してみよう。

敵味方手負討死人数調書

一、敵方浪士十四人、内即死四人、手負少々

一、会津即死五人、手負三十四人

一、彦根即死四人、手負十四五人

一、桑名即死二人、内徒《かち》目付一人、手負少々
一、松山、淀、右二藩何れも少々死人、手負有ㇾ之
一、新撰組深手二人、内一人死、外に手負但四十八人之中、前以出奔、当日出役三十人計
以上

論功行賞

ほぼ以上のべたような「池田屋騒動」の一夜が明け、翌六月六日の昼ごろには京都市中の警備体制もとかれた。松平容保の指示で、とりあえず新撰組に対し負傷者の治療のために医師の吉岡昌玄、高橋須杯が派遣された。また幕府でも新撰組の功績をみとめ、会津藩に委託していた浪士金をもって手当てを支給している。つぎに引用するのは八月四日（元治一）幕府から会津藩へ示した行賞に関する達書である。

六月六日浮浪之徒洛内へ聚屯、不二容易一企有ㇾ之候之節、其方へ御預被ㇾ成候新撰組之者共早速罷出、悪徒共討留召捕抜群之働鎮静申候段達二御聴一、右は常々申付方行届候而已ならず兼て忠勇義烈之志厚く、帝都御警衛手厚く被二成遣一度御旨意相心得候より、一際奮発相働候段、一段之事に候。依ㇾ之新身料別段金子被ㇾ下、別紙之通割賦為ㇾ取候様可ㇾ被ㇾ致候。

猶此上弥忠勤相勧、御旨意行届候様可レ被二申渡一候。

八月四日

金十両
別段金二十両　近藤　勇

金十両
別段金十三両　土方歳三

金十両宛
別段金十両宛　沖田総司　永倉新八　藤堂平助　谷万太郎　浅野藤太郎　武田観柳斎

金十両宛
別段金七両宛　井上源三郎　原田左之助　斎藤一　篠塚岸三　林信太郎　島田魁　川島勝司　葛山武八郎　谷三十郎　三品仲治　蟻道（通）勘吾

金十両宛
別段金五両宛　松原忠治　伊木八郎　中村金吾　尾崎弥四郎　宿院良蔵　佐々木蔵之助　河合耆三郎　坂井兵庫　木内岸太　松本喜次郎　竹内元太郎　近藤周平

金十両宛

別段金十両宛　三人え

別紙書付割合之外、残金書面之近藤勇へ相渡取計候様可レ被二申渡一候。

右にあげた割賦書のなかで最後に「三人え」とあるのは、おそらく死者または重傷者を示すものではないかと考えられる。もしそうだとすれば行賞氏名にもれている奥沢栄助、安藤早太郎、新田革左衛門の三人ではないだろうか。このほかに局長近藤勇に対しては、とくに三善長道の作による新刀一振と酒一樽が給されているし、また老中―水野和泉守（忠精）、稲葉美濃守（正邦）から近藤勇を与力上席に抜てきすべき旨が申しわたされた。しかしかれは新撰組局長で十分であるということで、それを受けなかったといわれる。

近藤勇の最期

近藤勇が板橋で投獄された四月四日（明治一）の同じ日に、勅使―橋本実梁《さねやな》（一八三四～八五）、柳原前光が江戸城にはいっている。このとき徳川慶喜の恭順をみとめて死一等をゆるし水戸へ屛居《へいきょ》すると同時に、徳川の存続と城地の明渡しを条件とした朝旨が伝達された。この勅使応接役は江戸城を監理していた田安慶頼であった。板橋宿の獄舎にあった近藤が、このことを知っていたかどうか、つぎのような二詩に託して感懐をのべている。これが、かれの絶命の辞にもなったのである。

孤軍援絶作㆓囚俘㆒　顧㆓念君恩㆒涙更流　一片丹衷能殉㆑節　睢陽千古是吾儔

靡㆑他今日復何言　取㆑義捨㆑生吾所㆑尊　快受電光三尺剣　只将㆓一死㆒報㆓君恩㆒

近藤勇の処刑は、四月二十五日におこなわれた。その日、黒紋付に亀綾の袷《あわせ》を着用した近藤は山駕籠にのせられ板橋宿の総督府本営から同宿はずれの平尾一里塚の刑場（ＪＲ板橋駅東口辺）へはこばれた。このときの護衛は東山道総督府付の岡田棨之助（善長）がひきいる銃隊約三十人であったといわれる。この岡田棨之助は、もと幕府交代寄合―岡田将監（時豊）の嫡子《ちゃくし》であり、領地は美濃揖斐川《いびがわ》（岐阜県）であった。同年二月七日に征討軍に恭順し、出兵したものであった。その家来の横倉喜三次というのが太刀をとり斬首したといわれる。首級は板橋宿外の一里塚にさらされ、つぎの立札がそばに立てられていた。

近藤　勇

右者元来浮浪之者にて、初め在京新撰組之頭を勤め、後に江戸に住居致し、大久保大和と変名し、甲州並下総《しもうさ》流山において官軍に手向ひ致し、或は徳川の内命を承り候抔《など》と偽り唱へ、不レ容易ニ企に及候段、上は朝廷下は徳川の名を偽り候次第、其罪数ふるに暇《いとま》あらず、仍て死刑に行ひ梟首せしむる者也。

四月

処刑後、近藤勇の遺骸は滝野川村（東京都北区滝野川）寿徳寺が管理する墓地に仮埋葬され、首級だけは数日さらした上、岡田粲之助らの兵が護衛し、北島秀朝が付添いとなって京都へおくり刑法官に届けられた。このときの付添役北島秀朝の『事蹟略』によると首級は――火酒に浸されて居たので面容生けるが如く、見る人驚かざるはなかった――と記されている。そして閏四月八日、その首はふたたび京都三条河原に、つぎの罪文とともにさらされたといわれる。

近藤勇事　大和

此者儀凶悪之罪有レ之処、甲州勝沼、武州流山において官軍へ敵対候条、大逆に不可レ令ニ梟首ニ者也。

閏四月

文久三年（一八六三）から足かけ五年あまり、新撰組を結成して剛勇の名をはせた京都の地で、近藤勇の梟首を見た人びとの感慨《かんがい》はどうであったか。これをしのばせるものとして、ときの『中外新聞』（慶応四年六月六日・四十四号）には、つぎのような記事をのせている。当時の世評の一端をうかがうべきものといえよう。

閏四月八日、元新撰組の隊長近藤昌宜という者の首級、関東より来りて三条河原に梟《さらさ》れたり。其身既に誅戮《ちゆうりく》を蒙《こうむ》りたる身なれば、行の是非は論ぜず。其勇に至りては惜む可き壮士なりと言はざる者なし。或人為に詩を賦して曰く、

俠骨稜々意不レ平　敢将《もつて》二赤手一捍二天兵一　三軍力尽鼓鼙絶　一夜魂帰風雨驚
酷吏漢廷論二郭解一　遺臣孤島哭二田横一　他年史冊著二何語一　只云市人猶飲レ声

また右のほかにも同志外篇巻の九に、

——近藤勇は其性剛邁にして、殊に文武の道に長じ、曾て有志の諸士を募りて新撰組と号し、自ら其隊長となり、勤王左幕の志を以て四方に奔走し、天下の為に力を尽せしが、此度、不レ計王師に抗するの罪によりて、下総流山辺にて官軍の為に捕はれ、四月二十五日板橋に於て死刑に処せられたり。実に惜しむべし——

と、のせている。これらを通じてみると、近藤勇を処刑した後にその首級を京都まではこび、さらしものにするという過酷な扱いぶりに対して、世間では同情する向きが多かったこともうかがえる。こうした世評のなかで京都では早くも市井の講釈師が、近藤勇の生涯を語り、かれに対する同情と人気を高めたとも伝えられている。

この講談をきいたひとりに新撰組の賄方《まかないかた》をつとめていた忠助という者がいた。かれは

近藤勇の首級をもとめて探索中であったといわれ、聴衆が小屋を出てしまったあとで、ひそかに首級の行方についてたずねてみたところ、講釈師の話によると——さる中国地方の大名の家老が極秘に始末したという噂があるが事の真否は不明——とのことだったという。

また一説には、三条河原のあとで大坂千日前でもさらしものにされた上、ふたたび京都粟田口の刑場に埋められたともいわれる。いずれにしろ今日に至っては、その真否についてただすことはできない。

以上のような近藤勇の最期をながめるとき、尊王攘夷の初志をいだきながら幕臣としての立場を守ったためにそれが許されず、ついに徳川幕府の終末とともに悲運な生涯をとじている。これは歴史の変革期にあって、最後まで忠誠の念に生きた剣士の宿命だったといえるだろうか。

同志の消息

甲州勝沼の戦でやぶれ、甲陽鎮撫隊を解散したのち、近藤勇、土方歳三らと分かれた原田左之助、永倉新八らは幕臣—芳賀《はが》宜道を隊長として靖兵隊を組織した。ここで原田、永倉はその副長となり、また新撰組同志のなかから矢田賢之助が士官取締、林信太郎、前野五郎、中条常八郎、松本喜三郎《(次)》らが歩兵取締となっている。まもなく靖兵隊は幕府歩兵隊長―米田圭《(桂)》次郎がひきいる三百の配下に合流して会津戦に参加した。このうち原田左之助は途中から脱隊し江戸へもどり彰義隊に入ったが、五月十五日（明治一）の上野の戦争で重傷をうけ、同十七日に江戸本所の寓居で死亡した。二十七歳であった。

流山で近藤勇とわかれた土方歳三をはじめとする新撰組の残党は、会津藩の垣《(柿)》沢勇記、秋月登之助、桑名藩の辰巳勘三郎《(立見鑑三郎)》、松浦秀人らと同四月十二日、市川宿（千葉県市川市）で幕臣―大鳥圭介のひきいる軍に入った。大鳥は前日四月十一日の江戸開城と同時に幕軍の伝習隊第一、第二大隊、七連隊、御領兵、回天隊、別伝習隊、貫義隊、草風隊、純義隊および桑名藩の脱兵など二千人あまりを市川に集めたのであった。

そして総野（上・下総、上・下野）を転戦しながら征討軍に打撃をあたえ、四月十九日には宇都宮城を占領したのである。だが同月二十四日に征討軍による大反撃をうけ、会津へのがれた。ここで数カ月にわたり会津国境の守備をかためていたが、八月二十一日には、白河口（福島県）にいた征討軍が二手に分かれ、その主力が、二本松から母成《ぼなり》峠へ殺到したのである。このとき土方ら新撰組同志は、勝岩での防戦につとめたが支えきれず敗走した。そして八月二十三日から、鶴ケ城（会津藩松平家の居城）の攻防戦がはじまり、およそ一カ月にわたる激戦のすえ、九月二十二日に落城した。

この間に、土方歳三は配下の士を大島圭介に託し、庄内藩に潜入して酒井家の手勢と連絡をこころみたが、すでに越後、奥羽の大勢は征討軍の手中にあり目的を果たせず、福島へのがれ、ふたたび大鳥のもとへ引返したのである。

九月末には、同年五月三日に奥州白石（宮城県）で二十五藩によって結成されていた奥羽越列藩同盟のうち、会津はじめ米沢、庄内、仙台、南部などの諸藩が征討軍に降伏したため、大鳥圭介、土方歳三らの行手はとざされた。この窮地にあったとき、榎本武揚がひきいる幕府の艦隊が寒風沢《さぶさわ》島（仙台湾）に停泊していた。そこでかれらとの間に連絡をとり、共に再挙の策をたてて、十月十一日に、そこを出港し、太平洋岸を北に進んで蝦夷《えぞ》島（北海道）へ向かったのである。同二十日には土方をのぞく新撰組隊士は大鳥圭介の配下とともに鷲木に上陸して大野街道を進んだ。土方はべつに額兵隊、陸軍隊をひきいて川汲《かっくみ》の間道を進み、同二十六日に五稜郭《ごりょうかく》を占領した。これについで箱館（のち函館となる）、松前にかけて勢力をのばし、十一月下旬には、蝦夷島一帯から征討軍の船影は消えている。

ここで榎本武揚らは朝廷に歎願書をおくり全島（北海道）を開拓し北方の防備にあたるべく陳情したのだが、もちろん勅許があるはずはなかった。

翌明治二年（一八六九）一月に、蝦夷地を攻略した榎本らのあいだで選挙による役職が決められた。つまり一時的にしろ蝦夷島政府ともいうべき自治組織が、そこに生まれたのである。選挙の結果、総裁に榎本武揚、副総裁に松平太郎、海軍奉行に荒井郁之助、陸軍奉行に大鳥圭介、箱館奉行に永井尚志ほかの役員が決まり、とくに土方歳三は陸軍奉行並の肩書をあたえられた。余談だが土方歳三の写真はこのころ写したものではないかと思われる。

いっぽう明治二年の二月ごろまでに奥羽を完全に手中におさめた征討軍は、しだいに蝦夷追討の準備をすすめていたのである。そして艦隊を南部藩（岩手県）の宮古港に集結していた。これを察した箱館の榎本武揚らは、その奇襲作戦を企て、同年三月二十一日に荒井郁之助の指揮する軍艦、回天をはじめ蟠竜、高雄の三隻が南下をはじめた。ところが海上のしけのため三艦は分散し、同二十五日未明に回天だけが宮古湾にのぞんだ。回天の艦長は剛勇といわれた甲賀源吾であった。荒井郁之助、土方歳三もこれに搭乗していたのである。かれらはここで策をたてマストにアメリカ合衆国の旗をあげ、おもむろに宮古湾へ入り、征討軍の軍艦―甲鉄に接近した。この甲鉄はもと幕府の注文で米国から買入れたものであり、鉄製であった。原名はストーンウォールだったのが「東」とのちに改称された。

回天は甲鉄に接近すると、とっさに米国旗を下ろし日の丸にかえて突進したのである。それと同時に回天から見習士官大塚波《（浪）》次郎、差図役並―笠間金八郎、加藤作太郎および新撰組の野村利三郎らが甲鉄の甲板に乗りうつった。他もこれにつづこうとしたが回天の甲板が甲鉄のそれより数尺高く、しかもわずかのまに両艦の間に距離が生じて思いどおりにゆかなかった。そのため笠間らはことごとく目的を果さず憤死した。ついで回天も征討軍の諸艦に包囲され甲賀源吾ほかも死傷し、勝算なしにかろうじて宮古湾を脱出し箱館へたどりついたのである。このとき蟠竜は戦機におくれて引きかえし、高雄は風浪のために破損し乗員は宮古付近に上陸したあと、四散したといわれる。

同年五月に入ると新政府軍がわでは、一挙に箱館を攻めるべく押しかけた。この五月十一日からはじまった箱館戦争に、榎本武揚、大鳥圭介ら幕府の残党も最後の防戦をこころみ海と陸とで戦ったが、五月十三日に本拠の五稜郭は包囲され、同日の戦闘で土方歳三は腹部に銃丸をうけ、三十五歳で戦死した。

土方は終始、徳川家再興を願っていたらしく箱館を占領した後、榎本が蝦夷島開拓と北方防備を朝廷に訴えたとき、「自分が近藤と死を共にしなかったのは、ひとえに前将軍(慶喜)の冤《えん》をそそぎたいためだった。然るに今やその希望もむなしくなった。万一、王師抗敵の罪をゆるされ一死をまぬがれても、何の面目あって近藤と地下に見《まみ》えようぞ」と、他に向かって言ったといわれる。

五稜郭は五月十八日に落城、大鳥圭介、榎本武揚ほかの生存将兵およそ一千余の降伏によって箱館戦争は終結した。この戦争には土方歳三のほか新撰組同志から横倉甚五郎、相馬主殿、安富才輔、久米部沖見、中山五郎、中島登、斎藤一らも参加していたのである。かれらの多くは五稜郭落城と同時に降伏し、それぞれ処分されたようである。このうち安富才輔は後日、東京で旧高台寺党のひとり阿部十郎に殺害されている。また久米部沖見は姓を稲生と改称して明治政府下の陸軍に出仕したといわれる。

そのほかについては正確には判明していないが、明治一年八月に徳川家の処分が決定し、本家を田安亀之助（家達）がつぎ駿府《すんぷ》（静岡）七十五万石を領有することになった。このとき奥州白河藩主の分家、阿部邦之助が沼津奉行となったのを見て、四散していた旧幕臣たちにまじり新撰組の残党も、この地に集まり沼津奉行へ自首して一時は謹慎の処分をうけたが、そのまま土着する者が多かった——と、新撰組隊士のひとりだった『結城無二三の伝記』につたえられている。なお「勝沼の戦」後に原田左之助と新撰組をはなれ靖兵隊を結成した永倉新八は大正四年（一九一五）まで生存し、北海道で病死している。

土方歳三遺聞
（ひじかたとしぞういぶん）

佐藤　昱
（さとう　あきら）

佐藤　昱（さとう　あきら）
一九一四年〜一九八一年。東京・日野市生まれ。東洋大学東洋文学科卒業。『聞きがき新選組』は、新選組史料として極めて貴重な書であり、司馬遼太郎氏の名作『燃えよ剣』の一助にもなった。
佐藤彦五郎（妻は土方歳三の姉・のぶ）の孫にあたる。

土方歳三遺聞

松坂屋の丁稚小僧―薄月夜の初恋―薬売りの武者修業―許嫁の於琴さん―松前藩主の奥方を助命―帰郷戦士の感泣―歳三の兄弟―祖父より伝わる歳三の俳趣

歳三は、日野町大字石田の農家、土方隼人義諄の四男である。出生数月前、天保六年二月五日に、父隼人は病没した。

母は、隣地七生村大字高幡久野家より来たり、三歳の時に死去した。酒を嗜《たしな》んだと云うことである。兄喜六の養育を受け十一歳となり、江戸上野の松坂屋呉服店へ丁稚《でっち》小僧奉公に出た。ささいな事で番頭の怒りに触れ、白雲頭《しらくもあたま》へ一拳《けん》を喰った。歳三容易に屈伏しない、たちまち番頭に喰って掛かり、抗論の挙《あ》げ句《く》、夕店の混雑に紛れて、この松坂屋を出奔し、九里の夜道を石田の生家へ帰って来た。兄喜六が宥《なだ》めて帰店させようとしたが、承知せず、ついに再び松坂屋の敷居を跨《また》がなかった。

以後は、姉のぶの片付いている日野宿のわが家に、多く寄食して、雑用に立働いていた。その内に、再び江戸の某家へ奉公した。すでに青年に達して来ると共に、資性の才気が仄《ほの》めき出して、主家一統に大気に入り、搗《か》てて加えて色白の美男子、すらりとした背格好、これをどうして江戸娘が棄てて置こう。同朋輩の一女から、その紅《あか》い袖口へ引込まれてしまった。

うす月夜の窓下で窓語《ささや》き合った結果が、日野の義兄（祖父彦五郎）へ相談と云うことになり、やって来た。委細を聴いた祖父は、大反対。そんな氏素性も判《わか》らぬ女をとて、懇々説諭して諦めさせた。歳三もまた、断然思いとまったので、祖父が行ってその女に話を付けて来ようと云った。ところが歳三迷夢に覚めたる快男児、なあにこれしきの事、兄を煩《わずら》わすことはないと、自身で立派に談判して帰《けり》を付けたと云う。

この頃、漸くわが家にては、撃剣稽古が盛んになって来た。毅然《きぜん》として初恋を捨てた歳三は、武断趣味に翻《ひるがえ》っていよいよ本来の天性を発揮し、角帯前掛は袴稽古着と代って、日野の道場に現われた。

天然理心流の第三世近藤周助邦武が、江戸から郷里への往復に立寄る。祖父が井上松五郎始め、鎮守古奉額署名の連中を誘い、歳三その他青少年入りまじって、日毎の猛練習、当時の道具と云わば面《めん》の両垂《りょうたれ》は肩先まで、籠手《こて》は長く臂《ひじ》に届き、胴脇《どうわき》の幅は一尺近くもあって、頑固なものであった。竹刀も丸太棒の様なので、敵手を擲《な》ぐり倒さずんば止まぬ、の打合いであった。その内に、近藤四世の勇となって、ますます道場は盛んになった。祖父と井上松五郎は、免許皆伝。歳三はまだそこまでは行かなかったが、器用な太刀筋《たちすじ》で上達して来た。

かくて、歳三は日野道場にのみ潜《ひそ》んでおられず、特に相州方面へは剣道具を肩にして繁《しげ》繁《しげ》巡廻して行った。その道すがら、担《にな》いの片荷として売薬箱を必ず携えた。石田の生家に河童《かっぱ》明神が夢枕に立ち、先祖が調合方を教わったと云う石田散薬を、代々製造販売している。またわが家には、虚労散薬と云うがある。これ等を卸売《おろしう》りして、商法武術の二刀遣《つか》いは、いわゆる才人歳三であった。

なおこの二方薬剤は、新選組局中の常備薬となって、石田散は打身骨折の妙薬で、よく多数の隊士を治癒した。虚労散は肋膜肺炎癆症《ろうしょう》の奇薬で、かの沖田総司なぞは、始終持薬として服用していたと云う。

新選組副長となってから、歳三寸暇を求めて帰郷する時、生家に年若き一人の姪《めい》ぬいと云うが、病弱の身を淋しく喞《かこ》ち暮らしていた。ぬいは、可愛らしい娘振りにて、以前行儀見習いの大名奉公をしたが、病気退身し、後石田隣家へ嫁いでさらに破縁となった不運の者。極めて情に優しい歳三は島田髷《まげ》や櫛《くし》笄《こうがい》絵草紙《えぞうし》なぞを土産に与え、その孤独不遇を懇《ねんご》ろに慰《なぐさ》めた。

ついに、錦衣帰郷をすまし江戸へ帰る時には、当時身分ある者が乗ったと云うあんぽつ駕籠《かご》で、途中、戸塚村へ差しかかった。ここに遠縁の親戚がある。この家は、困らぬ家計の道楽が元となって、糸竹の三味線屋、小格子造りを街道表に見せて、楓垣根が挟《はさ》んだ冠《かぶ》木門《きもん》も豊かさが窺《うかが》われる。於琴《おこと》と云う一人娘が、この家の箱入り。土地評判の万年小町で、片手商売の三味線屋も、製作は主人の腕とは云いながら、店先の客受けから、調子しらべのひと節《ふし》音締《ねじ》めは、於琴さんでなければならぬ。

自身の談判で江戸小娘の恋を却《しりぞ》けた歳三に、祖父彦五郎は大に感服し、この好箇の壮士に劣らぬよき嫁をと、求めたのが於琴女であった。歳三の兄石翠《せきすい》盲人が浄瑠璃道楽、撥駒《ばちこま》糸《いと》や三味線の買付けはこの家であった。いわば盲人が聴き探った美音の美人で、長唄はすでに杵屋の名取り、太棹《ふとざお》執《と》ってもなかなか聴けたと云う。

盲人よりこの話を聞いた祖父が、まず喜びいさんでとりあえずの足運び、談合円満、まさに挙式とまでなった時、歳三端然として開口した。この天下多事の際、何か一事業を遂《と》げて名を挙《あ》げたい。よりてなおしばらくは、私を自由の身にして置いてくれと。聴いた兄弟等は、大に感歎。しからばとてここに単なる許嫁《いいなずけ》と云うことになった。剣道より自然握み来たった歳三の士風は、於琴女を神の如く聖き愛を以て、堅く堅く結んでいた。

この日も歳三は、わざわざ廻わり道までして戸塚に出て、愛人を訪ずれた。数々の土産物に小料理の二皿、三皿。御からだを御大切に、の細い声音を後に再び駕籠へ。いつまでも門先で見送っている於琴さんの心の内は、誰でも察することが出来よう。

函館にて歳三戦死後の於琴女は、明治の御代となって、どこかの御かみさんとなったであろう。杳《よう》として消息を聞かぬ。

明治元年十一月五日、前記の通り、松前城を攻め落した時、城下の市中は兵火に罹《かか》り城兵四散。城主家族の落人《おちうど》姿はものの哀れをとどめた。中にも藩主の奥方は、まだ年若く妊娠臨月に近く、難を民家に避けて隠れ忍んでいた。そこへ差しかかった土方の隊士等は、農家に見馴れぬ婦女子の姿に目を止め、踏み込んで発見してしまった。松前家臣の数名ばかり警護しておるなぞは眼中にない。隊士等は皆猛《たけ》りにたける血気の荒武者共、それが柳《りゅう》腰花態《ようかたい》の附添い御殿女中を幾人もで取囲んだのである。実に危険極まる。今やまさに狂暴無惨の幕は切って落されんとした所へ、隊長土方が馳せ付けた。たちまち一同を制止して取調べたるに、藩主の簾中《れんちゅう》と判り、礼を厚うして労わり参らせ、なお部下兵員の心知れたる者、松本捨助、斎藤一諾斎の両名を随行させ、遠く江戸までつつがなく護送したと云う。後出産あった藩主は、華族に列せられ、松前の名家は今なおますます繁栄の事とは、さても芽出度し芽出度し。

（附記）

一、松本捨助について

松本捨助は、日野宿の隣接西府村本宿（現東京都府中市）の産で、妻モト（後妻）は新選組井上源三郎の姪である。土方歳三のはからいで五稜郭を脱走し、故郷に帰り、明治を迎えたが、実家は亡父の養子捉之助に譲り、捨助は東京あるいは名古屋等に居を移しいろいろな事業をやったらしい。晩年は、先妻との間に出来た娘の婚家先（八王子の斎藤旅館と云う）で世話になり、一生を終ったと云う。実家を嗣いだ養弟捉之助は、土方歳三の甥（兄の子）である。

二、斎藤一諾斎について

京都以来の新選組隊士斎藤一《はじめ》と、この斎藤一諾斎とは、よく同一人物視されるが、日野市史談会の谷春雄氏の調査によると、全然別人である。谷氏の談によれば、斎藤一諾斎は本名を秀全と云い、一諾斎は号である。都下南多摩郡由木村中野（現東京都八王子市）の産で、幼い頃から仏門に入り、諸所の寺で修行を積んでいたが、甲州都留郡強瀬村全福寺の住職をしている時、時勢を感じ、脱僧して幕軍に投じ、土方歳三の部下となり、奥羽方面転戦後、五稜郭戦に参加。土方の命により、松本捨助と共に脱走、故郷の中野村に帰ったものである。帰郷後は元来の豊富な学識を生かし、郷《ごう》学校を設立する等、専《もっぱ》ら教育方面に尽瘁《じんすい》した。現在、八王子市大塚町御手観音《おてのかんのん》に有志および門生の建立した碑がある。なかなか博学多識しかも能弁で気概のあった人物であったらしい。（佐藤昱記）

会津はついに落城し、仙台にても意の如く味方を得られず、漸く函館は手中に帰し、松前城に対って雪辱戦を試みて奇勝を得た。土方隊長初めてここに愁眉を開いた。この折敵将夫人の護送と云う役目を、松本、斎藤両士に命じた。両士とも郷里多摩郡出身にて、なお松本捨助は遠き縁辺の者でもあり、かつ二人共生家を継嗣すべき長男の若者なれば、この上とも従軍せしめ身命を棄てさせるに忍びず、真に股肱《ここう》の侍臣とも頼むべき者なれども、愛郷の念ふかき土方は、切なる思いを断って、ここに両士を帰郷せしむることとし、別るるに臨み松本に十両、斎藤に三十両の餞別を与えた。この餞別の差異につき、斎藤は、不思議を懐《いだ》き、土方に二人共身分役目も同等でありながらいかなる訳かと尋ねた所、松本は郷里に家産のあるを承知している。しかるに聞く所によればその方は、眷族《けんぞく》さえもないとか。よってその方に厚くして彼に薄いのであると答えた。斎藤一諾斎は由木村中野に来て、小学校教員を勤めており、父俊宣が関係役向きで巡廻して面談した時、斎藤は如上の一部始終を話し、土方隊長の公明博愛の心情に感泣していたと云う。

歳三の長兄の為次郎の事は、盲人に似ず豪胆《ごうたん》にして智略に富み、かの近藤勇も義弟彦五郎と鼎座して、肝胆相照した間柄であった。常に、俺は目あきであれば畳の上では死なない、と云っていた。青年時代府中宿に一夜の花を愛しての帰途、多摩川出水、渡船杜絶《とぜつ》に遇い、衣類を頭上に結び付け、めくらめっぽう濁《だく》流に跳び込み、抜手《ぬきて》を切って生家所在の石田地先へ泳ぎ着いたと云う。かかる猛勇にも似ず、雷鳴のみは大の嫌いで、少しにても遠雷なぞ聞え始めると、好《す》きな酒盃を呷《あお》って高鼾《たかいびき》で寝入ってしまった。

浄瑠璃義太夫に堪能であったことは、すでに述べた。なお俳諧に遊んだ吟詠が少なくない。続編に詳記する。

次兄の喜六が、生家を継いで隼人と改称したが、若死した。篤農家であった。

末兄の大作は、北多摩郡下染谷村《しもそめや》の粕谷仙良の養子となり、医業を営み、良循《じゅん》と改名した。玉州または修斎と号して詩文をよくし、かつ能書家であった。なお傍《かたわ》ら剣道を好み、自家に道場を設けて、自らも近藤門下の遣い手と呼ばれた。京都壬生《みぶ》の新選組屯所の大看板は、この良循が揮毫したものであったそうな。

姉のぶは、わが家祖父彦五郎に嫁した。種々の事蹟は前記の通り、男まさりのしっかりした性質で、物に屈托せず、竹を割ったような爽《さわ》やかさを持つ女性であったと云う。明治十年一月十七日、四十七歳で病死した。四男二女あって、父源之助俊宣はその長男である。

三月亭石巴、と号した文化文政時代の俳人があった。江戸浅草の夏目成美、八王子の松原庵星布尼とは、特に風交を厚うした。この石巴は、歳三生家の先々代、すなわち祖父であって、その詠める句は、蕪村時代の漢語調より脱して、漸くもの柔らかになって来た所、佳句秀吟少なくない。ただ纏《まと》まれる句集なきを遺憾とする。後代にこの石巴の文雅趣好性が流れて、石翠盲人の俳三昧となり、歳三もまた豊玉と号して、しきりに句作した。ただ一部遺っている豊玉句集は、章をあらためて次に掲出する。

土方豊玉の俳句

歳三の雅号―句も筆も温雅

文久三年二月八日、幕府が板倉周防守をして、清河八郎斡旋の下に募集した浪士団は、新徴組と称して成立した。その六番隊中に土方は、近藤勇等と加入して、江戸出発上洛した。この出立直前の同年正月、それまでに詠《よ》み散らした己れの句を、歳三自身に筆を執って、一冊子に書き集め、「豊玉句集」と表題し、郷里生家に置いて行った。七年後には、北海の辺土、露の草蔭に屍を曝《さ》らすとて、かかる遺墨の用意をしたとは思えぬ。けれどもそうなってしまった記念のものである。生家の当主、甥孫に当る土方康はこれを掛幅に表装して、家宝とし保存している。

豊玉発句集

裏表なきは君子の扇かな
水音に添てききけり川千鳥

手のひらを硯にやせん春の山
白牡丹月夜〳〵に染めてほし
願う事あるかも知らす火取虫
露のふる先にのほるや稲の花
おもしろき夜着の列や今朝の雪
菜の花のすたれに登る朝日かな
しれば迷ひしなければ迷はぬ恋の道
（この項は消してある）
しれは迷ひしらねば迷ふ法の道
人の世のものとは見へぬ桜の花
我年も花に咲れて尚古し
年々に折られて梅のすかた哉
朧ともいはて春立つ年の内
春の草五色までは覚えけり
朝茶呑てそちこちすれば霞けり
春の夜はむつかしからぬ噺かな

三日月の水の底照る春の雨
水の北山の南や春の月
横に行足跡はなし朝の雪
山門を見こして見ゆる春の月
大切な雪は解けけり松の庭
二三輪はつ花たけはとりはやす
玉川に鮎つり来るやひかんかな
春雨や客を返して客に行
来た人にもらひあくひや春の雨
咲ふりに寒けは見へず梅の花
朝雪の盛りを知らず伝馬町
岡に居て呑むのも今日の花見哉
梅の花一輪咲てもうめはうめ
　井伊公
ふりなからきゆる雪あり上巳こそ
年礼に出て行空やとんひたこ

春ははるきのふの雪も今日は解
公用に出て行みちや春の月
あはら屋に寝て居てさむし春の月
暖かなかき根のそはやいかとほり
今日も〳〵たこのうなりや夕けせん
うくひすやはたきの音もつひやめる
武蔵野やつよふ出て来る花見酒
梅の花咲るしたけにさいてちる

歳三の諡号《しごう》

近藤土方両雄の精神―三法名と俠商の建碑―仙台伊達侯の下げ緒

京阪に驍名《ぎようめい》をはしらせた土方は、近藤とともに、京都守護職松平容保《かたもり》侯に隷属《れいぞく》し、市中巡察《じゅんさつ》の任に当り、輦下《れんか》人心の安泰を計った。潜入策士の陰謀は、任務の前に許すべからず、すなわち虎徹を振い、兼定に血ぬったのである。世をして、両雄を殺伐《さつばつ》の鬼財《きざい》と誤解せしめたのは、むしろ三藩の彼等がそうさせたのである。両雄の真摯《しんし》なりし態度を知悉《ちしつ》せる者は、万人等しくこの経緯を肯定するであろう。

跼蹐地《きょくせきち》なきに至らんとした将軍の為、安息地として、金城鉄壁の甲府盆地を撰み、一挙これに嚮《むか》わんとした。勝沼において進路を断たれたので、止むを得ず会戦せなければならなかった。最初より敵対賊兵たるべく進軍したのではない。

近藤隊長の最期を見るに、官軍の名において召致された時、唯々《いい》として羊狗《ようく》の如く、従順恭虔《きょうけん》、一弁の抗《あら》がうことなく、従容として斬首せられた。

慶応四年八月十八日、品川湾を抜錨《ばつびょう》脱走せんとする開陽艦長榎本は、勝海舟に袖をひかえられた。その時、そも釜次郎等はとて説き出したは、これより蝦夷《えぞ》に渡り不毛の地を拓《ひら》いて、禄《ろく》に離れ方向に迷える徳川武士に、自給自足の境を与え、同時に、産業を興《おこ》し富国の策を建て、かつ港湾測量の外艦を払いて国防につとめ、祖国を泰山の安きに置くを目的とする。なお徳川血族を、その統御者に迎え、徳川家の祀《まつり》を断たしめぬ様希《こいねが》っているのであると。聴いた海舟はただ黙々として別れた。新選組の残留傑士《けっし》がこの説に共鳴したのは、自然の帰趨《きすう》であろう。されど官軍方にては、曠野に猛虎を放ったと思えたので、不安に絶えぬ。ついに追討軍は起って北進肉薄した。土方等が最後の敵対もそこに立ち至っての、止むを得なかった行動である。

近藤、土方を論ずる者は、その武断に讃辞《さんじ》を寄すると同時に、両雄の為に順逆の道を誤りしを惜しむ。中にはこの奸賊《かんぞく》鼠輩《そはい》とまで誹毀《ひき》讒謗《ざんぼう》した。しかし近来漸くにして、両雄の真精神が世人に知られ、畢竟は政見を異にせるのみにて、彼等等しく尊王尽忠の国士であったことが判って来た。法学博士尾佐竹猛氏なぞは、この二俊傑を、知勇兼備の勤王の志士なりと、至る所に獅子《しし》吼《く》している。

東本願寺一向宗にて、函館御坊の乗玄《じょうげん》寺と云うがある。その山内の納涼寺に葬《ほうむ》ってある法名

広長院釈義操

海陸嗣将姓名　土方歳三義直

函館市内浄土宗称名寺の石碑には、

明治二己巳年五月十一日

歳進院殿誠山義豊大居士

とある。この称名寺建碑について一話がある。

五稜郭の籠城軍が次第に軍用金と糧食とが不足して来て、漸く数旬を支える程になった時であった。諸将等評議を凝《こ》らし、函館市内外の豪家《ごうけ》豪商より金品を徴発しようとした。土方一人がこれに反対、われ等の軍状はすでにかくの如き頽勢《たいせい》となって来た。たといいばくかの軍資を得ても、ただ一時を凌ぐに止まるのみ。さもなくてさえ賊名を受けている。この上無謀に似たる挙に出でて、なおわが軍の将兵の、名を辱めることは深く慎《つつし》まねばならぬ、と力説した。衆議はついにこれに伏して、全く徴発は中止となった。この消息は、たちまち城外に洩れて市中に喧伝《けんでん》、聞く者皆大いに土方を徳とし、景慕の的となった。

ここに函館築島の鴻池手代で、大和屋友次郎と云う、至って義侠《ぎきょう》肌《はだ》の商人があった。土方がついに戦死したと聞いて、生前の徳義を憶《おも》い、率先市中の豪家を説き、追善の為前記の称名寺へ碑石を建立した。諡号《しごう》も近藤のが会津にある、それは土方が親しく作為《さくい》したものであるを聞き知っていたので、相似の語格にしたと云う。

なおさきに京阪にて、鴻池家と新選組とは、浅からず親誼《しんぎ》を交わした。手代友次郎もこれを知って、特に土方一党に好意を寄せ、昵懇《じっこん》の仲となっていたので、土方が遺物《かたみ》とするつもりらしく、この友次郎に預け物をして置いた。友次郎はこれを、生残り隊士の島田魁か尾関泉かに頼み、日野へ送ろうと思っている所へ、馬丁の沢忠助が来て、度々の話により、この忠助に托送《たくそう》したと、友次郎が同じく生残り隊士の立川主税《ちから》に宛てた書状に委細しるしてある。

——立川主税は、甲州戦争以来土方に従軍し、後大悟《だいご》する所あって、甲州東山梨郡春日居村の地蔵院住職となり、鷹林巨海と云い生涯歳進院殿の菩提《ぼだい》を弔《とむら》った——

有統院殿鉄心日現居士

この法名は、伯父本田退庵が東北北海地方を漫遊し、その帰途求めて来た、土方の写真の裏へ、父俊宣が記載してあるもので、会津にあるものと思う。的確なること判明せず。

翌、明治三年、沢忠助がわが家を尋ね来たり、土方隊長が遺《のこ》された贈り物だ、と持参したのは、水色組糸《くみいと》の刀の下げ緒であった。これは、会津落城後、土方が仙台に入り、数千の兵に将となって登城、伊達侯に面談、徳川家の為同志すべき様《よう》、侯の決心を求めて説いた。この時松本捨助と斎藤一諾斎とが、土方の随身として次の間に控え、始終の容子を見た。土方は慇懃礼《いんぎんれい》を厚うして、諄々《じゅんじゅん》陳述する所、大々名の家老格、自然に備わる威儀風采には、実に感じ入ったもので、伊達家の重臣等皆次座に参列しながら、三百年来未曾有のこと、実に天下御家の一大事だとて、君侯と土方との左右を拝視しつつ、いわゆる固唾《かたず》を呑んで控えているとはこの情景であったろう。いずれは、後刻返答となり、この場にては君侯自ら佩刀《はいとう》の下げ緒を解かれ、来訪を犒《ねぎら》わせられつつ、親しく土方にそれを与えられた。まず土方としては、生涯中の得意なる一場面であったのである。かかるが故に、ただ一本の下げ緒ではあるが、わざわざ状況通知の好資料ともして、送り届けてよこしたものに違いない。以前父が貰った太刀作り葵御紋の康継に巻いて、共に唯一の家宝としている。

新選組　伊東甲子太郎

小野《おの》圭次郎《けいじろう》

小野圭次郎（おの　けいじろう）

一八六九年～一九五二年。福島県生まれ。東京高等師範（現・筑波大）英語専門科を卒業。福島・福岡・愛媛・三重各県の師範学校や中学校で英語教員を歴任する。その後、受験用参考書として出版した『英文之解釈』が大正～昭和にかけて超ロングセラーとなった。「小野圭」という愛称で受験生たちから親しまれ、講演などでも活躍した。

伯父　伊東甲子太郎武明

武道修行　伊東甲子太郎は、はじめ鈴木大蔵《おおくら》と云い、父忠明が家老の讒言《ざんげん》によりて閉門の身となりついに志筑藩を脱し、ついで一族が同藩外に逐われて祖母の里方桜井家に同居しているときには、弟三樹三郎とともに寺小屋に通って学問を修めたが、のち志を立てて水戸に行き、渡辺崋山の親友金子健四郎の道場に入りて神道無念流を稽古し、かたわら水戸学の修得に精進した。居ること暫時にして、武田耕雲斎と親交を結んで国事に奔走する目的をもって江戸に出で、深川佐賀町の北辰一刀流の達人伊東精一について武道を練った。この伊東道場は川向いでは当時指折りのもので、常に五、六十名の門弟が出入りし、そのほか十余名の塾生もいた。内弟子で師範代りをしていた上州出身の中西登、内海二郎の二人が朝から晩まで稽古胴をぬぐ暇がなかった。当時東都に上っていた三樹三郎から郷里三村の義兄関氏に送った手紙につぎのように書いてある。

一　およし（須磨と改名）事も同藩田村要造と申者縁談有之候と取極め申候、尤引移の儀は当時兄金沢重右衛門同居にて家内外に御座候間、家宅出来次第引取様約束仕候、然れば暮か早春にも相成るべきか、其内は深川伊東にて達て頼度趣に付、兄も入塾罷在候故、来る八月先生方へ見習旁々相頼み申す積に御座候、小子も両三度深川へ越し候へ共中々の大家、小身の御旗本位の様子に御座候、塾生も十人余り御座候へ共云々

伊東姓を冒す　師匠伊東精一の病死のさい遺言もあり、また門弟一同の推挙もあったので、一人娘うめ子の婿となりてその道場の跡目をつぎ、伊東姓を冒すこととなった。そして元治元甲子《きのえね》の歳《とし》に京都に上ったから、甲子太郎と改名して新選組に加盟したのである。

甲子太郎は性温和にして敏達、しかも慷慨義侠の心に富み、学芸をたしなみとくに剣道に長じて北辰一刀流の剣客となり、その下段白眼《げだんはくがん》は同流のなかにありても評判の構えにして、敵の胴に切り込む太刀さきがもっとも鋭く、ひじょうにはでな剣術を使った。しかし単なる一介の武弁ではなく、風雅の道にも天分が恵まれ、つとに和歌に秀いでていたことは、遺稿『残し置く言《こと》の葉草《はぐさ》』（歌集）が十分に証明している。しこうして早くより尊王攘夷の志をいだき、勤王の大事に身命をささげる覚悟を有していた。

新選組に加盟す　新選組の隊長近藤勇は武州の出身だけに、中国西国の武士は気に入らず、養父に送った書面にもあるとおり「兵は東国に限り候」との感は、事ごとにこれを深くしていた。かかるさいに蛤御門の戦が征長の大事件にまで発展したので、元治《げんじ》元年十月中旬、近藤は永倉新八、尾形俊太郎（学者）、武田観柳斎（兵法家）をつれて江戸に下ったが、これを機会に御所守衛の壮士を募集した。

新選組の藤堂平助はおなじ北辰一刀流の関係もあり、また勤王攘夷の主張も一致していたため、甲子太郎とはかねて懇親の間柄であったので、近藤より一足さきに江戸に来て甲子太郎を訪ね、その心中を披瀝してしきりに入隊をすすめ、近藤との会見の手筈《てはず》までもととのえた。『新選組永倉新八』という書物に、藤堂が甲子太郎に述べた言がつぎのごとく記されている。

我等前年近藤と同盟を結び、勤王に微力を致さんと存じ居りしが、近藤は徒らに幕府の爪牙となりて奔走するのみにて、最初声明したる報国尽忠の目的などは何時達せらるるか分り申さず、同志の憤慨して居る者も少くない。依りて此度近藤の出府を幸い、これを暗殺して平素勤王の志厚き貴殿（甲子太郎）を隊長に戴き、新選組を純粋の勤王党に改めたいと存じ、近藤等に先だって出府致した次第で御座る云々。

甲子太郎はその言のいがいなるに驚き、かかる大事の決行は深思熟慮を要すとなし、とにかくしたしく近藤の意見を聞くことになった。そこで数日後新選組募集の発表あるやいなや、甲子太郎は小石川柳町の近藤道場にいたりて近藤に面会した。甲子太郎はもとより勤王、近藤は佐幕なれども、そのころの近藤の佐幕思想はまだ極端に熱烈なものでもなく、攘夷という点が共鳴したので、甲子太郎は自分一人募集に応ずるのみならず、実弟三樹三郎ならびに友人をも推挙することを約した。近藤はこれを聞いて大いに喜んだ。甲子太郎は佐賀町の道場をたたんで家族を三田台町に移転させ、十一月十五日同志とともに上京の途についた。そして近藤は京都の形勢がすこぶる急なるをもって、あらたに募った壮士五十名ばかりを率いて、すでに十一月一日江戸を出発し、東海道を経て上京した。

（註）近藤は佐幕主義ではあったが、朝廷尊崇の念も厚かったことは、京都から家族に送った手紙を見ても明らかである。

甲子太郎と同行せるは実弟鈴木三樹三郎、秦林親、加納道之助、服部武雄、佐野七五三《しめ》之助、それに甲子太郎の師範代理中西登、内海二郎の七名で、駕籠にも乗らず東海道五十三次をぶらりぶらりと宿駅の泊りをかさね、十二月一日京都の近藤宅に着き、しばらくのあいだ近藤といっしょに住んでいた。右の八名のほか、江戸の募集に応じて参集したものは、新井忠雄、毛内《もうない》有《あり》之介《のすけ》、富山弥兵衛、茨木司、橋本皆助、富永十郎、柴田勝三郎、吉田寅之助、田内知、横倉甚之助、清原清、佐原太郎、江田小太郎、中村五郎、阿部十郎、篠崎新八等の五十余名。このうち殺害された者四名（甲子太郎、服部、毛内、藤堂）、死刑に処せられたもの一名（横倉）、切腹したもの八名（茨木、富永、佐野、中村、橋本、柴田、吉田、田内）である。

甲子太郎が出発したのち、妻うめ女から故郷にいる伊東兄弟の母こよ女に送った手紙がある。

――大蔵《おおくら》事も、同様せはしく出立いたし候まま、是も御文差上不申、出立後私より委細申上候様申付候、出立の日は当月十五日に御座候。大蔵に附添候人々は、三木氏（弟三樹三郎のこと）、並に内海、中西、外に大蔵をしたひ候人六人、是は誠にたしかの人々にて、全く国家のためを思ひ、ともに志を立て候人々故、誠に大蔵の力となり候人々故、私事も安心いたし居候まゝ、かならず〳〵御心配なく御安心願上候。道中入用又御関所御手形も残らず会津より渡り、一同勇ましく出立いたし候まゝ、それにて私も心をはげまし、心よくわかれをつげ候。早速御文差立て度く存候得共、出立の後もいろ〳〵取残し候用事多く……

なを〳〵江戸表にては先づ何事も御座なく、なにやかにと致居候。御在所表にては此節はいかゞにて御座候哉、くはしく御申越し下され候やう願上参らせ候。

この手紙の筆蹟から察し、うめ女はそうとうの教養があり、しっかりした女であったように思われる。文中に六人とあるは四人の誤書か、あるいはじっさい出発した人数を知らなかったのであろうか。

離　縁　甲子太郎の上京後は、妻うめ女がその身の上を案ずること一通りでなく、新選組の手荒な行動を耳にするごとに、寿命のちぢまる思いをしたが、ある日のこと「常州の母上が大病との通知があった」むねの飛脚を京都に立てた。伊東兄弟は驚いて、即刻肩代りの早駕籠をしたて、宙を飛ぶようにひとまず江戸へ帰って三田の隠家へ行ってみると、妻女は、

「じつは母上の御病気とはいつわりでございます。あまりお身の上が気になりますから、もう国事に奔走することは止《よ》していただきたいと思い、手紙を差し上げました。」

と実情を述べた。甲子太郎はひじょうに腹を立て、

「いやしくも偽るということはよろしくない、汝ごときは自己のみを知って、国家の重きを知らぬものだ。」

と言って、さっそくうめ女に離縁状を渡し、そのまままた駕籠を急がせて、京都へたち戻ってしまった。

参謀となる　近藤勇は甲子太郎の文武にすぐれた有為《ゆうい》の人物なるに深く敬服し、かつその外部にたいしての才気走った交渉がすべて円満な解決をもたらして、新選組にとって有利な結果となり、内外の評判もいたってよいのをみて、前例にない破格の優遇をもって「参謀」という枢要《すうよう》の位置に抜擢する決心をなし、慶応元年の初夏の頃、すなわち甲子太郎の入隊後数カ月にして、あらたにつぎの職制を定めた。

隊　長　近藤　勇　副　長　土方歳三　参　謀　伊東甲子太郎
一番隊長　沖田総司　二番隊長　永倉新八　三番隊長　斎藤　一
四番隊長　松原忠司　五番隊長　武田観柳斎　六番隊長　井上源三郎
七番隊長　谷三十郎　八番隊長　藤堂平助　九番隊長　鈴木三樹三郎
十番隊長　原田左之助
伍　長　島田　魁　川島勝司　林　信太郎　奥沢栄助
前野五郎　河部十郎　葛山武八郎　伊東鉄五郎
近藤芳祐　久米部正親　加納道之助　中西　登
小原幸造　富山弥兵衛　中村小三郎　池田小太郎
橋本皆助　茨木　司　外二名

諸士取調役兼監察　秦　林親　山崎　烝　新井忠雄　蘆谷　昇
　吉村　貫一郎　尾形　俊太郎
勘定掛　川合　耆三郎

深謀熟慮　甲子太郎一味の入隊は、たしかに新選組に一大勢力をくわえたには相違ないが、また隊の結束の破れる原因ともなった。元来が甲子太郎同志のものはいずれも勤王攘夷、近藤や土方は佐幕攘夷の論者である。そして勤王浪士と称する薩長藩士の活動に対抗する近藤の努力は、ますますその佐幕熱をたかめ、あえて朝廷に反《そむ》き奉るというわけではないが、近藤はついに薩長を目のかたきとする生《き》一本のこころもちになった。甲子太郎の思想は近藤のように単純でないから、長州方面の機密をさぐると称し、ひそかにこれを接近して勤王攘夷の実行運動に加わろうとつとめ、また一方においては薩摩の内田仲之助の臣、富山弥兵衛と深き交りを結び、これを新選組に入れて近藤の動静を大久保一蔵（利《とし》通《みち》）に内報させ、また富山の手引によりて甲子太郎はたびたび大久保と会見し自説を吐露して賛助を得、大久保の信任もすこぶる厚くなり、討幕の密議にもあずかるようになった。
　富山が京都の大仏の近くで人を殺し薩を追われて新選組へ入ろうとしたとき、薩藩だから怪しいといって近藤はなかなか承知しなかったが、甲子太郎はまた役にたつこともあろ

う と熱心に説いたため、ついに入隊を許されたので、富山はそのときから、はやくも甲子太郎が新選組の参謀として重職にあるがふつうの佐幕家でないということも観破して、これを尊敬欽慕していた。

長州訊問使に随行　慶応元年十一月十六日、甲子太郎は近藤勇、尾形俊太郎（学者）、武田観柳斎（兵法学）らといっしょに、長州訊問使永井尚志に随従して広島に出むいた。これら新選組の精鋭一行は護衛が目的でなく、長州藩の随員とまじわりを結んで、その内情計略等を探るにあったから、腕利きよりはむしろ学問もあり知恵もあるものを要したのである。しこうしてさきに甲子太郎は久留米の脱藩者淵上太郎を、拘引の身より救い出して味方としていたから、これを黒幕として長州藩の真相を探るに都合がよかった。

中国旅行　慶応二年正月二十八日、甲子太郎は秦林親、尾形俊太郎とともに京都を発し、中国筋三原を経て二月三日ふたたび広島に着いた。幕府の閣老小笠原長行が長州処分案の実行者として七日同地に着いていたので、甲子太郎と秦は小笠原および幕府の大小監察らに面会して尊攘の大義を説き、長州寛典の処置に出でられんことを建言した。また備前藩花房助太夫、小倉藩田中孫兵衛、筑前藩井上六之丞、田辺藩宮川六郎、渡辺内記、唐津藩尾崎多賀らの諸藩の周旋方と会して国事を談じ謀議をこらし、ついに潜行して馬関にいたりて野村私作（靖）らと相会し、尾州の老侯慶勝公上京斡旋のことを約し、三月十八日広島を出発し、十九日備前鞆津に碇泊、二十二日四国多度津を経て二十四日大坂に着港、二十七日京都に帰った。この五十余日間の旅行において、甲子太郎は長州系の士人と親交を結び、新選組の参謀でありながら、近藤一派とはまったく水火のごとき間柄となった。

母への手紙（兄弟連名）　慶応二年七月末のある日、甲子太郎、三樹三郎両人同道して公卿大原三位重徳《しげとみ》公の門をたたいたところ、公はいたく兄弟の勤王の志に感ぜられ、みずから左の和歌を短冊に書き、国元の母に贈るようにとこれを賜わった。

夜の鶴子を思ふ闇に迷はぬぞ
　げにたのもしき大和魂　　　　重徳

この短冊はいまも鈴木家の家宝として秘蔵しているが、郷里にあってこれを手にしたときの母の心はどんなであったろうか。

日にまし秋冷相催し候得ども、ます〳〵御機嫌よく入らせられ候はんと、幾斗《ばか》り〳〵御目出たく存上参らせ候。次に私共両人始め一同無事に罷り在候間、御安心おぼしめし下さるべく候。さて去る六月上京ののち、御文申上候得ども御とゞき申候哉奉伺候。

此度御扶持方金子さしあげ申べく筈の所、両人共日々国事に周旋暇なく、間に合ひ兼候間、九月中には差あげ申べく、関氏（甲子太郎の姉こと女が嫁している）両人へ宜敷御ねがひ申上候。

一、此のたんざくは大原三位金吾将軍と申す御公家様、私共両人の誠のこころざしを御かんじ遊ばされ候とて、ふるさとの母によみて遣はし候間、おくり候様にとて被下候たんざくに候ゆへさし上申候間、御たいせつに、はこに入れ御しまひ置きなさるべく候。必ず〳〵人に御つかはしなさるまじく候。我々風情のもの、中々右やうの御うたなど頂戴致し候事は、実に身にあまる有りがたき事、家のたからに御座候へば御歓び可被下候。前一枚のも右の御方様より私へ被下候御歌ゆへ、関氏へ御送り申候。且又のしも御手づから両人に被下候御品ゆへ、是もさし上候。一、長州の方も、只今のけい勢にては、御追討はおぼつかなく候。京都大阪は何ぶん一日もおだやかならず候得共、只々天朝へ御奉公いたし候一心に御座候間、少しも別条は御座なく候間御安心被遊、御身をのみ御大切に御いとひあそばし候やう、くれ〴〵もねがひ上候。猶皆様へは別に御文もさしあげず候間、よろしく願上げ参らせ候。先は荒〳〵申上げ参らせ候。

目出度かしく

八月四日

甲子太郎
三　郎　拝

御母上様
関御両人様

伊東兄弟が京都で活躍しているうちにも気にかかるのは、常州三村に淋しく暮している老母こよの身の上であった。折にふれ便りを欠かさなかったが、母もまた兄弟の身の上を案じ、兄甲子太郎の画像を床に掛け朝夕その健康を祈っていた。母はひじょうにものやさしい人で、日常書物を離さず和歌もよく詠まれた。明治二十五年十一月十三日、年八十二で常州石岡町の三樹三郎の宅で没した。

万世のつきぬ御代《おんよ》に名残かな　　八十二歳

名古屋に赴《おもむ》く　甲子太郎はさきに下ノ関にて長州勤王の士野村と尾張侯上京勧告のことを約したるをもって、慶応二年九月十五日、秦林親とともに京都を発して名古屋に向い、十九日同城下一丁目丸屋久左衛門に投宿した。二十一日藩の重役成瀬隼人の邸において長谷川惣蔵、本多彦三郎らと会見し、老公慶勝の上洛はかた時も猶予すべきでないことを力説した。すると藩議たちまち一決し、二十五日慶勝公が駕籠で上洛の途につく段取りとなった。そこで甲子太郎らは二十二日名古屋を発し、二十五日帰京した。

志士の服装　当時の志士の服装は、われわれの想像するような武骨なものではなく、なかなか立派で羽織には黒縮緬《くろちりめん》を用いることが流行していた。甲子太郎もこれを常用していたが、丈のすらりとした眼の涼しい色の白い名だたる美男子であったから、この黒縮緬の紋付を着た姿は、まるで役者のようであったそうである。西郷なども京都にいるころは、やはり黒縮緬の羽織などを着ていた。三樹三郎はひどく羽二重《はぶたえ》を好み、着物から羽織はおろか下帯、寝衣《ねまき》までも羽二重であったので、仲間から「羽二重三樹」と呼ばれた。

御陵衛士志望　甲子太郎の勤王運動は、いよいよ烈しくなり、近藤らといっしょにいられなくなって来た。それに幕府は新選組にたいして、これまでのたびたびの功労により、旗本に取り立てるという話がいよいよ具体化してきたので、甲子太郎は名古屋より帰った翌日、すなわち九月二十六日に、七条醒《さめ》が井《い》の近藤の妾（深雪太夫）宅へ行って、土方歳三をも加え、こちらは秦と二人で天下の形勢について激論をたたかわし、ついに御陵衛士志望のことや、同志としばらく別居の意見などをも持ち出し、「隊を脱退するのではない、いまのように新選組といっしょにいては不便であるから別居するだけである。われわれは薩長両藩に接近し、とくと彼らの機密を探知して、新選組の活動に資せんとするのである。」と主張したが、近藤らの賛成するところとならなかった。翌二十七日夜ふたたび談判した結果、近藤もやむをえず別居に耳を傾けるに至った。しかし近藤はいかなる奸策を講ずるかわからぬゆえ、機の熟するを待って分離を実行することにした。

御陵衛士頭となり新選組離脱　甲子太郎は、勤王の微志を表せんがため、泉涌寺塔《たっ》頭《ちゅう》戒光寺長老湛然を介して、孝明天皇の御陵衛士たらんことを願っておいたところ、慶応三年三月十日にいたりて聴許せられ、甲子太郎は山陵衛士頭の命を拝し摂津という名を賜わり、その他の者は衛士となり、山陵奉行戸田大和守の配下に属して、ひとえに朝廷のために心を尽くすこととなった。よって甲子太郎は九州より帰る間もなく、三月二十日左記の同志十四人を率いて新選組を離脱して三条の城安寺に移り、翌二十一日五条通り東詰の善立寺に寓屯、六月八日にいたり東山高台寺の塔頭月真院に移って、門前に『禁裏御陵衛士屯所』という標札をかかげた。それで高台寺組と称せられた。高台寺は豊太閤の室北政所《きたのまんどころ》（高台院）の住んだ所で、臨済宗随一の巨刹《きょさつ》にして、小堀遠州の築造した林泉がある。

新選組参謀　伊東甲子太郎（志　筑）
同浪士調役監察　秦　林　親（久留米）
同浪士調役監察　毛内有之助（弘　前）
同三目隊長　斎藤　一（播　州）
同伍長　加納道之助（武州）
平同士　阿部十郎（羽州）
　　　　橋本皆助（郡山）
新選組九番隊長　鈴木三樹三郎（志　筑）
同浪士調役監察　新井忠雄（武　州）
同浪士調役監察　服部武雄（武　州）
同八番隊長　藤堂平助（武　州）
同伍長　富山弥兵衛（薩　州）
　　　　内海十郎（上州）中西　登（上州）
　　　　清原　清（肥後）

佐野七五三之助、茨木司、中村五郎、富川十郎の四人は新選組の内情探知の任に当るため、隊に残ることとなった。ところがのちになって新選組におるをいさぎよしとせず、脱走を企てたが、目的を達することができずして切腹した。

甲子太郎は早くより薩長両藩士とまじわりて王政復古の大計画に参じていたが、新選組を離脱するやますますその交渉が密接となり、ことに薩摩の大久保一蔵、中村半次郎などと深く結びて、討幕の陰謀に参加するにいたり、給与は多くこれらの人の手から支出され、小荷駄方は薩藩がとりあつかった。しこうして甲子太郎の書いた長さ六寸、幅二寸ばかりの横綴の帳面につぎのように記入されている。

一、賄方　太平法　　一、食料方　八百文

一、薪炭、油、蠟燭、筆紙等之儀ハ小荷駄ヨリ出ヅ

当時東海道の本陣泊料は一夜二百五十文が最上等であったのに、食料だけで八百文の料理とはずいぶん贅沢な生活であった。そして「印《しるし》は菊にても苦しからず」との手厚き待遇に、衛士たちすこぶる感激し、さっそく菊の御紋章を染め抜いた幔幕を作って張り廻し、おなじ紋章の高張提灯一対をも門前に立てた。

甲子太郎が孝明天皇御陵の衛士を志願したのは、けっして一時のできごころによったのではない。孝明天皇が幕末多難のさい、皇姿の恢宏《かいこう》と国礎の確立との念願から、宸襟《しんきん》を悩ませられたこと非常なものであったのに深く感じ、天皇の奉葬されている泉山後月輪山陵の衛士となり、神霊の加護によりて忠勤を尽くさんと欲したのである。

（註）孝明天皇は弘化三年御年十六にて即位、英達明敏、万民の信頼天皇御一身に集っていた。慶応二年十二月痘瘡にかかられ二十五日崩御、御年三十六。

御製　戈とりて守れ宮人九重の御橋の桜風そよぐなり

うたでやむものならなくに唐衣幾よを仇に尚送りつつ

あぢきなや又あぢきなや葦原の頼む甲斐なき武蔵野の原

第一首は尊王のたいせつなること、第二首は攘夷のやむをえざること、第三首は幕府の

頼むに足らざることをお歌いになられたものと拝察せられる。

徳富蘇峰翁曰く《とくとみそほうおういわ》　「世論ではおおむね明治維新の功をもって、天下志士の力に帰している。しかも志士の原動力のいづこより来りたるかを閑却している。彼ら志士はいづれも、孝明天皇が世を憂え民を憐み給う御心を体得して、慨然憤発興起したものである。」

衛士は近藤らに狙われることを知っていたから、ろくろく安心して寝ることもできず、みな刀をいだいて寝ていた。甲子太郎は寸暇を得ると、きちんと坐して書見する夜が多く、衛士たちもそれぞれ学芸を勉強した。秦林親の手帳にそのころ研究した英語がつぎのごとく書いてある。

ぐうとないと「今晩は」、ぎぶみい「私に下さい」、せんきゅう「有難う」、あいらぶゆう「私あなたをすきです」。

新選組の内訌《ないこう》　慶応三年六月十日幕府は近藤を見廻組頭格、土方を見廻組肝煎格、沖田、永倉、原田、尾形、井上、山崎を見廻組格、茨木、大石、吉村、村上、安藤、近藤周平（勇の養子、十九歳）を見廻組並格として、新選組一同を正式に旗本に列し、近藤には六百俵、土方には七十俵と五人扶持を賜わった。ここにおいて隊中の議論が沸騰し、茨木司、佐野七五三之助、中村五郎、富永十郎、岡田克鬼、中村三弥、木幡勝之進、松本俊蔵、高野良右衛門、松本主税の十人は幕府の秩禄を受くるをいさぎよしとせず、甲子太郎の志を慕ってこれに従おうとし、六月十三日あい携えて会津守護職の邸に到り連署をもって、

「われらは勤王の素志を有して新選組に入ったが、近藤隊長はさいしょ尽忠報国を唱えながら、毫も勤王の事をなさず、このたび莫大な格式をうけて旗本となるはわれわれの主義にも反し、旧主にたいしてもあいすまぬゆえ、脱隊したい」

という趣意の歎願書を提出した。公用人らこれを見ておおいに驚き、じかに近藤に報じ、その処置を一任した。近藤はただちに会津邸に行き、首領茨木、佐野、中村、五郎、富永の四人を一室に集め、一応帰隊すべきことを告げてまさに室から出でんとする瞬間に、四名は突然諸肌ぬいでみごとに割腹してその志を明らかにした。入口近くに座を占めていた佐野は、平素憎んでいる調役大石鍬次郎があわただしくはいって来るのを見ると、自分の腹に突立てている脇差を抜いて、大石の膝に斬りつけた、すると大石は斬られながらも、すばやく身をかわして佐野を斬った。佐野の懐中には左の辞世の歌があった。

二張りの弓引かまじと武士のただ一筋に思い切る太刀

岡田以下六名は放逐されたので、月真院の一味に加わった。しこうして自尽せる四名の遺骸は新選組の屯所に駕籠で運び、これまでにない立派な葬式をいとなみ仏光寺大宮西の

光縁寺に埋めた。翌明治元年三月同志がこれを泉涌寺に改葬した。

甲子太郎はこの年八月、強兵の道をたてんがため、兵制を改革し四民を通じてことごとく兵役につかしむべき趣旨の建言書を、議奏柳原前大納言光愛によりて朝廷に上って、いよいよその旗色を鮮明にし、また美濃の侠客水野弥太郎と結びて、京師に一旦緩急あらば、ただちに部下数百人を率いて入京応援すべきことを約せしめ、あるいは牧畜養豚の事を論じて産業開発の急務なるを説く等、国家の非常時を克服するに穏健なる策を講じた。要するに甲子太郎の意は内治をととのえて外冦に当るにあったのである。

坂本竜馬に警告　十一月十五日、甲子太郎は藤堂平助をともない、高知藩士坂本竜馬をその寓所、京都四条蛸薬師の醬油屋（近江屋新助）に訪ね、見廻組の徒が竜馬を狙っていることを告げ、すみやかに藩邸に入り身を保護するよう自重を望んだが、竜馬らは好意を謝するのみにて、これに従う様子がなかったので、甲子太郎は帰って来て残念がってこう言った。

「坂本氏は、拙者が先に新選組に身を措いたことがあったので、わが言を信じないようである。まことに遺憾なしだいだ。」

果たせるかな、この夜竜馬は、来談中の中岡慎太郎とともに刺客《しかく》の襲うところとなって奇禍に斃《たお》れた。年三十三。これを伝えきく者、だれも竜馬を惜しまぬはなかったが、なかんずく甲子太郎のくやしがる情はきわめて切なるものがあった。

甲子太郎は薩長の志士と接触していたばかりでなく、土佐の陸援隊とも行動をともにしていたことは、つぎの二つの記録によって明らかである。

一　田中光顕伯の『追想談』にいわく、「坂本を殺した刺客はだれだか判らなかったが、あとから伊東甲子太郎という元新選組で、そのころ同志となっていた男が来て、現場に蠟色の刀の鞘が落ちているのを見て、これは新選組の持っているものだというので、相手は新選組の者であると思っていたが、明治三年になり、下手人は京都見廻組佐々木唯三郎ら七名であったことが分った。」

（註）田中伯は、当時中岡慎太郎が京都で組織した陸援隊に入り、中岡の股肱として活動していた。

二　「当時新選組より分離して、のちに襲撃せられたる伊東甲子太郎は、かつて太宰府へも来りしことある関東の浪士なるが、一日とくに来りて幕吏中に深く坂本と中岡とをうかがうの徒あるを告げ、二人に戒告するところありて土藩の邸に移寓すべきをすすむ云々」（『維新土佐勤王史』）

奸計《かんけい》に陥る　甲子太郎がさきに意見の相違から新選組を脱するや、近藤はその腹心の士斎藤一に旨をふくめて、おなじく新選組を脱退せしめ、甲子太郎の動静を細大漏らさず密報せしめた。それゆえ近藤はいながらにして甲子太郎らの動静を知り、その対抗策を講ずるのであったが、甲子太郎は斎藤が敵の間諜たることを覚らなかったようである。

斎藤は甲子太郎が建言書を柳原議奏に呈せしことや、薩州の大久保市蔵と機密のことを談ずることや、かねて新選組の用達をしていた美濃大垣の侠客水野弥太郎を手に入れて兵勢を張らんとしていることや、また甲子太郎の一味の者が近藤一派を暗殺する計策を練っていることなどを近藤の耳に入れたので、土方歳三はかんかんに腹をたてて、月真院の裏山に大砲二門を引揚げ、そこから射ち下ろし、同時に門前南北より小銃隊をもって夜襲をして、衛士を一挙に葬ろうといいだしたが、勇は「まあまあ」とこれを制し、砲撃などの手段によらず、計略によって斬殺することにして、着々その準備に取りかかった。

坂本竜馬が暗殺されてから三日後の十八日に、近藤はわざわざ手紙をおくって、甲子太郎を醒が井木津屋橋下なる妾宅に招いた。用件は「国事に関して懇談したいから、ぜひ来駕されたい」とのことであった。

この月の十日に斎藤一が無断で新選組へ戻って行ったのは、どうもなにか策がありそうだ油断がならないと、同志がおおいにあやぶみ、とくに秦と服部とはせつに引き留めたが、

甲子太郎は公明で毫も心にわだかまりがないので、

近藤が好意をもって拙者を招くからには、これに応じて行くのが礼である。もし行かなかったならば、礼を失することになる。害心あらんことをおもんぱかってこれを拒むは卑怯である。なおわれらはもと勤王の志を貫かんとして上京したが、誤って新選組に加入したため衆人より疑をうけて十分に力を尽くすことができないのは、くやしきかぎりであったが、いまやようやく志を成就するの期に近づいた。されば彼らの招きを機として快く面会して説論してやろう。万一この身が害にあわば、御身らよく心を一にして朝廷に忠を尽くされたい。

といいすてて、駕籠を命じて出かけて行った。妾宅には土方をはじめ山崎烝《すすむ》だの原田左之助、吉村貫一郎などの旧友が集っていて、酒肴を並べ、一同いかにも嬉々として伊東先生、伊東先生と盃をすすめる。でかけたのは夕刻であったが、それからずっと亥ノ刻過(午後十時)まで飲みつづけ、近藤よりべつだんの要談もなく、翌日またあらためて会見して相談しようと約するだけであった。甲子太郎は足もとが定まらないぐらいに酔っていた。

油小路無念の最期

いい月が出ている。寒気ははげしかったが、甲子太郎は酔をさまそうと、わざと駕籠にも乗らずに歩いてでた。竹生島の謡曲を謡っていたともいう。木津屋橋を東に入ったが、南側は火事の跡で家もまばらで、ところどころ焼跡の板がこいがしてある。そこに土橋があって手前に法華寺、そしてそのあたりがぼうぼうとした草原。そこまで来かかると、板がこいの間から突如大身の槍先がでた。甲子太郎は酔っているうえにあまりにかこい近くを歩いていたので、さすが一刀流名うての剣客もほどこすに術なく、肩先から喉へかけて、ずぶりと刺された。あっといってよろめくところへ飛び出したのは、暗殺がなによりも好きだという大石鍬次郎。それにつづいて元《もと》甲子太郎の馬丁をしていたがこのころは侍分に取り立てられている勝蔵が、刀を抜いていきなり甲子太郎の肩へ切りかかろうとした。甲子太郎は深手ながらも、少しもひるまず、抜き打ちに勝蔵をはらったので、勝蔵はうめき声をあげて討たれた。西の方から宮川信吉、岸島芳太郎、横倉甚之助らの面々五六人が刀を抜いて駆けてくる。甲子太郎は喉の一突きに出血激しく、すでに息も絶えだえ東側にある法華寺の門前の大きな碑の前へよろめき寄ると、その台石にどっと腰をおろし。

「奸賊ばら！」

と無念の叫びを発して、あえなき最期を遂げた。時に三十三歳の男ざかり。じつに惜しいことをした。大石、宮川、横倉らは静に側に寄って、いきなりまた一太刀左脇に斬付けてみたが、もうぴくりとも動かなかった。夜更けてからかねての手筈どおり、近藤、土方、沖田らも立ちあいのうえ、甲子太郎の死骸を七条の辻、油小路の十字路の中央に引き出して棄てておいた。そのはいていた仙台平の袴は、寒気のため血が凍りついて板のようになっていた。

新選組では甲子太郎を暗殺するとすぐ手配をして、永倉新八と原田左之助は角《かど》の蕎麦屋を借り、そこに身を隠してゆだんなく人の来るのを見張り、かつ腕ききの隊士を分けて、街角やその他の要所に伏せ、衛士の死を収めに来るのを待っていた。

月真院の衛士同志は甲子太郎の身上を気づかわしく思い、帰寓の遅きを待ちおりしとき、油小路町役人が馳けきたって、「御衛士隊長が菊桐の提灯を持ちながら当町内にて殺されたり、ただいま巡邏の者これを番す、すみやかに死体を引き取るべし。」との言があった。これを聞いてあるいは驚きあるいは憤りさっそく協議のすえ、三樹三郎、秦林親、服部武雄、藤堂平助、毛内《もうない》有之助、富山弥兵衛、加納道之助の七人が小者岡本武兵衛を引率し、人足二人に乗駕籠を舁《か》かせて油小路に駈けつけた。四方をかえりみるに凄然として人の気《け》配《はい》がない。よってただちに甲子太郎の屍体のあるところにいたり、その横死のさまを目にして、一同思わず歎声を発し、すみやかに死骸を駕籠の中に舁き入れんとするや、賊の伏兵白刃をきらめかして四方八方からおどりいで、さんざんに切りかかってきた。その数およそ四十人、ことごとく鎖帷子《くさりかたびら》を着こんでいたが、衛士の方はみな素肌で備えがなかった。しかし京都浪士中第一の剣客と称せられる服部もいるし、北辰一刀流の藤堂もいるので、賊にとってはそうとう手ごわい相手であったことは言うまでもない。

藤堂平助はまっさきに四方に敵を引き受けて奮戦し、全身十余カ所に深手浅手をこうむり、最後に三浦常次郎の一刀に斃れ東側の溝の中にあおむけになって討死を遂げた。年二十五。藤堂は伊勢の藤堂和泉守の落胤、江戸っ児で有為の材であるため、近藤から見込まれていた。

服部武雄は民家の門柱を背にして、腰に馬乗り提灯を差したまま、向ってくる者を切って切って切り捲《まく》った。三尺五寸の太刀をふるって猛虎のごとく暴れ廻るので、新選組の猛《も》者《さ》原田、岸田、島田の三人ほとんどもてあましたが、ついに原田の長槍のためようやくにして仕止められた。その死状《しにざま》はじつに勇ましく頭から額、肩から左右の腕にかけ、前後左右満身に二十余カ所の傷を負い、流血淋漓《りんり》手に両刀を握ったまま大の字になって斃れていた。しかし顔つきは平然たるもので、その沈勇剛胆の精神がよく現われていた。

服部は播州赤穂の藩士で、はやくより勤王の志をいだき、ひそかになすところあらんと謀っていたが、老臣何某といえる者が政治をもっぱらにして私曲のことがおおいので、服部ついにこれを殺し藩を脱して江戸に走り、知人のもとに隠れていた。あるときはからずも甲子太郎にあい、意見を語りあいしに、その説おなじきため、爾後深く交を結びて兄弟のごとくしていた。

毛内有之助は服部とともに門柱を背楯として真向の敵永倉、西岡らと奮戦し、北の溝ぎわに切りふせられて討死した。時に三十八歳。富山と秦とは軽傷を負いながら、わずかに血路を開いて東に奔り、三樹三郎と加納とは西方に奔り、かろうじて害を免れることができた。

毛内は奥州弘前の藩士で、賢母の教訓によりて経史の学に通じ、人となり剛直にして気概があり、つとに勤王の志を抱きかつ世の陵夷を嘆き、安政の末に藩を脱して諸藩の志士とまじわり、江戸におりしさい伊東にであい、それより行動をともにした。

新選組は甲子太郎の死骸を囮《おとり》として、衛士の出現を待っていたが、衛士は危険を知って出てこないので、ついにしかたなく五日目に、四人の死骸を仏光寺通り浄土宗の壬生寺へ運んで埋めた。翌明治元年三月、同志の者が人足二百余人を使用して泉涌寺光明山即成院の境内に改葬した。

（註）事件の現場、油小路七条の街路は、いまは市電やバスの騒音のみやかましく、七十余年前の昔物語を象徴するものが一つも残っていない。

新選組の「金銭出納帳」入の部につぎのように記されている。これは甲子太郎一味四名の葬式費として会津候より受け取ったものである。

十一月十九日　二十両　会より四人葬式手当受取

泉涌寺門外の墓碑　墓所は泉涌寺の山門前の小径を北へ十間ばかり進んだ突き当りにあって面積約十坪、その外側には鬱蒼たる樹木が茂っている。墓碑は六台あって、正面四台の碑下に眠っている英霊は油小路で暗殺された甲子太郎、藤堂平助、服部武雄、毛内有之助で、甲子太郎の碑の正面にはつぎの文字、左側面には各碑建営者鈴木忠良、秦林親、

常州志筑の人慶応三丁卯十一月十八日於油小路戦死
誠　斎　伊　東　甲　子　太　郎　武　明
年三十三

新井一業、阿部隆明、加納政道、内海忠利と刻されている。墓前には明治二年冬弘前藩から供えられた高さ三尺ばかりの石造の線香立がある。しこうして墓所の周囲は竹垣をもって保護され、掃除もつねにゆきとどき、碑前には手向の花や榊が絶えることがない。今年(昭和十四年)の春には、つぎの和歌を認めた短冊が垣根に吊るされていた。

此花健児隊
君国の為に尽くせし真心は雲の光となりて輝く
此花健女隊
常盤木の緑の色を御前に捧げまつりて永遠に讃えん

むかって左側には茨木司、佐野七五三之助、中村五郎、富永十郎、富山四郎、竹川直枝（清原清の変名）、佐原太郎、高村久蔵の小さい碑がならんでいる。富山と戊辰の役に越後で斥候に出で水戸市川の徒と戦って死し、竹川は四月二十五日白河攻城のとき戦死したので、甲子太郎、富山、竹川は泉涌寺官祭招魂社の祭神として、明治の初年以来年々祭祀料が下付されている。茨木、佐原、中村、富永の四名は自刃し、佐原は慶応四年九月下寺町において傷死した。

（註）甲子太郎の年齢については従来種々の説があったが、このたび鈴木家一族の古老の言および書類によりて、天保六乙未の年生まれなることが分かったから、戦死のときは享年三十三（坂本竜馬と同年）であり、したがって碑面に三十二とあるは三十三の誤りである。

明治三十七年秦から三樹三郎に送った手紙の中にも、墓地についてつぎのように述べてある。

（以上省略）扨東京表旧友山科元行無事勤務致候居り候、同人当八十歳、小生当七十七歳、追々小生も老衰に赴き、最早四十五年以来の同志も、貴殿と山科元行より外にはなし、阿部何れとも便り更に無之、最早同人も昔を忘れしか、又此世を捨て給ふ哉、嗚呼同人死生の程小生不存候也、京都泉山同志故武明君始め墓地誠に美事、春秋共京都府より御取扱相成、豚子毎月二度三度位宛、泉山御陵行毎に、故武明君を始め、一同を拝し候由、東京殉難神社へ同志加入相成居り候哉、京都府庁掛り員に逢ひ取調べ候様豚子に申付置云々

三十七年五月七日　　　　　　秦　林親拝

鈴　木　忠　良　様

（註）豚子とは当時宮内省諸陵局に勤務中の嗣子秦親氏のこと。林親は明治四十四年八十四歳にて没し、青山墓地に葬られた。

死後の光栄　大正七年十一月十八日、朝廷は特に甲子太郎の生前における勤王事蹟にたいして追賞し、従五位を贈られた。在天の霊はさだめし聖恩のありがたさに感泣していることであろう。

さらに昭和四年四月にいたり、国事のため一身を国家に捧げた者の列に加えられ、靖国神社に合祀を仰せ出だされて、永く護国の神として仰がれるようになったことは、まことに栄誉のきわみというべきである。

甲子太郎兄弟がことにしたしくまじわり、たがいに助けあったのは秦林親であった。秦は甲子太郎より八つ年上で、腕もきき弁論も達者であったから、なにかむつかしい事件が起ると、甲子太郎は秦とともにこれに当ったのである。秦が甲子太郎の腹心の友であったとは甲子太郎自筆の『九州日記』や和歌を書いた紙や額などが、今日秦家に秘蔵されているのを見ても想像することができる。

（註）秦（別名篠原泰之進）は久留米の藩士で、幼少のころより武芸を好み、安政五年江戸にいでて剣道を練磨し志士とまじわった。万延元年水戸に遊んだが一年ばかりで江戸に帰り、文久二年横浜において尊攘の士、服部武雄、加納道之助、佐野七五三之助ら十二名と事を挙げんとしたがはたさず、元治元年冬甲子太郎に従い京都に行き新選組に加盟した。明治元年三樹三郎らとともに軍曹に任ぜられ、北越征討将軍に随従して戦闘に参加し、凱旋後弾正台少巡察となり東京および京都に在勤した。遷都のさいは明治大帝に供奉した。四年官を辞し、京都油小路に居をさだめたが、二十三年の冬東京青山に転住した。四十四年六月十三日逝去、享年八十四。

残し置く言の葉草

はしがき

伊東武明ぬしは、常陸の国志筑の人にして、御国のために身をくだき、はじめのほどは東《あづま》の新徴に入り、元治の元年というに都に上りて真心をつくしてありしが、慶応三とせという春になりて、おなじき組のおさ（長）の志の違うを忌みて、その組をのがれ、御陵守となりはべりしが、ある夜いかなる禍にか、はかなき露と消えはべりしかば、弟忠良その仇人を伏見の里に討ち漏らししかど、仇人はついに東にて捕われとなり、かばねを此処彼処にさらしはべるを心よしとして、今年夏の頃、御軍の門出にくわりし時、兄武明ぬしの詠みはべる歌ども、草紙のままもてきたり、「いまは東路に出立つ身なれば、明白の命は白雲の消えなんもおぼつかなし、この巻をよきに撰び給わるべし」となにくれのことども言いおきはべりしを、いなみがたくて書い附け、巻頭のかしらの句を取りて、やがて『残し置く言の葉草』と名に立てて、武明ぬしが赤き心をあかさんと、後の世の御国思いの人々に伝えんとのみ誌す。

慶応四とせの秋　文月末の五日

（註）半井梧庵は文化十年伊予の今治に生まる。幼にして父と兄を喪い、母を奉じて京都に遊び、萩野元凱の門に入って医学を修め漢洋を折衷してかたよるところがなかった。また国学漢籍をも修め、足代弘訓、海野遊翁について、歌調および語格を研究し、おおいに造詣するところがあった。遠き祖先にあたる和気清麻呂に神号勅賜あるを聞き、感激して家系を上り、特旨をもって法橋に叙せられた。明治元年今治藩学の助教となり、ついで石槌神社の祠官となり、累進して中教正となった。晩年には悠々自適、吟詠してたのしんだ。明治二十二年京都で死去した。享年七十七。著作には愛媛の面影《おもかげ》、月瀬紀行、文の栞《しおり》、鄙《ひな》の手振《てぶり》（風）、花の家苞《いえづと》、歌格頓撰、古事記伝略のほか数種ある。

竜馬殺し

大岡《おおおか》昇平《しょうへい》

大岡昇平（おおおか　しょうへい）

一九〇九年～一九八八年。東京生まれ。京都帝国大学仏文学科卒業。就職・転職の後、四四年に召集され従軍。復員後、捕虜生活を描いた『俘虜記』で横光利一賞を受賞。ベストセラーとなった『武蔵野夫人』以後、文筆活動に専念。『野火』（読売文学賞）、『事件』（日本推理作家協会賞）など受賞作多数。著作に『天誅組』『レイテ戦記』『大岡昇平全集』他。

一

　慶応三年（一八六七年）十月十四日は徳川十五代将軍慶喜《よしのぶ》が京都二条城において、大政奉還を宣言した日である。嘉永六年（一八五三年）ペリー来航以来、朝野をあげて揉みにもんだ問題、つまり外国と条約を締結する主体はどこにあるか、日本の主権はどこにあるべきかの問題が、ついに幕府の屈服に終り、王政復古の道が開かれたのである。

　翌月十一月十五日、河原町蛸薬師《たこやくし》の醬油屋近江屋の二階で土佐の海援隊長坂本竜馬、陸援隊長中岡慎太郎が暗殺された。二人はかねて薩長同盟を斡旋し、特に竜馬は上司たる後藤象二郎を動かして、大政奉還の機運を促進した人物である。中岡は竜馬と意見が違い、戦乱によらずんば革新は成し遂げられないという意見を捨てず、この日も竜馬を訪れて、激論を戦わせたという。

　互いに激昂して、刀に手をかけまじき勢いになるので、申し合わせて、わざと刀を身辺から遠ざけておいた。そのため刺客《しかく》に踏み込まれた時、防戦出来なかったという話までついているくらいである。

刺客は最初は近藤勇ら新撰組の手の者と信じられていた。あるいは海援隊の関係で竜馬に含むところがあった紀州藩三浦休太郎《やすたろう》の使嗾《しそう》によると信じられ、報復のため十二月十七日海援隊陸援隊有志によって、伏見の天満屋に三浦を襲撃するなどがあったが、現在では見廻組の佐々木唯三郎以下七名の犯行であることが確定している。

見廻組は慶応二年、主として旗本の子弟を集めて京都に創設された壮士隊で、大体新撰組と同じ任務を持っていた。同じ京都守護職会津容保《かたもり》の支配に属しながら、警察組織として、より公的な性格を持っていたようである。

刺客の一人今井信郎《のぶお》は鳥羽伏見の戦いの後、江戸に逃《のが》れ、榎本武揚について箱館まで行って抗戦した。

五稜郭が落ちると共に捕虜になり、取調べ中に右犯行を自供したのである。

明治五年九月二十日、禁錮刑の判決を受け、静岡藩に引き渡された。

「其方儀、京都見廻組在勤中、与頭《くみがしら》佐々木唯三郎差図を受け、同組の者共に、高知藩坂本竜馬捕縛に罷越、討果候節、手を下さずといえども右事件に関係致し、云々」

佐々木は文久二年（一八六二年）江戸で剣客志士清河八郎を斬った使い手である。今井の自供によれば、ほかに渡辺吉太郎、高橋安次郎、桂隼之助、土肥伴蔵、桜井大三郎の五人が加わっていた。出発に先立って、佐々木がいった（この辺の記述は平尾道雄『維新暗殺秘録』による）。

「土州藩の坂本竜馬、かねて不審の廉《かど》があって、先年伏見で捕縛に向った所、短筒をもって同心二人を打斃して逃れた。其男が河原町にいる事がわかったから、今度は取逃さないように捕えよと云う御差図である。もっとも手に余ったらば、切捨ててよろしい」

「御差図」というのは普通老中の命令の意味だが、守護職松平容保の命令かも知れない。

何分新参者の私にはわからなかった、と今井はいう。

どっちにしても、幕府がかつて同心二人を殺した不逞の輩《やから》として、警察的に竜馬を殺害しようとしたことがこれでわかる。警官殺しが警察によって、報復的に追及されることは、いまも昔もかわりはない。そういう形式的な罪名によって、政治犯を殺そうとするのも、また権力の常套手段である。

同心殺傷とは、前年一月二十三日、舟宿寺田屋で伏見奉行の配下に襲われた時のことである。その二日前に薩長の秘密軍事同盟いわゆる薩長連合が成ったところだが、噂は早くから巷に流れていた。竜馬がこの間に立って奔走していたことも、幕府にはわかっていたのである。

以来、竜馬は主として鹿児島、長崎方面で運動し、京都に近寄るのを避けていたのだが、情勢が逼迫《ひっぱく》したので、十月九日来才谷《さいだに》梅太郎の変名で、入京していた。しかしそれから四十日目には刺客の手から逃れられなかったのだから、やはり警察はこわい。

竜馬の下宿先、近江屋の主人新助は危険を感じていた。裏の土蔵に密室を作り、万一の時は、梯子を降りて、裏の誓願寺へ逃げられるように準備していた。食事の世話も坂本の下僕藤吉が一人で受け持っていたのだが、坂本は案外呑気だったという。この日は風邪気味で、用便に不便だからとの理由で、母屋の二階に移っていた。真綿の胴着に舶来絹の綿入を重ね、黒羽二重の羽織を引っかけていた。

中岡が訪問したのは、同志の宮川助五郎のことを相談するためだったという。宮川は前年三条大橋で制札を棄てようとして、新撰組の手に捕えられていた乱暴者だが、放免してもよいと、守護職陣屋から連絡があった。どういう形で受けるべきか、その後の配置などについて、坂本に相談しに来たのである。

話をしているうちに日が暮れ、土佐藩下横目の岡本健三郎、近所の本屋菊屋の倅《せがれ》峰吉なども来合わせた。しばらく浮世話をして七時すぎ、坂本が、

「腹が減った。峰、軍鶏《しゃも》を買うてこんか」といい出した。中岡も、

「俺も減った。一緒に食おう。健三、お前も食って行け」という。

しかし、岡本はもじもじしながら、

「いや、私はまだ欲しくない、ちょっと行くところがある。峰と一緒に出よう」

「また、亀田へ行くんだろう」

と中岡がひやかした。亀田というのは、河原町四条下ル売薬商太兵衛のことで、その娘お高が岡本の妾だったからである。岡本は頭を掻いて、

「いや、今日はちがう。ほかに用事があるのだ」

といいながら、峰吉と連れ立って、近江屋を出た。この時坂本の下僕の藤吉は階下の表八畳の間で、楊子を削っていた。

「俺が行こうか」

といったが、峰吉は、

「いや、私が行く」

といいすてて表へ出た。大政奉還により京都の政情も一段落した後で、なんとなくのんびりした雰囲気だったのである。

　峰吉は四条の辻で岡本と別れ、四条小橋の鳥新へ行った。

　軍鶏をつぶすのに、三十分ばかり待ち、近江屋へ帰ったのは五ツ時（八時）だった。その間に刺客が入ったのである。

二

今井信郎の自供によると、午後二時頃桂隼之助が竜馬が在宅かどうか探りにいったが、いないということなので、一同東山辺をぶらぶらしてから、八時頃戻って来た。佐々木が「松代藩とか認《したた》めた」名刺（木札）を出して、「先生に御意得たい」と申込むと、下僕が心得顔に引込んだので、さては在宅だなと見込をつけた。かねて手筈の通り、渡辺、高橋、桂の三人が付入るように二階に上る。佐々木は階段の上口に立って通路を塞ぎ、今井、土肥、桜井が入口その他を固めた。今井は家内の者が奥の間で騒ぐので取り鎮め、階段の下に引き返すと、三人がどやどや下りて来た。

「竜馬のほか二人計りいたので、手に余って竜馬を討留め、後の二人は手負わせたが、生死は見届けない」というので、佐々木は、

「そうか。では仕方がない。引き揚げよう」

といって、それぞれ止宿先に引き取った。もっとも今井は刑を終えてから、下手人は自分だったといい出し、講釈師の一団に加わって巡業したが、そのいうところに大した違いはない。

竜馬は頭と背に重傷を受けて即死したが、中岡はやはり当の目標でなかったせいであろう、十一カ所の重軽傷を負いながら、翌々日まで生きていた。その間にいろいろ襲撃の模様を語り残している。

当時報せを受けて、白川の陸援隊本部から駆け付けた田中顕助（伯爵光顕）にしたという話。

「突然二人の男が二階へ駈上って来て斬り掛ったので、僕は兼ねて君から貰っていた短刀で受けたが、何分手許に刀がなかったものだから、不覚を取った。そうして坂本に斬りかかったので、坂本は左の手で刀を鞘のまま取って受けたが、とうとう適わないで、頭をきられた。其時坂本は僕に向って、〝もう頭をきられたから駄目だ〟といったが、僕もこれ位やられたからとても助かるまい」

中岡は剣術はうまくなかったけれど、竜馬は北辰一刀流の千葉道場の高弟で、度々試合に勝った経験がある。しかしいくら撃剣がうまくても、不意を襲われては駄目である。清河八郎はじめ幕末の剣客志士が、案外脆く討たれているのは、結局、闇討に会っては、剣術なんてなんの役にも立たないことを示している。

刺客は藤吉について二階へ上ると、すぐ背中から切りかけた。藤吉はもと角力取だから、丈が高く力も強い。刺客はまず用心棒から片付けにかかったのである。

この時、階下にいた近江屋の主人新助は、

「ほたえな」

という竜馬の声を聞いている。「ほたえな」とは土佐の方言で「がたがたするな」「うるさい」という叱責の言葉である。藤吉が倒れる音を聞き、「うるさい」といったのだが、藤吉は結局死んだ。

中岡は入口近くにいたため、先に斬られた。彼が覚えているのは、竜馬が刀を取ろうとして、後を向いた姿だけである。

竜馬の背中に大傷があったから、まずそこを斬り掛けられたのである。二の太刀を鞘ごと受けた。太刀打のところを鞘ごしに切られた二尺二寸陸奥守吉行の刀が残っている。しかし受け太刀は十分でなかったから、頭を鉢巻形に払われて、これが致命傷になった。

刺客が去った後、行灯を下げて、梯子段の側まで行き、そこで倒れたという。

「石川（中岡の変名）、刀はないか」

とひと言をいったまま、音がしなくなったという。

中岡が「幕府にもこれくらいの骨のある奴がいるから油断するな。一日も早く大事を決行せよ」といったという話。薩藩の吉井幸輔（伯爵友実）が、三藩の兵がまもなく上京の予定、討幕は目前にあるから安心せよ、と慰めたという話。また岩倉具視《ともみ》に深く後事を頼んだ話、などなどが残っている。

中岡が組織した陸援隊とは、土佐藩の外郭団体で、この年七月末結成。在京の浪士を新撰組や見廻組の殺戮から守るために作ったものである。洛北白川村のいまの京都大学の東にあった土佐藩の別邸に屯所をおいた。費用は河原町の藩邸から出ていたが、土佐藩隠居容堂は、徳川家の現勢力を温存しつつ、平和裡に統一政府を作ろうという方針だから、中岡の革命理論と合わない。事ある時は、藩の方針に反しても、薩長の討幕軍に参加するつもりであった。

彼の遺言として激越な言の多い所以だが、中岡の死後の陸援隊の行動は、やはり征幕軍の中心からはずれている。隊士五十人は慶応四年正月三日、鳥羽伏見の戦いに先立って、鷲尾侍従を擁して、高野山に赴く。そこを占拠して大坂の幕軍を牽制するのが任務である。大和は文久三年、吉村虎太郎らの天誅組が潰《つい》えたところである。鳥羽伏見が官軍の勝利に帰したからいいようなものの、もし逆目に出れば、見殺しにされるところだったので、いわば死兵であった。

坂本も中岡もかねての宿願が実現する寸前に殺されたので、それだけに同情が集まった。明治になってから、それぞれ叙位叙勲され、その言動も生き残った友人によって美化される。千里眼のような先見の明と、新日本建設の雄大な構想が附与されたりするのだが、彼等が河原町の醬油屋の二階で、犬ころのように殺されてしまった事実には変りはない。

多くの小説や伝記が書かれているが、中でも異色のあるのは十年ほど前に作られた「七人の暗殺者」という映画である。海援隊生き残りの若者が復讐を思い立ち、今井信郎の自供によって知り得た七人の刺客を探し始める。与頭佐々木唯三郎らは鳥羽伏見の戦いで戦死、他は行方不明ということになっているのだが、映画では市井に身を潜めた彼等が、次々と探し出され、殺されることになっている。

復讐者の目的は「御差図」という上からの指令の出所を探ることである。そのため佐々木が最後に探し出されるのだが、その口から洩れたのは、意外にも薩摩の二文字であった。

そもそも大政奉還は土佐藩の建白によってなされたものであるが、それが行われた十月十四日には、有名な討幕の密勅が薩摩と長州に下りている。遮二無二幕府を武力で圧倒してしまおうという薩摩にとって、竜馬はいまや最も好ましからざる人物になっていた。とはいえ自ら手を下すことは、万一露顕した場合、朝野の信用を失うおそれがある。見廻組に竜馬の居所を知らせ、竜馬が薩摩藩の庇護の下にないと通達したのは、薩摩自身だったというのである。

映画の筋立は、推理小説風に巧妙に構成されていて、一応説得的である。政治の非情と残酷という認識においても、現代的である。

薩摩藩は九州の僻地に位置するという地理的条件を利用して、巨大な富と兵力を貯え、幕府に決定的な打撃を与えた。動きは大局的で緩慢だが、密偵的工作においては非情であった。

文久二年の姉小路卿の暗殺に際しても、その行動は秘密に充ちているし、慶応三年の時点でも、江戸の薩摩屋敷を中心とする、後方擾乱《じょうらん》工作は執拗を極めた。鳥羽伏見の戦いは、結局堪忍袋の緒を切らした江戸の幕閣が、三田の薩邸を焼打したことから始まっているので、その工作は結局成功している。

映画「七人の暗殺者」の作者の構想には一応もっともな点がある。しかしこの仮説が成立するかどうかは、当時の情勢と竜馬の行動をもう少し慎重に見てみなくてはなるまい。

三

坂本竜馬という人物は数ある幕末の志士の中で、魅力のある人物であることはたしかだ。撃剣はうまかったが、ちゃんばらの実績は、伏見の寺田屋で捕吏と戦っただけである。しかしその時使った武器は前に書いたように、刀ではなく、六連発のピストルだった。

文久二年三月、島津久光の挙兵上京をめぐって京都の浪士が湧き立った時脱藩したのが、志士としての経歴の始まりだが、下関で久光の意向が浪士の期待するような討幕挙兵でないことを知ると、いち早く運動から離れている。同じ時期に脱藩した吉村虎太郎のように最後まで挙兵に望みを棄てず、伏見で久光に捕えられ、囚人として土佐へ送り帰されるようなへまはしない。

半年の行方不明の後、江戸に出て軍艦奉行の海舟勝安房守に弟子入りする。千葉道場の倅といっしょに勝《かつ》を斬ろうとして屋敷を訪れ、「おれを斬る気で来たろう」と一喝されて恐れ入るという水滸伝まがいの挿話が伝えられているが、これは変心を合理化するために永遠に繰り返される作り話で、実際は福井藩主松平慶永《よしなが》（春嶽《しゅんがく》）の紹介によったらしい。

明治になってから慶永が伝記作者に与えた書簡によると、ある日岡本健三郎と同道で面会を求めて来た。家臣中根雪江をして応接せしめ、横井小楠《しょうなん》、勝安房守宛の紹介状を与えたという。

慶永は当時幕府の政事総裁職、公武合体派の大立物だから、土佐勤王党員竜馬としては百二十度ぐらいの大転回である。そしてこの時勝に気に入られたことが、ほとんど彼の一生を決定したといってもよい。

翌年勝の家来として上方に赴き、勝が神戸に開設した海軍操練所の塾頭になる。京都の土佐藩邸の軽輩を多く勧誘し、ついでに自分の脱藩の罪も許される。藩命により航海術修業のため、操練所へ派遣された形になった。

八月十八日の政変で、いわゆる尊攘派が朝廷から一掃され、京都の浪士狩が激しくなると、老中水野和泉守に進言して浪士二百人の蝦夷移住計画を立てるなど、その考えることが普通の勤王志士とは段が違う。

翌元治《げんじ》元年の京都の情勢の変化により海舟が失脚し、神戸海軍操練所が解散になると、二十人ばかりの塾生と共に西郷吉之助の懐に飛び込み、長崎に赴いて海援隊の前身「亀山社中」を組織した。薩摩が外国から購入する汽船に乗組むなどが任務で、薩藩から月三両二分の手当が出る。当時の日本には蒸気船に乗れる海員は少なかったので、海洋技術者としてならば、どこにでも雇い手はあったのである。

この間、土佐藩では容堂の手によって勤王党の弾圧が進められ、竜馬達にも帰藩命令が来るが、無論殺されるためにわざわざ帰国する馬鹿はいない。自動的に再び脱藩者になった。

慶応元年五月一日鹿児島、二十三日太宰府（文久二年八月十八日のクーデタで京都を逐われた三条実美《さねとみ》ら五卿が謫居《たつきょ》していた）、翌月一日、下関に着いた。

幕府の長州再征説があった。薩摩、土佐ら西南雄藩には、このまま長州を見殺しにするのは幕府の勢威を高めることになり、それだけ自分達の勢威は減少するという計算があった。

この形勢を利用して、三年以来分裂している薩長を仲直りさせようというのである。同じく土佐脱藩の大庄屋中岡慎太郎も長州にあって同じ運動を試みていた。竜馬が中岡と提携するのはこの頃からである。

しかしいくら目前の利害は一致していても、前の年には京都御所を中心に砲火を交えたことのある薩長である。いろいろ紆余曲折はあったが、イギリスの政商グラヴァからユニオン号を薩摩名義で長州が購入するというようなことから、連合の機運が熟する。

そのうち幕府の征長軍は大坂に集結しはじめる。将軍家茂《いえもち》自ら大坂に出張するとあっては、薩摩も京坂駐屯軍を増強しなければならない。途中糧秣を下関で補給するのが緊急事となる。一月二十日竜馬が着京した翌日、薩摩からは小松帯刀《たてわき》、西郷吉之助、長州から桂小五郎、竜馬も同席して、薩長攻守同盟が締結される。

竜馬がいくら奇略家であるといっても、一介の脱藩士である。西郷や桂のように藩の背景もなければ、身分が違う。それだけに自由といえば自由だが、同盟締結の席に出るため京都に上る前に、大坂へ寄り、滞陣中の大久保越中守忠寛（一翁）を訪ねたのは、少し自由度が過ぎる。

大久保は幕府調書頭や外国奉行などを歴任した開化主義者で、竜馬は勝の紹介で、江戸

で知遇を得ていたのだが、竜馬が呑気に宿舎を訪ねて来たのに驚き、
「貴公が長州人といっしょに上京することは、とっくに分っている。厳重に手配されているから、すぐ立ち退かないと、危い」
と忠告された。竜馬は山口で高杉晋作から送られた短銃を用意し、長州藩がつけた従者三吉慎蔵《みよししんぞう》は手槍で武装し、薩藩の通行手形を用意して入京する。

竜馬は土佐南町の質屋才谷屋の別家の生れである。才谷家は長岡郡才谷の出だが、六代目が分家して高知に出て酒造家として産を成した。祖先は馬上琵琶湖乗切りで有名な明智左馬之助光俊と称していた。産を成すと共に、郷士の株を買って次男に別家を立てさせた。光俊の居城にちなんで才谷の本家の姓坂本を名乗る。竜馬は従って幼時より、武士の子として、恐らく普通の武士以上に武士らしく育てられたのである。

丈は六尺に近い海洋型の偉丈夫だが、現存する写真は眼を細めているから近眼だったらしい。成長するにつれ、背中に獣のように毛が密生したので、それを恥じて夏でも下着を脱がなかったという。

十二歳の時、母に死なれ、「泣虫」と仇名されていたが、撃剣で才能を現わし、度々江戸に自費留学するうちに、各藩の志士と知り合った。黒船襲来におびえる江戸の有様を見て、憂国の志を育てて行ったのである。

しかしその遣り方にどことなく町人風の気楽さがあり、その意見には常に経済の観念が伴っている。別家に育ったとはいえ、自然才谷家の家風に感染していたのである。彼が京都に潜行中使った才谷梅太郎の名前は本家から取ったものである。

大政奉還が成った後、西郷がどんな役に就きたいかといったのに対し、

「役人はごめんだ、世界の海援隊でも作らせて貰おうか」

といったと伝えられる。生きていれば、岩崎弥太郎のような幸福な境涯をたどったのではないかともいわれるのだが、薩長連合という火中の栗を拾ったために暗殺の運命を免れなかったのである。

岩崎弥太郎は土佐の下横目という低い身分の出であるが、常に権臣後藤象二郎のあとに隠れて行動し、竜馬のように政治に首を突込まなかったから金持になったのである。

四

竜馬は慶応二年一月二十日の薩長軍事同盟の締結に立ち会った後、二十三日夜、伏見寺田屋に帰って来た。寺田屋は薩藩御用の舟宿、四年前の文久二年四月には有馬新七等が上意討に会った所である。その夜のうちに竜馬は伏見奉行配下の襲撃を受ける。

事件については従者三吉慎蔵の日記と、竜馬自身兄権平へ送った手紙が残っている。なかなか興味ある詳細に充ちているので、少し傍道へそれる恨みがあるが、写してみる。

竜馬にはこのほか姉乙女《おとめ》に当てた手紙も多数残っている。やたらに肩をいからせて悲憤慷慨《こうがい》ばかりしている志士の手紙とは違い、町人風の率直さがあって、これも彼の魅力の一部をなしているのである。

夜中といっても朝の三時すぎ、風呂へ入った竜馬が浴衣の上に綿入れを重ね、寝酒を命じて三吉と雑談していると階下にただならぬ物音がする。

伏見奉行林肥後守（忠友、上総請西藩主）がかねて張込中の部下から、手配中の竜馬らしき人物が寺田屋へ入ったと聞き、武装した人数を出張させたのである。

女将お登勢《とせ》と対談中、入浴中の養女お竜が格子越しに外の有様を見て、すぐ浴衣をひっかけ、裏梯子を上って、竜馬に急を報らせた（たしかにこの時竜馬が生命拾いしたのは予知して用意があったからである）。竜馬の手紙――

上に申す伏見の難は、去正月二十三日夜八ツ半頃なりしか、一人のつれ三吉慎蔵と咄して、風呂よりあがりもうねようと致し候所に、ふしぎなるかな（此時二階に居り申候）人の足音しのびしのびに二階したを歩くと思いしにひとしく、六尺棒の音からからと聞ゆ。折から兼てお聞に入れし婦人（名は竜、今妻と致し居候）走せ来り言うよう、「御用心なさるべし、はからず敵のおそい来りしなり。鎗持ちたる人数、はしごだんをのぼりし也」と夫《それ》より私も立ちあがり、袴着けんと思いしに、次の間に置き候。その儘大小さし、六発込の手筒《ピストル》をとりて、うしろなる腰かけに凭《よ》る。つれなる三吉慎蔵は袴をきて大小とりはき、是も腰かけにかかるひまもなく、一人の男、障子細目にあけうちをうかがう。見れば大小さしこみなれば、「何者なるや」と問いしに、つかつかと入来れば、直ぐ此方も身がまえなしたれば、又引き取りたり。

早や次の間もミシミシ物音すれば、竜に下知して、次の間うしろの間のからかみ取りはずして見れば、はや二十人許も鎗持って立ちならびたり。又盗賊灯燈二つもち六尺棒もちているもの其左右に立ちたり、其時双方しばらくにらみあう所に、私より、「如何なれば薩州の士に無礼はするぞ」と申したれば、敵人口々に「上意なり、すわれ、すわれ」とののしりて進み来る。

此方も一人は鎗を中段に持って、私の左に立てりけり。私思うよう、私の左の方に鎗をもって立てば、横をうたると思う故、私が立ちかわり、その左の方に立ちたり。その時筒は打金を上げ、敵の十人許も鎗持ちたる一番右の方を、初めとして一つ打ちたりと思うに、その敵は退きたり。

この間、敵よりは鎗投げつきにし、又は火鉢をうちこみ、色々にして戦う。私の方には又鎗もてふせぐ。実に家の中の戦い、誠にやかましくたまり申さず。

又一人うちしが中《あた》りしやわからず、その敵一人ははたして障子かげより進み来て、脇差をとって、私の右の大指の本をそぎ、左の大指のふしをきりわり、左の人さし指の本の骨ふしをきりたり。もとより浅手なれば、その方に筒さしつけしが、手早く又障子のかげにかけ入りたり。前の敵なおせまり来る故、又一発致せしにあたりしやわからず。

私の筒は六丸込みなれど、その時は五つ丸込みてあれば、実にあと一発かぎりとなり、是大事と前を見るに、今の一戦にて少し静まりたり、一人のもの黒きずきん着て、たちつけはき、鎗を平青眼のようにかまえ、近きかべにそうして立ちし男あり。それを見るより又打金あげ、私のつれの鎗もって立ちたる所の、左の肩を筒台のようにして、よく敵のむねを見込みて打ちしに、その敵は丸に中りしと見えて、ただ眠倒れるように、前に腹ばうように倒れたり。

此時も又敵の方は、実にドンドン障子を打破るやら、からかみ破るようの物音すさまじく一向手元には参らず。この時筒の玉込めんとて六発銃《ピストル》の、このようなもの（原文に図解あり、後出の弾倉）取りはずし、二丸までは込めたれども、左の指は切られてあり、右の手もいためており、手元思うようならず、つい手より〝れんこん、玉室〟取り落したり、下をさがしたれども、元よりふとんは引きはがし、火鉢やら何か投げ入れしものとまじりて、どこやら知れず……

手紙は事件後大分経って書かれたものだが、危機にあって竜馬の眼は少しも曇らず、周囲の状況と自己の行動をよく認識している。しかもそれを平明に表現することを知っているのは異とするに足りる。

捕手はピストルにおびえて遠巻きにするばかりなので、隙を見て三吉と共に屋根づたいに隣家にのがれた。「その家は寝呆けて出」たらしく寝具だけ敷いてある。「気の毒にもありけれど」建具など引きはがし、戸を踏破って表へ出ると、幸い人はいない。五町ばかり走って、堀にそった材木置場の棚の上にかくれた。

三吉の知らせによって、伏見の薩摩屋敷が川舟を仕立て救いを出した。伏見奉行所より懸け合いがあったが、無論藩邸では応じない。西郷の差図ですぐ京都から医者が来る。一個小隊の兵が特派されて、厳重な護衛のもとに京都薩邸へ引き取った。

竜馬のような危険な政治運動に従う者はやたらに町屋に止宿すべきではなかった。最後の遭難の時は、後藤象二郎の斡旋で、再び帰参がかない、海援隊長として立派な土佐藩士であった。藩邸に住んでいればあんな目に遇わずにすんだのだろうが、元来土佐藩は竜馬のような人間をあまり大事にしない。幕吏に覘《うかが》われていることがわかっていても、特に護衛をつけるというような処置は取らないのである。

もっとも竜馬の方でも、堅苦しい藩邸にいるよりは、外にいる方が気楽だったに違いない。大政奉還後の情勢を少し甘く見ていたらしい節があることは前に書いた。

五

寺田屋の事件の後、竜馬は薩藩の庇護の下に、お竜と共に鹿児島へ行き傷の養生をする。一緒に霧島へ登り、頂上の天の逆鉾《さかほこ》を抜いてみたり、至極平和な生活がしばらく続く。お竜とは前から関係があったのだが、寺田屋で急を知らせた献身を見て妻にすることにきめたらしい。姉の乙女に帯でも送ってやってくれと頼んでみたり、いろいろ家庭的な面白い手紙が残っているのだが、いちいち引用する余裕がない。

第二次討長戦争が始まると、ユニオン号を下関へ持っていった。

「七月頃蒸気をもって、九州より長州に至るとき、頼まれてよんどころなく、長州の軍艦を率《ひき》いて戦争せしに、是は事もなく面白きことにてありし」

この戦争に失敗したことは幕府にとって命取りになった。幕府が軍事的に西国各藩の信用を失ったので、これがのち鳥羽伏見の戦いで、圧倒的優勢な兵力を擁しながら負けてしまう原因を作った。畿内小藩の帰趨が明らかでなかったので、兵力を集中することが出来なかったのである。

時代はこのころから全国的な動乱の様相を呈しはじめる。物価は急騰し、各地に百姓一揆が起る。幕府が第二次討長戦争を効果的に行うことが出来なかったのは、兵器糧食を運ぶ人足達が動かなくなっていたからである。

土佐藩が慶喜に政権返上を建言したのは、それが「全国随一の大名」として徳川家を存続させる唯一の方策だという判断からである。竜馬には後藤と共に上京する船中で書いたという「船中八策」がある。そこには外国交際、上下議政所の設置、金銀物価を外国と平均せしむることなど、後に明治新政府が採用した政策が述べられているが、私としては竜馬自身の手で書かれていない文書は、あまり信用したくない気持である。明治末になって発見された「藩論」と共に、竜馬の思想を蓋然的に伝えているにすぎない。

むしろ彼が海洋技術者の団体海援隊を組織し、北海道開発の計画を捨てず、「万国公法」の翻訳を命じたなどの実際的業績の方を評価したい。大政奉還を促進する一方、薩土同盟を周旋し、長崎で小銃三千梃を買い入れるなど、和戦両様の構えを取った。日本全国を戦乱に陥し入れるのは外国の干渉を招くおそれがある、というのが「船中八策」「藩論」の主旨で、そのためできるだけ平和裡に日本が近代国家に生れ変るように努めたといわれる。喧伝されるほど珍しい意見ではない。竜馬の矛盾した行動を、その後の歴史の動きに照して、辻褄を合わせただけのものであるまいか。

慶応三年十月十四日、慶喜が二条城に在京諸藩の重臣を集めた時、宿で結果を待っていた竜馬は慶喜の政権返上の宣言を聞くと、涙をこらえ兼ねた様子で、

「よくも思い切られたものかな、われこの君のために命を捨てん」といったという。

薩長連合を図る一方、文久二年以来、彼の行動には親幕路線が一貫している。そこに規模雄大な近代日本創生の構想を見るよりも、陰謀家の両面作戦を見る方が簡単である。

しかし慶喜がその後取った処置は、尽《ことごと》く幕権の強化に向っていた。もともと慶喜は将軍就任以来、協力な兵制改革を押し進めていた。外国の使節を大坂城に招き、外交権はお自分にあることを誇示しようとした。政権を返上されても、朝廷には実際的に方策が立たないのも見越しており、結局自分が摂政のような位置に就くつもりだったらしい。十一月西周《あまね》に提出させた「議題草案」は三権分立の建前を取り、行政権は徳川にある。下院の解散権を握り、議決には三票を行使する。天皇に拒否権はない。

ただしこの議案を諸候にはかるため、二十一日、朝命を借りて十万石以上の大名に京都召集をしたが、応じたもの十七という少数にすぎなかった。慶喜の政治力をもってしても

大勢はもはやどうにもならない段階に達していたのである。江戸にある幕臣の中にも慶喜の処置を不満とする者があり、彼の制止をきかずに上京する者が増えていた。

彼の政権返上と同じ十月十四日に、薩長に討幕の密勅がおりた暗合は、歴史の不思議の一つである。偽勅である公算はかなり大きい。それなら薩長は慶喜の処置に危惧を感じ、ただちに行動を起したことになる。

十月十七日、西郷、大久保らは京都を発ち、二十一日山口に着いて、密勅を長州藩主毛利敬親《たかちか》に渡した。二十九日、長州は出兵を決定した。十一月十三日、薩摩藩主茂久は西郷らと共に、大兵を率いて上京の途に就く。時勢は竜馬の陰謀と関係なく、雪崩のような勢いで動いていたのである。

この間に竜馬は何をしていたかというと、越前へ行って来ただけである。十月二十四日、京都を発ち、十一月一日福井に着き、三岡八郎（由利公正）に会った。新政府の財政政策を聞くためということになっているが、後藤の意を体して、松平慶永《よしなが》の上京を促すのが目的だったと見なしてよいであろう。十一月五日帰京。

薩摩にとっても長州にとっても、竜馬には軍事同盟の仲立を勤めさせただけで、最早用ずみといってもよい。彼の暗躍を怖れる理由は全然なく、従って暗殺を指令する必要もなかった。戦争は始まっていた。竜馬がそれを知らなかっただけである。

勝海舟は明治三年四月十五日、松平勘太郎から今井信郎の自供の話を聞いた。

「坂本竜馬暗殺は佐々木唯三郎を首として、信郎の輩乱入と言う。尤も佐々木も上よりの指図之れ有るに付き、挙事。或は榎本対馬の令歟《か》。知るべからず」

松平勘太郎とは竜馬の遭難当時在京した大目付松平大隅守信敏である。榎本は目付対馬守道衛、信敏の下僚であった。

幕府の捲き返しの機運の中にあって、部長級の警察官が、殺された部下の復讐を図ったのが真相であろう。せいぜい諸藩の間を往来して、陰謀をたくらむ不逞の輩への見せしめとしようとした、というぐらいなところであったろう。それとも佐幕過激小官僚の慶喜＝後藤路線に対する牽制であったか。

どっちにしても、土佐の町人郷士坂本竜馬は、後世尊敬される業績にふさわしくない、あっけない最期を遂げてしまった。しかし竜馬自身は自分についてなんの幻影も持っていなかった。姉乙女に宛てた手紙――

「私をけっして長くあるものと思召しては、やくたいにて候。然るに人並のように、中々めったに死のうぞ。私が死ぬる日には、天下大変にて、生きておりても役にたたず、おらずとも構わぬようにならねば、中々こすい奴で死にはせぬ。然るに土佐の芋掘りともなんともいわれぬ居候に生れて、一人の力で天下を動かすべきは、是れ又天よりする事なり。今日までけっしてけっしてつけあがりはせず、ますますすみ込みて、どろの中のしじめ貝のように、常に土を鼻のさきにつけ、砂を頭へかぶりおり申候。御安心なされたく、穴かしこや」

十分慎重に行動していたつもりだったのだが、陰謀家にはやはり安住の地はなかった。いてもいなくても構わぬようになった時、ほんとうに殺されてしまったのである。

沖田総司

永井龍男《ながいたつお》

永井龍男（ながい　たつお）

一九〇四年～一九九〇年。東京生まれ。神田一ツ橋高小卒。懸賞小説で選者の菊池寛に認められ、文藝春秋に入社。編集者として活躍しながら芥川賞・直木賞の創設、育成に尽力した。退社後、作家活動に入り、市井の人々の細やかな人情を描いた作品を次々と発表。「一個」「冬の日」他。また、日常生活を題材にした秀れた俳句も多い。

新選組始末記

——塾頭で、師範代をするのが、奥州白河を脱藩してきている沖田総司、まだ二十歳になるかならぬの若輩《じゃくはい》だが、勇《いさみ》の弟《おとうと》弟子で、剣法は天才的の名手で、実に見事なものであった。

土方歳三《ひじかたとしぞう》だの井上源三郎だのという当道場の生《は》え抜《ぬ》きに、千葉周作の玄武館《げんぶかん》で北辰一刀流の目録をもらった藤堂平助や、同じ千葉の免許をとった山南敬助《やまなみけいすけ》などもこの道場へきているが、みんな竹刀をもっては子供扱いにされた。

おそらく、本気で立ち会ったら師匠の近藤勇もやられる事だろうとみんな云っていた。（永倉新八翁遺談より「新選組始末記」子母沢寛《しもざわかん》著）

一

この夏、鵠沼《くげぬま》のお宅へ子母沢寛氏を訪ねた。心筋梗塞《しんきんこうそく》で急逝されたのが七月十九日だから、そのつい半月前のことになる。

鎌倉から江ノ島鵠沼、遠くは茅ケ崎辺りの海岸までずらりと海の家が軒をならべ、にわかに夏が到来したといった、日射しの強い日であったが、荒い格子の門に「梅谷寓」の標札だけかかげた子母沢家は、門内植え込みが深く、いかにも閑居という雰囲気であった。

応接間に出てこられた子母沢さんは、下着に単衣《ひとえ》のふだん着を重ね、暑さにはかかわりなさそうな様子に見えた。子母沢さんはいつも温顔という形容そのままの風貌を持つ人だったが、後になって思うと、この日はいくらかむくみがあったかも知れない。それをその時は、食後に一休みされたという感じに私はうけとったが、しかしそれにしても、すでに八十翁になられたとは、少しも考えなかった。執筆を控えて小休止されているといった、ゆったりした気分にとった。

「新選組始末記」その他、新選組に取材した数冊の御作を拝見して、今度「沖田総司」を書くためには、どうしても一度お眼にかかって、したしく教示を得たいと思い立ち、人を通じてかねて申し入れていたところ、気軽に電話をいただき、その日の訪問になった訳である。

私はさっそく質問に入った。

子母沢さんは静かな口調で、よどみなく答えてくださるばかりか、たとえば私が、

「最近出版された本に〝幕末関東劒術英名録の研究〟（渡辺一郎著）というのがございますが」

と云うと、

「お待ち下さいよ、その〝英名録〟は、家にもあるはずです」

と座を立たれ、やがて保存のよい和綴じの本を持って戻ってこられるという風であった。

御好意に甘えて、私はこの日、西村兼文著の「壬生《みぶ》浪士記」を拝借して帰ったが、これは原稿用紙にペンで、全冊を写本したものであった。

「気になるところから、お訊ねいたしますが、週刊朝日が沖田総司を〝剣豪〟に加えた点について、どうお考えになりますか」

「さあ、それですが……」

「塚原卜伝、上泉《かみいずみ》伊勢守、宮本武蔵。時代が下って小野次郎右衛門、柳生十兵衛、堀部安兵衛、針谷夕雲《はりがやせきうん》、高柳又四郎、千葉周作という系列を経て沖田総司という訳ですが、ど

うもこの人物だけ非常に異質な感じがしまして」

「私も、そう思います」

「なにしろ幕末のことで、世相は混乱の底にありましたし、したがって剣というものも、従来の形を失った時代でしょうが、それにつけてもこの人を〝剣豪〟と呼ぶのは」

「私もそう思います。二十五歳の短命で死んだ男ですから、強かったには違いないが、剣豪と呼ぶような大成したものが、あるはずはなかった。その上に、あの時世ですからね。昭和何年頃でしたか、沖田の血筋の人たちが集って年忌をかねた顕彰会のようなものをやったことがあります。私も参列してその時聞いた話に、総司が十一、二歳の頃に白河藩の指南番と試合をして、これを打ち破ったということでしたが、これなどどうもひいきの引き倒しで、第一、十や十一の子供が藩の指南番と手合せをするなど、余程の家柄の子弟でもない限りあり得ないことで、その頃から出藍《しゅつらん》の誉《ほま》れがあったと云いたい、血筋を引いた人達の気持はわかりますが、どうもね」

「文久三年の二月に、清河八郎の策謀が成功して、新選組の前身になる浪士隊が京都へ出発します。これが御存知新選組の振り出しになる訳ですが、その浪士隊の中には、総司の義兄に当る、沖田林太郎も加わっておりますね」

「そうなんです。総司は幼少の頃父母に死別して、姉と二人暮しですが、この姉の連れ合いが林太郎で、この人が沖田家を継いだことになります。姉がこの養子を迎えたのが十四歳、総司とはたしか三つ違いだったと思います。林太郎という人は、きわめて普通の人物だったようです」

二

「図抜けて強かったといわれる沖田総司が、他の新選組隊士に比べて、語り草というものはごく少ないようで、まことに困っております。清河八郎、山岡鉄太郎らに率いられて京都へ入った当座は、近藤勇や土方歳三も平隊士にすぎませんでしたが、取締役の肩書がついた芹沢鴨《せりざわかも》にしても、底冷えのする壬生村に合宿して、文字通り素寒貧《すかんぴん》の生活を数ケ月した訳ですが、その反動もあって、やがてたっぷり手当が入るようになると、酒池肉林《しゅちにくりん》というやつで、酒は痛飲する女は囲うの生活が堰《せき》を切った勢いではじまります。これはなにも、一新選組に限らず、あの前後に志士と云われ自称した青年達に共通した生活で、酒と女なしには何一つとして事は運んでおりませんが、そのただなかにあって、沖田総司に限って酒の上の話も、女に関する話もまったくないというのは不思議な位ですが」

「逸話という類のものは、ほとんどありませんね、女に関する話は、胸を患《わずら》ってから通った医者の娘との、淡い出逢いがあるだけでしょう」

「……というのは、司馬遼太郎氏が『沖田総司の恋』に書かれている、私はあれは、司馬氏の創作だと思い込んでおりましたが」

「ああいう話が、たった一つ遺《のこ》っております。司馬さんはそれを、美しい挿話にしています」

「子母沢さんの『新選組始末記』に、壬生に合宿当時の新選組隊士の印象を、八木為三郎さんの談話という形式で貴重な資料を遺しておられますが、沖田総司のおもかげは、丈《た》けの高い肩の張った色の青黒い若者で、いつも冗談ばかり、近所の子供や子守りを相手に、壬生寺《みぶでら》の境内で鬼ごっこをしているかと思うと、往来を駆けまわって遊んだと短く語られてありますが、幼少の頃に両親を失って幸せな境遇に育ったとは思われないのに、ものごとにこだわらぬ、明るい性質を持っていたようで、新選組隊士のほとんどが沖田より年長の者ばかりですが、その上に立つ役も勤めて、仲間うちにも評判がよかったようでございますね」

「永倉新八、西村兼文その他、新選組について後々書き遺された記録を読んでも、うちからも外からも沖田に対する悪評はないところからも、気性のよい若者だったことに間違いはないようです」

「さてその沖田の剣ということになりますが、まず小石川柳町にあった試衛館道場、近藤勇が四代目の師範で、兄弟弟子に最年長の井上源三郎以下、土方歳三、沖田総司の三人があり、後に山南敬助、原田左之助《さのすけ》、藤堂平助などが他流からその門に加わったことは、冒頭に引用させていただいた永倉新八の遺談の通りですが、当時の江戸では千葉周作の玄武館、桃井春蔵《もものいしゅんぞう》の士学館、斎藤弥九郎の練兵館が三大道場として名声高く、天然理心流の試衛館などは三流四流の町道場ということでございましょうか」

「天然理心流の祖は近藤内蔵之助、二代が同三助、三代が同周助、四代が近藤勇という訳ですが、勇のみならず代々すぐれた門弟を養子にして流派を伝えています。三代目の周助に望まれて勇の養子縁組が成立したのは嘉永二年といいますから、アメリカやイギリスの船がようやく日本の周辺をうろうろし始める頃、勇の十六歳の時ですから、勇と十違いの沖田が試衛館の門をくぐったのは、それから七、八年経ってからのこと、九歳で周助についたという説もあります」

「開祖の近藤内蔵之助は遠州の人だそうですが、二代目からはすべて武州三多摩出身の者が後を継いでいる関係で、『英名録』などを見ましても、土方歳三をはじめとしてその門人というのはほとんど八王子を中心に、府中、日野、上石原《かみいしはら》という地域に限られておりますね」

「多摩郡に散在した門人は三百人をこえたと云いますが、どんなものですか。裕福な農家に附属した道場があちこちにあって、勇も歳三も総司も、わらじ履きで江戸から出張、この小道場を端からまわって歩く。二日か三日泊りでまた次ぎへ行くが、門弟は農家の若者ばかり、これが道場へくる時は大小を差し羽織を着たという。総司が代稽古でやってくると、教え方に遠慮がないので、勇より弟子たちに恐れられたという話も遺っています。おそらく十七、八の頃でしょう」

「江戸三大道場が代表する、洗練された剣術に対して、天然理心流の剣は、型などは二の次ぎに、実戦に即したものではなかったのでしょうか」

「そう考えられます。多摩という土地は、家康以来幕府直轄の農地ですから、伝統的にただの百姓とは違うのだという気位《きぐらい》があった上に、百姓自身の手で治安を守ろうという、必要に応じて生じた乱世自衛の根性が合して、これが剣の上にあらわれたということになりましょうか」

「同じ武州の北葛飾《きたかつしか》出身で、岡田総右衛門という人が開いた柳剛流という一派は、特に相手の脛《すね》を打つ術に意を注ぎ、稽古にも特に脛当てというのを用いたとありますが、この派の流れを汲んだ剣客はよほど当時の他流を悩ましたものと見えて、千葉周作ほどの人が、わざわざ柳剛流に足をねらわれた時の防衛法を秘伝として書き遺し、それ脛を打ってきた、足を上げろでは間に合わない、自分の足のかかとで、自分の尻を蹴るという気になって足を上げれば、この方が早いものだなどと、読んだだけでは役に立ちそうもないことを云っていますが、この柳剛流の脛打ちなどが型にとらわれず実戦を重んじた剣法で、竹刀の発達とともにお座敷剣術化した風潮への警鐘でございましょうか」

（なお、この岡田総右衛門の二代を継いだ十内という人の時には、江戸本郷に道場を持ち門弟千数百、幕末の関東一円にその流派は拡大されたと渡辺一郎氏の著書にある）

「岡田総右衛門から少し下った時代に、中村一心斎という人があります。上総の木更津出身で岡田と同じ心形刀流を学んだ後、冨士心流という一派を編み出した人ですが、この人物は例の中里介山氏の『大菩薩峠』に登場して、宇津木文之丞と机龍之介の試合に審判を勤めますが、この一心斎の冨士心流では昼間は道場を開かなかった。夜になるのを待って、闇の中で稽古をつけたと云います。これなども徹底した実戦第一主義でしょう」

三

「一説によりますと、試衛館道場は〝竹刀剣術〟に弱く、酒代わらじ銭目当ての浪人どもの鴨にされていた、井上土方沖田というところが、こういう手合に手もなくやられてしまうので、近藤勇も思案の末、恥をかくさず斎藤弥九郎の練兵館を訪ねて助力を乞うたところ、この男正直者だというわけで、それ以来渡辺昇とか仏生寺弥助だとか、斎藤門下の逸足が助太刀にくるようになった、手ごわい道場破りと見てとるとすぐ使いを出してこの二人に急場をしのいでもらった。両名の者も後で酒肴は出る小遣銭はくれるで、よろこんで駆けつけたという話を読んだことがありますが」

「それはおそらく、渡辺昇あたりの懐旧談に依るものかと思います（渡辺昇は維新後新政府に仕えて立身、男爵を授けられた）。こういう出世した人物の話は、どうも自分を売り込むところがありますのでね」

「なるほど。そういうこともございましょうね。また例えば、何流の誰と何流の誰が雌雄を決したという、当時有名な勝負がいくつかありますが、面をつけ竹刀を取っての試合というものは、お互いに無傷で終りますから、その派その派に都合のいい記録だけ遺る、記録が遺っているだけになお、どちらが勝ったか本当のところが判らなくなっている実例も、いくつかあるようですね。新選組に関する記録や遺話にしても、世の中が明治になってからは時世に気をかねたり、世間をはばかったりして事実を曲げている処もあるように感じられます。永倉新八の回顧録などは、信用出来るものの一つなんでしょうが（司馬遼太郎氏の好意で、私も一読することができた）、それでも本人に都合の好すぎる記述がないでもないと、私などには思われます」

「新選組の動静を、かなり詳しく記録したある寺侍の日記がありますが、この人は維新後になって書画の偽物詐欺に関係したりして悪名を遺しているような訳で、どこまでその記述を信用してよいかどうか、疑わしさも生じてきます。そういうケースも時々あるのですね」

長居は慎しもうと思いつつ、子母沢さんの温容に甘えて私は二時間ほどお邪魔をした。新選組に関する子母沢さんの応答は水の流れる如くで、淡々としながら自信にみちたものであった。

「結局のところ、沖田総司の名が喧伝《けんでん》されたのは、池田屋の斬り込み以来ということになりましょうが、事件が大きかっただけに、評判も一度にパッとひろがって怖れられもしたというところでしょうか」

「近藤、土方その他の陰にかくれていた男が、にわかに浮き出されたのですから、当座の噂さというのは大変だったでしょう。新選組自体が池田屋騒動で一気にクローズアップされたようなものですしね。その上、その男というのを見ると、まだほんの青二才然とした若者なのですから」

子母沢さんは私の立ちぎわに、

「私でお役に立ちますなら、またいつでもお出かけ下さい。まあ、沖田総司という人の事績はごく僅かですから、それにとらわれずに、自由にお書きになった方がよいと思います」

と、微笑をまじえてつけ加えられた。

なぜこのように不馴れな、畑違いのものを私が引き受けなければならなかったかについても、事情を一通りお話ししてあったので、

「まあ、そう苦しがらずに」

と、肩を軽くたたいて、気持をほぐして下さったようなものであった。

子母沢さんの急逝されたのは、それから二週間後であった。病名は心筋梗塞ということで、昼食後に不快をうったえられたまま忽然《こつぜん》と世を去られた由であった。

この春から夏にかけて、私は沖田総司の跡を追いかけていた訳だが、彼をとらえることは出来なかった。私はこれに関連した読書や資料調べを、馬鹿げたことに思うようになった。大した人物でもないのに、なぜこんなに苦労しなければならないのかと、しばしば腹の立ってくることもあった。

不思議なことに、秋めいてからのこと、子母沢さんのおだやかな風貌を思い出すと、そのたびごとに、長身で人なつっこそうな、すばしこい動作をしながらも、ややはにかみ癖

を持った一人の若者の姿が、子母沢さんに連れ添っていつも私の瞼に浮んでくるようになった。

「君のおかげで、ずいぶん無駄骨を折ったぜ」

その青年に、私はそう呼びかけ、子母沢さんに苦笑の顔を向けた。

「あなたには、御教示を得たいことが山ほどあったんです」

そう云いたかったが、これは勝手な申し分だと感じてやめた。

青年は私の視線をさりげなくさけると、足もとの小石を拾って遠くへ投げた。ちょっと、テレかくしのような仕草であった。

歳末試衛館

一

沖田総司というと、まず白河脱藩の肩書が眼につく。

脱藩という肩書は、ある悲壮感を持っている。幕末の志士、あるいは志士と自称して一旗上げようと画策《かくさく》した人物のほとんどが、脱藩して奔走し、あるいは脱藩と自称して前歴を飾ろうとしている。

しかし、沖田の場合はだいぶ事情が違うのではないか。たとえば、同じ新選組隊士の生残り、大正四年に七十六歳で病歿した永倉新八も松前脱藩ということになっているが、父親は松前藩江戸定府の士で、脱藩というと響きは強いが、切迫した事情で国許《くにもと》を脱出したというのではなく、松前藩の江戸屋敷住いだった者が、お長屋を飛び出して勝手な生活をするといった程度のものではなかったか。

幕府は諸大名に対して、参覲《さんきん》交代の制度を課していた。諸大名は三年の間に百日は江戸に詰めなければならないが、その度びに、ぞろぞろ家来を引き連れて道中したのでは旅費だけで参ってしまう。したがって常時江戸詰めの家来が必要になってきた。これを江戸定府と呼び、代々江戸の藩邸に仕えたから、国許の様子はほとんど知らず、中には藩の城の大手門が、どちらを向いているか答えられない者もあったほどだと云う。

幕府自体が財政に苦しみ抜いていた当時だから、各藩の貧乏は申すまでもなく、諸費節約で江戸定府の士など手も足も出ない。内職なぞもこぞってやったに違いないが、そんなもので追いつけるはずはなかった。

沖田総司の両親は、総司の幼少時に他界している。父は白河藩を浪人して後、武州日野在に住んだというが、江戸定府の小身の士で体が弱く、縁故をたどって日野在に引っ込み、手習い師匠でもしていたのではないか。

総司には姉が一人あり、光と云った。これが養子をして沖田家を継いだ。婿が林太郎で、清河八郎の浪士組には、第三番組に名をつらねているが、これは後の話である。

武州日野在は、天然理心流の本拠地といってよく、総司が三代の宗家近藤周助のもとへ内弟子に入ったのが九歳というから、この頃から総司は、江戸牛込柳町の試衛館道場に寝泊りしたものであろう。

同門に近藤勇、土方《ひじかた》歳三、井上源三郎がいた。すべて、日野在の出身である。

試衛館の所在地を、子母沢さんは永倉新八の遺談通り小石川小日向柳町の坂上とされているが、これはどうも永倉の記憶違いで牛込柳町が正しいのではあるまいか。平尾道雄著の「新撰組史録」によると、市ケ谷柳町の上高麗屋敷と牛込柳町の二つの地名が出てくるが、近藤勇の書簡の中にも「高良屋敷西門」と記したものがあり、この屋敷が市ケ谷台にあったのならば牛込の方が正しいように思われる。

勇に道場を譲って、先代の周助が隠居したという四谷舟板横丁も、勇が上洛した後、妻つねが試衛館をたたんで引越したという二十騎町も、牛込柳町からはそう遠くはなく自然に思われる。

総司の父が白河藩の国侍であろうと、江戸定府の者であろうと、強いて詮索《せんさく》するほどのことはなさそうだが、総司の性行をたどって行く上では、九歳までの境遇にかなり影響していないかと思われるからである。

近藤勇とは十歳、土方歳三とは九歳、井上源三郎とは十五歳も年少であるから、新選組結成までの十年間、ある時は弟同然にかばわれ、ある時は息子のようにしつけられたと想像してよかろうか。

永倉新八、山南敬助、藤堂平助、原田左之助、いずれも他流の者だが、近藤勇の気風と試衛館道場の雰囲気になじんで、ほとんど入りびたりだったという。これらも、「同じ釜の飯を食った」仲というべきであろう。

永倉は神道無念流、山南と藤堂は千葉周作の玄武館門下、原田は宝蔵院流の槍を使った。山南は試衛館へ立会を申込み、近藤に竹刀を弾き落されて以来門下になったということだが、他の三人もはじめは同じような他流試合が縁となったものに違いない。
新選組が結成されると、いずれも隊長に任じられた。

二

永倉新八は、腕が立っただけではない。実に運の強い男だった。伏見鳥羽《ふしみとば》の戦いで薩摩勢を相手に奮戦したのがもっとも知られているが、この敗戦にも手傷一つ負うことなく、将軍慶喜の一行と共々海上から江戸へ逃れている。江戸では伊東甲子太郎《いとうかしたろう》の実弟鈴木三樹三郎に兄の仇としてつけねらわれるようなこともあったが、幕府瓦解後の足跡はさらに多岐をきわめ、明治十八年には剣術師範として樺戸《かばと》監獄に就職、その後上京して牛込に居を構え、道場を開いている。また京阪地方を旅行中に、新選組当時京都でもうけた娘の磯子と、二十数年振りにめぐり合うような奇遇もあった。磯子は尾上小亀と名乗って、旅まわりの女役者になっていた。永倉は小樽で静かな余生を送り、大正四年七十六歳の長寿で病歿した。

まことに運の強さ、持って生れた星の強さというより他はないが、大正二年に小樽新聞に連載した追憶談が、「永倉新八」として一冊に遺り、新選組資料のうち重要かつ興味深いものとなっている。この単行本は昭和二年に遺族の手で発行されたが、山川健次郎の序文は直截《ちょくせつ》をきわめている。

「文久慶応年間のころ、幕府の命により時の京都守護職であり、会津参議の松平容保《かたもり》のもとに附属し、その部下として京都の秩序と安寧を護ったのが新撰組である。はじめ芹沢鴨が隊長だった時は、規律も厳格をかき、いかがわしい行いもなくはなかったが、近藤勇が隊長になってからはその責任の重いことを自覚、隊規を護り守護職の命を奉じて行動した適法の警察隊になった。

当時志士と称した過激派の浪人らは、この新撰組の取締をうけて勝手なふるまいが出来なくなったので、新撰組を不倶戴天《ふぐたいてん》の仇とした。

維新後、これらの浪人と同系統の人々が新政権をにぎり、新撰組の適法行為を犯罪として、私怨を報ゆるにいたった。

近藤勇の犯罪は甲州勝沼に於ける一戦と、関東に於ける戦闘準備をなしたという点に止まるにもかかわらず、勇を断罪に処した上、その首を京都に送ってさらし、京都に於ける勇の適法行為を犯罪としたのは、彼らの私怨にほかならない。

しかも彼らは、口に筆に新撰組をののしって私設の暴力団のごとく云いなしたので、世人もこれにまどわされて、小説に講談に、新撰組を恥《はず》かしめた。

その無実を解く者のないことを、私は残念に思っていたが、今度新撰組の一員たりし永倉新八君の伝記に序文を頼まれたので、この書が故なくして加えられた新撰組の汚名をすすぐに、幾分の力があるだろうと信じて、一言所感を述べた」

山川健次郎は明治四年、十七歳でドイツに留学、途中さらにアメリカ留学を命ぜられてエール大学に転じ、物理学を専攻すること五年、バチェラー・オブ・フィロソフィの学位を得て帰朝した秀才である。後には九州帝大、京都帝大、東京帝大の各総長を歴任し、大正四年に男爵に列せられた。

この人は安政元年会津若松に生れたので、明治元年会津城に立て籠って、孤軍幕府に忠誠を尽した松平容保の苦衷《くちゅう》と、会津藩をあげての悲惨な敗戦を少年時代身をもって味わい、例の白虎隊にも進んで志願したが、幼年の故をもって望みはかなえられなかった。その松平容保が京都守護職当時に、手足となって働いた新選組の、肩を持つのは当然と云ってしまえばそれまでの話、時代の新風に染《そ》み知識人の尖端に立った人の口から、「維新後、これらの浪人と同系統の人々が新政権をにぎり、新撰組の適法行為を犯罪として、私怨を報ゆるにいたった」と云わしめているのが、私には鮮烈な印象である。

仙台脱藩の山南敬助は、剣よりも筆が立ち書をよくした。理にさとく弁舌もさわやかで、一党中の智者であった。

藤堂平助は、伊勢藩主藤堂伊勢守の落胤《らくいん》といわれている。事実ならば、伊勢守が江戸で誰かに生ませた子ということになるが、当時御落胤と称したり称された者は大物小物とりまぜて方々にいたそうである。江戸馴れた、向う気の強い若者だったようだ。

山南は近藤と同年だから、沖田より十歳上、永倉と原田には四歳上になるが、一番前歴に富んでいるのは原田左之助であろう。

伊予松山脱藩とあるが、国許での身分は若党に過ぎない。若党は、中間や草履取りと同じもので、武家に奉公する下僕のことだが、町人百姓から士分に成り上る唯一の道で、読み書き、竹刀の持ち方位心得た者が、主家への勤め振り次第では士分に取り立てられることがある。

左之助は、一通りの気性の若党ではなかった。藩の士と口論したあげく、「切腹の作法も知らぬ下郎」とののしられた時、矢庭にもろ肌を脱いで、切れるか切れぬか見ていよと云いさま、刀を左腹へ突き立て右へ一文字に引いた。

血まみれになったが、左之助は一命をとり止めた。死にぞこねの左之助というあだ名で呼ばれ、それ以来なにか事があれば、

「おう、おれの腹は、金物の味を知っているんだぜ」と、平手でぴちゃぴちゃ音をさせ、たんかを切ったという。

しまいには、紋付の定紋を丸に一文字に染めさせ、「おれの紋は伊達じゃあねえんだぞ」と、すごんだと云う。（子母沢寛「死にぞこねの左之助」）

明治の俳人に、内藤鳴雪《ないとうめいせつ》という人がある。

名を素行と云い、弘化四年江戸松山藩邸内に生れた。明治中葉同じ松山出身の正岡子規の影響をうけて日本派に投じ俳人として名があったが、この人の父は江戸松山藩邸の目付役であったので、十一歳まで三田の藩邸内におり、その頃の左之助を何度か見ている。

鳴雪は「勤番者《きんばんもの》」その他、旧幕時代の思い出話をいくつか活字に残しているが、左之助についての談話の大略は次ぎのようである（内藤素行翁談話として、子母沢氏も引用している）

「安政三、四年の頃、私の親は三田の屋敷で目付を勤めていた。この目付は当番制で、当番の者には小使というものが一名ずつ詰めていた。いまならばまず士官の従卒というところだが、一日中そうそう用事があるわけはなく、その暇々には自然子供の相手をするのも役のうちであった。

その頃十五、六の、若い小使がきた。なかなか眼はしのきく男で、私どもの機嫌もうまくとり、面白い遊び相手であった。こ
れが原田左之助で、子供ごころにも美男と思った記憶がある。
中間はもっとも身分が低く人夫の役、その中の読み書き出来るのが小使を勤める。平生
刀は一本、それが公用の書面の使いとなれば二本さして出る。
ある時私が中間部屋をのぞくと、この左之助が素ッぱだかにされ、後ろ手にしばられ猿
ぐつわをかまされて土間に据えられた上、水を浴びせられて責められている。可哀そうに
思って父の下役の者に頼んで訊いてもらうと、あの男は若僧に似合わず傲慢で、平素から
目上の云うことを聞かず、かねがねにらまれていた。その日は酒に酔って帰り、眼に余る
ふるまいをするので、部屋の掟によって仕置きをしているということだった。
それから二、三年後のこと、松山へ帰った私は、三百石取りの伯母の家で、ここの若党
をしている左之助に出逢ったが、素知らぬ風をしていた。親戚の子供ということも承知で、
会釈一つしないのは、傲慢な彼の性質のあらわれであろう。
その伯母の里方が、その家からさらに半町ばかりの所にあり、私がそこへ遊びに行くと、
ふんどし一つの真裸に頬かむりして、その頃みんなが習ったオランダ式の演習に用いる太
鼓を、革帯をもって肩から左に下げ、ばちを持ってドンドコドンドコ鳴らしてくる者があ

る。これがまた、左之助であった。

いまの世と違って裸体を禁じるという掟はなかったものの、武家に奉公して二刀をさす若党が、裸体で外に出るような無作法は全くなかった。それをこの男は、主人の太鼓を肩にかけ、どういうつもりか主人の家内の里方へ真ッ裸でやってくる。

その後行方が知れず、数年を経て新選組の噂さがひろがると、隊長の一人に原田左之助という者がおるということを知り、藩中での評判となった」

左之助が腹を切ったのも、おそらくこの太鼓の頃であろう。木綿針でぶすぶす縫い合わせたと見える傷跡が、真一文字に残っていたという。

三

文久二年の十二月十四日昼下り、牛込柳町の試衛館道場は、しんかんとしたものだった。師範の近藤と土方は、きのう早くから日野在へ稽古納めに出かけた。二人が手分けをして、小道場を泊りがけでまわるはずである。

その留守に、きのうは井上と沖田が下男の幸蔵を加えて、道場から住いにかけてのすす払いをすませた。

そしてけさは、沖田が幸蔵をともなって、四谷舟板町の周助の隠宅のすす払いに行き、近藤の妻つねは今年生れの娘たま子を背負って、一足後から出かけて行った。たま子が一人増えただけで、あとのことはいずれも毎年の通りであった。

道場の一隅に、きのう洗い上げた骨ばかりの障子が立てかけてある。その前にうすっぺらな座蒲団を敷き、中腰で糊刷毛《ばけ》を使っているのは井上である。

元大工の棟梁《とうりよう》の家といい、三間に四間の道場というから、畳敷きにすれば二十四畳ということになる。その他に勇夫婦の住いがあった。

南向きの板壁の上に、三尺の横障子がずらりと六枚並んでいるが、これはもう昼前に貼《は》り上げてはめ込んである。その障子が、つい先刻まで眩《まぶ》しいほど明るかったのだが、日が西へまわるのは早く、井上の姿まで急ににじんで見える。もう一枚と半、玄関のやや大きめな武骨な障子を貼ってしまえば終りである。手あぶりの埋火で手先きをぬくめると、たすきがけの井上は刷毛をトントンと、調子をつけて使い続けた。

「たのもう」と、玄関から筒抜けに声がきたが、井上は刷毛の調子を崩さなかった。折角の糊が骨に吸い込まれてしまわぬうちに、紙を一段貼ってしまいたかったのであろう。

「たのもう」

無遠慮に、胴間声が催促してきた。

「ただいま」と、不機嫌に返答して、井上は前垂れの紐を解き、たすきを外《はず》した。

玄関には、西日を斜めから浴びて、不屈な面魂の若侍が突立っていた。一眼《ひとめ》で、他流試合に来たとわかる。

「元伊予松山藩士、原田左之助と申す。お手合わせ願いたい」

井上を見上げて、ブッキラ棒に云う。

「相《あい》にくだが、本日は休息日で、師範以下不在です」

古手拭で、井上は手の糊をぬぐっている。こういう連中の応対には馴れていた。

「師範のお留守はさしつかえないが、沖田総司という御仁は？」

「他出しています」

「他出か、ここまで上ってきて損をした。しばらくなら待ってもよいが、帰りませんか」

「沖田に何か？」

「いや、場末の道場にしては、めずらしい使い手がいると聞いて、わざわざ市ケ谷台まで上ってきた。まあ、茶を一杯呑ませてくれませんか」

「火種はなし、出がらしですぞ」

「玄関口からの様子で、うまい茶が呑めるとは思っていません。喉が乾《かわ》いてならぬだけの話だ」

今年も、もう十五日しかない。師走のことだから、わらじ代とは云わずに茶と言葉をにごしたかなと井上は思ったが、貧棒道場を張っていてとぼけることには自信がある。昼飯の時の残りを、湯呑みにしぼって、玄関へ取って返そうとすると、

「井上さーん」と、即座には見当のつきかねる方角から、沖田の声が呼んだ。

「総司君か」

「こっち、こっち。台所です。ちょっと、手を貸して下さい」

火消屋敷

一

「どこだ」

「ここ、ここ」

沖田の顔が、台所の引き窓から、井上を見下して笑っていた。

「引き窓の紐をかえるんでね、ちょっと手を貸して下さい」

新しい麻縄が、そこから下りてきた。

上からの指図通り、井上はそれを操作して、ほうきの柄に端を結んで天窓へ返しながら、

「奥さんに頼まれたのか」

「頼まれたのは、幸蔵ですがね」

と、沖田は下男の名を云い、遠くへ眼をやって、

「きょうは、富士山がすごく奇麗だから、私が引きうけて屋根へ上りましたよ」

「相変らず、もの好きな奴だ。で、奥さん達は？」

「大《おお》先生と、市ケ谷八幡の年の市へ」

「君を名ざしで、立合いを申込んできた奴が、玄関に待っているぞ」

「井上さん、きょうの富士は格別だ。少々寒いが、上って来ませんか」

広重《ひろしげ》の江戸百景などには、四季ごとに各所に富士が描き込まれている。それほど、どこからも眺められた。

「おい、おれの云ったことは、聞えたのか」

「聞えました」

井上はそれなりに、渋茶の盆を持って玄関へ引っ返す。

「どうぞ」

式台にかけた原田が振り返る。片手に竹の皮包み、片手に握り飯をつまんでいた。

「玄関先きを拝借するのは如何かと思ったが、ここからのぞくと、障子貼りの途中と見たので、それならさしつかえあるまいと存じた。いや、これは恐れ入る。握り飯という奴は、冷たいものですなあ」

「原田氏と申されたな」

「元伊予松山藩士、原田左之助です。しかし、貴公の姓名はまだ、うけたまわらぬが」

立膝のまま井上は、顎のひげの伸び具合をためすような恰好で、

「沖田が、戻ってきましたよ」

と、ボソリと呟いた。

「なに、沖田氏が。それは有難い」

「原田氏は、槍をお使いですな」

式台の隅に立てかけてあるたんぽ槍をのぞくと、井上はそう云う。

「宝蔵院流を、いささか」

「しばらく、御休息下さい。そのうち、沖田がお相手いたすだろう」

原田は湯呑みを、一呑みにして、

「どうぞ貴公は、障子貼りを。本日は、元禄の昔赤穂の浪士が、本所の吉良邸に討入った日だが、武士に障子が貼れるというのも、一芸一得ということでござろう」

聞き流して、井上は道場へ入る。

そこへまた一人、つかつか門をくぐる士があって、ちらりと式台の原田と視線を交わしたが、これはそのまま草履をぬいで、忙しげに奥へ通った。

山南敬助で、近藤、土方と同年輩、風貌も姿勢も調《ととの》っていたが、着ているものは相当年月を経た代物《しろもの》だった。その羽織袴に正しく折り目がついているだけに、なおみすぼらしさがただよう。

二

「近藤氏は？」

腰のものを置く間も惜しそうに、その辺の座蒲団を取って訊く。井上が手あぶりをさし出して、

「稽古納めで、日野へ」

「やはり、そうだったか。お帰りは？」

「明後日と思うが、なにか急用でも」

「玄関におる男は？」

「沖田を訪ねてきた。手合わせしたいということです」

「明後日も、帰りは夕刻でしょうなあ」

「その後、幕府の浪士募集のことは？」

「そのことなのだが、井上さん、師走に入って世の中はいよいよけわしくなってきた。一昨十二日には、長州藩の高杉晋作他十数人が、品川御殿山に建築中の英国公使館を襲って火を放った」

「ほお、英国公使館を。……やりましたなあ」

「さる八月二十一日、御承知の通り島津久光の従者が生麦《なまむぎ》でイギリス人通訳官リチャードソンを切り、他の二名を傷つけたが、その後九月に入って、薩長土の重臣が攘夷決行の決議をし、即刻実行の建白書を朝廷に奉っている。公武合体を旨とし、慎重に時流を読もうとする幕府を手ぬるしとして、事を起した薩長土は、すでに幕府の倒壊を策し、ことごとに離反の勢いを示しています。江戸町奉行役小栗上野介殿が、さる日の重役会議で、政権を幕府に委せるわが国の定制は、鎌倉以来動かざるものがあるにもかかわらず、近来京都筋よりいろいろと口出しがあるのみならず、諸大名中にも異論を申立つる事多く、そのために幕府の方針が左右された事実は二、三に止まらぬとして、この際断固たる態度をもって権威を保たねば、幕府の威信は地に落ちると切論《せつろん》したそうですが、まことに一理あると思う。英国公使館襲撃も、本来の腹のうちは、一橋家徳川慶喜《よしのぶ》公を主とする開国論に対しての挑戦かも知れぬ。英国との間に紛争を起して、幕府を窮地におとし入れる、そういう謀略かも知れぬ」

「なるほど。公武合体と尊王攘夷の二論が、そこまで来ましたか」

「長州をはじめ、薩州も土州も、かむっていた面を脱いで、幕府と対決する気構えです。われらも、も早や傍観している時期ではなさそうだ」

「障子貼りなど、している場合ではありませんかな」

苦笑まじりに、井上は呟いた。

山南が、それに応じてなにか云おうとするところへ、下男の幸蔵が北風に冷えた顔を出した。

「ただ今戻りました。今夜は奥さまは、御隠宅の方へお泊りだそうで、大先生がこれを井上さまに」

「酒と……それは？」

「あんこうで、ございます」

「それは気の利《き》いた、さし入れだ。余程お孫さんが可愛いと見えるな。早速仕度を頼もう。沖田に逢わなかったか」

「沖田さまは、たんぽ槍をかついだお武家と連れ立って。門の外で、お眼にかかりました」

「ほお。……山南さん、もう三段貼れば終りです。あんこう鍋で一献《いっこん》やりながら、ゆっくり話をうけたまわる」

「沖田君、野天で手合わせをするつもりかな」

「私がここで、こんな場所ふさぎをしているので、あるいはそのつもりですかな。きょうは富士が美しいと云って、つい先刻屋根に上っておりましたよ」

「沖田君がですか？」

「天窓から、私をのぞいた顔が、無邪気で、まるで子供のようでした」

井上は刷毛を使いながら、そう云っていた。

三

翌々日、近藤が帰宅したのは、風呂の焚き口の火があかあかと闇に浮く時刻であった。

当歳の娘たま子を抱いた妻つねと、幸蔵が迎えに出る。

つねは、明治三十六年五十五歳で歿したというから、この頃十九か二十である。

「うむ、内藤新宿へ入る頃からチラチラ降りだした。土方は明日帰ると云っていたが、この分だと、むずかしかろう」

「井上さまとは……」

「ああ、府中の茶屋で出逢った」

井上はけさ、日野在の生家へ帰った。

出稽古で始終往ったり来たりしている甲州道だから、府中の茶屋で近藤に逢うことも、ほぼ計算に入れて出かけた。

「家の中が、明るいと思ったが、障子のせいだな」

幸蔵の運ぶ行燈の明りに、近藤は着換えの手を休めた。

「どうぞ、お風呂へ」

「沖田は留守か」

「お姉さんのお家へ。夕方までにはお帰りということでした」

「ちょっと、貸せ」

近藤はつねの手から、たま子を抱きとった。

一杯機嫌の近藤は、自分の拳を口の中へ楽に出し入れして、昔加藤清正はこれと同じことをしたそうだが、自分も清正のように出世したいものだと、よく冗談を云ったという。日頃はごく低声であったが、いざ立合いとなると、かけ声は調子が高く、しかも腹の底から発するので、相手の耳にびいんびいんと、実に鋭く響いたとも云われている。

「お父さまに、お風呂へ入れていただきなさい」

つねが、近藤に抱かれたたま子に顔を寄せた。

「そうするか。お前、手伝ってくれ」

「まあ、いいわねえ。お父さまと一しょよ」

近藤は地味で、実直な人柄だったようだ。生来肝は据っていて、いったんこうと決めたら、動かぬ処も持っていた。

永倉新八の遺話に、二十五歳の近藤をはじめとして、土方沖田永倉の四人で、本所の小《お》谷下総守《たにしもうさのかみ》道場へ試合に乗り込んだ時のことが出てくる。

「下総守は相当の礼をもって彼らを迎え、数十人の門弟が物々しく居流れる中に、四人を定めの席に招じた。

近藤は小谷の師範代たる本梅縫之助と立合ったが、一呼吸して縫之助は応と一声、真向から斬下すと見せて得意の竹刀払いをやった。不意を打たれて、勇の竹刀は空に飛ぶ。しかし胆気に勝つ勇は、とっさに二三歩飛びすさり、双腕を怒らせ屈み腰に体を構えて寸分の隙を見せない。縫之助はこの時、

『お手並み、見えてござる』

と、一礼して退った。

後に下総守は、死中に活を求むる剣の極意である。今日近藤の振舞はそれじゃ、と門人に教えたという」

と、ある。

小谷下総守は、男谷下総守（精一郎）が正しい。本所亀沢町に道場を構え、幕末剣道の

代表者である。門弟に島田虎之助、榊原健吉、天野八郎などの強豪がいた。

その師範代に、手もなく竹刀を払い落されるのは面白みを欠く話だが、それから後の近藤の闘志を、男谷が「死中に活を求むる剣の極意」と評したのが本当だとすれば、竹刀剣術よりも実戦を重んじた近藤の真価を見抜いたといえようか。

二十五歳頃の近藤は、しきりに他流試合を求めて歩いたと見えて、渡辺一郎氏の「劍術英名録の研究」の中にも、安政五年相州平戸村の萩原連之助の道場を訪れて、そこに備えつけの「剣客簿」に、

「八月御停止中《ごちょうじ》につき試合これなく候」

と記した、近藤の署名が遺っている。

渡辺氏のいう通り、時の将軍の喪中で萩原と試合の出来なかった無念さを、筆勢に籠めている。

萩原連之助は、現在の保土ケ谷戸塚間に道場を持ち、中央からは離れた存在だったが、その名声は高く、諸国からの剣客が絶えず来訪したという。

それから、五年経っている。

四

沖田が帰ってきたのは、湯上りの近藤が、つねの酌で一献はじめてからだった。

「あしたの朝までには、相当積りそうだぞ」

弾《はず》んだ声音で、幸蔵に云い捨て、

「ただいま、戻りました」

と、奥へ通った。

「冷えたろう。一つ行こう」

挨拶代りに、近藤が杯をさし出す。

「酒は呑むまいと、盟《ちか》った処ですが……。おとといの夜、井上さんや山南さんの前で、醜態を演じました」

「吐いたそうだな。酒は吐くたびに強くなる。まあ、一つだけつき合え」

「幸蔵あたりから、耳に入りましたか」

「いや、府中の茶屋で、井上さんに出逢って聞いた。賑やかだったそうじゃないか」

沖田は、杯をうけて、

「井上さんに迷惑をかけました」

「原田という、新顔も一枚加わったとか」

「はい、案外気性の確《しっか》りした、面白い男でした」

「丸に一の字の、紋付きを着ていたそうだね」

「はい、それと同じ切腹の跡が残っていました。無茶な奴ですが、随分苦労もしてきたようです」

「どこで、その男と手合わせした」

興ありげに、近藤はそれからそれと質問する。

「茶の木稲荷と、市ケ谷八幡の裏手に、空地があります」

「ああ、あすこか」

市ケ谷の外濠を背に高台を望むと、木立の中に市ケ谷八幡のいらかがそびえ、そのすぐ左隣りの社が茶の木稲荷、この稲荷は構えこそ小ぢんまりしているが、八幡よりも信者が多かったという。二つの神社の下の門前町には、楊弓場《ようきゆうば》や茶屋があって、ちょっとした岡場所になっていた。この石段を上って八幡の裏手へ出るのが、試衛館への近道であった。

「宝蔵院流と云ったそうだが、腕は立ったか」

「気性に似て、なかなか鋭うございました」

沖田は、内輪内輪に答える。

「君に二本も小手を取られた男が、どうしてここまで戻ってきた」

「それがどうも。出がけに、幸蔵が徳利を下げて門を入るのを、あの男見かけたらしく、一昨日から一滴も呑まないところへ、あれを眼にしたのでつい不覚をとった、湯呑みに一杯でよいから呑ませろと、空地へ手を突いてせびられました」

妻のつねをかえり見て、近藤は愉快に笑った。

「吐いた後、君が前後不覚に眠ってしまうと、原田という男、とても賞めたと云うぞ」

「ほお、それは初耳ですが、どうせあの男の云うことは」

「いや、心から感心したらしく、あの若さであれほど槍を知っている者はないと、大した力の入れようだったそうだ」

沖田は、眩しげに眼をそらす。

「君は、どこで槍を覚えた」

「覚えたなぞというほどのことは……」

「そう云わずに、話してくれ」

「火消しのまといは、槍屋が作るものだと聞きましたが」

「うん、槍屋の職人から出た者が、まといを作るとは、おれも聞いている」

「この辺での火消屋敷は、市ケ谷左内坂と飯田町にありますが、まといの振り方をいつも稽古しています。通りがかりに、何度もあれを見物しました」

「ああ、火消人足。がえん（火焔）と云う気の荒い連中だな。火消屋敷の大部屋に寝るにも、多勢が一本の丸太を枕にして、いざ出火となると、その端を木の槌でたたくという話があるが」

「中には、一応槍の心得があるのではないかと思われるものも、まじっていました」

「旗本の二男三男で、方々食い詰めた奴が、あれに入るという話だから、あるいはそうかも知れん」

「槍より頭の重いものを、軽々と扱うコツが面白くて、よく見物しました」

「その連中と、懇意にしているそうじゃないか」

「懇意と、いうほどのことはありませんが」

「なるほど、そういうことか」

近藤は自分から晩酌をする方ではなく、大酒でもなかった。一瓶かたむけると、焼きたての目刺しで、飯にした。

沖田と火消屋敷のことでは、近藤はもう少し聞いている話があったが、その時は黙っていた。

「山南さんは、公儀の浪士募集のことで、張り切っていました」

「うむ、そのこともある」

近藤の噛む新沢庵が、たくましくポリポリ鳴った。

「将軍家の先発として、一橋の慶喜殿が、京へ先発されるとか」

「昨日、すでに御出発とも聞いている」

「そうですか。この頃の京は、上も下も、乱れ果てているということで」

「尊王攘夷の志士と称する徒輩だ。尊王攘夷を看板に、志士と名乗る輩が、気ままに横行しているそうだ。そういう世の中が西から押して来ているのだな」

沖田が、耳をすませた。

玄関に雪を払う気配があり、やがて、

「近藤さん、お帰りですな。永倉新八と藤堂平助が同道しました。御免……」

と、バタバタ足音が近づいた。

大焚火

一

新選組の前身、「浪士組」の最初の会合が、小石川伝通院で開かれたのは、翌文久三年二月四日であった。会する者三百名に及んだとある。

次いで六日には、全員の編成を終り、八日には板橋から中仙道を、京都へ向って出発している。一行は二百十一名、これを七隊に分け、別に取締付として芹沢鴨、池田徳太郎、斎藤熊三郎その他二十三名、幕府からは鵜殿鳩翁《うどのきゅうおう》、山岡鉄太郎、松岡万《よろず》を上積みとして随行させた。

各隊には、それぞれ三名ずつの伍長が任じられ、組頭という形であったが、近藤以下後に新選組を組織する連中は、すべて平隊士であった。

一人奇妙な同行者は、この「浪士お抱え」の発案者の一人である清河八郎で、「連名の中に名さえ出さず、たった一人本隊を離れ、高下駄をはいて、無そりのすてきに長い刀をさし、隊の先きになり後になり、ぶらりぶらりと歩いて行った」という。（子母

沢寛）

当時三十四歳、すでに尊王攘夷の運動家として全国的に名を知られていた清河の胸中には、野望が深く蔵されていたのである。

かくて一行は旅を重ね、二月二十三日、江戸出発後十六日目に京都へ入るが、道中無事という訳にはゆかぬ。血気にはやる連中の寄り合である。いろいろと確執を起した。

近藤勇以下、土方歳三、山南敬助、永倉新八、藤堂平助、それに沖田総司の六名は六番隊に属し、伍長村上俊五郎の下についた。村上は、清河八郎の年来の同志である。井上源三郎は、沖田の義兄沖田林太郎と共に三番隊、原田は七番隊付きであった。

試衛館の面々は、十ぱ一からげの扱いをうけた訳だが、取締付の一人池田徳太郎は、実直そうな近藤の人柄に眼をつけて、道中泊り泊りの宿舎係りを命じた。一行より一足先き、一足先きに乗り込んで、部屋の割り当てから食事その他の交渉を果す役だから、いわゆる縁の下の力持ちで、一向に映《は》えない。そういうことには無器用この上なしの近藤だったが、一語もさしはさまずに池田の指図にしたがって行動した。江戸を発つ時から、近藤には一つの覚悟がはっきり出来ていた。

熊ケ谷、深谷を過ぎて本庄の宿へ入る。江戸から二十一里十四丁、京へは百十四里八丁とあるから、旅はまだ序《じょ》の口《くち》というところだが、ここで近藤は失策をしでかした。一行を宿へおさめてから気がつくと、取締付の肩書を持つ三人のうちの一人、元水戸藩士芹沢鴨の部屋を取り忘れていた。

早速応急の手配をし、池田徳太郎と同道丁重に詫びを入れたが、当の芹沢鴨はいっかな釈然としない。平の隊士ならばとにかく、取締付の身が部屋を忘れられるようではと、ひどく自尊心を傷つけられた様子で、

「泊る部屋がないとあらば、それもよかろう。今夜は戸外で、焚火をして暖をとることにする」

と、けんもほろろの態度だった。

夜に入って、芹沢は門下の隊士を集め、ほんとうに大焚火をはじめた。新見錦《にいみにしき》、平山五郎、平間重助、野口健司などいずれも水戸脱藩の荒くれだが、この連中に手当り次第焚木を集めさせ、面《つら》あての火の手をあげた。驚いたのは近所の住民で、火の粉がいつ藁屋根にうつるか知れない。水桶を手に手に、右往左往するばかりである。近藤は地に膝を突かんばかり、たけりたつ芹沢一味に再三再四謝罪して、ようやく事をおさめた。

これからの芹沢は、横暴を極めた。部屋が気に入らぬとか、食事が粗末だということで、一々近藤に当ってくる。取りまきの隊士がこれに加勢するという道中だったが、近藤は辛棒強くあくまで耐えた。

「近藤さん、肩をもみましょう」

毎晩、他の隊士達が寝床へ入った後、近藤は行燈を引きよせて、その日その日の諸がかりを記帳するが、頃合いをみて、沖田が後ろへまわってくる。

「そうか、すまないなあ」

近藤も素直にそれをうける。

榛名だとか、浅間の煙りだとか、道々の風景の話が出る位のもので、双方とも身のまわりのことはなにも云わない。

本庄の騒ぎの後には、まず土方歳三が黙ってはいなかった。このままにして置くのかと、顔蒼ざめて近藤に詰め寄ったが、近藤はそれを、言葉すくなにきつく押し留めた。

「だいたい、こんな役を引受けたあんたが悪い。あんたに、気のきいた宿屋の世話なぞ出来るはずがないのだ。おかげで、みんな腹の虫をおさえかねている」

と、捨てぜりふを残して、蒲団をかぶってしまったこともあった。

その時も、沖田は一言も口をさしはさむことはしなかった。

このような一門の鬱憤は、伍長の村上俊五郎に向けられた。村上は、清河八郎の直系という誇りもあって、ことごとに伍長風をふかすので、山南敬助あたりがぴしぴししっぺ返しを食わす。村上は下総の佐原で道場を開いていた位で、腕にも自信があるから、小生意気な奴と、一段上わ手に出る。旅の日ごとに、同じ隊中の空気は険悪の度を重ねた。

そういう近藤と、試衛館一門を毎日黙って見ていた男があった。

幕府さしまわしの、山岡鉄太郎であった。

眼ざす京へあと三十里余、岐阜加納の宿に着いた日のことである。相変らずなんだかだと、ごねにごねてしたい放題の芹沢の前へ、この山岡があらわれた。さすがの芹沢も居住いを正したが、

「今日限り、拙者は職を辞して江戸へ戻りますから、今後のことはよろしく」

と、正面切った挨拶をされて、さらにぎくりとした。

「それはまた、如何なる理由で」

「浪士隊の統率について、見るに耐えぬものがあります。その責を負って辞職する決心をしました」

脛の傷を、たわしですり上げられたようなものである。芹沢にしても、山岡に去られた浪士隊というものがどうなるか、その位の分別は持っている。

「貴殿の御立腹に、拙者の行為が関連しているようなことがあれば、今後充分に謹慎する」と、平あやまりにあやまったので、山岡もこれを諒とした。

芹沢は当時三十四、五歳といわれ、水戸藩の尊王攘夷派、天狗党にかつて籍を置き、神

道無念流の師範役免許者という抜群の業をおさめ、ことにその腕力は衆にすぐれたもので、常に「尽忠報国の士芹沢鴨」と彫った三百匁の鉄扇を離さず、気に入らぬことがあれば大声を発してこれを振るい、さえぎるものあらば容赦なく打ちくだいたと云う。天狗党時代には部下三名を、わずかなことから打ち首にした前科もあり、本庄宿の大焚火の時にしても、傍若無人の荒れ方に相違ないが、そのような乱暴者を一言で圧えたのは、山岡鉄太郎という人物の底力であろう。

一方村上俊五郎と試衛館一門の反目についても、山岡は始終遠くから眼を配っていたらしく、一行が京都壬生村に到着するや否や、村上を説いて一門と和解させたという。

二

そもそも文久二年歳末、幕府に「浪士お抱え」の議ありと、試衛館に伝えられたのは、永倉新八や山南敬助らの早耳によるものらしいが、それから浪士隊結成まで、正月をはさんで二ケ月余の時間がある。

山南が天下の形勢を論じ、永倉は血気の攘夷論を振りかざして、一門の参加を力説する。藤堂平助と原田左之助が胸躍らせてこれに和するという毎日の中で、すでに幕府の浪士募集が着々実行され、清河八郎の「急務三策」、すなわち、「一に攘夷、二に大赦、三に天下の英才を教育する」の建言を土台として、昨日は何々一党、今日は赦免された誰々が応募したというような情報がしきりに伝えられる。

年があけた正月七日には、老中板倉周防守から松平上総介に対し、もっと積極的に募集の実をあげるよう通達があったなどの噂さを耳にすると、ようやく土方歳三が、

「この辺で腹を決めよう。舟に乗り遅れちゃあなるまい」

と、近藤の決意をうながした。

土方は、一見もの静かな、優男《やさおとこ》だったという。近藤が十六、七の頃、共に先代近藤周助に稽古をうけて以来、沖田、井上を加えた四人は兄弟同様のつき合を続け、同じ釜の飯を食ってきている。近藤の生家に近い日野在の、大百姓の末っ子だったので、幼少の頃から江戸のいとう松坂屋へ奉公に出たりしている。その頃から、利かぬ気はかくせなかったらしく、奉公先きを変えたり日野へ戻ってぶらぶらしたり、家伝の「石田散薬」という打身の塗り薬を農家から農家へ行商して小遣銭をかせいだが、その頃から剣道には熱心で、薬箱に竹刀のほか撃剣道具を結びつけ、武州甲州と行商しながら道場を見つければ必ず立ち寄り、一手二手の指南をうけたとある。

若気にまかせて、相当荒っぽい暮しもしたろうし、危い女出入りの経験もあって、真剣

白刃の下も、もうその頃からくぐっていたに違いないが、後に壬生村で宿をした八木家の老人などは、役者のような男だった、眼のぱっちりした引き締った顔立ち、余りものを云わず、近藤とは一つ歳下だそうだが、三つ四つ若く見えたと思い出話をしている。

「舟に乗り遅れるか」

近藤は、土方の言葉をおうむ返しにして、

「井上さん、どう思う」と、源三郎に云う。

「わしは、いつもの通り。あんた次第」

「浪士募集の根本だという、清河八郎の急務三策に、おれはまだ納得がゆかぬ。一に攘夷という。文句はなさそうだが、尊王攘夷と佐幕攘夷だ。佐幕派といえども、尊王攘夷の精神にかわりはないが、頂上眼ざして登る道が異《ちが》う。そこをどうするか。二に大赦という。獄中の志士を赦して国事に役立てようというのが主旨だが、清河自身が酔余に人を切って詮議中の身の上だ。私利から出た画策といえないことはない。まして、ただでさえ騒がしい世の中に、過激の徒を放つことが当を得た策かどうか。三の天下の英才を教育するという看板は、まずよしとして、第一第二の献策は余程深く考えてみないことには、おいそれとは納得がゆかぬ。第一、浪士募集をした上で、如何に運営するかの点が、あいまい極まる。あるいは江戸市中の警護に当るといい、あるいは京へさし向けるとも云う。加盟加盟と意気込む連中が、誰も真相を知らぬ。確かな筋の、言明を待てというのはそこだ」

「確かな筋の言明というのを空頼みに、一日のばしに暮せといわれるのか」

「歳、おれはおれで、考えていることがある。手もまわしている。もうしばらく待て」

「総司、稽古だ、道場へ来い」

土方はたまり兼ねるという表情で、沖田に声をかけると、つとその場を立った。

三

近藤が腹を決めたのは、松平上総介に面接する機会をつかんで、幕府方の真意を聞き届けてからであった。

松平上総介は先祖が徳川家の出で、家柄がものを云う。その上、幕府講武所の剣術師範役を勤め、当時剣客として知られた人物、それなりに腹も据っていたから、云うことに策や裏はなかった。来春早々将軍家茂《いえもち》が攘夷の朝命にしたがって上洛に及ぶこと、募集の浪士はその警備として京都守護に任ずるものであることを明かにしたが、とくに近藤が心をうたれたのは、京都守護職に任ぜられて以来、苦心惨憺《さんたん》している会津侯松平容保の近況であった。

逼迫《ひっぱく》した会津藩の財政立て直しに没頭した容保は、幕府再三の慫慂《しょうよう》をも固辞してうけなかったが、文久二年夏遂に京都守護職として京都に入り、複雑極まる公武の間に立って整調につとめる一方、志士と称する激徒の鎮圧に腐心している。その誠実さは孝明天皇の認める処となって、日々に信頼を増しているが、将軍家茂の上京を前にして京都の空気は異様に緊張してきた。機会があれば事を起して、幕府下の政情を混乱におとし入れようと、薩長土をはじめとする謀略家の面々が、あの手この手を用いて表に裏に策動している。

会津は二十八万石、京都守護職に任ぜられてから五万石の加増があったが、公武の間をあっせんし守護の実をあげるためには、それほどのものは焼石に水で、経済的にはやりくり算段、周囲には頼りになる人材不足、容保の目下の苦心は言語に絶しているというのが、松平上総介の話であった。

会津侯が再三再四、京都守護職に出馬することをうながされながら、言を左右にして腰を上げなかったことは、近藤も噂さに聞いて知っていた。譜代の大名でありながらこの乱世に意気地のない藩主、自分の財産だけを大切にする我利我利亡者とばかり思っていたが、慎重に前後を考慮し、一度意を決してからはすべてをなげ打って公武に仕え、決して弱音を吐かぬと聞いて、近藤は感動した。

即座に浪士隊参加の腹は決ったが、その場ではなにも口外しなかった。

帰路、四谷舟板町の養父周助を訪ねた上、志を述べると共にその許しを得てから、試衛館へ戻った。近藤には、そういう実直な処があった。試衛館には、井上土方沖田の他、永倉山南藤堂原田が、近藤の帰りを遅しと待ちながら、早くも痛飲して意気をあげていた。一応一同に挨拶をすませてから、一張羅の外出着、羽織袴を居間で普段着に着換える間に、

「皆から、およそのことは聞いたであろう。いよいよ時が来たぞ」

と、妻のつねに云った。

「舟板町のお父上も……」

「おお、喜んで下された。留守中のことも、大船《おおぶね》とまではゆかずとも、心配はすなと云って下された。頼むぞ」

「はい」

袴をたたむつねは、短かい返事のまま、しばらく思案げに見えたが、

「皆さんのお話では、一度に世の中が変るような」

「それが気にかかるか」

「……はい」

「世が変るのではない、ぐらつきかけた世の中の、要所要所へ釘を打ち直すのだ。それが

われらの役目と思え」

「京での、お勤めは」

「一年ですむかも知れぬ、あるいは三年かかろうかも知れぬ。だから、頼むと申すのだ。聞き分けてくれ」

「はい、お留守をいたします」

「ごめん下さい」

と、襖越しに、沖田が声をかけてきた。

「あちらへお出で願えませんか。どうも、やいやい申して、始末がつきません」

「ちょっと入れ、いいものをやる」

近藤は機嫌がよかった。

「今日の酒は、ひどくまわりがいいらしくて」

沖田がそう呟きながら、居間へ入る。

小机の上の懐中物から、封筒ほどにたたんだものを、近藤がさし出す。

「これは?」

「大日本細見道中図鑑、日本国の地図だ。大《おお》先生から頂戴した。京までの道中を、ゆっくり調べておけ」

「有難うございます」

沖田は眼をかがやかせ、そこへ坐り込むと、道中図鑑を畳にひろげた。

「やあ、これは細かく」

「つね、これが江戸、これが中仙道だ。熊ケ谷から安中《あんなか》へ出て、木曾路を抜けてと……、ここが京だ」

近藤が、沖田の脇から指を伸ばす。

「まあ、こんな遠く」

と、つねも膝を寄せる。

江戸を発《た》つまでには、そんなこともあった。

洛西壬生村

一

江戸を発って十六日目、二月二十三日に、一行は洛西葛野《かどの》郡壬生《みぶ》村に着く。

禅寺の新徳寺に本部を置き、二百三十四名の浪士隊は附近の民家に分宿したが、近藤以下試衛館組八名が、芹沢鴨を頭目とした水戸派の、新見錦《にいみにしき》、平山五郎、平間重助、野口健司の五名と共に、郷士八木源之丞方に合宿することになったのは、誰の手配によるものか。

京都の底冷えは、一通《ひととお》りではない。その上初上《はつのぼ》りの者ばかりで勝手はわからず、垢染んだ着たきりの旅衣で手あぶりに膝を寄せ合い、気分だけたかぶるのを扱いかねていたに違いない。

粗末な晩飯を当てがわれて間もなく、その夜全隊士の召集があった。

それぞれの分宿から本部の新徳寺へ集まると、それまで表面にあらわれることのなかった清河八郎の姿が、行燈の光りで上座に浮き出し、意外な宣言を発表した。

われらこの度び上京の目的は、近く上洛あるはずの将軍家茂公の守護ということになっているが、これは単なる名目であって、われわれの真意は尊王攘夷の先鋒たらんとするものである。よってその忠誠を天聴に達するために、ただちに浪士隊連名の上書を奉るが、異存の者あらば名乗って出でよと、清河は大刀を引き寄せ一同を睥睨《へいげい》した。

幕府の手で京まで上ったが、幕府の禄をはんでいる者ではない、この上は朝廷に直属して、事を行うというのである。清河はかねて、幕府方に攘夷を実行する腹のないことを察していたので、浪士隊結成をそのまま利用しようと図った訳で、上京第一日、全員の腰の定まらぬうちに、有無をいわせず体当りをかけたようなものであった。

全員無抵抗で、これに応じる形となり、翌日には早くも建白書を起草、一同の血判をもとめた上、これを時の議政所学習院に提出した。これに対して、折り返し有難い勅諚《ちょくじょう》と、時の関白近衛忠煕から上首尾の達し書きが届く。

さあこうなれば、一同江戸へ取って返して攘夷の実をあげるばかりと、学習院へやんややんやと働きかける。

まったく幕府を馬鹿にしたやり口で、現に幕府方役人の鵜殿鳩翁、山岡鉄太郎の両名が附き添っていて、このような策謀が成功したとは奇妙な話だが、ここでは触れている暇はない。

それから二十日後の三月十二日、清河は一同を新徳寺に集めて、関白の命によって明日京を出発、江戸に下っていよいよ攘夷の先鋒をつとめると号令した。

（江戸へ戻った清河八郎が、佐々木只三郎ら幕府方刺客の手で暗殺されたのは、四月十三日である。清河と親交のあった山岡鉄太郎は、この首を匿《かく》すために苦心したという話が遺っている）

この、ぎりぎり決着の場に来て、近藤勇がついに反対の態度を明らかにする。

尊王攘夷の大義に於ては、諸氏に劣らぬ信念を持つが、われらは幕府の召集に応じて結成され王城を護るために上京したものである、関白より如何ようの沙汰ありとも、将軍家よりの直命なくば、軽率の行動を慎しむと、正面から反論した。

上京以来、願望ならざるなき清河は、満面に朱をそそぎ、大刀の柄に手をかけたという。また清河方の浪士連の中には関白からの攘夷沙汰書をうけながら命に従わぬのは逆臣だから切腹させよと、近藤らを取り囲んだ者もあったという。

大事の前の小事と見たか、取るに足りぬ小者の意地立てと見たか、仲裁者のとりなし通りその場はおさまる。翌十三日は快晴で、近藤勇、芹沢鴨の他、十三名の者を残して、清河ら二百余名が出発する。

（沖田総司の義兄、沖田林太郎も一行に入っていたに違いないが、なんの話も遺っていない。おそらく京での出世を漠然と望んで隊に加わり、京の情勢のただならぬを知って、江戸へ帰る気になったものであろう）

道中あれほど近藤を苦しめた芹沢鴨と、その一味が、郷士八木源之丞方で同宿することになったばかりか、この時も近藤の主張に同調して京に残留する。さらに、その後の芹沢一派を思うと、因縁浅からずの感がある。

(芹沢が京に留まったのは、ちょうどその頃できものに悩まされて、進退が自由でなかったからだという一説もあるそうである)

因縁といえば、残留組十三名のために一肌脱いだのは、それから一カ月後に、江戸で清河を暗殺した刺客の一人である、佐々木只三郎であった。佐々木の兄が会津藩の重職にあった手づるで、残留組の意とする処を述べさせて嘆願書とし、即刻京都守護職松平容保に提出させる。

これが聞き届けられて、一まず「松平肥後守御預」と身の上が決まる。欣喜雀躍した十三名は、八木家の表門に、「新選組宿」の看板をかかげる。

新選組は誕生した。

二

「ああ、清々した。これでいくらか気がまぐれる」

「どれもこれも、どうしてああ水戸っぽはつき合いにくいかな」

「咳一つするにも、もったい振りゃあがる」

「そうよ。なにかと云うと、大たばをきめこむくせに、血のめぐりの悪いと云ったら。ああ、清々した」

藤堂平助と原田左之助が、中庭へ向いた縁側で、日向ぼっこをしている。

同宿していた芹沢一派が、浪士隊の出発と同時に、これも郷士の前川荘司方へ移った日のことで、着京以来水入らずの、のんびりした空気である。

「清々した処で、久し振りに一献やりたいのう」

「余計なことを云って、ねている虫を起してくれるな」

「京へ着いて、二十幾日だ。しけたもんだ」

「いい天気だな」

と、座敷の炬燵にいた山南敬助が、読みさしの本を放すと、両手で伸びをしながら出てきて、庭下駄を突っかけた。

「山南さん、いい天気につけ、悪い天気につけ、なくてはならぬものを知ってますか」

「あ、なんだろうな」

山南は中庭を囲んだ、低い土塀の際まで行って、

「三条大橋は、にぎやかだぞ」

と、腕を組む。

昼間は、そこから三条が見えたし、日が暮れると、中庭と反対側、玄関の脇から島原の灯が、遠く空を染めるのが眺められる。これが毎晩、一同の胸をしめつける。

「会津磐梯山は、宝の山だと云うが、殿様という奴は、みな気がきかんものかなあ」

原田が、大きな声でそう云っていると、永倉新八があらわれて、

「おい、おせきという洗濯婆さんは、案外親切者ぞ」

と、縁へ加わる。

「永倉さん、また突然に……。なんです」

「おれの襦袢がひどいといって、新調してくれた」

「ふうん、洗濯婆さんに惚れられるとは、永倉さんも落ちたもんだ」

「ばかを云うな。見どころのある人物と、おれを尊敬してのことだ。おれ達には、京言葉も大坂弁も区別はつかんが、おせき婆さんは大坂者だそうだ」

「そうか、よいことを聞いた。おれも一つ、ここを縫わせて来よう」

庭に立った山南が、自分の胸の辺りを顎で指した。ながの道中、着た切りの着物が、刀の柄ですり切れたままになっている。

そんな他愛ない話のやりとりも、所在ない連中の一時の気さんじにはなった。

手拭を使いながら、井上源三郎が稽古着で入ってくるなり、

「おい、原田君。八木家のなげしにあった槍を稽古に持ち出して、折ってしまったのは君だろう。母屋《おもや》では怒っておるぞ」

「しまった、露顕したか」

と、原田は頭をかく。

井上に続いて、これも稽古着の沖田が、姿をあらわす。井上は首筋を拭き拭き、

「こいつ、きょうは荒っぽいこと」

と、沖田をかえり見る。

「この沖田が、近所の子守や、私達のような子供を相手に、往来で鬼ごっこをやったり、壬生寺の境内を馳けまわったりして遊びました」と、八木為三郎が少年時代を回顧したのも、おそらくこの頃のことだろうと思われる。

また、八木家に不幸があった折り、芹沢、近藤が受付係りを勤め、他の連中もそれぞれ葬式を手伝ったというのもこの頃のことに違いない。

芹沢、近藤の二人は、受付の暇々に巻紙へ落書をして、それが後まで遺っていたという。

この頃の近藤は、細かい木綿縞の着物を着、袴は小倉だったというから、懐中具合も知

れようというもので、芹沢はじめ大酒家揃いの連中にとって、その夜の振舞酒はさぞ腹に染みたことであろう。

守護職会津侯の所へ出向く時にも、芹沢、近藤は、八木家の定紋の入った麻上下を借用している。新選組の看板は下げたものの、その当座守護職からの手当はごく僅少であり、とどこおり勝ちだったと見てよかろう。

「どうしてまあ、ここの食いものは、神仏に願をかけたようにどれもこれも水っぽいんだ。おりゃあ、高野豆腐《こうやどうふ》の煮つけを見るたんびに、お江戸が恋しくなる。塩鮭で茶漬が食いたい」

「高野豆腐と、水菜の煮付けのことは、どうか云ってくれるな。あれのせいなのだ、稽古をしても下腹に力の籠《こも》らぬのは。おれは、中串の鰻が食いたい」

いよいよ鬱血してくると、末は刀自慢に及んで素振りをくれる、据《す》えもの斬《ぎ》りを試みるという訳で、床柱に斬りつける、唐銅《からかね》の火鉢に斬り込む。八木家も、芹沢一派の前川家も、貸した部屋々々に無事な処はなかった。

その上、ほとんどが関東者ばかりだから、なんでもない言葉遣いが京育ちの耳にはひどく荒っぽく響く。素寒貧で乱暴でということから、四日五日と日を経るにしたがって、壬生の浪士を略してみぶろ、蔭ではみんな連中をそう呼ぶようになる。

三

沖田総司が、最初に白刃をかざして、修羅場の渦中に立ちまじったのは、その夏のことであったが、それまでにまだ記して置かなければならないことが幾つかある。

旧暦の五月といえば、すでに初夏だが、隊士は相変らず着たきり雀。その頃会津侯の内命で新隊員の募集も始めたが、出すものを出してくれないから苦しい生活が続くばかり。この上はおれに委せて置けと、芹沢鴨が一策を案じ、山南、永倉、原田、井上と、配下の平山五郎、野口健司、平間重助を伴って大坂の豪商鴻池善右衛門家を訪ね、「松平肥後守お預」を振りかざして、二百両の借金を申し入れる。

金を貸せというには違いないが、体のよいゆすりである。勤王の志士という連中が各所で行っている強行手段を、芹沢がそのままやってのけた訳だが、鴻池もそうそう大金を有象無象に持って行かれてはたまらない。五両の包金をさし出して、これでお帰りをという。芹沢が投げ返して怒鳴りつける。番頭が町奉行へ駆け込んだが、壬生の新選組なら守護職お預りの肩書に間違なしということで取りあわない。止むなく二百両を取られ損になる。

この金の一部で、隊士一同の夏服を調達、映画やテレビでお馴染みの、例の袖をだんだら染めにした羽織は、この時はじめて出来た。

やがてこのいきさつが守護職の耳に入る。体面上捨てておく訳にはゆかぬ、二百両は鴻池へ返済、手当の他武器なども段々に配給されて、新選組の体裁も調ってくる。毎早朝「洋式」の調練を行い、派手な羽織を着て市中の巡邏を開始した。

局長　芹沢　鴨
同　近藤　勇
同　新見　錦
副長　山南　敬助
同　土方　歳三
助勤　沖田　総司
同　永倉　新八
同　原田左之助
同　藤堂　平助
同　井上源三郎

同　　　　　　平山　五郎
同　　　　　　野口　健司
同　明石浪士　平間　重助
同　　　　　　斎藤　一《はじめ》
同　熊本浪士　尾形俊太郎
同　大阪浪士　山崎　烝《すすむ》
同　同　　　　谷　三十郎
同　同　　　　松原　忠司
同　京都一月寺　安藤早太郎

この他、監察係り会計係りのような役付七名が任命され、局長以下百余名に膨張した団体を統率することにした。

京を中心として、世はゆれ動いていた。ことに前年の十二月辺りから、京に集る浪士連の行動は過激をきわめて、守護職の手におえぬほどの勢いだったのだから、その渦中から新選組に投じた者にも、如何《いかが》わしい人物がいなかった訳ではない。近藤は「局中法度書《はっとがき》」を定めてこれを掲示し、隊士の規律を厳にした。

一、士道にそむくまじき事

一、局を脱するを許さず
一、勝手に金策いたすべからず
一、勝手に訴訟取扱うべからず
一、私の闘争を許さず
右の条々相そむき候者は切腹申しつくべく候なり
事実この厳則に触れて、切腹あるいは断首の制裁をうける者が、以上に連記された幹部の中から間もなく生じる。

三月以来上京中の将軍家茂は、朝廷から攘夷実行を迫られ、言を左右にして逃げに逃げていたが、五月十日を期してこれを行うと苦しまぎれの宣言をして、四月の二十一日摂海(大坂湾)巡視に出かける。

このため、沿道の警備役として守護職から直命をうけ、新選組は大阪へ出張する。家茂一行が、紀淡海峡辺りを巡視している間に、前年八月に起った「生麦事件」の後始末を迫っていた英国は、償金を支払おうとしない幕府に対し、三日間の猶予つきで最後通牒を送り、英艦にわかに戦闘準備に忙しく、五月四日には「今夕直ちに戦あるやも測り難し」と、幕府が非常通告を発するような切迫した事態も生じたが、ここには略す。

新選組はこの警備役で、大坂にも地盤をひろげた。守護職の厳戒で、京では自由のきかぬ尊攘派の面々が、一足すさって大阪に根拠を置き、しきりに在京の同志と連絡を取り、事をたくらむということがあったので、新選組の大坂乗り込みは彼らにとって脅威であった。

七月十五日、かねて八軒家《はちけんや》の定宿、京屋忠兵衛方には芹沢、近藤以下二十余名の者が滞在中であったが、なにしろ暑い。その日芹沢の発案で涼み舟を仕立て、淀川を下ろうということになる。所用の近藤を除き、芹沢、山南、沖田、永倉、平山、野口、斎藤一、島田(以下二名は京都で新加入)の八名が舟に乗る。

ほんのそこらで、川風に吹かれようというつもりだったに違いない、というのは、沖田、永倉、平山、斎藤の他は稽古着に袴で脇差しだけの身なりでも察しられたが、舟を出してみると淀川の流れは早く、船頭もあしらいかねたか、下流の鍋島という所まで流された。

とにかく桟橋から岡へあがると、斎藤一が腹痛をうったえ出した。どこかで休もうと介抱しながら炎天をくる途中、芒《すすき》を分けて淀川へ注ぐ小流れに、仮橋がかかっていた。

先頭の芹沢が、例の調子で、

「かたえへ寄れ、かたえへ寄れ」

と、手を振った。

小橋には、浴衣がけの力士が一人、のそりのそりとこっちへ渡ってくる。

「かたえへ寄れと？　なにを云うとる」

「寄らぬか」

「寄らぬわい」

当時大坂相撲の大関に、小野川秀五郎という者がいて、平常から勤王を唱え、一朝事あれば配下の力士を率い、攘夷の先き駆けを勤めると公言していた。配下の力士たちはこれを笠に着て、なにかといえば武士に盾つく気位を示す。芹沢はかねてこのことを知っていたので、ぐっと胸に来た。

怒りを押えがたいのが、芹沢の性癖である。力士が橋を渡り切った処を、脇差の抜く手も見せず抜き打ちに切って落した。

独行道

一

出合《であ》い頭《がしら》の睨み合から、抜き打ちまで、まことにとっ、さの事態で、後に続いた七人のうちには、なにがどうしたのか呑み込めない者もあった位だった。

「どうしました」

と、芹沢へ寄り、死体を取りまく。

「馬鹿が……。身のほどを知らぬ奴だ」

如何に芹沢でも、白昼人一人を切ったのだから、気はたかぶっている。とっとと橋を渡り切る。四五人それを追って、丈余に繁った夏草の中の小径へ出る。

「例の勤王を売り物にした、小野川の身内ですな」

稽古着の野口健司が、芹沢の背後から言う。

「虎の威をかりおって、武士を武士とも思わぬ」

「まったく。図体《ずうたい》で、おどしにかかる。よいみせしめでした」

「また一人、来ますぞ」

と、続く島田魁が行く手を指す。

肩に手拭をかけ、浴衣の裾をはしょった力士が、西日を手びさしでよけながら、すぐそこへ現れた。

先頭に出た野口が、

「寄れッ！」

と、大声を発した。

力士は手びさしのまま、野口を見下していたが、

「この細道で、寄るも、寄らぬもあるまい」

と、図太く応じた。

「黙れ、道が細いのではない。手前の図体が馬鹿でかいのだ。寄れ」

「寄れんな」

「寄らぬと、言うのだな」

この間に、草を分けて近づいた四五人が、ぱっと力士の背後から脇から飛びかかる。足場は悪いし、不意を突かれて、力士は倒れる。

芹沢が、それに馬乗りになる。

「こら。貴様の仲間を一人、たった今切って捨てたばかりだ。武士に無礼を働いたら、どうなるものか教えてやる」

頬から鼻柱にかけて、容赦なく拳を加え、

「命だけは、助けてやる。仲間共に、以後心得違いないよう申し伝えろ」

と、言うなり、一同が草むらへ突っ放す。

騒ぎで、斎藤の腹痛もなおってしまった。

一同は、これから程近い遊廓、北の新地の住吉楼というのに上り、暑さもものかは、酒宴を開く。

赤味を帯びた夏の月が、ようやく宵空に馴染《なじ》んでくる頃、楼外にただならぬ気配がただよう。

永倉新八の懐旧談によると、仁王のような大男が双肌《もろはだ》脱いで五六十人、樫の八角棒を手に手に押し寄せたという。ちょうどその日、大坂相撲と京都相撲が寄り合い、近日開く合併興行の打ち合わせをしている処へ、殴られた仲間が駆け込んできたので、この騒ぎになった。

それと見て、芹沢が矢庭に二階から飛び下りる、沖田、山南、永倉、平山という連中がこれに続く。遊廓うちの乱闘だから話は派手だ。

力士側は即死五名、負傷者十六名を出し、新選組では平山五郎が胸を打たれ、沖田は片びんをやられたが「刀を風車のように振りまわして敵を悩ました」という。ほかに、島田魁の振るった太刀先きが、永倉の左腕を傷つけた程度で、力士側は敗走した。

近藤はこのことを、定宿の京屋で聞いた。殺傷沙汰であるから捨てておく訳には行かぬ。大坂西町奉行所へ、京都守護職御預りの新選組に対して無礼を働いたから切り捨てたと届け出させた。力士側は、結局これで泣寝入りになったが、事件は思わぬ方へ波及することになる。

事があれば、集って酒ということになる。芹沢をはじめ、定宿での隊士連は、昨日の出入り話をさかなに痛飲したが、近藤は一室に籠って顔を見せない。沖田と山南が挨拶に行った。

「起ってしまったことで、いまさら愚痴めくが、芹沢君一人ならともかく、君も永倉もついていて、昨日のことは組として軽率だった」

近藤は山南にそう言い、

「奉行与力に、内山彦次郎という男がいる。こいつ尊王攘夷にかぶれて、ことごとにわれらに楯突く言動があるが、昨日の事に関しても、如何に京都守護職御預りの新選組でも、無礼だから切ったでは理が立たぬ。五名という人命を失っているのだから曲直をたださなければ役目がすまぬと、骨っぽい処を見せておる。もちろん、詮索《せんさく》がいたしたくば守護職へ申出よと、突っぱねてはおいたが、今後相当もつれるぞ」

と、至極不機嫌であった。

「沖田にも申しておく。思慮の足りぬ行為を、自ら若さの故にしてはならぬ。どうだ。昨日のふるまいに悔いはないか。以後慎しみなさい。それから山南君、われら一同京へ上って半年になる。ようやく道の左右が呑み込めてきたようなものだが、気がゆるむと日常が乱れ勝ちになる。自粛しようではないか」

（この翌年、元治《げんじ》元年五月二十日というから、池田屋騒動の半月前である。内山彦次郎は、近藤以下、沖田、原田、永倉、井上の五人によって、天神橋のたもとで暗殺される。

青竹にその生首を突きさし、橋際にさらして、

「この者奸物にして灯油を買い占め、諸人を困窮せしむるを以って天誅を加うなり」

と、捨札を添えたという。内山は幕府の禄を食みながら、勤王派に内通し、長州の手先きとなって策動を続け、米価の釣り上げを計って成功するや、灯油を買い占めてさらに世情の混乱を起そうとしていることを、大坂出身の隊士山崎 蒸《すすむ》が洗い出したので、近藤が断を下した。

理由はともあれ、新選組が大坂へ出張する度びに、両者の間に摩擦が重なり、このよう

な結末を見たに違いない。山崎烝は探索方としてその辣腕《らつわん》を知られていたが、その調べによると、内山もすでに事あるを予期して、自宅の床の間の壁をくり抜くなど、万一の場合に備えていたという)

二

京の空気は、いよいよ暗澹たるものがある。

大夕立の雲行きを見せながら、熱気をはらんだ空からは、一滴の雨も落ちて来ない。そんな情勢であった。

孝明天皇の擁立、それを唯一無二の切り札として、即時尊王攘夷を実行に移そうとする長州藩に対し、孝明天皇をいただいて公武合体の強化を目論む会津、薩摩の両藩、これに側近の公卿が両派に分れて、目紛《めまぐる》しく策動する。

孝明天皇自体が、いったん下した詔勅《しょうちょく》を、あれは自分の真意ではないと、要所に密勅を送らなければならないような政情が、この年の八月まで続いている。

苦しまぎれに、五月に攘夷を決行すると声明した将軍家茂が、ついに居たたまれず、弾き出された形で江戸へ帰った後は、長州派の暗躍ますます激しく、勢力を増してくる。二転三転した廟議《びょうぎ》は、八月十三日、近く「大和行幸」のことあるべしと発表する。

攘夷祈願のため、神武天皇陵に行幸、しばらくその地に留まって親征の軍議を開くというのが主旨であるが、背後に立ちまわる長州藩の真意は、この期を逸さず討幕の挙兵に及ぼうというのである。

不穏な噂さが、京の町々でささやかれる。

大和行幸の直後、京の町々に火を放って焼野原となし、天皇の還幸を不可能にした上で、錦の御旗もろとも箱根まで押し進み、幕府を討伐するのが長州藩の「大和行幸」の真の目的だというのである。

動揺したのは町の人々のみではない。守護職松平容保は、ひそかに孝明天皇と連絡をとり「大和行幸」が天皇の真意にあらざることを知る一方、長州方の密計をつぶさに探索する。

八月十四日には、天誅組の大和挙兵のことなど緊迫した事態もあったが、皇族中川宮の登場によって、長州派の策謀は根底からくつがえる。十八日、かねて手配通り朝廷を警備した上参内した中川宮は、大和行幸のことは長州の暴論に出たもので、これを詔勅として利用した罪は許し難いと、「勅旨」を発表する。

一夜にして、長州対会津薩摩の勢力は反転した。しかし、このまま長州派が退くとは見えない。堺町門を中心に、長州兵と会津薩摩の藩兵が対峙して一触即発の状態である。会津兵応援のため、新選組も全員八十名が蛤御門《はまぐりごもん》へ出動する。

赤地に白く「誠」の一字を染め抜いた隊旗を先頭に、隊士は揃いの浅黄麻の羽織を着し、芹沢、近藤は小具足烏帽子を着用、中には坊主頭に鉢巻長刀《なぎなた》を持った隊士もあったという。

新選組結成以来、最初の総出陣だから、その意気はさかんであった。

形勢ことごとく非と見て、長州兵の大半は翌早朝京を撤退したので、危く戦火はまぬがれたが、洛中にはなお、再挙の機会をうかがう過激の者が多数ひそんでいるので、新選組に対して市中見まわりの特命が申し渡される。

新選組の警備は厳重をきわめ、尊攘派の地下活動を許さなかったので、洛中の人心はようやく平静を取り戻す。

九月下旬には、その功を賞して朝廷から各隊士に、金一両ずつの下賜金があり、また幕府からは恩賞の沙汰があった。局長は月の手当五十両、副長に四十両、副長助勤に三十両、平隊士に十両というのだから、大した景気である。

壬生浪、みぶろと毛嫌いした世間の眼も、この頃から急に変ってくる。

三

九月に入って間もなく、近藤は土方、井上、沖田をひそかに自室へ集めた。

「局長、新見錦の不行跡は、諸君にことごとく調べ上げてもらったばかりだが、また一つ難問題が生じたぞ」

「対外的なことですか、それとも……」

いつも冷静な土方が、しばらく間を置いてからきき返した。

「対外的なことなら、大抵踏み切る自信があるが」

「それなら、ほぼ見当はつきます」

「井上君、宮本武蔵の独行道に、わが事に於て後悔せずというのがあったなあ」

「はい」

「江戸を発つ時、あれを思い出して、よしそれならおれは、今後自分の行為行動について、一切言い訳をしないと盟《ちか》いを立てた。立てるのは易しかったが、難しいぞ、一切言い訳をしないということは」

「なるほど」

近藤はそこで、声をおさえて、

「芹沢鴨の所業は、京都警備の重責を担う者としてふさわしからず、至急しかるべく処置すべしと、守護職からの直命だ」

「守護職から……」

と、井上が呼吸を詰めた。

「道中本庄の宿で、大暴れに暴れられて以来、困った男よと思いながら、同志として今日まで見て見ぬ振りで過して来たが、おれ一人のことではすまされない時が来てしまったようだ。新選組として、もはや猶予はなるまい」

「三局長の手で取り決められた、隊規五ケ条というものが厳としてある。局長といえども、これに背くことは出来ない。当然、まず新見錦の所業を隊規に照して、組としての面目を明確にすること。芹沢の処置は、その後おのずから生じて来ましょう」

土方が、ひややかに言う。

新見錦は、芹沢とは同藩の水戸出身、上京以来芹沢の右腕として活動したが、京の酒色の味を知るに及んで身を持ち崩し、町家に押し入って多額の「隊費」を強奪し、これを遊興費に当てるというような非行を重ねている。

しかし、これを芹沢の乱行に比べれば、ものの数ではない。ふたまわりも、みまわりも上を行ったのが芹沢であった。

大坂相撲との乱闘を皮切りに、島原の角屋では、例の大鉄扇を振るって食器類を打ち割り、二階の階段に添った欄干を引き抜き、酒樽の底を抜く、調理場におどり込んで手当り次第に狼藉《ろうぜき》を働くようなこともしたが、これらはまだ小の部で、堀川通りの糸問屋大和屋へ「隊費」をゆすりに出かけた時は、聞き入れぬと知るや隊の大砲を引出して、大和屋の土蔵へ射ち込み、絹糸を道に投げて火を放つ、近所の家に飛び火するという騒ぎで、所司代の火消、月番大名の火消が駆けつけると、数名の浪士の中に覆面の士が一人いて、消火にかかる者があると鉄砲を突きつけておどすので、与力同心も手を出しかね、燃ゆるにまかせたという。

この覆面の士が、いうまでもなく芹沢であったが、「当家の主人は大奸物なり、庶民の困難を厭わず利欲にふけり、外国と交易なす、大罪人の所有物焼き払うべし、これ天命なり」という立札を立てて壬生へ引き上げた。

八月十二日夕刻の出来事というから、十八日の大政変の起る直前のことである。まことに傍若無人のふるまいと言うよりほかはないが、さらに芹沢は四条の呉服屋菱屋の妾お梅を奪って、壬生の本部に囲うというようなことまで、平気でやってのけている。

芹沢、新見の頭目がこれだから、平山五郎、平間重助、野口健司という一味の行動にも眼に余るものがあった。

「芹沢も新見も、われらの身内には違いないのだ。おかげで、苦い思いをしなければならぬか」

近藤は溜息をもらし、

「新見錦のことは、土方君に委せたぞ」

と、腕を組んだ。

「つい先日入隊した御倉伊勢武《みくらいせたけ》、荒木田左馬之亮《あらきださまのすけ》、楠小十郎と、こいつら長州諜者の真似ごとをしている連中も、そうそう眼を離しておく訳には行きませんぞ」

と、土方。

「君も、気づいていたか」

「その他、まだうさん臭いのが、二三いますよ」

「新選組も、一度大掃除しなければならないほどの、大世帯になったか」

それなり近藤は、沖田へ向いて、

「どうだ、修羅場の実感は」

と、云う。

「お叱りをうけて、反省しました」

沖田は、膝に眼を落とす。

「きょうは、説教じゃあない。八角棒を片びんに食らうまでの話が聞きたいのだ」

「面目ないことですが、無我夢中でした。びんをやられていると知ったのは、騒ぎが終って大分経ってからのことです」

「そういうものだよ」

「永倉君なぞは、沖田は大したもんだったと賞めていたぞ」

と井上。

「充分反省しています。そうひやかさないで下さい」

「歳さん、この頃、おれは考えるのだが」

と、近藤は団扇《うちわ》を取った。

「おれは無学で、兵法書なぞも二三読んだほどの者だが、たとえば宮本武蔵の五輪書に、〝多敵のくらいというは、一身にして大勢とたたかう時の事なり。わが刀わきざしを抜きて、左右へひろく、太刀を横に捨てかまゆるなり、敵は四方よりかかるとも、一方へ追いまわす心なり〟などという処は、いまでもそらんじている。だが、きょうの京では、もうこれでは役に立たぬと思う。〝その心を得れば、一人の敵も十、二十の敵も心安き事なり〟と武蔵はいうが、われわれの修羅場は、十対十、あるいは二十対二十の戦いになった。

一人の心構えや、一人一人の技ではなくて、味方十人の連絡だ。面小手をつけての稽古も、洋式訓練も基本を学ぶというためには必要だが、われら新選組には、十人二十人が一体となって、進む退くの鍛練がなければ、実際の役に立たぬ。つくづくそう思うのだが、どうかね」

「なるほど。兵法の書というものは、一人の道、一人と多勢の場合を教えているが、あなたのいう連絡ということはない。その場に出て臨機応変ということはあるが、平素の鍛練は是非必要だな」

「早い話が、大阪相撲との乱闘では、島田魁の太刀先きに触れて、味方の永倉が傷を受けている。それも、戸外でだぞ。大したことはなくてすんだが、隊としては未熟というよりほかはあるまい」

「新選組一流の、組としての兵法がなければならぬか、なるほどその通りだ」

黙して聞いていた沖田が、この説に一番打たれた。これは面白いと、若い心が動いた。

二軒茶屋の灯

一

新見錦が、祇園の一妓楼で詰腹を切らされてから十日ほど日が経つ。九月十八日というから、陽気もすっかりよくなっていた。この日は朝から雨だったという。市中警備の慰労とあって、島原の角屋で新選組総員出席の宴が開かれる。

人を人と思わぬ芹沢だが、新見を失ったことはさすがに辛い。自分の名を筆頭にかかげた隊規によって、おのれの股肱《ここう》を最初に裁かれたのが、さらに重く胸をふさぐ。

その夜は特に大酒をあおり、乱酔の身を平山五郎、平間重助に護らせて角屋を中座した。それでも途中一軒二軒梯子酒をして、どしゃ降りの中を駕籠をつらねて壬生の本部へ帰る。平山、平間は銘々馴染みの妓を連れ、芹沢は呉服屋の妾であったお梅を、本部に囲っていた。

ここでまた、芹沢は冷酒をあおったという。酔眼に新見の姿を見たかも知れぬ。やがて前後不覚で床に入る。

すでにその頃、雨音にもまぎれぬ芹沢の高いびきを、忍んで聞いている者があったに違いない。

平山の妓小栄が、厠へ立ったのは真夜中だと云うが、襖をあけた処で、手燭のあかりが、抜き身をひっ下げた二人の士を浮き出した。釘づけになった小栄に、その一人が手真似で、「去れ」と命じた。

平間の妓の糸里というのも、逃げているが、芹沢の妾お梅だけは、芹沢と同じ床の中で斬殺された。

芹沢を襲ったのは、沖田、土方。妓を逃がして平山を刺したのは山南、原田だということになっている。平間とその妓は、夜具の上から二太刀突かれたが、死んだと見せて逃げおおせた。

翌朝近藤は、局長芹沢が昨夜賊のために就寝中刺し殺された、不覚の段面目次第もないと、守護職に届け書を提出、翌々二十日には葬儀を行った。

真相を知っているのは、近藤とその部下数名に、家を貸している八木家の者二三、「刺《し》客《かく》は長州の者らしいが、熟睡中とはいえあの豪の者を刺した上、証拠一つ残さず姿を消したのは、相当胆の据った奴だ」と隊士達は噂し合った。葬儀は荘重をきわめ、近藤は弔辞を読んだが、堂々たる態度だったという。

続いてそれから五日目には、御倉伊勢武、荒木田左馬之亮他数名の新参隊士が、沖田その他の手で成敗された。すべて長州方から新選組に送り込まれた間者《かんじゃ》であった。

朝廷と幕府から、慰労金を下賜されたのもこの頃のことで、市中警備の実を挙げると共に、内部の粛正も厳しく行われて、近藤勇一本の新選組が樹立された。山南を総長、土方を副長とした。

この年の秋から歳末まで、公武合体派が勢力を盛り返して、洛中洛外の警備にゆるみはなく、もっとも平静な時期だったということが出来よう。

当時の近藤に対して、如何に守護職の信頼が厚かったかというのは、近藤の養父周助の容態が思わしくなく、存命中に至急江戸へ帰るよう飛脚を立ててきたが、近藤に往復の旅程だけでも一カ月を要する東下をされては、京都の治安おぼつかなしとして、会津藩の重役二名の連名で、目下の処近藤は看病には行かれないが、当地の事情を察してよろしく頼むと、近藤の兄達に宛てて丁重な手紙を送っている。

平静とは云いながら、長州の桂小五郎、久坂玄瑞《くさかげんずい》などの尖鋭《せんえい》が、事実京に滞在して形勢をうかがっていた。

二

はじめ新選組の道場は、本部に定められた前川家の表長屋を改造したものだった。

「なにしろ剣術は、誰にしろ彼にしろ、みな相当以上に使ったもので、これは下手だという人はいなかったようです。その稽古はものすごく烈しいもので、打っ倒れてそのまま動けない人をよく見かけました。芹沢だの近藤は、高い所に坐って見ていました。いつ行ってみても、胴をつけて汗まみれになっていたのは土方で、隊士がやっているのを〝軽い、軽い〟などと叱っていました」

これは子母沢氏の「八木老人壬生ばなし」の一節だが、近藤勇の書簡に「京師に於ても久武館相建申候」と自慢している久武館道場は、隊士の増加と共に新築した、東西は三間半、南北八間という大きなものであった。

入り乱れる竹刀の音、一足踏ン込んで放つ裂帛《れっぱく》のかけ声など、沖田の臥《ね》ている部屋にも手にとるように響いてくる。

「どうだ、加減は」

と、稽古をすませた原田左之助が顔を出す。

「また、風邪を引いたよ」

「案外、蒲柳《ほりゅう》の質だな」

「ええ、ええ。うちのぼんぼんは、原田さんとは育ちが違います」

「ははあ、それで婆さんも、年に似合わず、やけに息災《そくさい》なのだな」

原田と洗濯婆さんのおせきのやりとりを、苦笑まじりに聞きながら、沖田は床の上にあぐらを組む。

微熱のあるらしい、うるんだ瞳であった。

「いいのか、臥ていなくて」

「退屈で、道場をのぞきに行こうとしたら、おせきに叱られたところだ。もう平気だ」

「土方さんが、片ッ端からびしびし絞っているわ」

「ここにいても、それがわかるよ」

「八月十八日の御政変の後、二三日してからだ。筑前の激徒で平野国臣《ひらのくにおみ》という男を、三条木屋町で取り逃したことがあったなあ」

「それから数日して、もう一度追ったが、また逃げられた」

「その平野が、七公卿の一人沢宣嘉《さわのぶよし》を擁して但馬の生野《いくの》で兵を挙げ、一暴れしたそうだ」

「今度は、逃げなかったか」

「三度目の正直で、捕えられたそうだが、その話を先刻聞いて、あの当時の緊張した空気を思い出したよ」

「近藤さんの新兵法で、十人が十人、十の力を出すと思うな、攻めは各人七五三、七五三と気合を計り、後の七五三を各人相互の連絡に用いよということだった」

「特に、屋内での争いには、その心を失うなということだったが、その上近藤さんは、万一刀の折れる場合もあるとして、脇差を二尺三寸五分のものにされたし、土方さんは新工夫の鉢金《はちがね》を用意された。それを逃げられたのだから、拍子抜けしたもんだった」

「あれから、一月か」

「そうそう、緊張ばかりしておっては鋭気を失うと称して、永倉、藤堂、斎藤など、相当お盛んだぞ。目下懐中はぬくいしのう」

「それもよかろうさ。さて、左之はどうだ」

「おれは、目下紅葉だ。京に感心したものは一つとしてないが、紅葉だけは美しいのう」

「これはまた、風流な」

と、部屋の隅でつくろい物の針を運んでいたおせきが、半畳を入れる。

「こいつ、またおれをけなすつもりか」

「紅葉より美しいものが、ちらちらなさりませんか」

「そうよのう。そういう隊士も、ないではない」

「原田さまも、沖田さまも、そのちらちらにはお気をつけなさいませ」

「ほお、御意見とは有難い」

「京という所は、長州だ、薩摩だ、いや土佐だの江戸だのと、他国のお客の出入りばかり、なにもきょうこの頃のことではのうて、長い歳月それで暮しを立てている土地ゆえ、昔から殿方のもてなしは、そりゃうまいものですが、京の女の心は瀬戸物のように冷とうございますから」

「おせきは、大坂者だと聞いているが、さては京の女に恨みがあるな。亭主でも寝取られたか」

沖田の無聊《ぶりよう》をなぐさめるつもりもあって、原田の口が軽い。

「おせきの亭主などは、寝取られようがどうしようが、たかの知れたものですが、沖田さまも原田さまもこれからというお若い方、あの婆が、いつかそう云ったがと、おぼえておいて損はございません。京の水商売女は、一両やれば一両だけ、十両やれば十両だけのお勤めはいたしますが、実《じつ》とか心とかいうものは、この針の先もございませぬ。上手に上手にもてなして、いただくものをいただくのが、それが商売の道だと、はっきりけじめをつけております」

「水商売となれば、どこの女もそうそう違う訳もあるまい」

と、沖田が笑った。

「世間知らずのぼんぼんが、なにをおっしゃいます。おそれ多いことながら、天子様が献上物の塩鮭を召し上って、これは近頃になく美味ゆえ、残りは下げずに置け、夕食にまた召すとおおせられたという話があるほど、京という所は上から下まで貧棒づくし、それがこの五六年来、尊王だ攘夷だと、お人の出入りがはげしくなって、お宝をばらばら落して行きなさる。どこでお稼ぎなされたお宝かは存じませぬが、天下の志士じゃ志士じゃと、一夜に財布の底をはたいて散財なさる。こんなよいお客さまが、大事にされぬ訳はないが、さてお茶屋さんの裏口へまわってごろうじませ。かちかち山の狸めは、縁の下の骨を見ろとほざいたそうな」

三

相変らず無精ひげの井上源三郎が、そこへ入ってきて、

「おい、飛脚が着いたぞ」

と、書状を沖田に手渡し、原田の前にあぐらをかく。

「左之さん、君はいつも、屈託なさそうに艶々しているな」

「そうら、井上さんの十八番《おはこ》が出るぞ。江戸からの便りで、里ごころひとしおという処ですな」

「なあ、おせき。秋は淋しいのう」

半分は冗談、半分はほんとうというとぼけた顔つきで、

「おればかりか、山南君あたりも、その里ごころにとりつかれておる」

と井上がうそぶく。

「そういう時には、まわり床屋に、ひげでもお剃らせなさいませ。気分が晴れます」

「剃らせたところで、見せに行く当てもないしなあ」

「それそれ、その件でいま、おせきに説教をされていた最中だった。京の女のこころは、瀬戸物のように冷たいそうです。なあ、おせき」

おせきは、糸切り歯へ布ごと糸を持ってゆき、井上に、

「もう、あの小唄は、お上げになりましたか」

と、上わ眼を使う。

「ああ〝四条の橋〟か。こう、唄うのだ。

〽四条の橋から
灯が一つみゆる
あれは二軒茶屋の灯か
あれは二軒茶屋の灯か　円山《まるやま》の灯か
そうじゃえ
そうじゃいな」
井上は低く唄って、
「わしはなあ、この唄を唄うと、二軒茶屋ではなくて、試衛館の市ケ谷の、茶の木稲荷の灯が見えてくる。江戸が恋しいのう。……こんなことが、大将に聞えたら、大眼玉を食うか」
と、おどけてみせた。沖田が書状に眼を通すのを待ってもいた形で、
「姉さんのところは、変りないか」
「はあ、無事息災のようです」
「もう一通の方は、どうだ」
そう云われると、沖田の頰にさっと血がのぼった。

左内坂と飯田町にある火消屋敷、沖田はよくそこを通って、火消人足がまといの稽古をするのを見物したものだが、そのうち顔馴染みになって、連中から声をかけられるほどになった。

火消人足をがえん（火焔）と呼び、旗本の二男三男坊で、道楽の末に火消屋敷の大部屋に転げ込んだというふうな者も少くはなかったが、そんな荒くればかりの大部屋へ、稲荷ずしや大福を重箱に入れて、茶うけ時に売りにくる娘があった。

貧棒御家人の娘で、父親は永患《ながわずら》いをしているという噂さだったが、見るからに勝気そうでいながら、どうからかわれても卑《いや》しい受け答えはせず、にこやかに商売をするので、紅いもの一つ着けているでない粗末な身なりにもかかわらず、眼鼻立ちのよいのと、親孝行が評判になり、人足達に可愛がられていた。

おりきと呼ばれたその娘と、沖田も口をきくようになり、いつ頃からか、火消屋敷で足を止めるのは、おりきの顔をみるのが目的のようになった。

井上は、沖田からよく稲荷ずしの土産をもらった。稲荷ずしが、豆大福にかわったりして、土産が重なるので、それとなくきいてみると、おりきの親孝行が沖田の口から出た。売れゆきの思わしくない日に当ると、竹の皮に包ませて買って帰るらしかった。

「お稲荷さん、相変らずまめに働いているようだな」

竹の皮包みをもらうたびに、井上はそう云ったものだが、沖田がいよいよ京へ上るという頃に、ぱったりおりきが姿を見せなくなった。父親の病気が重いのではないかと、沖田は想像したが、人足達に聞き合わせる度胸はなく、そのまま江戸を離れた。

江戸から上ってきた隊士達の郷愁は、日を経るにしたがっていろいろな形で表てに出た。沖田の場合は、おりきのおもかげと重なった。そこにあるおりきは、もう現実の姿かたちではなく、心に育て上げたものであった。沖田は先日うけた大枚の恩賞を、江戸の姉に送金したが、添えた手紙で、はじめておりきのことに触れ、居所をたずね出して見舞ってもらいたいと記した。

その返事が、二十数日振りにきた。

原田も、井上に聞いて、そのことなら知っていた。誰にも云うなと、井上は口止めをして、

「どうだ、ちょっといい話だろう。おれも総司の年頃に戻ってみたくなった」

と、その時云ったものであった。

「居所は、わかったのか」

「ええ、姉が」

書状を手離しがたい様子で、沖田は応じた。

「風邪なんか、一ぺんに癒《なお》ったろう」

原田が、床の上に坐った沖田を、にやにや眺めまわした。

隊士達の郷愁は、血なまぐさい日々と共に、奔放《ほんぽう》な酒色の上にあらわに出た。

長州の志士高杉晋作は、「三千世界のからすを殺し、主《ぬし》と朝寝がしてみたい」と歌いまくって歩いた男だったが、ある時同志に、「朝廷も国許の君公も、日夜国事に心を痛めておられる際に、君らは酒亭に上って乱酔し、妓楼に女を擁して荒廃するのは見苦しい。真に国事を思って奔走するならば、まず酒色を絶て。われらは盟約して、今後そのような行為をなす者は切腹と定めた。君もこれに加入せよ」と忠告されて大いに憤激し、「おれは、攘夷のために、命を賭している者だ。切腹が怖くて酒が呑めず、女郎買が出来ぬような腑抜け共に、天下の事を成し得ると思うか。おれはこれから、女郎屋へ行く」と、井上聞多《いのうえもんた》を誘って敢えてその場を立ったという話が遺っている。

明日の命の知れぬ毎日であれば、そのように奔放不羈《ほんぽうふき》な生活もあったに違いないが一方にはまた、郷里に残したきずなにひかれる心を、酒色にまぎらす男達も多かったと云えるであろう。

芹沢鴨、新見錦の水戸派ばかりではなく、もうその頃には、近藤にも山南にも、いやほとんどの隊士にこれという女が出来ていたようだ。

盤上盤下

一

文久三年も押し詰るにつれて、新選組の市中取締りは厳格を極める。

永倉新八遺談は、「斬棄《きりすて》御免の特権さえ与えられたので、京都大阪に潜《ひそ》む志士は、新選組の隊員を恐れる事鬼神の如く十一月頃から年末にかけて警戒はますます辛辣《しんらつ》を加え、「日置年表」などを見ても、

「十一月六日　朝廷諸藩に勅して浪士取締を命ず」

「十一月廿七日　幕府は郭門守衛及び巡邏の諸大名に命じて、浮浪の徒を斬殺せしむ」

「十二月二日　朝廷は堂上等に令し、乗馬して雑沓地を往来するのを禁じ給う」

「十二月十一日　幕府令して、攘夷を口実として民財を掠奪《りゃくだつ》する者を捕え、斬《ざん》せしむ」

「十二月中　幕府令して、浪人の取締を厳にす」

等々、枚挙《まいきょ》にいとまがない。

正月八日、将軍家茂は海路大阪城に到着、同十五日再度京都二条城に入る。

「斬棄御免」は、この前後に、おそらく京都守護職の内諾を得たものであろう。

翌二月二十日をもって、元治元年と改元される。

その二月、守護職からいったん陸軍総裁に転じられた松平容保が、二カ月にしてふたたび守護職を命ぜられるような複雑な情勢のうちに、長州藩士桂小五郎、肥後藩士宮部鼎蔵《みやべていぞう》を主謀とする一大陰謀のあることを新選組が探索する。いうまでもなく、これが池田屋騒動の端緒《たんちょ》で、幕府方の弾圧に屈することなく、手をかえ品をかえての反抗が、ここまで煮詰められてきた訳だが、すべては前年八月の政変以来、朝廷から退けられた長州藩の信望勢力を回復し、ふたたび長州の天下として、国論を左右すべしの一念から出ている。

これに対して新選組の主脳部は、将軍家茂の再上京と共に、単に市中警備の役柄に止まらず、公武合体のために全力を尽し、「真」の尊王攘夷に参加出来るものと信じていたが、例の如く進退の曖昧模糊《あいまいもこ》たるまま、五月二十日にいたって家茂は江戸に帰ってしまう。

この将軍東下の風説を聞いて、近藤は一書を老中に提出し、今度もまた有耶無耶《うやむや》のうちに江戸に帰られては、われわれとしても責任を以って役目を果す訳には行かぬから、組を解散するなりそれぞれ江戸へ帰すなり、はっきりした処置を願いたいと、丁重な言葉遣いながら、激しい志を述べている。

この上書になんの沙汰もなく、近藤ら主脳部が力を落している矢先きに、かねて臭《くさ》いとにらんでいた四条小橋の古物商、升屋喜右衛門の正体があばかれ、喜右衛門こと輪王寺元家臣古高俊太郎の口から、烈風の日を選んで京都御所の風上に火を放ち、この間天機伺候に参内する親幕派の頭目中川宮をはじめ、松平容保を要撃して孝明天皇を奪還し、尊攘派の勢力を一気に挽回しようという、意外に大がかりな陰謀のあることが洩れる。(この風説は、前年の大和行幸以来くすぶっている)

古高俊太郎も志操堅固の武士であったが、新選組の詮議《せんぎ》は過酷を極め、長州藩士との往復文書、隠匿されていた甲冑《かっちゅう》鉄砲など武器を証拠として拷問を加えたので、遂に機密を包み切れなかった。

古高が捕えられたのは六月二日のことという記録もあるが、五日という説が通用している。事実、組の探索方を担当していた山崎蒸は、薬屋に変相して、その頃から池田屋に潜伏していた。古高はいっかな口を割らず、激昂した土方歳三が足の甲へ五寸釘を打ち通し、百目蠟燭を立てて火をつけたなどの話があり、自白と同時に守護職へ急報する一方、一味の動静を事こまかに探索して、一網打尽を計ったとすれば、あるいは二日説にも根拠があるかも知れぬ。

二

池田屋騒動は、近藤勇が表ての潜《くぐ》り戸《ど》を排して、
「新選組の、御用改めであるぞ」
と、踏ン込む辺りから、余りにも有名な光景となってくる。続くは沖田総司、永倉新八、藤堂平助、近藤の養子当時十七歳の周平の四人であることも先刻御承知の筈だが、ここから展開される乱闘は、映画テレビの繰返されるたびに颯爽の度を加え、剣劇百科辞典の感があるが、すくなくとも暗夜に、屋内で行われた死闘だということを忘れてはなるまい。

祇園祭りの宵山《よいやま》に当る、六月五日五ツ過ぎといい、初夏のことで明け放した座敷ばかりだったとしても、敵味方を分別するにも心を尖らせねばならぬ闇の中だ、剣の呼吸も血潮の異臭も、むしろ陰惨極まりないものであったに相違なかろう。

当時の芝居の照明には、竹竿の先に蠟燭をともした「面《つら》あかり」を用い、役者の演技を一人一人照らし出している。行燈すら吹ッ消された、旅宿の内部を想像したい。

正面から押し入った近藤が、僅か四人の手勢を連れただけだったということも、それらの状況をすべて計算した上の手段と考えられないことはないのである。

六月五日は、別に屛風祭りとも呼ぶ。三条四条の鉾町の旧家では、それぞれ家宝の屛風をきらびやかに飾って明日の祭りを迎える。各町内の鉾建ても完了して、一口に「コンチキチ」と云われる祇園囃子の音も、次第にカン高さを加え、夕べと共に人々の心をそそる。

探索山崎烝の薬屋は、この二、三日の滞在で池田屋の女中共ともすっかり馴染みになり、その夜一党の寄り合いがあることを確認すると、ただちに密偵を放って新選組本部にこれを急報する。会合の場所として、別にもう一個所古高の口から出ているものに、四条縄手の四国屋がある。近藤また急遽手配を調えると共に、守護職、所司代に使者を飛ばして応援を求める。

当日新選組は、大坂出張の者もあり、食当りのために臥ている者が多かったりして、役に立つのは三十人前後だったというが、近藤には期したものがあったに違いない。池田屋、四国屋襲撃の尖兵は、隊士の他に譲らぬが、無勢のために取り逃がす者があってはならぬと、守護職、所司代の手配を求めたのである。

壬生を出る隊士達は、三々伍々、草履や下駄を突っかけて夜遊びに行く恰好である。これがみな、三条先斗町《ぽんとちょう》の町会所に集まり、先きに運んであった例の隊服その他、切り込みに必要な身支度万端を終えて、時の至るを待つ。ただいまの八時頃からだという。宵山の賑わいは増すばかり、その陰に三十名の壮士が息をひそめている。

「永倉君、誰しも見に行く花の山、というのを知っているか」

斎藤一が微笑を作って、こっそり話しかけた。

「誰しも見に行く？」

「それ、手拍子そろえて賑やかに、舞いの手にはやす締め太鼓、という奴だ」

「なんだ、みんなで踊ってまわって、最後に拳をして、負けたら一杯呑むという……」

「おれは、あれが好きだ、如何にも京の花見の気分でなあ」

「斎藤が、なにを云い出すと思ったら」

「今夜が片付いたら、またやるさ」

そういう井上は、沖田と共々、一番静かだった。

「今夜が片付いたらか、その通りだ。なあ、総さん、なにがあっても生きることだ。生きてみることだ。生き身に感じないで、事が分るものか。なんとしても生きてみることだぞ、そう思わぬか」

いら立つ気分を鎮めかねるかに、原田が畳み込んできた。沖田はちょっと眼を伏せてから、

「切腹までしても生きている貴様が、殺しても死ぬものか」

と、原田をにらみ返したので、みんなが思わずふき出した。

守護職からの連絡が絶えて、もっとも神経を尖らせているのは、近藤と土方だった。池田屋の山崎からは、その後も密偵が来たが、守護職からはなんの通達もない。いっとき(二時間)近く、よく重苦しい時に耐えた近藤が、待ちかねた会津藩の密使から得たのは、松平容保が病中で決裁に手間取っているという、腑抜けた報であった。

近藤は意を決した。ただちに隊士を二隊に分け、土方に二十余名を与えて四国屋へ向け、自らは沖田以下十名を率いて池田屋へ急行する。

三

土間に踏み込むや、有無を云わせず階段へ向う近藤に、池田屋の主人惣兵衛が仰天して、

「二階のみなさま、お調べでございますぞ」

と、大声を発する。

二階の上り口に近く座を占めていた北添佶摩《きつま》が、惣兵衛の言葉の聞きとれぬまま、階段を二、三段下ってきた処で、二人の眼が合う。とたんに引き戻そうとする北添の背後へ、駆け上りざま近藤の第一刀が、一文字に切り下される。

続いて、飛鳥の如き沖田。

乱闘は、それから始まる。当夜討幕の謀議に参加した者は三十名と云われるが、沖田の討ち落した相手と経過は、次のように伝えられている。

長州の吉田稔麿《としまろ》は、出ばなに肩先きをやられたがさしたることはなく、いったん池田屋を脱出して数町先きの長州屋敷へ急を報じ、救援を求めた上でふたたび池田屋へ取って返している。気骨にすぐれた若者というよりないが、手槍をもって沖田と一騎討ち、たちまち切りまくられて落命した。吉田は二十四歳、久坂玄瑞、高杉晋作と共に、吉田松陰門下の三秀といわれた人物、松陰の甥にも当っている。

肥後の松田重助は三十四歳、修羅場の経験を重ね、胆の据った人物だったが、その夜は商人風に変相していた上、得物《えもの》は短刀ということで、その右手を落されてからこれまたたたくうちに沖田にやられた。

ここらまでは、おそらく切り込み当初の戦いだったろうが、四条縄手の四国屋へ立ち向った土方らの別動隊が、そこに敵の影なしと見て直ちに池田屋勢に合してからは討幕派は要所要所を固められて、次第に鏖殺《みなごろし》の形となる。これには、謀議中の諸士の武器を、片端から巧みに隠匿した山崎蒸の抜け目のない事前の策略が、露骨なまでに功を奏している。

永倉新八の遺談では、この辺で自分の働き振りを、

「敵は大上段にふりかぶって斬り下すを、青眼に構えた永倉はハッとそれを引外《ひきはず》して、お

胴ッと斬り込むと、敵はワッと声をあげて倒れる」等々大いに吹聴《ふいちよう》しているが、それでも沖田の剣の冴えを云うことは忘れず、

「二十余名の志士は身を躍らせて屋根を飛降り、中庭の彼方此方と逃げまわったが、階下には沖田、永倉、原田の三人が控え、手向う者は斬り棄てんと身構える。ヂリヂリ剣を向けたまま一人の志士が沖田へ向うと、たちまち、二三合して沖田に斬られる」

という調子で、この若者の水ぎわ立った手練を語っている。

悲惨を極めたのは、当夜の頭目とも云うべき肥後の宮部鼎蔵の最後であろう。天井の低い二階座敷で近藤と一騎討ち、熊本での剣の使い手と云われるだけに、堂々と脇差しでわたり合ったが、近藤の切っ先きを額にうけ血が視野をくらました処へ、階下から駆け上ってきた沖田らに取り囲まれる。これまでとさとった宮部は階段に腰を下し、

「ああ、わが事終る」

と叫びつつ、割腹して果てた。三十四歳の分別盛りであった。

土方らが合してからは、近藤が決闘の合間合間に、切るよりは生けどりにして捕えよと命じたそうだが、死闘二時間、午前零時頃にようやく事態は終りを告げ、志士の即死は七名、捕縛二十三名という数字を遺した。

後日、近藤が養父周助らに報告した書簡があって、ほとんどの「新選組」物語に引用さ

れているが、「ようやく事すみ候あとへ、守護職、所司代、一橋殿、彦根、加州等の人数三千余人、出張に相成り、翌六日昼九つ（正午）引揚げ申し候」とあって、これらの人数の配置が直接には役立たなかったことを云っているが、池田屋をいったん脱出した志士達も、すべてこの警護の網にかかって捕縛された。

また、「多勢を相手に火花を散して、一時《いっとき》余の間戦闘に及び候処、永倉新八の刀は折れ、沖田総司の帽子先き折れ、藤堂平助の刀はささらの如く、伜《せがれ》周平は槍を折られ、下拙刀は虎徹のゆえにや無事に御座候」とも語り、「実にこれまで度々戦い候えども、二合と戦い候者は稀れに候いしが、今度びの敵は、多勢の上にいずれも万夫の勇士、われらまことに危き命を助かり申し候」と、敵の実力にも及んでいる。

ただ、この手紙の中に、沖田の喀血のことはなにも記されていない。西村兼文の「壬生浪士記」も乱闘の状況はかなり詳しいが、これもまったく触れていない。近藤は味方の被害を、「藤堂平助深手、永倉新八薄手」とだけ記している。

短かい夏の夜が白みかけるにつれて、池田屋を中心に凄惨な一夜の跡が浮き出されてくる。

子母沢寛氏によると、「血みどろになって斃《たお》れている志士の死体は、これを大和小路三条縄手の三縁寺境内へ運び出し、どしどし放り込んでそのまま引揚げて行った」とあるが、勝負を終った将棋の駒が、盤上盤下に乱れ、あるいは無造作に、箱にさらい込まれるのに似ている。ただこの夜明けの駒は、血糊にまみれていた。

古い「なぞなぞ」に、

「楠正成とかけて、なんと解く？

夕涼みの、縁台将棋と解く

その心は、足利攻める」

というのがあるが、そういえば将棋というものは、幕末の志士と呼ばれ、刺客と見られる人々の行状に酷似した処があるように思われる。

囲碁に比べて、将棋は終始まったく戦闘的である。ある人々は、自身を王将と自負して部下を結束し、ある人々は自分自身を一枚の駒として敵に当る。

さしずめ近藤勇などは、将軍家を王将と仰ぎ、自らを飛車と目した典型的な人物ではなかったか。そこで、土方歳三が角行ならば、沖田総司は香車ではなかったか。飛車の近藤、角の土方に先行して、無類の鋭さを示した香車は、沖田そのもののように感じられる。

尊王攘夷派の志士側にも、将棋型の人物はいくらもあるが、幕末の混乱をくぐり抜けて、明治新政府の樹立に参加したような人々は、端的に戦うことを避け、要所に石を打ち込み、連繫を重んじ、場合に依ってはこちらの小石を捨てて省みず、大石を物にするような策謀に知恵を尽す、囲碁型の人物が多かったようだ。

この池田屋騒動の直前に、ほんの少し早く池田屋を訪ねたばかりに、危く渦中を逃れた桂小五郎、後の木戸孝允《たかよし》などは、その典型的な人物であったかも知れぬ。

将棋の駒では、もう一つ思い出す挿話がある。

慶応三年は、坂本龍馬、中岡慎太郎が、京都で暗殺された年だが、江戸も歳末が迫るにつれて世情不安で、京都で戦争がはじまったなどの噂さが流布《るふ》される中、廿五日にいたって芝の薩摩屋敷焼討ちという事件が起った。志士と称される連中が激しく出入りするし、蔵前や深川木場の豪商が当時ひんぴんと賊に襲われたが、これを探索した岡っ引は一味の者が薩摩屋敷に姿を消したのを見たなどのことが重なって、荘内藩酒井左衛門尉配下の見廻り組が乱入する。

この同勢中に、永坂六之助という者があった。将棋が強いので、江戸でも同好者間に知られた人物だったそうだが、白刃をひっ下げて奥に入ると、そこで応戦する武士に出逢った。この武士の名は、遂に知れなかったそうだが、立ち向った永坂の眼に、尋常一様の人物ではないと映った。それが、将棋好きの永坂には、生きた王将の駒と見えて五体がすくみ、わずかの隙に身をひるがえして逃げたという。

永坂は後々これを語り草にして、自分がもし将棋を知らなかったら、あの場で一命を失

ったに違いないと述懐したという。大崎八段という専門棋士が、この話を覚えていた。（倉島竹二郎氏談）

そういうことも、必ずあるであろう。

近藤土方を先頭に、二列に隊伍を組み、新選組三十余名は、壬生の屯所へ引き揚げる。重傷の藤堂だけは戸板で運ばれたが、隊士の面々は微笑をふくんで悠々迫らず、沿道に並んだ見物の眼をみはらせたという。

昏倒するほどの大喀血の後だけに、顔面蒼白の沖田が、真っ先きに立って歩いていたのを見たと、話している人もある。

ここでも私は、将棋の駒を連想する。

やがてその日、鉦の音の高々響く祇園囃子と共に、血なまぐさい昨夜の騒動を知らぬげに、数十台の山鉾が京都の町の中心を練りはじめる。

ドンドン焼け

一

洛中洛外、当座は池田屋騒動の話でもちきりとなる。特に、沖田総司の名が人々の口の端に上り、一時に世間にひろまる。

後片付けがすむと早々、新選組一統に対して、朝廷より感状、幕府からは賞与がおくられる。近藤の書簡に、自分は「長道の刀」をもらい、組一統へは「五百両」拝領したとあるが、幕府から会津藩に渡した分配表によると、近藤に金十両の他別段金が二十両、土方が金十両と別段勤十三両、沖田を筆頭に永倉藤堂らの助勤には合せて二十両ずつ、以下平隊士が各十五両を与えられている。

壬生の屯所は大変な景気で、日夜酒びたりの者が多く、はては「大名になった、大名になった」と叫んで、島原遊廓の方へ走って行く隊士もあったという。同じ将棋の駒でも、これは歩からと金に成り上った人物であろうか。

一方池田屋事件の急報は、七日後には長州の国許へ伝わり、久坂玄瑞真木和泉ら三百人が、まず三田尻港から船で東上、同月二十四日には山城の山崎から天王山にかけて復仇の陣を張る。

これに対して、新選組は見廻組と合体、九条河原に待機の姿勢となる。見廻組は、例の清河八郎を江戸で暗殺した佐々木只三郎らを頭目として、旗本の二男坊三男坊から隊員を募集した一団で、それまで新選組とは別個の行動をとっていた。

久坂真木が、「嘆願書」を提示して朝廷内の同情者に呼びかける一方、国司信濃、来島又兵衛は兵三百を引き連れて嵯峨天竜寺に立て籠り、福原越後また兵四百を擁して伏見に陣を敷く。

この間一橋慶喜は、伏見奉行所に福原越後を召喚し、勅命を示して退去を命じたが聞き入れない。長州からは続々援兵が東上する勢いなので、幕府または近国藩の兵を召集して治安に当り、その数八万に及んだという。宿舎にも事欠いたが、幸い夏季だったので境内や河原に小屋をかけた。

七月十八日夕、天王山を進発した久坂真木組は堺町門を目指し、伏見の福原組は十九日未明稲荷山に於て大垣藩と戦端を開く。嵯峨の国司来島組は蛤門へ殺到して、いうところの「禁門《きんもん》の変《へん》」「蛤《はまぐり》御門《ごもん》の変《へん》」が勃発する。長州の総力三千と云うから、もとより敵ではない。その日のうちに三方とも完敗して洛外に散る。

九条河原に待機した新選組は、遠く砲声を聞くのみ、堺町門に馳けつけた時はすでに敵影はなく、この日の実戦には参加しなかったが、翌々二十一日天王山の残敵追討には尖兵を勤めた。近藤以下、沖田永倉原田井上が五十名を率いて山頂を目ざしたが、酷暑の折から甲冑を脱ぎ捨てての進撃、やがて金の烏帽子をいただき金切割りの采配を右手に真木和泉が山上に現われたというから、大砲を備えた戦いにも、古風な武士の格式は捨てなかったと見える。真木和泉以下敗残の士はここでことごとく切腹、新選組は続いて二十三日に大阪へ急行、残敵の捜索に当ったが、鉄砲八十六挺他の武器を押収したに止まった。

この戦火で、もっとも痛手をこうむったのは京都の住民で、「世帯数二万七千五百十三軒、町数にして八百十一町、焼け落ちた土蔵千二百七棟、橋四十一、宮門跡三、芝居小屋二、公卿屋敷十八、武家屋敷五十一、寺社二百十三」その他が灰燼《かいじん》に帰したと、当時の記録にある。当時京都の人口はほぼ五十万と云われるが、人々はこの日の戦禍を「ドンドン焼け」と称したという。「御所の風上に火を放つ」という宮部鼎蔵らの陰謀だけは期せずして事実となった訳で、国内では後にも先きにもない、大きな市街戦ということが出来ようか。

池田屋騒動の余波はこのように拡大され、さらに悲惨な事跡を遺した。

京の童唄《わらべうた》に、「姉さん六角たこ錦」という文句があり、姉小路、三条、六角、たこ薬師、錦小路の地名を読み込んであるが、その六角に牢があり、当時四十名近い志士が繋がれていた。十九日早朝から砲声しきりだったが、やがて市内に火を発して燃えひろがり、二十日に入っても火勢は一向におとろえない。「日色銅のごとく」正午頃には火の粉が牢内に舞い込む情勢では、これらの囚人を如何にするかが、当然奉行所の問題になった。酷暑に重ねての熱風の渦巻《うず》である。一夜まんじりともしなかった囚人達は、半狂乱でわめき立てる。責任者の奉行滝川播磨守も、平静な判断を下せる状態ではない。破獄をおそれて意を決し、午後の二時頃から五時ほどの間に、平野国臣をはじめ三十三名の者を、次ぎ次ぎに引き出して首をはねた。

二

この年の秋、伊東甲子太郎一派の参加によって、新選組は一つの岐路に立つ。

伊東は江戸深川佐賀町に北辰一刀流の道場を開き、国学にも通じた一人物であった。二年振りに江戸に下った近藤の勧誘に応じて上京、実弟鈴木三樹三郎、篠原泰之進らと共に加入したが、副長の土方と同格に並んで「参謀」の肩書つきであった。同時に五十余名の新隊士が増えたので職制を改め、一番隊から十番隊までの編成として組長には、筆頭に沖田総司を置く他、永倉新八、斎藤一、松原忠司、武田観柳斎、井上源三郎、谷三十郎、藤堂平助、鈴木三樹三郎、原田左之助の九名がある。別に、剣術師範頭として沖田総司、池田小太郎、永倉新八、田中寅蔵、新井忠雄、吉村貫一郎、斎藤一。柔術師範頭には篠原泰之進、松原忠司、梁田佐太郎。文学師範頭には伊東甲子太郎、尾形俊太郎、毛内有之介《もうないありのすけ》、武田観柳斎、欺波雄蔵など、百三十余名の隊士を統制するにふさわしい組織振りである。

土方歳三と並んで、創立以来首脳部の一人であった山南敬助が隊規にそむき、翌慶応元年の二月に切腹して果てたので、この新編成にも、すでに彼の名は入っていない。

山南は突然脱走して、近江の大津まで逃れ、そこで追手に立った沖田に発見された。脱走の因をなしたのは、土方歳三との不和、さらに伊東甲子太郎の人物と識見にひかれて尊皇攘夷に傾いたためと云われるが、この頃隊士の増加と共に壬生の屯所が手狭まとなり、西本願寺内に本部を移そうという計画があった。山南は由緒ある仏域をおかすことに極力反対して、土方らに同《どう》じなかった。これが直接の原因で、土方の意見を容れる近藤とは「生死を共にする訳には行かぬ」と書き置きして脱走したというのだが、これだけではこのヒステリックな行為は説明しかねるように思われる。

壬生の前川家の一室で切腹、介錯は本人自ら沖田に依頼して、立派な最後だったという。行年三十三歳であった。

これに前後して、沖田はなお数人の介錯を勤め、追手となって人を殺《あや》めている。百三十余人の大世帯、寄り合世帯の規律を守るためには、絶えず過酷なまでの粛清が行われたが、この時ほど沖田が切羽詰った心境のことはなかったのではないか。試衛館以来の同志である。切腹の場には永倉も立会ったというが、若い沖田の方が、山南のおぼつかなげな心の底を察したかも知れぬ。山南は東北の生れで、京の土には遂に馴染み切れず、強い郷愁に悩まされてはいなかったか？　東北と京と、今日の常識では想像も及ばぬ異質の環境である。

この年五月、長州再征の勅許が下されると、世の中の動きは急にあわただしさを増し、近藤や伊東は使者として二度も広島へ往復して長州方と会談する。伊東の才幹は組の内外に信望を集めたばかりか、ひそかに尊皇派と手をつないで時期を待つ行動に出る。

慶応二年に入って、長州再征の議が本決まりとなり、紀州藩主徳川茂承《もちつぐ》を総督として広島へ向うが、この時すでに、坂本龍馬、中岡慎太郎の仲介によって、薩長同盟の密約が成立、最新兵器軍艦などが買入れられている。

しかも、七月十二日には、将軍家茂が大阪城内で急死するような思わざる事態が生じ、十二月五日、ようやく十五代将軍に一橋慶喜の擁立を見たと思うと、その年も押し詰った二十五日に、親幕の孝明天皇が急死するにいたって、公卿岩倉具視《ともみ》を代表とする尊皇派の暗躍は急激に活溌となる。天皇は御年三十六歳、毒殺という説もある。

三

西本願寺は、随分迷惑をしたらしい。本部に当てられたのは集会所といって、各地の僧侶が上京した場合に使う、畳なら五百畳敷きの大広間もあるという建物を、幾つかに仕切って隊士の室にしたものだというが、別に牢屋から、仕切りの土壇場まで造り、会津藩から下付された大砲二門を広場に据えて、実射の演習を行ったという。

その他、ここをよい得意として物売り女が盛んに出入し、猪の肉などを持ち込んでくる。これを煮るにおいが寺中にただよう、隊士の切腹も介錯も筒抜けに伝わるという訳で、寺側はほとほと困ったものらしい。その寺侍だった西村兼文の「壬生浪士記」が、吐き出すような悪口ばかりなのも当然である。

万策尽きた西本願寺は、不動村という所へ新本陣を建築して、ここへ移転を懇請する。大名屋敷を模したもので、近藤や土方などの居室は豪華なものだったというが、この頃すでに、伍長以上の隊士は各自別宅に住んで差しつかえないという隊規が出来ていた筈である。

近藤はこの頃、三人ばかり女があったという話で、一軒家を持たせていたのもある。他の隊士はおして知るべしだが、沖田だけには一切その方面の話は遺っていない。洗濯婆さんのおせきと、不動村の新本陣に住んでいたとする方がよかろうか。切腹直前の山南には、島原の明里という妓が別れに来て、傍にいた永倉を泣かせたが、その永倉には同じ島原の小常という芸妓があり、女の子を生ませている。藤堂平助その他、組長格の者にはなにかしら付いていない者はないが、原田左之助だけは町家の娘を妻としている。沖田と並んで、女に縁のなかったのは井上源三郎だが、隊中での年長者といえどまだ四十代である。人眼に立たぬ、地味な女がどこかになかったとはいえまい。

伊東甲子太郎は文武の才の他、風貌姿勢も人にすぐれ、武骨な近藤などに比べると人当りの柔らかな人物だったので、隊中では山南藤堂のような支持者を作り、対外的にも信頼されて、かねて期した如く尊皇派とひそかに提携するところまで、手足を伸ばしてきた。同志新選組の参謀として、近藤土方と共に行動していたのでは、もはや自由が利かない。同志篠原泰之進と計って脱退の決意をかため、東山泉湧寺に造営された孝明天皇御陵の衛士《えじ》の任につく手づるをつかみ、慶応三年三月これを理由に実弟鈴木三樹三郎以下十五名を引連れて高台寺内の月真院に分離した。

佐幕派から尊攘派への勢力の移行が、砂時計の砂を見るように、この辺にも徐々にあらわれてきたのだが、近藤には雑念はなく、御陵衛士拝命という名目にしたがってこれを認める。

だが、伊東一派の行動を鵜呑みにしたのではない。腹心斎藤一に意を含めて、高台寺党の一員に加えている。

討幕派対佐幕派の対峙が、いよいよ逼迫《ひっぱく》したこの年、伊東は篠原を伴って二度も九州の太宰府へ旅をしている。佐幕派のために京を追われた形の三条実美ら五公卿がこの地に仮寓していたので、薩長土の同志が絶えず往来して情報を交換していた。伊東はその都度、京表ての近状を土産にしたのである。

余談だが、面白いのは、近藤が同じこの頃、土佐藩の参政であり志士である後藤象二郎と膝を交えて語る機会を得て、この人物に惚れ込んでいる事実談がある。まかり間違ったら、一刀のもとにと、初対面の近藤は殺気立った気くばりだったが、後藤がそれと察し、しかもおっとりと、「象二郎はその長いものが、生れつきどうも大嫌いで、まずそれを抜きで、心おきなく談合がいたしたいのう」と云ったので、近藤も笑い出し、初対面ながら大いに時勢を論じ合ったという。もう一度ゆっくり会いたいという近藤の手紙も、よろこんで会おうと応えた後藤の手紙も遺っている。また、万一土佐藩士と往き違いを生じた場合、後藤象二郎には危害を加えぬよう、固く隊士に云い含めたとも云われる。後藤は明治新政府に仕えて元老院副議長などを勤め、伯爵を授けられた。

本部が西本願寺へ移り、不動村へ越してからも、沖田は時折り壬生の八木家を訪ねてきた。

池田屋騒動の後、喀血後の疲れもあり、世間の取り沙汰がわずらわしく、引き籠り勝ちのまま、西本願寺へ移って行ったが、忘れた時分にひょっこり姿を見せる。

相変らず、集ってくる子供や子守を相手に、他愛ないやりとりをしているのを見ると、十指に余るほどの敵を切った刺客とは思えなかったが、さすがに頰のあたりにやつれが出て、なにかの拍子に上げる眼の動きに、一瞬人を射るような鋭さの生じることがあった。

大人達は、そういうものを見逃さなかったが、子供は前通りの沖田しか知らない。その気易さを求めて、訪ねてくるのであろう。

総勢がいよいよ壬生を離れる日、近藤は紋服に改めて土方以下数人の隊士を率い、律気に近所の家を挨拶まわりしたが、その時近藤は、五両の金を包み、八木家の当主に厚く礼を述べた。八木家でも、ほっておく訳には行かず、西本願寺の本部へ四斗樽を祝いに届けた。

「あの時は、三年越しの掃除代にも足りぬものを持って行ったのに、こもかぶりを届けられたりして、顔から火が出ると云って、近藤さん大恐縮でしたよ」

などと、無邪気に内輪話をした。

八木家の者が、何気なく外へ出ると、日向《ひなた》の縁に、沖田がたった一人腰をかけているようなこともあった。

「おや、沖田さん」

そう云って、寄って行くと、

「今年は、よくなったじゃありませんか」

と、柿の木を指す。

「きょうは、この辺になにか？」

「いや、あんまりいい天気だもんだから」

沖田は微笑して、

「近藤先生が、急用で江戸へ発ちましてね」

と、袴の膝を抱く。

「へえ、お一人で」

「永倉さんと、尾形俊太郎、武田観柳斎の四人でね」

「なぜ、沖田さんも一しょに」

「公用だから、そうも行かない」

「だって、江戸には、たしか御両親はもうおいでなさらないが、お姉さんが……。それは惜しいことを」

八木家の者はそう云ったが、いい秋日和だから寄ったという、沖田の気持がわかるような気がして、

「沖田さんを連れて行くと、もう京へ戻るのは嫌やだと云うかも知れない。近藤さんは、きっとそう思ったに違いない」

と、冗談めかした。

「私より、井上さんが帰りたがってね」

「ほお、井上さんが。あの方は、いつも悟り切ったような顔をしていなさるが」

秋刀魚《さんま》が食いたい、秋刀魚が食いたいと、この二、三日口癖にする井上を思い出して、

「あの人は、ほんとは一番淋しがりやなんでね」

と、沖田は云ったが、それと一しょに、つい近所の地蔵寺へも、帰りに寄って行こうと思った。その寺には、山南敬助の墓があった。寺へ詣《まい》るなどということは、江戸麻布の両親の墓以外かつてないことであった。

沖田はまた、洗濯婆のおせきのために、糸巻きを手伝ってやることもあった。

「お上手な」

「相すみません、お願いいたします。おやまあ、お上手な」

「こいつ、おだてるつもりか」

沖田が、糸のたばを両手にかけると、おせきがそれをたぐって糸巻に巻く。

「お江戸までは、幾日かかりましょう」

「おれ達が来た時は、十六日かかったが、今度の近藤先生は、早駕籠で通されるということで、三日あればよいそうだ」

「まあ、たった三日で」

姉の糸巻も、よくこうして手伝ったものだが、一束の糸を巻き終る間が長くて長くて、つい膝を浮かし、何度姉に叱られたか知れない。あれは幾つ位の時のことだったかと、沖田ははるかに思いをはせる。

勝てば官軍

一

慶応三年十一月十五日五ツ下り（午後八時半頃）、土佐の志士というよりは、その頃すでに薩長の手を握らせ、徳川慶喜をして大政奉還に動かしめるという、天下を左右する政治家となっていた坂本龍馬、その盟友中岡慎太郎の二人が、河原町通りの近江屋という醬油屋の二階に滞在中、七名の刺客に襲われる。

坂本はその場で絶命した。中岡のために、大声で階下へ医者を呼べと命じ、

「おれは脳をやられた、駄目だ」

と、洩したのが最後だったという。

中岡は全身に十一カ所の傷を負い、翌々十七日に死んだ。

近江屋の主人新助は、二人を預るほどの気骨ある男だったから、ただちに土佐屋敷へ急を報じたが、後の祭りであった。

七人の刺客は、当時の状況から、誰からもまず新選組の隊士と目星をつけられた。

しかも、証拠があった。

現場に刀の鞘《さや》と、下駄の片っぽが遺留してあったが、新選組から分れた御陵衛士の中に、この鞘は新選組の原田左之助のものだと証言するものがあった。証人は、富山弥兵ヱ、篠原泰之進、阿部十郎ら、原田と共に起居したことのある者ばかり、中には伊東甲子太郎が証人だという説すらある。こうなると、江戸以来行《こう》を共にした藤堂平助が証人だといっても、間違いではないかも知れぬ。

下駄の片っぽには、前夜そこの席で新選組が宴を開いた、先斗町の瓢亭の焼印がおしてあった。

この二つの遺留品が、土佐藩士の頭にながく残った。坂本は海援隊の隊長、中岡は陸援隊の隊長である。両隊に属する若者達は、必死で刺客の探索《たんさく》をした。しかも同藩の新選組に対する遺恨は深く、幕府瓦解《がかい》の後まで尾をひいて、明治元年敗残の近藤勇が斬首の刑にあったのも、ここに端を発していると云われる。

薩摩藩士の中には、近藤は敵であったが立派な人物、武士であったとして、助命したいと考えていた有力者もあったが、打ち首（死刑）にした上その首を三条の河原でさらしものにしたのは土佐藩であった。武士の最後としてこれ以上の侮辱はない訳だが、それもこれも坂本中岡の復讐という一念を通したものであろう。

さらにまた、奇怪な謎を感じさせるのは、原田左之助の刀に相違なしと証言した御陵衛士の行動で、隊長伊東甲子太郎は藤堂平助を伴って、この事件の二日前に坂本中岡を訪ね、両者を狙っている者がある、こんな場所にいないで、即刻土佐屋敷へ移るようにと、わざわざ忠告に及んでいることである。

伊東はその後で、

「中岡は自分の忠告を素直にきいて感謝したが、坂本はこちらの好意をうけつけぬような傲慢《ごうまん》な態度だった」

と、心外な様子だったという。

伊東の進言をうけずとも、佐幕派からつけ狙われていることを坂本が知らぬ筈はない。

「この男、どういうつもりでやってきたか」

と、下目に見られるのも当然のことであろう。

その伊東一派が、原田の刀と証言したことに、なにか裏はないのか？

坂本も中岡も、床の間に置いてあった刀を取ることが出来ぬほど不意を打たれ、短刀で立ち向った中岡は、全身に十一カ所もの傷をうけた。

「刺客は〝もうよい、もうよい〟と大きな声を出して、笑いながら去った」（子母沢寛氏）

というほど、刺客側に余裕があったとすれば、原田ほどの練達の士が、刀の鞘を置いて行くというのは腑におちぬし、抜身をひっ下げて京の町筋を逃げるというのもおかしい。

もし伊東が生きていたら、この間の真相はもっとはっきりしたかも知れぬが、この事件の三日後、十一月十八日の夜、この伊東が新選組のために暗殺されて世を去る。

結局坂本中岡を倒した刺客は、新選組に間違いなしという憶測のまま明治三年を迎え、刑部省（司法省の前身）の探索によって、京都見廻組の佐々木只三郎以下七名の者の仕業《しわざ》ということに落着をみたような訳で、新選組に対する嫌疑は、それまで晴れることはなかった。

坂本の死は、その後の幕府の動向にも大きな影響を与えている。時の大目付役永井尚志《なおのぶ》が、近藤を呼び出してその「暴挙」を糺問《きゆうもん》したという話もある位だが、僅かその三日後に、新選組の手で伊東が暗殺されているのを、見過すことは出来ない。

伊東の死は、「暗殺」といっては当らない。「抹殺」かも知れぬ。伊東一派の高台寺党の方が先きに、ひそかに近藤を暗殺しようとして時期を待っていた。成功すれば、勤王派への大きな手土産である。これを探知したのは、伊東一派につけてやった近藤の腹心、斎藤一であった。

「ここまで我慢すれば、もうよかろう」

近藤の打った手には、そんな処がほの見える。

「ここまで我慢したのだ、やる以上徹底的にたたく」

土方の腹は、さらに冷やかだった。

近藤は七条醒《さめ》ケ井《い》の妾宅へ、伊東を招き、明るいうちから酒宴をひらいた。土方、原田、山崎蒸その他の隊士が同座して亥の刻（十時）過ぎに散会となった。伊東は足もとの定まらない位だったが、酔いをさますといって単身歩いて帰った。途中火事場の跡があったが、この板囲いから突き出された槍で、まず肩から喉をやられ、待ち伏せた五六名の者に斬殺された。その死体を七条の辻まで運んでから、番所の町役人を高台寺内の衛士本部へ走らせた。急を聞いて馳けつける一党を、手ぐすね引いて待ったのである。

篠原泰之進以下七名が、この網にかかって乱闘となり、三名が即死、四名は薩摩屋敷に逃れる。しかも新選組は、伊東ら四人の死体を町役人が処置するを許さず、三日間路上にさらして残党の近寄るのを待ったという。この夜切り死した三名の中には、試衛館以来行を共にした藤堂平助がある。

高台寺派へ走った男だが、彼だけは助けたいと近藤は隊士に云い含めたが、修羅場ではどうにもならなかった。

（十二月七日というから、近江屋事件後二十数日を経て、土佐の陸援隊海援隊の若者に、十津川藩の士を加えた十六名が、油小路の旅宿天満屋を襲った。

紀州藩の用人三浦久太郎という者が、坂本の率いる海援隊に遺恨があり、新選組をそそのかして坂本を暗殺せしめたとの噂がもっぱらとなったので、その宿舎へ切り込みをかけたものだが、当夜はここに新選組三番隊長斎藤一以下十数人が、三浦と宴を催していたので乱闘となり、双方死傷者を出した。この時海援隊士は、短銃を使った。）

二

孝明天皇の急逝後ほぼ一年、朝廷に於ける公武合体派の勢力は地に落ちた。加えて、薩摩長州の二大藩が手を握るに及んで、幕府は道に窮した。

しかも、彼我《ひが》の背後には英米仏の先進諸外国の兵力があって、しきりに内戦をそそのかし、好機あらば侵略の手を伸ばそうと虎視《こし》たんたんたるものがある。徳川慶喜が大政奉還を決意したのは十月十二日、十四日には宮中に参内してこれを奏上している。

親の心子知らずというか、この後に坂本中岡の暗殺があり、伊東の暗殺が起るようなさらに険悪な世情が生じたのであるが、大政を奉還し将軍職を辞して、慶喜がひたすら恭順を示せば示すほど、岩倉具視を盟主とする倒幕派はかさにかかって弾圧を重ね、会津桑名の親藩を疎外する処から、新しい時代をすぐそこにしながら、京都の暗雲は一層濃くなる。

十二月九日、若年の天皇学問所に出御の上、王政復古の諭告があり、その夜小御所に新任の重臣を集めて会議を開いたが、慶喜を説いて大政奉還に向わせた土佐藩主山内豊信《とよしげ》は、今回の改革に当って、平和裡に事を治めた慶喜と、二百余年にわたって輔弼《ほひつ》の実を挙げた徳川家に対し何らの心やりもなく、この際、重臣に加えないのは陰険な処置だと切論した。

これに対して岩倉は、徳川家積年の非義をあげて反撥、慶喜の官位その他一切を剝脱《はくだつ》し、以降反省の実証を見た上で、朝議に参与させても遅くはないと強硬にこれを退けた。またこの席上、会津桑名二藩の朝廷守衛を免じ、早々帰国すべき旨発令され、これに代って翌日には長州藩兵が禁門の警備につく。

将軍家が勅命によって、一切の官位を剝脱され、会津桑名が放り出されて、そのまま事の落着する訳はない。薩長討つべしの悲憤が刻々にたかまる。

二条城に謹慎中の慶喜は、会津桑名の兵の暴発を避けようとして、松平容保、松平定敬《さだあき》、老中板倉勝静《かつきよ》を伴ってさらに大坂城に身を退く。幕府方の暴発を誘っておいて、朝敵の名のもとに一挙に倒幕の実をあげようとする策略も見えたからである。将軍を始め藩主が退いては、会津桑名の兵もこれに従わざるを得ない。十二月十二日、薩長の兵の続々と入り込んで、殺気をはらむ京を後に、新選組は隊伍をただして大坂へ向う。総勢はこの時六十六名であった。

近藤が狙撃されたのは、それから六日後の夕刻である。

大坂へ着く間もなく、新選組は伏見の警備を命じられて、ふたたび取って返し、伏見奉行所を本陣として、会津兵八百と共に伏見街道の監視に当った。

その日、将軍が大坂へ退いた後の二条城へ、留守を守る永井玄蕃頭《げんばのかみ》(尚志《なおのぶ》)を訪ねた近藤は、七ツ過ぎ(午後四時)竹田街道を馬で帰った。隊士二十名ほどを引率していた。これを待ち伏せたのが伊東甲子太郎の復讐を期している高台寺派の篠原泰之進以下数名の者で、鉄砲を二梃持ち込み街道沿いの民家にひそんだ。

真冬の四時だから、もう暗くなりかけていたが、民家の障子のかげから狙った鉄砲が、近藤の左肩を貫通した。撃ったのは篠原とも、富山弥兵ヱとも云う。馬上の近藤は鞍にしがみつき、そのまま逃げる。続く隊士が馬の尻を刀でたたくので、どんどん走り抜ける。隊士石井清之進と近藤の下僕久吉というのが立ちふさがり、追ってくる篠原らと刀を合わせた。

この二人は結局切り死したが、近藤は窮地を脱した。相当の深手ということで、急報に接した徳川慶喜は侍医松本良順を伏見へさし向け、自用の寝具を送ったという。

〈「一番隊の沖田氏が病中だったので、永倉氏が一番隊と二番隊をつれて下手人を追ったが、もういなかったのです」（元隊士稗田《ひえだ》利八《りはち》翁談）〉

篠原らは京都の薩摩屋敷に身を寄せたが、人切り半次郎こと中村半次郎（後の桐野利秋、西南戦争で城山に自刃）は、篠原に様子をきいて、「なぜ馬を狙わなかった」と残念がったという。射たれた馬が、近藤を振り落していたら、結果はどうなっていたかわからない。「将を射んと欲せば、まず馬を射よ」のたとえの通りである。

三

鳥羽伏見の戦いの、直接のきっかけとなったのは、江戸薩摩屋敷焼き打ち事件の急報が、（十二月二十四日。さきに将棋の挿話として記した）慶応三年もぎりぎりに押し詰った二十八日、大坂城に引き籠っていた慶喜に伝えられたことにあった。

慶喜が謹慎の態度を示せば示すほど、薩摩の出様が増長してくる。歯を食いしばって堪えている会津桑名の耳に、この報がひろまると、江戸でまず事を起し、関東をかきまわした上で、東西呼応して幕府を葬ろうとする薩摩の陰謀だとして、薩摩討つべしの気勢はもはや圧《おさ》えるべくもないまでに高まってしまった。

さすがの慶喜も、松平容保をはじめとする幕臣の至情には勝てなかった。

一月二日「討薩表」をかかげて、一万五千の兵を二手にわけ、一は伏見を経て北上、一はわかれて鳥羽へ進む手筈とし、大坂を進発した。

「討薩表」の内容は、朝敵となることを極度に恐れた幕軍が、京都へ軍を進めるのは薩摩藩を討つのが目的であって、まったく他意のないことを明かにしている。

両軍の火蓋は、翌一月三日の午後五時頃、鳥羽口で切られた。

新選組は、伏見奉行所を本陣として待機した。近藤は肩の傷のため大坂に止まり、土方歳三が隊長を代行した。

永倉新八の遺談によると、三日奉行所の新選組は「灘の銘酒の鏡を抜き、沖田、永倉、原田など二十五六人の隊士が酒を汲み交していたが、午後四時頃になると、伏見の幕府方陣地を見下す御香宮《ごこうのみや》という神社のある山へ、薩摩の兵が続々と大砲を引揚げるのが見え、その夜七時になると、果して砲門が開かれた。伏見市中の重立った建物は標的となり、次ぎ次ぎに打ちくだかれる。奉行所へも十発ばかりの砲弾がとんできて、焼弾《やきだま》や破裂弾がこもごも見舞うて危険となった。副長の土方は最早これまでと、応戦の令を下す。奉行所に備えた一門の大砲を御香宮へ向けて放したが、敵の砲撃はますます激しい。約半時ばかり砲戦を続けた後、永倉の率いる二番隊が、決死隊として敵陣に切り込むことになった」とある。

いつの戦いにも、沖田の名を先頭にあげることを忘れぬ永倉は、ここでも自分の名の前にまず沖田と云っている。沖田が伏見の戦いに参加したのは間違いではあるまいが、すでに尋常の健康ではなかったと見てよいのではないか。と、いうことは、敵陣切り込みの決死隊に、沖田の一番隊をさしおいて、永倉の二番隊が選ばれている点が不審だし、井上源三郎以下三十余名が戦死した大いくさに、沖田の奮戦を伝える語り草は何一つ遺《のこ》っていないのである。

奉行所はついに焼け落ちたが、新選組はこの地点を四日の午前三時頃まで死守しているので、胸を病んだ沖田は、原田左之助あたりにかばわれながらここに居り、やがて大坂へ退いたと想像される。

この永倉遺談の中に、「焼弾や破裂弾」という個所がある。

焼弾は鉄の弾丸で、新選組が御香宮の敵陣へ打ち込んだのもそれだが、破裂弾は当時の新兵器で、薩長がイギリス商人から仕入れたばかりのアームストロング砲であった。鉄の弾丸は打ち込まれるだけのものだが、これは弾着の瞬間に鉄の破片が四散する。一万五千といわれた幕軍が、三千余の薩長軍に敗れたのは、一にこの砲の威力と、オランダの小銃の数にあった。

井上源三郎も、数個所に敵弾をうけて死んだ。あるいは、この古参の最後を、沖田が見届けているかも知れぬ。井上は沖田の膝に抱かれて瞑目したかも知れぬ。江戸を出て以来足かけ五年、山南藤堂すでに亡く、井上とも別れたのである。

一行が江戸に落ちのびてから、後年の「譚海」の著者であり、佐倉藩の江戸留守居役を勤めた依田学海《よだがくかい》が、病床の近藤を見舞って伏見の戦いの模様を訊ねると、それはこの男にと土方を指した、土方は苦笑して、もう槍や刀で戦争は出来ませんと答えたという。

六日、淀川堤の千本松に陣を張り、防戦したのが新選組の最後であった。枯葦にひそみ、水びたしになって、必死の抗戦を続けたという。

六日後には、将軍坐乗の開陽丸を追って、近藤以下四十四名の隊士が大坂から富士山丸に敗戦の身を委《ゆだ》ねる。十五日未明に品川沖へ着いたが、この間に重傷の三名が死んだ。

「原田と最後の別れをしたのは十二月十二日で、わたしが二番目の男の子を生んだのはそれから五日後でした。原田がわたし共に別れて、伏見奉行所へ移る時は、二分金ばかりで二百両持って、大急ぎで帰り、軍用金をざるで配って分配した。これは当座の暮しだ、この分だといつ戦争になるかも知れぬ。せがれの茂は俺になり代って立派な武士に仕上げてくれ。お前はただの体ではないのだから気をつけよと、繰返し繰返し申しました」

これは子母沢寛氏の「始末記」に出てくる、原田の妻女の思い出話だが、沖田と共に僅かに残った、原田という男の気性の一端がよく出ている。

「勝てば官軍」の時勢が、一気に西から東へひろがってくる。

この空虚

一

慶応四年（明治元年）正月十五日、富士山丸で品川に上った新選組の残党四十四名は、とりもなおさず時代の大浪に押し流されて江戸へたどり着いたというものだが、江戸へ帰ったという安堵感は、その当座隊士達を有頂天にした。

隊長の近藤は、ただちに幕府の神田和泉橋医学所に送られる。隊士の中にも鉄砲傷をうけて横浜の病院へ収容された者が数名あり、船中では三名の同志を失っている暗い気分を、なにかでふっ飛ばしたいという願いもあって、それから半月ほどの隊士は、深川や吉原の遊廓で連夜遊び狂った。

永倉新八などは、深川の遊廓で、大門から外へ出られぬ掟を無視して、花魁《おいらん》を廓外の料理屋へ引っ張り出したり、酔余に何の某ともわからぬ士を切ったりしているが、酒色の力ではどうにもならぬ焦燥が、各人の心の底にあったものであろう。幕府の首脳部自体が、慶喜を挟んでこのまま恭順か抗戦かの岐路に立ち、いずれとも決しかねている最中であった。

近藤は負傷が快方におもむくと、早速横浜の外人病院へ隊士を見舞っている。

「半月ほど横浜にいる間、いろいろ手当ももらったし、まだ自分の身が充分でない近藤先生がわざわざ見舞にきてくれました。そして〝お互いに早くなおって、もう一働きしてもらわねばならん〟といった。

この見舞をうけた時に、わしはしみじみ近藤先生の顔を見て思いましたが、鉄砲で肩を射たれて馬で本部に戻られた時、別にあわてた様子もなく、ことに馬を下りてからは、両手を日頃の通りぐっと下げて大股に歩いて行かれましたが、いくら近藤先生でも苦しかったでしょうに、剛胆なものだとつくづく感心した」（元隊士稗田利八《ひえだりはち》翁思出話）

近藤の顔を見て、隊士達の意気が立ち直った矢先き、周囲の硬論軟論を他処《よそ》にひたすら恭順の意を表して、慶喜が江戸城から上野東叡山寛永寺に身を退いたにもかかわらず、有栖川宮を大総督とした幕府征討軍が江戸に向って進発した。二月十五日のことである。

こうなると、官軍も錦の御旗もなかった。薩摩をたたきのめせの主戦論が、急激に燃え上る。若年寄の役にあった永井尚志の後楯を得て、近藤は甲州鎮撫隊《こうしゅうちんぶたい》を組織する。甲府城を手中にして本拠とし、東進の征討軍をくい止めるばかりか、江戸城に万一のことがあれば、将軍慶喜をここに移そうという計画であった。御手許金五千両のほか、大砲二門、小銃二百梃（あるいは五百梃）が即座に下付された上、この挙が成功したあかつきには、隊長は十万石、副長土方には五万石、副長助勤に三万石、平隊士ですら三千石を与えて、甲州百万石を領地とする内諾があったという。

三月一日、甲州鎮撫隊は江戸を出発した。旧新選組隊士は二十名足らず、他にかき集めた兵力は二百余名。

永倉新八遺談では、近藤は土方をはじめ副長助勤の沖田、永倉、原田、斎藤、尾形らを集めてこの計画を伝えたとあるが、新選組が江戸へ引揚げてから甲州へ発つまでの、会計係りの「金銭出入帳」が遺っていて、その二月二十八日の項に、「拾両　沖田渡」という一行がある。鎮撫隊の出発を前にして、病臥中の沖田に届けさしたものと取った方がよさそうである。子母沢さんも云っているが、この金銭出入帳を詳細に見て行くと、近藤という人物の金銭に潔白であった点や、部下に対する思いやりのなみなみでなかったことが察しられる。

二

沖田総司は、この年の五月三十日に、江戸郊外千駄ケ谷の植木職平五郎方の納屋《なや》で病死している。

植木屋の納屋といえば、物置小屋にひとしい。にわか手入れで、そこに畳を三四枚敷き込んだ、幸い気候はよし雨露をしのぐだけの住いであろう。

三月十五日には、江戸は完全に征討軍、官軍の支配下にあったし、近藤らの甲州鎮撫隊は勝沼で敗れて後、下総の流山《ながれやま》まで落ち、四月四日には近藤が捕縛されているから、江戸市中での残敵取締は厳重であったに違いなく、沖田ははじめのうちこそ気楽に静養していたが、官軍の眼を避けて、何度か寄宿先を変え、縁故をたどって千駄ケ谷に身をひそめたと想像される。

稗田利八は、隊士時代には池田七三郎と名乗り、慶応三年秋に新選組に加わって伏見鳥羽で負傷後、さらに甲州鎮撫隊の一員として戦い、重傷を負って捕縛された人だが、鎮撫隊の出発当時を、次ぎのように語っている。

「四谷大木戸を出て、甲州街道の第一の泊りが新宿、翌日が府中、三日目は日野宿で昼飯を食って、ここで官軍がどんどん甲府へ進んできているという話を聞きました。三日の泊りは与瀬ですが、三月と申せば現今の四月はじめというのに、ひどい雪でした。三月一日江戸を出る時は、春めいたのんびりした天気だったのに、降るばかりか、風が加わって実に難儀をした」

この第二夜の府中には、土方の実兄が医者をしていたし、三日目の日野は近藤土方の郷里という訳で、一行はいろいろ手厚いもてなしをうけているが、もしこの時すでに沖田が千駄ケ谷に静養していれば、近藤も土方も、原田にしても永倉にしても、大木戸から寄り道をして別れを惜しんだに相違なく、府中の泊りでも、雪の与瀬の夜語りにも、沖田の噂さが出たに違いないが、当時はおそらく沖田はまだそこにはいなかったと見られる。

沖田の墓は、麻布桜田町の専称寺に現存しているが、正面に戒名、側面に小さく沖田宗治郎と、幼名が刻まれてある。本名の総司とすることをはばかったのである。

万延二年に発行された「武術英名録」は、関東の剣客七百に近い姓名を列記している。この中、日野を中心とした地方に、「天然理心流」を名乗る剣客の名が土方歳蔵をはじめとして五十数名に及んでいるが、これが明治二十一年版の「皇国武術英名録」になると、「天然理心流」という流派をかかげた剣客は完全に、一人もいなくなっている。

沖田の墓に幼名を刻んだことも故なきではないと思われるが、その後の天然理心流については、新選組の最初の屯所となった八木家を訪ねた際に、当主源之丞氏の息八木喜久男さんから次ぎのような話をきいた。

喜久男氏は現在、八木家を守って和菓子の製造に従事しているが、その修業のため在京中、一日同僚と三鷹の深大寺《じんだいじ》に遊んだ折り、同寺門前にあるそば屋に入った。昭和三十五年頃のことだそうである。そばは深大寺名物として知られているが、注文をすませた後傍にあったアルバムを何気なく開くと、驚いたことに近藤土方をはじめ新選組にゆかりのある写真が多数貼り込んである。そばを運んできた者にいわれをきくと、ここの主人は近藤土方の流れを汲む剣士だと云う。奇縁を喜んだ喜久男さんが、自分は京都壬生で新選組に家を貸した八木家の者だと名乗ったが、先方もはじめは信じ難い様子だった。同僚の助言もあり、喜久男さんの熱心さが通じたものか、そのうちに顎に白鬚をたくわえた風格ある老人が挨拶に現われて語り合い、共に奇遇をよろこんだが、その時老人は、「維新後天然理心流は、時勢に押されて絶えてしまったにひとしいが、私は敢えて同流を名乗り、唯一の後継者として今日に及んでいる」と、語った。姓名を忘れたのは残念だが、その後京都で武徳会主催の大会がある度に出場、壬生の八木家へも顔を見せたことがあるということであった。

姉のお光が看護にくるほかは、近所の老婆を雇って身のまわりの世話をさせ、納屋の床に臥した沖田は、まったく孤独の生活に入った。

「おれをかぎつけて、薩摩っぽの二人か三人跳び込んで来ぬものか。病中ながら、思い切り鬱憤を晴してくれるが」

気分が棘立《とげだ》つと、そんな激しい思いにかられることはあったが、孤独感にはさいなまれ続けたに相違ない。

「総司。近藤先生には、何人も囲い者がおありだったそうだが、中でも七条醒《さめ》ケ井《い》の妾宅とやらは、鉄砲で肩をお射たれなされた時にも休息された、深雪太夫《みゆきだゆう》とかのお家なそうだが、この女の妹まで、別の場所に囲って、この人には女の子までお生ませとのことだ。まあ真の姉妹をそのような」

姉のお光が、新徴組配下の夫林太郎辺りにきいたと思われる話をもらすと、

「姉さん、女というものは、いい加減な噂さなぞを口にするものではありません。京都での近藤さんの行いは、その辺の半端者にはわかりません。近藤さんをとやこう云うよりも、姉妹で同じ男の妾になるような、京の女のあさましさを考えてみたらどうです」

と、この時は真剣に姉をねめつけた。

死の二三日前から、庭へ姿を現わす黒猫を気にし出して、切ると云っては刀をたずさえ床を離れ、遂に果さなかった。死の前日には二十分もの間睨《にら》み合った末、

「おれには切れない、婆さん、おれは切れない」

と、血を吐くような形で、納屋にのめり込んだ。

沖田が、黒猫に見たものは何であったのか。

翌る日の白昼、うつらうつらしている様子だったが、

「あの猫が、きているだろう」

と、呟いたのが最後の言葉で、その夕方息を引き取ったという。看《み》とったのは、雇い婆さん一人であった。二十五歳という短かい一生であった。

三

沖田が他界する半月ばかり前のことである。

井戸端で、余念なく洗濯をしている後ろから、「お婆さん、沖田は元気かい」と、声をかけられた。用心のことは、お光からくどいほど云われているから、雇い婆さんは金しばりに逢ったように固くなる。

「心配するな。おれは原田左之助という。聞いていないか。沖田の仲間の者だ」

蛇に見込まれたようなもので、婆さんが納屋へ案内する。

「へえ。こりゃまた、風雅なところに臥ているもんだ」

そう呟きながら、懐中へ手を突っ込んで財布を取り出すと、「これで、五合ばかり頼む。早いとこだぜ」と、そのまま木戸をくぐる。

甲州鎮撫隊に加わった原田は、勝沼の戦いにもろくも敗れ、近藤土方永倉らといったん八王子まで退いてから、再挙を約して江戸へ取って返し、永倉と計って同志を集め、会津藩に合する手はずをととのえた。最後の一戦をこそという覚悟であったが、これを近藤に伝えに行くと頭から怒鳴りつけられた。隊長を無視した工作は許されぬ。今後このようなことのないようにといためつけられて、永倉がまず新選組との訣別を口外して憤然席を立ち、原田もこれにしたがうはめに立ち到った。

近藤は土方と共に、再度挙兵して下総流山におもむく。一方永倉原田は、別に「靖兵隊」を組織して水戸街道を会津へ向って出発する。

近藤は四月四日に流山で捕えられて同月二十五日に断首、土方はここを脱出して会津に走り、さらに箱館に渡って翌明治二年五月戦死するが、原田は永倉と共に靖兵隊副長として水戸街道を山崎の宿まで行ったところで、突然気が変った（山崎宿というのはどの辺か、筆者の調べではとうとう不明である）。永倉をはじめ同行者の言葉を振り切って単身江戸へ引っ返した。あいつは妻子に未練があるのだというのが、同行者の評判であった。

甲州勝沼での敗走以来、完全に四分五裂の新選組の姿をそのまま、原田は官軍の跳梁する江戸に戻って、近藤の最後を伝え聞いた。

「おれは、愚痴だけは云ったことはねえつもりだが、近藤さんと一しょに、流山へ行かなかったのは一期《いちご》の不覚だ」

沖田の枕もとにあぐらをかいて、原田はぽろぽろ涙をこぼした。

「酒屋へ三里」とまではゆくまいが、当時の千駄ケ谷のことで、婆さんが帰るまでは暇がかかった。

臥ている沖田はもとより、語る原田の口は途絶えがちであったが、貧棒徳利の冷酒を茶碗であおってからは、堰《せき》を切ったように饒舌になった。

「見舞にきて、陰気な話ばかりして悪かった。それ、あの話はどうなった。火消屋敷の、おりきさんという娘は」

天井へ向けた眼で、遠い遠いところを見ているように、

「……嫁に、行ったそうだ」

と、沖田が静かに応えた。

「そうか、嫁入りしたか。もう、あれから五年になるんだからなあ。総さんを、当てもなく待っちゃあいられなかったろう。うん、うん。嫁に行くといって、去年姉さんの家へ挨拶にきた。そうかい。ひとの気も知らないでと云いたいところだが、聞きようによっちゃあ、いい話だ」

「京都じゃ、どうしている。なにか、便りでもあったか」

沖田が、原田の妻子のことをきく。

「さあ、どうしているか。こっちがこの通りの浮き草だから、ずっと音信不通だが、なんとか切り抜けているだろうじゃないか。もっともなあ、江戸中官軍共がはびこって、勝手な真似をしているきょう日《び》の様子をみるにつけ、おれ達のいなくなってからの京は、相当難儀なことばかりだろうがね」

「おせき婆さんも、時々思い出すよ」

「そうさ、いい婆さんだったが、とにかく夢みてえなもんだな、一切合財がよ」

「左之、お前の口癖は、なんでもかんでも、生きられるまで、生きてみろと、いうんだったな」

「そうそう、それだ」

「おれは、蹴《け》つまずいたようだ」

「蹴つまずいた？　ああそうか。病気をしてと、いう訳だな。なにを詰らない、蹴つまずいたら、膝をはたいて、起き上るだけの話だ。気の弱いことをいうもんじゃあねえ」

「その、気力が」

「ばかを云うな。なあ、大浪にゆられて富士山丸で帰ってきた時のことを、思い出してみな。近藤さんは、歯を食いしばって臥ている、ほかの怪我人共の気を引っ立てるためには、痛えのイの字も口にゃあ出せない。その中で、山崎蒸をはじめ、三人があの世行きだ。あの時がどん底だぜ。生きられるところまで、どんなことがあっても生きてみることだ。もうしばらくの、辛棒だぞ」

「ほんとうに、そう思うか」

「官軍《きんぎれ》のかつぐ旗が、こう眩《まぶ》しいのも当分のことだろう。その間に、病人は病気を癒《いや》してしまうことだ。なあ、こんな納屋に、病人を追い込みやがって。おや、これで酒もしまいかい」

原田は、徳利を底までかしげ尽すと、正しく坐り直した。

「総さん。彰義隊のことは聞いているか」

「うん、姉からだが」

「おりゃあ、あすこで、一と働きしてくるぜ」

「一と働きというと……」

沖田が、原田の眼をじっと見上げた。

「朝から晩まで、こう官軍風をふかされちゃあ、胸のつかえを下したくなる。一発、ぶっ放してくるぜ」

「左之、手を貸せ」

と、身を起す沖田の後ろから、抱きかかえる。

「おい、いいのかい」

「その茶碗をくれ」

「これをか？　どうするのだ」

むせかけたが、沖田は懸命に気を鎮めて、しみじみと一口喉に通し、それから原田にさし出した。

「行って来いと、祝ってくれる訳か。うれしいぞ」

祝いではない、違うのだ、この空《むな》しさをどうしたらいいのだ、という声を、沖田は切なく胸に圧えたが、原田は微笑して、一滴も余さじというふうに、一気に茶碗酒を呑み乾した。


上野寛永寺に屯集《とんしゅう》した彰義隊は、五月十五日大村益次郎の率いる官軍を迎撃したが、その夜のうちに一敗地にまみれた。

原田は数個所に鉄砲傷を負い、本所の知人宅まで逃れたが、翌々日十七日に息を引き取った。二十九歳であった。

それから二週間後に、沖田もその後を追った訳だが、当時の混乱の中で、原田の最後を耳にしたかどうか。

（後半に入って紙数が足りず、駆け足の状態になった。お詫するばかりである。なお、子母沢寛氏の著書をはじめ、平尾道雄氏その他参考にした著書が多く、ここにお礼を申し述べる。）

八郎、仆《たお》れたり

三好《みよし》 徹《とおる》

三好　徹（みよし　とおる）
一九三一年、東京生まれ。横浜国立大学経済学部卒。「読売新聞」の記者生活の傍ら小説を執筆、「遠い声」が文學界新人賞の次席となる。六〇年に推理長編『光と影』を発表、スパイ小説『風塵地帯』で日本推理作家協会賞を受賞した。翌年には、『聖少女』で直木賞を受賞。伝記やノンフィクション、歴史・時代物と幅広く活躍。著書多数。

一

清河八郎は、およそつまらぬことで、人を斬ってしまった。

その日、というのは、文久元年五月二十日のことだが、彼は、両国の萬八楼で開かれた書画の会に出た。会を主催したのは、水戸の浪士たちで、名目は書画の会であるが、じっさいは政治的な目的をもった会合であった。その政治的な目的とは、老中安藤対馬守《つしまのかみ》を暗殺しようという謀議である。

八郎に、この話をもってきたのは、伊牟田《いむた》尚平という薩摩浪士である。八郎は、この会合に出ることに、あまり気が進まなかった。

(老中の一人や二人、斬ったところで、どうにもならぬ)

と八郎は思っている。

八郎の抱いている、

――尊王攘夷

という大目的からすれば、老中の暗殺というのは、どうでもいいことなのだ。安藤が狙われているのは、極端な夷人《いじん》嫌いの孝明帝を退位させようとして、国学者塙《はなわ》次郎に、廃帝の故事を調査させたから——という理由だったが、八郎はその理由が水戸派の口実にすぎない、と思っている。

しかし、伊牟田から、

「じつは、清河さんをお連れする、と約束してしまったんですよ。ここはひとつ、僕に免じて……」

と頭を下げられると、

「よろしい。行こう」

といわざるを得なかった。

伊牟田は同志の一人。八郎にとって二歳年下の弟分、というだけの関係ではなかった。前年（万延元年）十二月五日に、伊牟田は樋渡八兵衛らといっしょに、アメリカ公使館の通訳ヒュースケンを暗殺したが、八郎はそのことに大いに関係がある。というよりも、

「やれ」

といったのは、八郎だったのだ。

このころ、諸外国の公使館は、江戸にあった。アメリカは麻布の善福寺、イギリスは高

輪の東禅寺、フランスは三田の済海寺、オランダは芝の西応寺、ロシアは愛宕の真福寺である。

夷狄《いてき》を江戸に入れるとは怪しからん、というのが攘夷派の心情だった。こうした事件が連続すれば、夷人共は恐れをなして退去するであろう、というのが、清河らの意図であった。そして、八郎は、

（この次は横浜へ行って事を起こそう）

と企てている。

そういう八郎から見ると、老中を斬るというのは、いかにも派手だが、攘夷の大目的にはかなっていない。それどころか、幕府側に弾圧の口実を与えるようなものだった。

八郎は伊牟田に同行することにしたが、ほかに、数名の同志を連れて行った。幕臣山岡鉄太郎、盛岡脱藩安積《あさか》五郎、芸州脱藩池田徳太郎、彦根脱藩石坂周造らである。

この顔ぶれを見て、水戸派はいささか鼻白《はなじろ》んでしまった。

八郎のもとには、各藩の浪士たちが出入りしているのは知っている。何しろ八郎は、人気があった。学問があり、書はうまく、剣技に秀でていた。道場の入口には、

——経学《けいがく》、文章、書《しょ》、剣教授

の看板が掲げられているが、その看板に偽りはない。

道場自体、立派な建物で、ほかに母屋、長屋、土蔵のある堂々たる構えだった。その上たずねて行けば、誰彼とわずに食事を馳走してくれた。何しろ八郎の実家は裕福で、金には困らない。そんじょそこらの町道場の主《あるじ》とは比べものにならなかった。

水戸の連中も、そういうことを知らないではなかったが、同行してきた者たちのあまりにも雑多な出身に警戒の念を深めた。ことに山岡の出席には、

(どういうつもりか)

と首をかしげた。

のちに、江戸城明け渡しにさいしては、勝海舟を助けて大活躍をした山岡も、このころは、

「乱暴者」

という綽名《あだな》をつけられていた一介の剣術使いにすぎなかった。勝も、静岡へ行く山岡が会いにきたときに、はじめのうちは警戒して居留守をつかったくらいなのである。ともあれ山岡がれっきとした幕臣であることに変わりはない。その山岡を、幕府の重臣たる老中を斬ってしまおうという密謀の席に伴ってくるとは……。

水戸派の中心人物は平山兵介という二十一歳の若者であった。

八郎の目から見ると、いかにも若すぎた。で、つい説教調になり、

「むやみに剣を用いるべきではない」

といった。真意は、斬るなら老中ではなくて夷狄であるべきだ、ということにあったのだが、平山の方はそうは受けとらなかった。

「清河先生は、お上手だそうですな」

と皮肉をいった。

剣技に卓《すぐ》れているという噂であるが、噂だけではないのか、とからかっているような口ぶりだった。

八郎が故郷の出羽国東田川郡清川村から江戸へ出てきたのは、弘化四年、数え年十八歳のときだった。郷里における彼は神童であり、このときは学問を修めるためだった。東条一堂の門に入り、その俊才ぶりを大いに師に愛された。その後、次弟の死でいったん帰郷したり、関西、中国を旅したりして、二十一歳のときに再び江戸へ出た。そして、翌年の嘉永四年二月一日に、北辰一刀流千葉周作の玄武館に入門した。

剣を学ぶには、遅い年齢である。たとえば彼と同世代の桂小五郎は、嘉永五年に斎藤弥九郎のもとに入門しているが、剣はそれ以前に幼児から藩校の明倫館《めいりんかん》で学んでいたし、桃井春蔵に安政三年に入門した武市半平太は、それ以前に高知で道場をもっていた。二人とも、一、二年で塾頭になったが、それ以前の修行が長かった。

八郎も郷里で多少は剣を学んでいたが、それは木刀の持ち方を知っている程度にすぎなかった。

父親の斎藤治兵衛は、酒造業であり、苗字帯刀《みょうじたいとう》を許されていたものの、武の人ではなかった。八郎自身も、江戸へ出てきたときは、学者として身を立てるつもりだったのだ。剣客になりたいというのなら、はじめから東条一堂の門に入ることはしなかったろう。

だが、学問ばかりでは、どうにもならないことを知った。郷里にいれば、お坊ちゃまだが、江戸では、庄内から出てきた酒屋の息子にすぎない。彼自身、のちに半生の記の冒頭に書いたように、

「天性の豪果《ママ》なる気性にて、とても文字章句などの間に、区々いたしある事《こと》かない難く、是非とも天下に義名を唱《とな》え申したく……」

なってきたのである。

となれば、文武両道をきわめていなければならない。で、遅まきながら、玄武館に入ったのだ。

八郎の友人たちは、これにはびっくりしたらしい。八郎はその日の日記に、

「嗚呼《ああ》、余イマニシテ俄カニ剣ヲ学ブ、素《もと》ヨリ友人ノ疑ウトコロ、余アニ意ナカランヤ」

と記している。

八郎の修行は猛烈をきわめた。七月十五日までの五カ月半の間に、百二十余日も通っている。ふつうは、月に四、五回も行けば、まずまずというところだったから、八郎の修行ぶりは並みはずれていた。

その間に、学問をおろそかにしたわけではない。毎夜子《ね》の刻（午前零時）に寝て、寅《とら》の刻（午前四時）に起きるという生活を続け、わずか一年で、千葉周作から「目録」を与えられ、万延元年八月に「免許」を得た。

学問の方は、それ以前に東条の許可をもらって独立し、安政元年に、塾を開いている。そのとき、本名の斎藤元司を清河八郎にあらためた。清河は、郷里の清川村から取ったものだが、川よりも河の方が雄大な意味をもっている。また、八郎の「八」は、八幡太郎以来、武人には縁起のよい字で、江戸八百八町だの旗本八万騎だのというふうに使われる。

すでに、幕末の風雲は、はじまっている。文武両道を教える道場は、広い江戸でもめったになかったから、大いに繁盛したが、八郎はもとより一介の町道場主におさまるつもりはなかった。

だから仲間を集め、酒をくみかわしては談論風発した。その費用はバカにならなかったが、郷里からはいくらでも送金してくれた。その間のことは、八郎みずから、

「故に資財を費やすもまた一方《ひとかた》ならず、皆これ父母の恩義によること、たとえ拙者のみそ

の志ありとも、資力あらざればその場に至り難きものぞかし」

　と書いている。

　雪深い庄内から江戸へ出てきて、出入りするものからは、先生とか清河さんとか立てられているが、必ずしも文武の実力からだけではなかったであろう。

　天下の志士、と自負自称していても、脱藩浪人の生活は当然のことながら苦しい。八郎のところへ行けば、酒を飲ましてくれ、ときには遊里へ連れて行ってくれるのだから、人が集まってくるのは決して不思議ではなく、このあたり現代ふうの言い方をすれば、金権の匂いがしないでもない。

　ただ、八郎にとっての不幸は、藩という背景をもたぬことと身分のないことであった。たとえば伊牟田は、いまは薩摩藩という背景をもっていないとしても、藩士には友人がいるし、脱藩の罪を許されれば、復帰できるのである。しかし、八郎には、復帰すべき藩というものがなかった。庄内藩浪士と称しているが、本当は「士分」ではなかった。心中では、

（いまに見ておれ）

　とは思うものの、現実に天下に義名を唱えることは容易ではない。

二

八郎にしてみれば、水戸の連中は気楽なものであった。

安藤を暗殺したのち斬り死にしても、志を継いでくれる同志はいる。が、八郎はそうではない。

平山らには、八郎のその苦しさがわかっていない。だから、

(大きなことをいうが、じつは臆したに違いない。剣技《うで》が立つというが、本当かね?)

といわんばかりの皮肉をいうのであろう。

(試してみるか)

と八郎はいいたかったが、それを口に出すほど愚かではない。

その場は笑って、席を立った。

だが、不快であることに変わりはない。それに、山岡らが黙っていたことも、おもしろくなかった。

山岡は、はじめ真陰流を学び、ついで北辰一刀流、さらに小野派一刀流の天才浅利又七郎に学んで、剣名はすでに高かった。義兄の高橋伊勢守(泥舟《でいしゅう》)は槍の名人として天下

に知らぬものはない。年齢は八郎よりも七歳年下だった。

この山岡が平山らに、

「清河さんの剣は本ものだよ」

といえば、平山は浅薄な言葉を恥じたに違いない。

八郎と山岡は、むろん竹刀をまじえたことがあった。結果はいつも相討ちだった。

(どうしていってくれなかったか)

と八郎は思った。

山岡の方は、そこまで気がまわらないだけの話だが、八郎は、

(もしかすると、山岡も、道場剣術では互角でも、真剣になったら別だ、と考えているのではあるまいか)

と気になった。

八郎はこれまで人を斬ったことはない。ヒュースケンを暗殺したときも、彼の乗馬に棒を投げて落馬させたが、じかに手を下したのは伊牟田らであった。ヒュースケンは、日本の女性を二人も洋妾《らしやめん》にしていた男で、じゅうぶん斬るに値したが、伊牟田の剣が冴えていて、八郎が手を出す必要がなかった。

(だが、山岡はそうは思っていないのではないか)

八郎は、萬八楼からお玉ケ池の道場に戻りながら、苛立って仕方がなかった。ちょうど、日本橋の甚右衛門町《じんえもんちょう》にさしかかったとき、前方から一人の酔っぱらいが歩いてきた。片手をふところに差しこみ、ふらりふらりとやってくる。

このころ江戸の道路は、ひどくせまい。甚右衛門町あたりでは、二人並んで歩くのが精一杯で、すれ違うならば一人ずつである。

八郎は山岡と肩を並べていた。うしろに、伊牟田らが続いている。

職人ふうの酔っぱらいは、あと数歩のところで足をとめた。武士と町人だが、江戸の道路では身分の差をいわない。

「どこのお武家か知らねえが、こんな往来を二人並んで歩かれちゃたまらねえ」

と相手は毒づいた。

「こりゃ、気がつかなった」

と山岡が一歩うしろへ退いた。町人相手に喧嘩してもバカらしいと思ったのであろう。

ところが、相手は、すっかり調子にのってなおも、

「近ごろはいなか侍がふえやがって、まったく厭《や》になるぜ」

といった。

この町人、じつは町奉行所の手先だったのだが、八郎は、そうとは知らない。

「待て、その方、いま何と申した？」

「べらぼうめ。その口のきき方じゃ……」

手先は、どこかの山奥から花のお江戸へ迷い出てきやがったな、というつもりだったろうが、それを口に出す前に、首と胴とが所を異《こと》にしていた。八郎の腰のものが一閃《せん》し、手先の首は、道わきの瀬戸物屋の皿の上に飛んで落ちた。山岡はこのことをいつまでも覚えていて、晩年になっても家人《かじん》に語ったという。

八郎は番所に無礼討ちの届けを出して帰宅したが、その夜遅く山岡がやってきて、

「すぐに江戸を抜け出した方がいいですよ」

とすすめた。

理由は簡単だった。もし山岡が無礼討ちにしたのならば、幕臣であるから、その申し開きは認められる。また、直参の山岡が町奉行所に召し捕られることもないが、八郎は、士分ではない。つまり、無礼討ちにする権利がない。

それを名目にして、町奉行所は八郎を逮捕しようとしている。本当の狙いは、無礼討ちの詮議ではなくて、どうやら不逞浪人を煽動する危険人物として八郎を召し捕ることにあるらしい。

「あの手先も、奉行所にいいふくめられて、清河さんにからんだらしい。峰打ちくらいは

覚悟していたかもしれないが、まさかまっぷたつにされるとは夢にも思っていなかったようだ」

と山岡はいった。

「そうか。謀られたのか」

「そのようです」

「手先には、気の毒なことをしたな」

平山の皮肉にはじまって、心理的な伏線はあったのだ。そして、山岡らに、腕の冴えをみせてやろうという山ッ気《け》のあったことも、否定はできなかった。だが、こうなってみると軽率だったな、という悔いが生じてくる。幕府が八郎たちに目をつけていたことは、わかっていたことなのだ。タカが手先づれと攘夷の大目的を抱く身とをひきかえにすることはできない。

「清河さん、かくなる上は、気の毒だなどといっている余裕はありませんよ。幸い、川越の奥富村の広福寺の住職が知り合いです。そこへ逃れてしばらくは身をひそめてくれませんか」

「山岡君、不測のこととはいえ、いかにも浅慮だった。官禁に触れたからには逃れても無駄である。隅田川に入水《じゅすい》しよう、と思う」

「何と！」

山岡はびっくりして、八郎を見つめた。縄目の恥辱をうけるくらいならば、投身自殺するというのだ。

「その旨を遺書に記す。大小も川堤に残しておこう」

と八郎はいった。

山岡は、

（どういうつもりか）

と首をかしげた。八郎は、そんなことを口に出しながらも微笑をうかべている。

「清河さん、入水に見せかけるわけですな」

山岡は安心していった。

「いや、本当に入水する」

八郎はこんどはきっぱりといった。

この人物の奇妙なところは、本当に水の中に入ったことだった。遺書を土手に残し、大小をそのわきに置き、草履もぬいだ。どうせ見せかけるだけなのだから、それで立ち去ればいいのだが、八郎は川の中へ飛びこんだ。

それから上流へ向かって泳ぎ、夜の明けるころに対岸に上がった。

　このことを、八郎は、

「不慮の事より官禁に触れければ、身を隅田の水に没入せしも、漁人の手に助けられて遂に蘇生せり」

　と書いている（自叙録）が、その一方、漢文の「潜中紀略」や和文の「潜中始末」ではこうは書いていない。同志の池田徳太郎や弟の熊三郎、妾の蓮《れん》らに後事をたくして、伊牟田、安積、村上俊五郎といっしょに二十一日に江戸を去った、と書いている。

　この一件に限らず、八郎のすることは、何かにつけて周囲の目を意識している傾向がある。

　一行は川越へ潜んだものの、こんな小細工にだまされるほど、幕府は甘くはない。八《はっ》州《しゅう》取締りが捕吏《ほり》をひきいて出動してきた。これをもってしても、幕府は八郎をあくまで武士とはみなさずに、町人扱いをしていたことがわかる。

　だが、捕吏は広福寺を遠まきにするだけで踏みこんではこなかった。寺は、管轄外ということもあったろうが、八郎らの剣を恐れていることは明らかだった。

　四人は相談した。水戸へ行こうというものもあれば、山へ入ろうというものもいたが、八郎は、

「江戸へ戻ろう」

といった。

「清河さん、それは無謀だ」

伊牟田は反対したが、

「いや、何をするにも江戸の様子を見きわめてからだ」

と八郎はいいはった。

いざとなったらバラバラに逃げ、山岡の家で再会することにして、二十四日の午後四時ごろ寺を出た。四人とも斬り合いを覚悟で、鉢巻きをしめた。

しかし、所沢を過ぎても、誰も追ってこない。夜通し歩いて新宿に着いたときは、空が明るくなっていた。

八州取締りとしては、厄介者が逃げてくれれば、それでよかったのだ。

八郎は、

（幕府の土台はもうガタガタになっている）

と痛感した。

これなら、あと一突きすれば倒れるに違いない。

西国や九州の大藩の連中には、それがわかるまい。遠くにいて、幕権のうつろな巨大さに恐れをなしているのだ。

（よし、おれがその一突きの突き手になってくれよう）

と八郎は決心した。

至難のことのように見えるが、じっさいにやってみれば、案外やさしいことなのかもしれない。

三

山岡は講武所へ出仕していて不在だった。そこで八郎と安積、伊牟田と村上の二組に分かれて様子を探ることにした。

八郎と安積は、後事をたくした池田の家へ行き、それとなく観察してみると、どうやら捕えられたらしい。

夜になって再び山岡をたずねると、

「清河さん、考えていたよりも情勢は悪い。池田君も、熊三郎君やお蓮さんも召し捕られたし、石坂君との連絡も絶えています。わたし自身も覚悟している次第です」

「そうか」

「さっき、伊牟田君らがきましたが、すぐに水戸へ発ちました」

どうやら山岡は迷惑がっているらしい、と八郎は推察した。

「よろしい。進退きわまったからには、捕吏の手にかかるよりも自決するが賢明だろう。安積君、出よう」

八郎は立ち上がった。

山岡は黙って見送った。去って行く安積を呼び止め、

「これを」

といって、乾し米の包みを渡した。

八郎はじろりと見たが、何もいわなかった。安積は困惑した様子だったが、包みを持って八郎に従った。

山岡は気持ちの上でひどく疲れてしまった。彼は、八郎の学問の深さには日ごろから敬服していた。字もまた達筆である。剣は天性のものだろうが、非凡である。抜き打ちに、ああも見事に斬れるものではない。

要するに、八郎は英雄たるの条件を備えている。

とはいえ、山岡は、八郎を全幅《ぜんぷく》に信頼しきれないものを感じていた。策をろうしすぎる、と山岡は思っている。自決する気があるなら、

「そんな乾し米、棄てたまえ」

といえばいいのだ。

さて、八郎は小石川の山岡宅を出ると、団子坂の中ほどの茶店に寄った。

「酒」

と命じてから、彼は矢立てを出して、両親、弟、同志にあてた遺書を書き、さらに奉行あての、責任は自分にあるからほかのものは赦《ゆる》してほしいという上書《じょうしょ》をつくった。

「安積君、これを郷里に届けてくれ。また同志諸君にも、わが志を継いでくれるよう、伝えてもらいたい」

「清河さん、早まってはいけませんよ」

「なに、これも運命さ。さ、別れの盃をくみかわそう」

八郎はぐいっと飲みほし、安積に盃をさし出した。

安積は受けた。

盃が往ったり来たりした。

安積は、どこで自決する気か、ととまどっていた。八郎は、

「上野の山へ参ろう。あそこなら、邪魔が入るまい」

と茶店を出た。

上野の山に達すると、八郎はごろりと横になって眠ってしまった。安積は途方にくれて

見守っている。

夜半、八郎は起き上がった。

安積はさすがに察していた。

「清河さん、ここで自決するのは犬死にです。ここはひとまず逃れて後図《こうと》を策しましょう」

「うむ」

八郎は天を見上げ、

「北斗がじつに美しい」

と呟いた。

結局、商人ふうに変装し、江戸を出た。

それからの旅は長かった。土浦から宇都宮へ出て会津若松へ行き、新潟の安積の友人宅をたずねた。

「何をしている人かね？」

「医者ですよ。彼が江戸にいたころ、よく碁を打った仲です」

と安積はいった。

ところが、この医師は露骨に迷惑そうな様子を見せた。

八郎は安積をうながして妓楼へ上がった。

「安積君、友人というものは気をつけて選ばねばいかんよ。いざというときに朋友の義を立てぬようなやつは、友人ではない。ま、遊興《ゆうきょう》の交わりなどからは、決して真の友情は生まれんものだが……」

と説教した。

安積はうんざりしたが、口ごたえはしなかった。八郎にいわれて、船で鶴岡まで行き、清川村の近くまで潜入して、様子を探った。幕府の指示で、藩の役人が治兵衛らをきびしく調べていた。

二人は再び江戸に潜入し、薩摩屋敷の樋渡に連絡をとったが、鹿児島へ帰されたあとだった。

こんどは熊谷から古河へ出、さらに笠間をぬけて水戸へ入った。水戸には安積の友人で菊池寛三郎がいる。

水戸に逃れたはずの伊牟田と村上は、とうに去っていた。仙台へ行ったらしい、という。仙台には、桜田良助という藩校の武芸師範がいて、八郎とは玄武館で技を競った仲であった。

八郎は仙台へ行き、そこで伊牟田らに会えた。桜田は信義の厚い男で、かれらをかくまってくれた。

だが、仙台にいてはどうにもならない。八郎は安積の意見を受けいれて、京都に行くことにした。京都は、前に、学者になろうとしていたころに行ったことがあったが、八郎は好きな街ではなかった。「西遊草」という、母を連れての旅行記にも、はっきりそう書いている。京都の人間は、口先はうまいが、心がねじけていて、宿屋で何を頼んでも、上前《うわまえ》をはねるのでいやらしい、というのだ。

このころ、京都は、江戸と並んでようやく政治の二大中心地の一つになりかかっていた。八郎としても、個人的な好き嫌いをいってはいられなかった。

先立つものは金である。八郎は安積を郷里へ送り、父の友人から旅費を工面《くめん》してもらった。治兵衛は監視されていて連絡がとれず、友人が調達してくれた額も、たった二十両だった。

仙台へくるまでは、町人に化けているので大小も衣服もない。桜田が見かねて、すべてを調えてくれた上、路銀《ろぎん》も少しだが、用立ててくれた。

「かたじけない」

八郎は頭を下げた。

安積はしきりに礼をいった。桜田には、それまで会ったこともなかったのだ。八郎の連れだというだけで、こんなにも接待してくれるのである。

（やはりこの人には、それだけの魅力があるのだ）

と彼は、あらためて八郎を見直さざるをえなかった。

八郎らは、仙台から甲州を経て伊勢に参拝し、十一月九日に京都へ入った。

京都では、伊牟田の紹介で、過激派の参謀ともいうべき田中河内介《かわちのすけ》と会った。田中は元来は但馬出石《いずし》の出身で、のちに京都へ出て中山忠能《ただやす》の家令田中綏長《やすなが》の養子となった。忠能は明治帝の外祖父にあたり、その小忠愛《ただなる》、忠光はともに激烈な尊攘派である。田中は主家に迷惑をかけるのを恐れて、八郎が会ったときは、浪人したばかりであった。中山家にいたころは、幼い明治帝の遊び相手をつとめ、ひじょうに気に入られていた。

八郎は数日間、彼と会談してすっかり感心してしまった。年齢も四十八歳で彼よりもはるかに上である。

「ソノ人為《ヒトトナ》リハ沈毅ニシテ断有リ、而シテ能ク衆ヲ容ル、実ニ聞ク所ニ背カザルナリ」

と書いている。

八郎らは、二条の旅館に、

「関東の百姓です」

といって泊まったのだが、旅館のものは、関東のどこかとか、何の用で京都にきたのか、とうるさく質問した。

「金比羅《こんぴら》参りの途中でね」

と八郎はいったが、やはり気味が悪い。いつ密告されるか、気が気ではなかった。

「わが家へきなさい」

と田中は誘ってくれた。

八郎はすぐに旅館を引き払った。

それから三日三晩、二人は時勢を論じた。八郎にとっては、数年来はじめて互角に議論をかわすことのできた相手であり、その快い昂揚もさることながら、

——勤王
というものが観念としてではなく、手でさわって確かめられるような現実となった。江戸では攘夷の実感は、体得することができた。しかし、はるか京都におわす天皇なる存在は、いわば抽象でしかなかった。ところが、田中が、

「宮はじつにご聡明におわす」

といえば、その宮とはやがて皇位につくであろう陸仁《むつひと》親王のことであり、親王はかつて中山邸で田中の胸に抱かれたこともあるのである。また田中は、外祖父にあたる中山卿については、

「こう申して何だが、あの方は思いのほかお覚悟の定まらぬ方でな、和宮《かずのみや》様の関東下向《げこう》にも賛成しておられる。それより忠愛公は大器量人であられる。この河内介には、殊のほか親しみを下さって何かにつけてご相談くださるのだ」

というのだ。

四

いまや勤王は、観念ではなく、手を伸ばせば触れることのできるものとなった。八郎としては、体内の血がふつふつとたぎり立つ思いであった。

「田中さん、もういたずらに議論に日を費やしているときではありませんな。断の一字あるのみです」

「それは承知だが、何かよい思案をおもちですか」

「青蓮院宮《しょうれんいんのみや》を奉《ほう》じて決起するのです」

と八郎は力をこめていった。

青蓮院宮は伏見宮邦家親王の第四子で、勅旨《ちょくし》によって青蓮院門跡《もんぜき》となり、孝明天皇の信任が厚かった。条約勅許に反対し、一橋慶喜《ひとつばしよしのぶ》を擁立したために、安政の大獄では相国寺に永蟄居《ちつきょ》を命ぜられた。文政七年の生まれで、このとき三十七歳、英明の誉れが高かった。

田中は、八郎の言葉に少し呆れたようだった。宮を奉じて決起する、という言葉は勇ましいが、いったい誰が決起するというのか。京都には田中の同志はいるが、人数はタカのしれたものである。当の八郎にいたっては、幕吏に追われる身なのだ。

「いや、策はあるのです」

と八郎は自信にみちていった。

まず、宮の密旨を頂き、それをもって中国、九州の有志を説得する。さらにこれを京都に集め、宮を奉じて、すぐさま征夷大将軍を奏請し、攘夷の大義を掲げてその実、討幕の義軍とする。そうなれば、天下の雄藩も挙《こぞ》って旗下に馳せ参ずるであろう……。徳川幕府のほかに、もう一つ、皇族を頂いた新しい幕府をこしらえてしまおう、というのである。

「ふうむ」

と田中は唸ってしまった。じつに雄大な構想である。

桜田門外の変以後、大政奉還までの間に、多くの人によってさまざまな政権構想が考えられたが、このようなプランを立てたのは、清河八郎だけである。やや非現実的な感もあるが、当時においては、討幕そのものが一般人にとっては、およそ非現実的きわまることだったのだ。

「どうです？」

と八郎は問うた。

奇策には違いないが、決起を実現するには他に方法はなさそうである。

とはいえ、難点がある。

「宮のご令旨を頂くことは不可能に近い」

と田中はいった。それがなければ、諸藩の志士たちも動きはしないだろう。

「いや、そのように堅苦しく考えることはありません。志士たちには、諸君らが上京してくればご令旨は必ず出るといえばよろしい。そのかわりといっては何ですが、忠愛卿に書状を書いていただければ、かれらを奮い立たせることができます。あとは、この八郎の弁舌にお任せ願いたい」

宮の令旨と、一公卿の書状とでは、本当は比べものにならないが、なるほど京都の事情にうとい九州の志士たちには、同じようにありがたく思えるかもしれない。一種の詐術《さじゅつ》だが、田中は八郎に負けて、そのとおりにはからい、九州の同志あてに紹介状も書いて渡した。田中は前に九州を遊説《ゆうぜい》し、平野国臣、真木和泉、松村大成、小河一敏《おごうかずとし》といった各地の勤王家に面識を得ていた。

八郎は十一月十五日の朝、京都を発した。

あいにくの雨であった。見送りの田中は空を見上げて不安げであった。旅立ちに悪天候では誰だっていい気持ちはしない。

「これは吉兆《きっちょう》」

と八郎は朗らかにいった。そして不審そうな田中に、

「露を万里にほどこす。天もわれらが志を嘉《よみ》し給うたに相違ない」

といった。

同行は安積と伊牟田である。

八郎は吉兆といったが、旅程は天候に恵まれなかった。大坂から船便を利用したが、荒天のために寄港することが多く、赤間関《あかまがせき》（下関）に着いたのが二十六日であった。

ここで八郎は、勤王商人として知られる白石正一郎に会った。

白石は、長州藩の勤王派のパトロンだった人物で、のちに高杉晋作がクーデターに成功し、藩の実権を掌握できたのも、この人物があったればこそである。

どういうわけか、八郎とは気が合わなかった。

「ひっきょう頼むに足りぬ町人輩《ばら》の男なり」

と八郎は書いている。

実情は、ここで八郎は、不足ぎみの旅費を寄付してもらう予定だったらしい。

志士活動をするにも、先立つものは金である。薩長の場合は、藩が面倒をみたから、自由に使えた。高杉などは、上海へ渡航するときに、出発前に長崎で豪遊し、そっくり使いはたして追加をもらっている。

しかし、脱藩志士の場合は、ふところは淋しかった。坂本竜馬が海援隊を組織したのも、自前の運動資金をひねり出すためであった。

八郎には、江戸時代は父親の送金があったが、幕府の捕縛令が出てからは、庄内藩の監視がきびしくて、治兵衛の援助は途絶えていた。田中もまた八郎に渡せるほどの余裕はなかった。

八郎は誇り高い男だから、自分の口からはいわない。白石の家を去るときに、伊牟田がわけを話した。

白石が紙に包んで渡した。あとで開いてみると、たったの一両だった。

この白石に比べると、肥後の松村大成は、八郎を下にも置かぬ扱いでもてなした。松村家は代々の医家で、大いに富裕であった。肥後勤王党の推進者で、慶応三年に死ぬまでの間に投じた私財は三万両をこえたという。田中が前に訪れたときも、松村はじつによく面倒をみた。

八郎の話を聞いた松村は、坐り直して手をつき、

「初めに声をかけていただいて、身にあまる光栄でござる」

と頭を下げた。

八郎はすっかり上機嫌になった。彼は、松村の紹介で、肥後勤王党の主だったものに会った。松村の弟の永島三平、宮部鼎蔵、轟木武兵衛、阿蘇大宮司惟治《これはる》、河上彦斎《げんさい》らである。

八郎はこれらの人物評を書き残しているが、合格点をあたえたのは、松村と河上の二人だけで、他のものは、

「肥後の国にて真傑なきを察せられる。とかく赤心《せきしん》報国の志はあらで、口舌のみにて、人を欺くふうなりける」(「潜中始末」)

と一刀両断である。その河上にしても、

「彦斎はいまだいっこうに事に馴れぬ者、かつ容体とても人の頭たるべき位もあらざれども、この国のふうを脱して少しく果断のあるもの」

と決して満点を与えているわけではなかった。のちに「人斬り彦斎」といわれたこの人物も、このころは藩の身分が茶坊主であったために、頭を丸めていた。

宮部も轟木も、有名な林桜園の門下生で、河上もそうである。というよりも、河上は、文を轟木に兵学を宮部に学んだといってもよい。宮部は、吉田松陰が心服したほどの人物

だったが、八郎にいわせると、

「空論のみ申し立て、さらに赤心の決断もなく、あまつさえ諸有志に面会の作法とてもあらず」

と散々である。

阿蘇惟治は三位の位階をもっており、源平時代からの名家で、肥後人を動かそうとするなら、この人に会わねば駄目だ、と八郎は松村にすすめられた。

会ってみると、なるほど相当の人物に見えた。八郎の弁舌に大いに感心し、

「近ごろ珍しい客を得てじつに嬉しい。夜分ながら、わが元祖が南北朝のころに、勤王に用いた来《らい》国俊の名刀蛍丸をご覧に供そう」

といった。

阿蘇神社の「蛍丸」については八郎も聞いていた。

すぐに家来が、注連縄《しめなわ》をはった白木の箱をうやうやしく持参した。

「では、拝見」

八郎が箱をあけようとすると、大宮司は、

「お待ちなさい。その前に口を漱《すす》いでいただきたい」

と止めた。

(もったいぶったことをいう)

と思ったが、八郎は相手のいうとおりにするしかなかった。

見終わってから、八郎は用意してきた文章を見せた。漢文で書いたもので全文千三百五十字、尊王の大義を説き、すでに密旨の下ったことや、

「親王某ヲ任ジテ征夷ノ職ヲ以テシ、錦旗ヲ樹テテ天下ニ号令」

するという計画をうちあけて、肥後人の決起をうながした。

大宮司は読み終わると、

「これは天下の大事である。かんたんに決めるわけにはいかない」

といった。

(やはり口先だけの人物だったな)

八郎は落胆してしまった。

五

八郎にとっての収穫は、松村によって、平野国臣や真木和泉を紹介してもらえたことであった。ことに平野とは気があった。平野は筑前黒田藩の藩士だったが、勤王のために妻

子を離別して脱藩した。文学肌の人物で、すぐれた和歌を数多く残している。

この平野が八郎に、

「肥後人は口さきばかりで当てにはできぬ。九州では何といっても薩摩だ。あそこが立てばどうにでもなる」

といった。

「そうはいうが、あそこは関所が固くて、他国者は入れまい」

「わかっている。だから伊牟田君をお借りしたい。何とか潜りこんでみる」

平野はそういって、伊牟田といっしょに出発した。

それが十二月七日のことで、戻ってきたのは二十四日だった。八郎は、松村の家で河上といっしょに迎えた。

「どうだった?」

「どうもこうもない。ひどい目にあった。関所で捕えられて、わたしは鹿児島へ送られ、伊牟田君はかろうじて友人の家にかくまってもらったそうだ。鹿児島では、もっていた中山卿のお手紙なども取り上げられ、追放処分ということで、どうにか生きて薩摩を出ることができた」

と平野はいった。

「呆れたことだ」

「ともかく疲れた。酒をもらいたい」

伊牟田の言葉で、松村はすぐに仕度をととのえた。

「薩摩を当てにしたのは間違いだった。かれらの動きに関わりなく、ぼくらは天下に義を唱えよう」

「そういうことよ」

伊牟田はなぜか朗らかにいって盃をしきりと重ねた。

「しかし、残念じゃありませんか」

河上は沈んだ声でいい、これまた盃を重ねて、ついには酔いつぶれてしまった。

その夜、寝所に引きとってから、伊牟田が声をひそめていった。

「清河さん、じつは、さっきの話は作り事なのです」

「そうだろう、と思っていたよ」

「なぜです?」

「失敗して帰ってきたくせに、いやに朗らかだったからな。河上君あたりをだませても、ぼくはだまされん」

「清河さん、悪く思わんでもらいたい。この秘事が肥後人に洩れてはいかんと思い、伊牟田君と相談して、さっきのように偽りをいったのだ。じつは大成功だったのだ」

と平野がいった。

二人がこもごも語るところによると、関所で捕えられて鹿児島へ送られたことは確かだが、伊牟田は重役の小松帯刀《こまつたてわき》に会い、平野は大久保一蔵（利通《としみち》）に会った。

要するに、薩摩は来年三月には、君侯《くんこう》が兵を率いて上洛する。もちろん尊王の大義のためである。伊牟田が持っていた日記は、君侯のお手もとに届き、水戸、仙台の有志と義を結んだことも認められた。ただ、このことが、公《おおやけ》になっては、騒ぎが大きくなるからといって、同志には会わせてもらえなかったが、一人につき十両ずつの餞別《せんべつ》を君侯より下された。また、有名な西郷も近く流罪を赦されて復帰することになっている。大藩が動くのだから、手間はかかるが、動きはじめたら、いっきょに事を決するはずである……。

「そうであったか。では、すぐさま帰京してこの吉報を田中さんに伝えよう」

八郎はそういい、翌朝、松村に、

「どうもお世話に相成《あいな》りました。これより豊後《ぶんご》の小河氏のもとへ寄ってから京へ戻りたいと思います」

と挨拶した。

「それはまた急ではありませんか。せめて正月は当地で過ごされたらいかがですか」

「お言葉はありがたいが、これ以上当地にとどまっても致し方ない」

八郎にそういわれては、松村も止めようがなかった。

「まことに面目ない。肥後は優柔不断とお考えのようだが、わたしと河上だけは義挙のさいは必ず馳せ参じます」

と謝った。

その誠実さに、平野は感動したのであろう。八郎と別れると、河上のところに戻り、

「松村さんときみには、じつは申し訳ないことがあるのだ。首を差し出しても足りぬことだが、わけはいえない。いまの苦しい気持ちは、ぼくが死んでからわかってもらえるだろう」

と手を握っていった。

「死んでから？」

「そうだ」

「どうして死ぬのです？」

「だから、わけはいえぬ」

平野はそういって走り去った。

死ぬ、というのは、近く決起するということだろうが、肥後や薩摩を抜きにして、はた

して成功するのだろうか。

清河八郎のような男が、そんな無謀なことをするはずがない。きっと何か成算があるのであろう。

（策を用いすぎるな、あの仁《じん》は……）

と河上は思い、松村のもとへこの話を伝えるべく急いだ。

一方、八郎は、豊後の小河一敏をたずねた。小河は五百石取りの家老で、田中とは親交があり、人物も重厚だった。

この小河については、次のようなエピソードがある。

彼は維新後に宮内大丞《くないだいじょう》に任ぜられたが、あるとき明治帝が、

「自分が幼いころ田中河内介という者によく相手をしてもらったが、殺されたということを聞いている。いま生きていれば、さぞかし喜んでくれるだろうが、いったい誰が殺したのであろうか」

と侍臣に問うた。

返事する者はいなかった。その場に居合わせた大久保利通が、じつは部下に命じて殺させたことを、みんな知っていた。

「恐れながら、田中を殺さしめたのは、そこにおります大久保であります」

と小河はいってのけた。

明治政府第一の権力者を、小河はあえて告発したのだ。いまさら、そんな旧悪をばくろするのは、もしかすると大人気《おとなげ》ないことだったかもしれないが、田中と交わりの深かった彼としては、黙っていられなかったのであろう。

そのため、小河の身に奇怪なことが起こった。

明治四年に、参議広沢真臣《ひろさわさねおみ》が暗殺されると、小河は、いかなる関係もなかったにもかかわらず、免官になって鳥取に幽閉された。すべては大久保の差し金であった。

さらに後日談がある。

大久保は明治十一年に石川県人島田一郎らに暗殺された。

小河はこの知らせを耳にすると、

「自分は、天などというものはないと思っていたが、やはりあることがわかった」

と呟いた。

天、というのは、いうまでもなく人間世界のもろもろの出来事を見通している天帝のことである。俗にいう、お天とうさま、だ。

小河はこういう人物であった。

はじめ、八郎は警戒ぎみだった。というのは、この藩には、北辰一刀流の門人が多い。

いいかえれば、江戸における八郎の評判を知っている。

八郎の評判は必ずしも芳《かんば》しいものではなかった。このころ江戸にいた肥後の大田黒伴雄《おおたぐろともお》は、河上の問いに答えて、

「清河は有名な士にて、尊王攘夷の人物にて御座候、さりながらここもとの評判にては、あまり慷慨《こうがい》激越にすぎ、粗漏《そろう》切迫にこれあり候由《よし》承り候」

と書いている。有名人には違いないが、激烈なことを口にするだけで、おっちょこちょいの人物らしい、というのだ。

八郎にとっては、かなり酷にすぎる見方だが、彼自身にもそういう評判はわかっていたらしい。同門の者が多くいるのだが、軽薄なやつばかりなので、ここでは会いたくないと思い、それとなく小河に様子を聞いてみたところ、

「それらの者はもとより小河と不和の者ゆえまずは安心せり」

と書いている。そして小河については、

「四十七、八の人にて、いたって気の爽やかなる男にて、文学も和漢ともにある由なり」

と一応認めてはいるが、小河が、

「この地は戦国時代、薩州兵も攻めあぐんだ要害の地で、ぜひとも天皇様をお迎えしたいものです」

というのを聞いて、八郎は内心ではすっかりバカにしてしまった。

小河の表情が真剣であるだけに、

「あなた、どうかしていますな」

ともいえず、

「いずれ同志とも相談の上、考えてみます」

と適当にあしらった。

八郎は小河の家で文久二年の元旦を迎え、二日に出発した。そのとき、

「申しにくいが、何分の長旅にて、手許が寂しくなっております。いずれ、ご上洛の節に返却しますからご配慮くださらんか」

というと、小河は、

「これは気がつかずに失礼しました。返却などは無用のこと、どうかお持ちください」

と、五十両を差し出した。

その気前のよさに、八郎は、

「小河の志、感ずるに余れり。当時珍しき事なり。いっこう見知らぬ此方《こなた》どもながら、五十金を訳もなく贈るのは実に得難きことなり」

とほめている。

八郎に対して、後世における史家の評判が必ずしも高くないのは、おそらくこのあたりに理由があるかもしれない。だが、こういう八郎を責めるのは、やや酷ではないか、と筆者は思っている。すでに述べたように、八郎には藩というバックもなかったし、田中のように中山家という無言の後ろ盾もなかった。すべて自前であり、藩の公金をふんだんに使えた者たちとは、その苦しさは比べものにならなかった。

九州各地を訪れたときの八郎の服装にしても、彼が自嘲をこめて書いているように、羽織もなく（十二月なのである）、垢じみた綿入れのみで、刀も小刀はなく、やくざふうの長脇差しのみであった。

松村、河上は別として、肥後人の多くが八郎の言説に信を置かなかったのも、こうした外見にあったのだ。

六

八郎は十日に大坂に着いた。そこで小河から恵まれた金で衣服をととのえ、大小を買った。

ともあれ、九州遊説は成功である。田中に報告するとともに、中山忠愛を料亭「一力」

に招いて馳走した。

そこへ宮部鼎蔵が松村の息子の深蔵を連れて、あたふたと上京してきた。河上から、薩摩が動くらしい、と聞いたのだ。

（それ見たことか）

と八郎は思った。

以後、九州各地から続々と志士が上洛してきた。いずれも、いわば名うての過激派である。小河も三十余名を連れてきた。

薩摩からは、橋口壮助、柴山愛次郎がやってきた。藩主の実父である島津久光が一千名を率いて上洛してくるという。

こうなると、京都では目立ちすぎて危険である。八郎は、田中、小河らと相談し、橋口の世話で、大坂の薩摩屋敷に移った。このとき、浪士の数は三百人をこえていた。

薩摩屋敷における八郎の処遇は、別格であった。上室を与えられ、従者もついた。

当然といえば当然であった。すべてが八郎の筋書どおりに運んで行くのである。彼は、この大芝居の台本作者であり、演出家であり、主役でもあるのだ。

八郎は、事の成功を信じて疑わなかった。山岡にもこの状況を知らせ、郷里の父あてにも、久しぶりに手紙を書いた。その文中にいう。

「天運にかない候か、潜匿中ながら天下未曾有《みぞう》の大業相立ち候、となえ始めと相成り候上は、旧来の恥辱もいささか相雪《そそ》ぎ申すべくか」

あるいは別の便りでは、一大決起の計画を書いて、いずれ大評判になるだろうから、

「一家一族の面目とも相成るべく、何とぞご安意下され、なおこのあとの噂をお楽しみお待ちくださるべく候」

と自信たっぷりなのである。

しかし、八郎は、島津久光の真意を見誤っていた。

島津は上洛と同時に、自藩の志士に対して勝手に行動することを禁じ、命にそむくものは厳罰にするといった。橋口らは、八郎との打ち合わせで、佐幕派の九条関白を襲い、青蓮院宮をかついで宮中に入り、攘夷討幕の大詔《たいしょう》を発してもらうつもりであった。そこで、田中を迎えて淀川を上り、伏見の寺田屋に集合した。

久光は烈火のごとく怒り、奈良原喜八郎《ならばらきはちろう》らを送って問罪した。なぜ命令にそむくか、というのである。

結果は斬り合いになり、橋口ら六名が死亡、二名が切腹した。世にいう寺田屋事件である。そして、田中は子供の左馬介《さまのすけ》といっしょに薩摩へ送られる途中、小豆島《しょうどしま》沖で大久保の命によって暗殺された。久光には、もとより決起の意思はなかったのだ。

こうなっては、宮を奉ずるどころではなかった。八郎のもくろみは、一挙に潰《つい》えてしまった。

運よく、というべきか、八郎はこの事件の前に、薩摩屋敷から追い出されていた。八郎はあたかも総大将のごとくに振舞った。独断で、毛利、島津あてに上書を送り、さらには朝廷へも建白書を差し出した。その標題は、

——今上《きんじょう》皇帝ニ上ス封事《ふうじ》

というすさまじいものであった。

封事、とは密封して奏上する建白書のことだが、内容もまた激しい。彼の考えた決起計画をくわしく述べ、

「陛下善《よ》ロシク此ノ際、会ニ乗ジ、赫然奮怒《ふんぬ》スレバ、数百年頽廃ノ大権、復興スベキ也」

というのである。

無位無官のものが天皇に向かって、このようなアジテーションを行なったのは、かつて例がなく、それ以後もなかった。

田中らには、それがおもしろくなかった。

たまたま越後浪人の本間精一郎が八郎をたずねてきた。江戸時代に安積艮斎の塾で何度か会ったことがある。年齢は八郎よりも四歳若いが、ひじょうな秀才で、勘定奉行だった

川路聖謨《としあきら》の小姓にとり立てられた。
川路は安政の大獄で隠居を命ぜられ、頼三樹三郎と親交のあった本間は、幕吏に追われる身となった。いったんは投獄されたが、井伊の死後に釈放され、尊王攘夷運動に加わった。

八郎とはいくつかの共通点がある。共に雪深い地方から出てきた郷士出身者であること、早くから攘夷の志を抱いていたこと、塾を開いて人を集め、運動のリーダーになろうとしたことなどである。だが、八郎が明確な武力倒幕論者だったのに比べ、その点で本間はやや曖昧だった。というのは、本間は、個人の力の限界を心得ており、浪士の集団によるよりも、藩を動かす方がいい、と考えていた。このころ萩へ行って久坂玄瑞《げんずい》に会ったり、吉村虎太郎の紹介で土佐に潜入したりした。ついでいうと、八郎の遊説によって捲き起こった風雲はむろん土佐にも及んでおり、三月には、吉村や坂本竜馬が脱藩し、四月には佐幕派の参政吉田東洋が、土佐勤王党によって暗殺されている。

本間は、この年の夏に、田中新兵衛、岡田以蔵《いぞう》らの手にかかって暗殺される。二人とも「人斬り」の冠詞をつけられたほどの、その道の手だれで、本間もかなり剣は使えたが、とうてい逃れることはできなかった。本間が狙われたのは、口では尊王攘夷をいうが、どうも幕府に内通しているのではないか、と疑われたためだった。本間は先斗町《ぽんとちょう》でしばしば豪遊していたが、その金の出所が怪しい、とみられたのだ。八郎はこの暗殺の二日後に、但馬《たじま》の郷士西村敬蔵に送った手紙のなかで、きわめて冷淡に、

「本間のこと極快に御座候、とても満足にはならぬ者、かねがね申し上げ候事に符合仕《つかまつ》り候、軽薄人には困り入り候」

と書いている。

そういう本間が面会を求めにきたとき、八郎は吉村や安積を連れて遊びに出た。宇治川に船を浮かべ、妓をのせてのドンチャン騒ぎである。

田中や橋口が、これを非難した。

「つべこべいわれる筋合いはない。こちらは本間の本心を探ろうとしたまでのことである」

と八郎は開き直ったが、田中は納得しなかった。田中は田中で、自分が総大将だと思っているから、封書の一件にしても、八郎の独断専行を苦々しく思っていた。水飴《あめ》のようにねちねちと京言葉で文句をいった。

京ふうの言い方は、いまでもそうだが、はっきりとはいわない。が、要するに、出て行けということなのだ。

「武士はやはり関東に限る。上方《かみがた》は肌にあわん」

と放言して、八郎は薩摩屋敷を出た。

寺田屋の一件は、その数日後に起きた。田中は前述のような目にあい、吉村は土佐藩に引き渡されて入獄した。もし八郎が残っていたならば、無事ではすまなかったろう。

とはいえ、八郎の大計画は画餅《がべい》と化した。次なる一幕を演じようにも、手足になる浪士がいない。

それに、八郎自身、いまもって幕府のおたずね者である。それがつきまとっている限りは、公然と活動するのに不自由であった。何とかして、指名手配を解除してもらわねばならなかった。

それを運動するためには、京都にいてはどうにもならない。やはり江戸へ潜入して、各方面に働きかけねば、実を結ばない。

そのころ、京都では八郎のことを、

「あれは神通力《じんずうりき》の持ち主ではないか」

というものがいた。

前年五月の東禅寺イギリス公使館襲撃事件やこの年の一月の安藤対馬守を坂下門外に襲った事件（これは水戸の平山ら六名によって行なわれた）が、すべて八郎の指揮のもとに決行されたという噂になっていた。

「いや、それどころか越後に潜んでいたところを召し捕られたが、そのさい捕吏数十人を斬ったそうだ。そして江戸に護送されたそうだが、見事に脱走したらしい」

とまじめにいうものもいる。

「あれはとうてい召し捕れぬ」

と捕吏も諦めているというのだ。

(これを利用しない手はない)

と八郎は思った。

現代では「神通力」などといっても、誰も信じないが、百二十年前のことなのである。大まじめに信ずる者の方が、信じない者より多かったろう。

七

八郎は江戸に潜入した。薩摩の有志が二百両の拠金をしてくれたところをみると、やはり人気はあったのだ。

八郎は、北辰一刀流の先輩で、講武所教授の井上八郎や山岡を通じて、七月に政事総裁となって幕政の中心に坐った松平春嶽《しゅんがく》に、

「清河は非凡な人物であります。その妾、弟や同志を捕え、些細な罪を理由に本人を追捕しようとしていては、かえって激発させ、騒動を引き起こすようなものです。それより赦免をあたえ、有用に使ったらいかがでしょうか」

と建言させた。

もっとも、山岡は、成功はおぼつかないと思ったようだが、八郎は、

「大丈夫だ。そういう時代の流れになっている」

と断言した。

自信はあったものの、江戸はやはり危険である。八郎は、はじめ水戸に、ついで仙台に退避して結果を待った。

そのとき、八郎は獄中のお蓮が牢死したことを知った。

八郎ほどの男が涙を流し、追悼の歌をよんだ。

　さくら花　たとひ散るとも　壮夫《ますらを》の
　袖ににほひを　とどめざらめや

それから両親あてに手紙を書き、

――清林院貞栄香花信女

と戒名をつけたから、わたしの本妻同然に葬ってほしい、といい、さらに彼女の老母にも十両をたくし、存命中は面倒をみてやってくれと頼んだ。八郎には、こういう優しさがあったのだ。

春嶽への工作は、山岡や八郎の共通の友人である土佐の間崎哲馬が山内容堂を通じて大いに働いた。おそらく、このルートがもっとも効果があったであろう。

まず九月下旬に、池田、石坂、熊三郎が釈放され、ついで年があけた文久三年正月に、八郎捕縛の命令が取り消された。

八郎はすぐさま活動に移った。春嶽あてに、京都では近ごろ暗殺が続発し、治安が乱れているが、これを取り締まるために江戸で人材を集め、京都へ送ったらどうか、と建白した。ちょうど将軍家茂が上洛することになっており、そのためにも早急に治安を回復する必要があるのだが、武芸に弱い所司代では困りぬいていた。

「清河のこと故《ゆえ》、何を企んでいるかわかりませぬ。お取り上げなさいますな」

と諫《いさ》める者が多かったが、春嶽はあえて許可し、松平上総介《かずさのすけ》にその役を命じた。松平は、山岡や松岡万《よろず》を相談相手に浪士を集めたが、この二人のうしろにいるのは、いうまでもなく八郎である。石坂や池田、村上らも働いて、たちまち二百数十名が集まった。

松平は、せいぜい五十人程度に考えていたから、これに驚いて辞職した。五十人分の仕度金しか用意していなかったのである。一人五十両のはずが、十両に減ってしまった。松平に代わって鵜殿鳩翁《うどのきゅうおう》が取扱い役になり、隊を七ツに分けて京都へ向かった。石坂は三番隊伍長、村上は六番隊伍長で、その下の平隊士に、近藤勇以下の一門が編入された。八郎はどこにも属さなかった。いわば別格である。二百数十名のうち、彼ほどの有名人はいなかった。

もちろん、八郎には、山岡にも語っていない秘策がある。

一行は二月二十三日、京都に着き、壬生《みぶ》村の新徳寺を本部とした。

八郎は本堂前の庭に全員を集め、仁王《におう》立ちになって宣言した。

われわれは幕府の徴募に応じて集まったものであるが、禄位をもらっているわけではないから、幕臣ではない。あえていうなら尊王攘夷の大義に応じたものだから、つまりは皇命を奉じたことになる。よって皇命に逆らうものは、たとえ幕府の役人といえども斬ってよいことになる。

「よって、この意のあるところを朝廷に奏上し、勅諚《ちょくじょう》を賜わる所存である。一同、ご異存あるまいな」

といい放って睨《ね》めまわした。

八郎のいう大義は、時代の主流であった。誰にも反対できないテーゼである。そして一同は、八郎の気迫に吞まれて声も出ない。

（してやったり）

と八郎は心の中で叫んでいた。島津の妨害でつぶれた浪士軍がここに誕生したのだ。あとは、朝廷のお墨付きをもらい、いわば討幕の前衛にすればよい。

翌日、八郎の起草した上奏文が学習院へ呈出され、二十九日には勅諚も下されて、浪士たちは御所の拝観を許された。たしかに、かれらは朝廷のいわば新兵になったようなものであり、もはや幕府としては手が出せなくなった。

（やはり手を嚙まれた）

と怒ったのは、家茂に従ってきた老中板倉周防守《いたくらすおうのかみ》である。何か策はあるだろうとは予測していたが、まさかこんな奇策を用意していたとは夢にも思わなかったのだ。

板倉は鷹司関白に働きかけ、生麦《なまむぎ》事件の余波でイギリスとの間に戦争となるかもしれないから、攘夷の尖兵として東下せよ、という指示を出してもらった。この指示には、「大義」の手前、逆らえないはずである。

（おかしいな）

と八郎は思ったが、イギリスとの間に戦端が開かれれば、幕府は倒れるであろう。反対する一部隊士（芹沢鴨《せりざわかも》、近藤勇ら十三名）を壬生に残して、三月末に江戸に戻った。そのとき、浪士組に取締出役《しゅつやく》として加わった佐々木唯三郎、速水《はやみ》又四郎らが、板倉から、

「清河を始末せよ」

とひそかに命令されていたとも知らずに、である。

京都・東山の歴史館に、八郎と佐々木の色紙が並んで展示されている。八郎のは詩と和歌、佐々木のは二首の和歌で、ともに達筆である。

人知れぬ　なみだにそでは　くちにけり
あふ夜もあらば　何につつまん（八郎）

世はなべて　うつろふ霜に　ときめきぬ
こころつくしの　しら菊のはな（佐々木）

というのだが、坂本竜馬や中岡慎太郎の暗殺者といわれる佐々木が、思いのほか、やさしい歌をよんでいるのに驚く。

佐々木は四月十三日、速水らといっしょに麻布一ノ橋で、十番の上の山藩邸から出てくる八郎を待ち伏せした。八郎はこの日、寄宿していた山岡の家から、同藩の金子与三郎を訪れ、酒をたっぷり飲まされて午後四時ごろ出てきた。佐々木も速水も講武所の剣術教授で、佐々木の小太刀《こだち》は無双といわれていた。

佐々木は八郎の前に進み出ると、

「これは清河先生」

と声をかけた。そして足をとめた八郎に、

「佐々木でござる」

といいつつ、かぶっていた陣笠をとって挨拶した。そうなると、やはり陣笠をかぶっている八郎もとらざるをえない。鉄扇《てっせん》を持ったまま紐をほどこうとした。そのため鉄扇の紐を手首にからげた。

その瞬間を暗殺者は待っていた。うしろに回っていた速水が肩から斬りつけ、前のめりになった八郎を佐々木が下からはね上げるように首を斬った。

八郎は手首に絡んだ鉄扇に妨げられ、ついに抜き合わせることができなかった。三十四歳であった。佐々木の剣技については聞いていたものの、悪い癖で、多少小バカにしていたのであろう。

八郎倒れたり、の知らせを最初に聞いたのは石坂で、彼はすぐさま一ノ橋に駆けつけ、八郎の首級《しるし》を切断して山岡のところへ持参した。山岡はのちにこれを伝通院に葬ったが、そのために解職され、江戸城明け渡しまでまったく出番はなかった。

石坂は捕えられ、須坂藩に軟禁されたが、維新後にようやく釈放された。

その後、山岡の妻英子の妹と結婚し、官職にはつかずに、越後へ行き、石油の採掘事業をはじめた。

石坂に、越後地方に燃える水が産出することを教えたのは、じつは八郎であった。石坂は明治三十六年まで存命し、日本の石油事業の開拓者となった。「石油」という名称は、石坂が名付けたとされている。あのどろどろした液体がどうして「石」の油なのか、不思議といえば不思議である。

選者解説――『新選組読本』について

新選組のことはたいていの人が知識をもっていると思うが、あえてわたしなりに定義しておきたい。

新選組は、文久三年（一八六三年）三月から徳川幕府の崩壊《ほうかい》するまで、もう少し正確にいうなら、鳥羽伏見《とばふしみ》で薩長連合軍に会津《あいづ》藩を中心とする徳川方が敗北するまでの約五年間、京都を本拠とした武闘組織である。

その最盛期でも、隊士は約三百名にすぎなかったし、政局に影響を及ぼすような発言権ももっていなかった。組織としては、京都守護職である松平容保《まつだいらかたもり》の会津藩が預るという形式をとったが、実質的には、反徳川勢力に対する治安警察の役をつとめる存在だった。

従って、歴史を語る場合、正史においてはほとんど無視されるか、かりに取り上げられるとしても、ほんの数行で片付けられていた。幹部だった近藤勇《こんどういさみ》や、箱館まで戦いぬいた土方歳三《ひじかたとしぞう》の名が出ることはあるとしても、新選組第一のスターともいうべき沖田総司《おきたそうじ》が語られることはなかった。

しかし、教科書的な正史においてはほとんど無視された存在であっても、文芸、演劇、映画、テレビなどに及ぼしている影響の大きさは、測り知れないものがある。つまり、われわれ日本人のメンタリティに、正史に登場する人物たちよりも、はるかに影響をあたえていることは疑いない。たとえば、慶応三年（一八六七年）十月の、後藤象二郎《ごとうしょうじろう》による大政奉還の建白、十五代将軍徳川慶喜《よしのぶ》による採用決定は、日本歴史における画期的な出来ごとだった。

当然である。約二百七十年間続いた幕藩体制が終り、日本が近代国家へ歩み出す第一歩となったわけだから、いかなる歴史の教科書においても、これが記述されないことはない。歴史の主役は慶喜であり、後藤とその藩主の山内容堂《やまのうちようどう》である。だが、わたしたちは、かれらがどういう人生観をもっていたのか、何を悩み、何に喜び、いかなる時に涙したか、それを知ることはない。あるいは、知ろうという気にもならない。

これに対して、教科書的な歴史においては、主役でないことはもちろん、脇役でさえもない新選組に関して、多くの文芸作品が書かれている。なぜかといえば、新選組という特異な集団と、それをひっぱって行ったものや所属していた人たちの生き方に作家が関心をもったからである。主役か脇役、ないしは端役《はやく》かは、関係ない。人間とは何か、それが作家の創作意欲をかき立てるのだ。

さらにいうなら、「判官贔屓《ほうがんびいき》」という言葉があるように、わたしたちは、勝利の栄光に包まれるものよりも、敗れ去り、滅《ほろ》び行くものの姿に、美的なシンパシーを感ずる癖《へき》があるのかもしれない。かりに、幕藩体制が崩壊せずに、近藤勇が大名になったり、沖田総司が旗本になったりしたら、小説のテーマにならなかっただろうし、書かれたとしても読者の共感を得ることは難かしかっただろう。

あるいは、敗者であっても、敗れただけでは、共感を呼ばないことはいうまでもない。この時代における最大の敗者は慶喜だろうが、恭順《きょうじゅん》に徹して生きながらえ、ついには公爵位を授けられて寿命で死んだ〝最後の将軍〟に対しては、何となくシラけた気分になる。それより、無残に斬首された近藤や、孤剣むなしく死を迎える若い沖田や、結果がどうなるかは承知で、戦って戦って戦いぬく土方に、人びとは爽快さを感ずるのである。

＊

しかし、新選組が最初から文芸の世界において主役だったわけではなかった。明治政府は薩長の藩閥によって維持されたから、歴史教育も、薩長が正義だったという観点によって施行された。俗にいう〝勝てば官軍〟であった。

当然のことながら、負ければ賊軍《ぞくぐん》で、新選組は、正義派に属する尊皇の志士たちを斬った悪虐非道な集団という見方で語られた。この、いわば薩長史観が一方的なものであることを明確にし、さらに新選組の真価について名誉を回復し、復権する端緒《たんちょ》をつくったのは、子母澤寛《しもざわかん》の『新選組始末記』であった。

それは、子母澤において必然の作品だった。というのは、彼はもともと優秀な新聞記者で、読売新聞で働いていた。ところが、同紙が正力松太郎《しょうりきまつたろう》に買い取られたとき、社会部長の千葉亀雄《ちばかめお》をはじめとして、退社したがる記者が続出した。子母澤もその一人だった。記者がいなくては新聞は出せない。正力は、記者たちに信望のある千葉を引きとめるのが鍵とみて、千葉の家に乗りこみ、朝までかかって説得した。

外回りの取材記者だった子母澤が電話をかけると、退社するはずの千葉が出て、翻心した事情を説明した。そして、子母澤に、新社長がきみの能力を高く評価している、といった。それで子母澤も千葉とともに残ることになった。正力は、摂政宮（のちの昭和天皇）が狙撃された「虎の門事件」で警視庁を辞めた人物だったから、読売に乗りこむ前にしっかりと社内事情を調べ上げていた。辞めても構わないと見なしていた記者は、引きとめようとしなかった。

取材能力にすぐれた子母澤が『新選組始末記』を執筆したもう一つの必然は、彼の祖父が旧幕臣で彰義隊《しょうぎたい》に参加し、箱館まで行って戦った人だったことと無関係ではないだろう。

新聞社勤めだった子母澤は、土曜日の夜行列車で京都へ行き、一日じゅう取材してその夜の列車で東京に戻り、そのまま出社したと伝えられている。この解説文の筆者も読売新聞で十数年の記者生活をしたから、子母澤の後輩でもあるわけだが、その体験でいうと、取材というのは、苦しいが、おもしろいものでもあるのだ。もしかすると、苦しいからおもしろい、といえるかもしれない。そのおもしろさは、実は、人に知られていない事実を発掘するスリルであり、それに成功したときの快感である。おそらく、子母澤は、そういう苦労をしながらも、近藤や土方や沖田に接した八木家の人たちの話を聞くことに、充実感を覚えていたに違いない。

とはいえ、子母澤作品によって、すぐに新選組が復権できたわけではない。薩長史観に由来する偏見はなかなかに根強いものがあって、たとえば、大佛次郎《おさらぎじろう》が「鞍馬天狗《くらまてんぐ》」のなかで、主人公とフェアプレーの精神で剣をまじえる近藤を描いたとき、新鮮な違和感のようなものを感じた人が多かった。いいかえれば、近藤の悪役イメージがそれだけ徹底していたわけだった。

その傾向は、薩長史観が歴史教育から退場することになった一九四五年の敗戦以降においても、なおしばらくは続いたが、復権の第二の旗手は司馬遼太郎《しばりょうたろう》である。ドキュメンタリーの手法をとった子母澤と違い、小説は花も実もある嘘八百である（柴田練三郎《しばたれんざぶろう》）とすれば、『新選組血風録』をはじめとする一連の新選組をテーマとする作品は、その定義の典型といってよく、しかも司馬作品の強みは、徹底した資料集めや史実を基調にした点にあった。これによって、新選組のイメージが一新されたことは確かである。

＊

この『新選組読本』は、右にのべたような観点に基づいて諸家の作品をピックアップした。以下、それぞれの作品について選者の考えをのべて、解説ということにしたい。それが読者の理解の一助となれば幸いである。

「王城の護衛者」

この作品は、新選組を預った会津藩主松平容保を主人公としたもので、否応なしに、悲劇的な立場に置かれて生きた人物像を見事に描いている。また、この作品を巻頭に据《す》えたのは、これを読めば、幕末の京都の状況（それが新選組の運命に大きく作用した）がのみこめるからである。また、孝明天皇も、徳川慶喜も、他の登場人物たちも、

（さもあらん）

と思わせるたくみさで迫真的かつ印象的に作品の中で動き回る。それを象徴するのが最後の数行で、そこへもって行くために作者は枚数を重ねたのではないか、という気になる

くらいである。

「八木為三郎老人壬生《みぶ》ばなし」

子母澤の『新選組始末記』の特徴は、歴史の生き証人の証言が丁寧に集められている点にある。優秀な記者の取材メモといってもよい。ただし、取材メモだから貴重で価値があるというわけではない。取材する側が凡庸《ぼんよう》であれば、凡庸な質問を発し、凡庸な答えしか得られない。取材とはそういうものなのだ。

芹沢鴨《せりざわかも》をはじめとする新選組の初期の隊士たちの言動が、こういう形で後世のわれわれに呈示されていることは、考えてみれば大変なことなのである。現代のテレビの画面に出るよりも、はるかにビビッドな感じであり、その息遣いさえ聞こえるかのようである。

新選組に関しては多くの作品が書かれているが、子母澤の作品を参考にしなかった人はいないのではないか。かくいう筆者もその一人であることはいうまでもない。

「新選組異聞」

池波正太郎《いけなみしょうたろう》は人情味豊かな人であった。私事になるが、某社の講演旅行で数日間いっしょに各地を回ってから、親しくさせていただいた。あるとき、銀座のバーをいっしょに出たあと、池波邸は拙宅へ戻る途中なので、門の前までお送りした。すでに午前零時を回っていたが、ちょっと寄りなさいよ、という誘いに甘えて車を下りた。

ご母堂が出てきた。深夜の突然の訪問をわたしが詫《わ》びていると、池波さんは、早くビールを出してよ、などという。わたしが、こんな時間に母上をコキ使って、悪いじゃないですか、というと、小声で、いいんだよ、あれで、おふくろさんは喜んでいるんだから、といった。

池波作品の長編『近藤勇白書』の文庫の解説を引き受けたとき、わたしはこのときの情景を思い出さざるを得なかった。近藤を、単なる剣の勇者ではなく、その人情味を書きこんだところに他の作家にはない特色があった。

ここに収録したものは、エッセイ集から新選組に関するものを選んだのだが、その中でふれている「色」は、土方歳三とある女性との交渉をさらっと書いた短編である。他の文庫と重複するので収録を避けたが、読者は機会があれば、お読みになるといい。味のある作品である。

「新選組隊士・斎藤一《はじめ》のこと」

斎藤一は、文久三年三月の新選組誕生のごく初期から参加して、維新後も生き残り、いわゆる天寿を全うした。似たようなキャリアの持主として永倉新八《ながくらしんぱち》がいるが、わたしには永倉よりも何となく気になる人物なのである。なぜかというと、永倉は江戸にいたころから近藤や土方らとつきあい、見解の違いで別行動をとった。そして、郷里にひっこんでから晩年に体験を語り、記録に残した。

ところが、斎藤は、維新後はかつての旧敵である薩長政権の警視庁に出仕している。西郷軍相手の抜刀隊に他の旧会津藩士も加わっているが、斎藤は新選組だったのだ。気にならない方がおかしいくらいなのである。

このエッセイは短いものだが、その人生をさらりと点描している。

「新撰組」

服部之総《はっとりしそう》は歴史学者として著名な人である。明治三十四年（一九〇一年）島根県の浄土真宗西本願寺派の寺の住職の家に生まれ、東京帝大を出たあと、出版社に入ったり、プロレタリア研究所に参加したり、コチコチの学者ではなく、ジャーナリスティックな見地の論文を発表した。基本的にはマルクス主義に拠っていたから、弾圧の対象となった。しかし、服部は融通無礙《むげ》なところがあり、固い論文の一方に、花王石鹼の社史の編集をしたり、初代社長の伝記を書いたりした。太平洋戦争後のことになるが、左翼系の学者仲間とだけではなく、三笠宮崇仁《みかさのみやたかひと》や吉川英治《よしかわえいじ》、またカナダ大使のノーマン（のちにカイロで自殺）との交友もあった。

学術的な面では、維新前後の歴史について再検討した論文がメインだが、それに関連した好エッセイも多い。ここに収録したエッセイは『黒船前後』から採ったもので、一口に尊攘派と類別されるものたちも、思想的な左派とブルジョア地主を代表したものと農民派とは全く別ものであることを指摘している。こういう見方は、小説家にはできないもので、学者と小説家との違いを実感させられる。

「新撰組」

服部のエッセイの末尾で指摘されていることで明らかなように、平尾《ひらお》の著作は、新選組に関する基本的な文献の一つである。アカデミックな学者としてではなく、郷里の高知を中心に維新史を調査研究した。新選組についても、昭和三年五月に近藤勇五郎に会いに行ったりして、書物の上ではなく実地検証を実行している。子母澤は平尾に、自分は歴史を書くつもりじゃない、といったことが記されているが、平尾はやはり歴史を書くことが念頭にあったのだ。たしかに子母澤には『父子鷹《おやこだか》』をはじめ映画「座頭市」の原作となった短編など、多くの小説があり、平尾には小説はない。しかし、平尾史観の底流には、人間観察を主眼とする作家と共通するものがあったように思われる。なお、「新撰組の盲点について」は『新撰組史録』の「まえがき」として書かれたものであることを記しておく。

「土方歳三遺聞《ひじかたとしぞういぶん》」

土方の姉であるのぶが嫁いだ佐藤彦五郎《さとうひこごろう》の孫がこのエッセイを書いた筆者であり、当然のことながら、そういう血縁の人でなければ書けない事実が含まれている。

新選組副長土方歳三は、どちらかというと、以前は小説にしにくい人物と思われていた。時代や洋の東西を問わず、組織の長ではなく、副というポジションは、長よりも目立たないし、また目立ってはいけないのかもしれない。政党の総裁も会社の社長も人びとは記憶するが、副総裁も副社長も覚えていない。党史や社史で、総裁や社長の業績は語られるが、副のままで終った場合はたいてい数行で片付けられるか無視されるかである。

土方を小説にしにくかったのもそのせいだが、司馬遼太郎作品によって土方副長は近藤局長なみ、いやそれ以上になった。

実はわたしも土方を主人公に短編と長編の「戦士の賦《ふ》」がある。それは「豊玉句集」を読むことができたからであり、松本順《まつもとじゅん》の自伝中にある土方の言説を知ったからである。

土方は仙台で松本に江戸に戻るようにすすめてこういった。

「今日の挙は、三百年来士を養うの幕府、一蹶《いっけつ》倒れんとするに当たり、一人のこれを腕力に訴え死する者なきを恥ずればなり。到底勝算の必ず期すべきあるにあらず。依って謂《おも》うに、君は前途有用の人なり。宜しく断然ここより去って江戸に帰るべし。もし不幸にして縛に就くも、西軍の将士みな君を知れり。何ぞ危害を加うることあらんや。ただ我儕《わがはい》の如き無能者は快戦国家に殉ぜんのみ」

松本はこの言葉に従って江戸に戻り、維新後は陸軍の初代軍医総監をつとめ、順天堂病院を開くのである。

なお、本編において文章の前後関係にふれるところを省かせていただいた。

「新選組　伊東甲子太郎」

小野圭次郎《おのけいじろう》は明治九年（一八七六年）生まれで長く松山高等商業学校（旧制）の英文学教授をつとめた。しかし、大正・昭和の初期から戦後まで、旧制中学の生徒で上の学校（旧制高校、専門学校、大学予科）をめざすものにとって「オノケイ」の「英文の解釈」は必読の受験参考書だった。何しろ初版から最終的に版を重ねること一千百五十一版。空前、おそらくは絶後の大ベストセラーの筆者なのである。むろん、わたしも読んだ一人だった。

その「オノケイ」(正しくはオノ　ケイだろうが)が、新選組から分離した伊東の姪と結婚した人であると知ったのは、子母澤の『始末記』からだった。思いがけない組み合わせにびっくりしたものである。また、内容についていうと、本文のあとに伊東の短歌が付属しているのだが、それは子母澤の『始末記』にすでに紹介されているので、あえて割愛《かつあい》させていただいた。

「竜馬殺し」

坂本竜馬の暗殺は新選組の犯行ではなかったが、伊東の証言もあって、そのように見られた。

この事件については、多くの作家が作品化しているが、その場合、参考にするのは『坂本竜馬関係文書』である。そして、その中にある勝海舟《かつかいしゅう》の日記(明治二年四月十五日)にふれることが多い。

ところが、勝の日記の明治二年のその日には、そんな記述はない。まさか『文書』が間違っているとは誰も思わないから、そのまま引用してしまうのだ。わたしは竜馬暗殺をテーマにした作品を書いたとき、そのことに気がついた。

多くの作家が間違えていたなかで、この作品では、さりげなく「明治三年」と正しく記載されており、しかも『文書』の編者のミスをことさらに指摘したりはしない。
これも私事になるが、大岡《おおおか》さんははるか先輩であったのに、なぜか声をかけてもらったことが多かった。文壇碁会《ごかい》で何度かお手合せをいただいた縁だけではなく、わたしの書くものにどこか気に入ったところがあったのだろう。そうでなければ、文庫の解説を依頼されることはなかったはずである。『レイテ戦記』など、著名本を頂いたが、歴史をテーマにした大岡作品の全てに共通する綿密な実証癖はこの好短編においても発揮されている。

「沖田総司」

この作品は、いろいろな作家による日本剣客伝（「週刊朝日」連載）の一編であるが、沖田をとりあげたことはともかくとして、その筆者が永井《ながい》だったことにびっくりした人が多かった。いわゆる純文学（わたしはこの用語はナンセンスだと思っているが、ここでは便宜的に用いることにする）の短編の名手として知られた作家が、まさか沖田を書くとは考えられなかったせいである。
だからといって、分量としては本書のなかで最大のこの作品にあえてページを充当したわけではない。沖田については、わたしも短編と長編を書いているが、この作品を読むと、歴史・時代小説を書いたことのない作家の、何というか初々《ういうい》しさが感じられ、それが若くして病死した剣客にマッチしていたから収録したのだ。

「八郎、仆《たお》れたり」

新選組誕生のきっかけをつくった清河八郎《きよかわはちろう》は、毀誉褒貶《きよほうへん》の多い人物である。だが、彼の書き残した多くの文章を改めて読んでみると、単なるアジテーターではなく、いろいろな策を用いる陰謀家でもなかったことがよくわかる。にもかかわらず、清河は世に容《い》れられなかった。それはなぜだろうか。

彼の親友は、山岡鉄舟《やまおかてっしゅう》であった。鉄舟ほどの人物が心を許してつきあった人物であることからすると、清河に浴びせられた悪評は見当違いだったのではあるまいか。その見地からこの作品は書いたのだ。

＊

新選組については、作家や歴史家だけではなく、多くの人が書いてきたし、これからも書かれるだろう。しかし、あえていわせていただくが、この『新選組読本』を読んでくだされば、新選組の何たるかが理解できるはずである。

三好　徹

★底本リスト

王城の護衛者 （『司馬遼太郎全集』⑳所収） 1997年1月刊 文藝春秋
八木為三郎老人壬生ばなし （『新選組遺聞 新選組三部作』所収） 1977年4月刊 中公文庫
新選組異聞 （『戦国と幕末』所収） 1980年8月刊 角川文庫
新選組隊士・斎藤一のこと （『エッセイで楽しむ日本の歴史』㊦所収） 1997年1月刊 文藝春秋
新撰組 （『黒船前後』所収） 1966年12月刊 筑摩書房
新撰組 （『定本新撰組史録 新装版』所収） 2003年3月刊 新人物往来社
土方歳三遺聞 （『聞きがき新選組』所収） 1972年9月刊 新人物往来社
新選組 伊東甲子太郎 （『新選組覚え書』所収） 1972年2月刊 新人物往来社
竜馬殺し （『大岡昇平全集』⑧所収） 1995年8月刊 筑摩書房
沖田総司 （『歴史小説名作館⑪『暗夜を斬る』所収） 1992年11月刊 講談社
八郎、仆れたり （『さらば新選組』所収） 1989年10月刊 光文社文庫

光文社文庫

日本ペンクラブ編
新《しん》選《せん》組《ぐみ》読《どく》本《ほん》
著　者　司《し》馬《ば》遼《りよう》太《た》郎《ろう》他

2003年11月20日　初版1刷発行
2004年3月5日　4刷発行

発行者　八木沢一寿
印　刷　慶昌堂印刷
製　本　明泉堂製本

発行所　株式会社 光文社
〒112-8011　東京都文京区音羽1-16-6
電話　(03)5395-8149　編集部
8114　販売部
8125　業務部
振替　00160-3-115347

ISBN4-334-73594-0　Printed in Japan

お願い　光文社文庫をお読みになって、いかがでございましたか。「読後の感想」を編集部あてに、ぜひお送りください。

このほか光文社文庫では、どんな本をお読みになりましたか。これから、どういう本をご希望ですか。

どの本も、誤植がないようつとめていますが、もしお気づきの点がございましたら、お教えください。ご職業、ご年齢などもお書きそえいただければ幸いです。

光文社文庫編集部